Ursula Poznanski · Thalamus

Bisher von Ursula Poznanski im Jugendbuchprogramm des Loewe Verlags erschienen:

Erebos

Saeculum

Die Verratenen
Die Verschworenen
Die Vernichteten

Layers

Elanus

Aquila

Thalamus

URSULA POZNANSKI

ISBN 978-3-7855-8614-3
1. Auflage 2018
© 2018 Loewe Verlag GmbH, Bindlach
Dieses Werk wurde vermittelt durch die
AVA International GmbH Autoren- und Verlagsagentur, München.
www.ava-international.de
Coverillustration und Umschlaggestaltung: Michael Ludwig Dietrich
Redaktion: Susanne Bertels

www.ursula-poznanski.de
www.thalamus-buch.de
www.loewe-verlag.de

1

Noch fünf Kilometer bis zu Hannahs Haus, und der Regen ließ einfach nicht nach. Mit einer hastigen Bewegung wischte Timo die Tropfen vom Visier seines Helms und lenkte den Motorscooter um die nächste Ecke. Gleich würde er auf der Bundesstraße sein, und dort ging es erfahrungsgemäß schneller voran. Trotzdem war er schon jetzt zu spät dran, und Hannah würde das nicht witzig finden. In den meisten Dingen war sie echt unkompliziert, aber Unpünktlichkeit hasste sie. Und wenn sie sauer war, würde sie sich über den Inhalt des Päckchens, das er ihr mitbrachte, vielleicht gar nicht freuen. War ohnehin zu befürchten, dass Schachtel und Geschenkpapier in dem durchnässten Rucksack auf dem Gepäckträger mittlerweile völlig aufgeweicht waren.

Es war ein tolles Geschenk, fand er, für diese noch tolleren sechs Monate, die sie jetzt zusammen waren. Er war so gespannt auf den Ausdruck in ihrem Gesicht, wenn er es ihr überreichen würde. Auf ihren Blick. Auf ihr Lächeln. Er hatte sich so verdammt viel Mühe gegeben.

Der Regen legte noch einmal an Heftigkeit zu, er prasselte auf die Straße, der Fahrtwind schlug ihm ins Gesicht, seine Jacke war bereits schwer vor Nässe. Mit dem Bus zu fahren wäre doch die bessere Wahl gewesen. Aber der ging eben nur alle heiligen Zeiten, und der Motorroller machte so viel mehr Spaß.

War ja auch nicht mehr weit.

Hinter sich hörte Timo ein Auto herankommen, beschleunigen, im nächsten Moment überholte es ihn. Wasser spritzte in einer hohen Fontäne unter den Reifen hervor. Timo würde eine Dusche brauchen und trockene Sachen, da ging kein Weg dran vorbei. So hatte er sich das nicht vorgestellt.

Und jetzt auch noch das. Ein Traktor mit Anhänger, der im Schneckentempo vor ihm herkroch. Wieder wischte Timo sich das Wasser vom Visier. Schwenkte vorsichtig nach links, um zu sehen, ob die Straße frei war.

Ja. War sie. Keine entgegenkommenden Lichter, und die nächste Kurve war noch weit entfernt.

Er atmete tief durch und gab Gas, zog hinüber auf die Gegenfahrbahn, holte alles aus dem Scooter heraus. Na also, das ging doch. Gleich würde er an dem Traktor vorbei sein, dann lag die Straße frei vor ihm.

Exakt in dem Moment, als Timo auf die rechte Spur zurückwechseln wollte, rutschte das Hinterrad des Motorrollers weg. Timo fühlte, wie er auf den Traktor zufiel, reflexartig verlagerte er sein Gewicht, kämpfte gegen den Sturz an und richtete den Scooter schließlich auf – Wahnsinn, war das knapp gewesen!

Der Rucksack war nicht vom Gepäckträger gefallen, zum

Glück, wie Timo sich mit einem schnellen Griff nach hinten versicherte. Vorsichtig zog er nun endlich an dem Traktor vorbei, immer noch mit wild rasendem Puls – und sah plötzlich ein Hindernis vor sich, einen Wagen, grau wie der Regen und entsetzlich nah.

Das Auto war in die Kreuzung eingefahren, obwohl es keine Vorfahrt hatte, nun bremste es; Timo bremste auch, schlitterte, sah die Scheinwerfer, deren Licht sich auf der nassen Straße spiegelte, begriff, dass er den Zusammenstoß nicht mehr verhindern konnte. Er richtete sich auf seinem Sitz auf, vielleicht konnte er über die Motorhaube des Wagens hechten, vielleicht …

Sekundenbruchteile vor dem Aufprall verlangsamte sich die Zeit. Der Knall kam wie aus weiter Ferne, der gewaltige Ruck, der Timo aus dem Sattel hob und ihn über das fremde Auto katapultierte, tat nicht weh.

Er flog. Schwebte. Dachte mit Bedauern an die Schachtel in seinem Rucksack. Das Geschenk für Hannah. Das war sicher kaputtgegangen.

Dann kam der Schlag, die Schwärze, das Nichts.

Das Nichts blieb, durchzuckt von gelegentlichen Blitzen, die die Dunkelheit zerrissen und unmittelbar darauf wieder vergessen waren.

Kein Schmerz, keine Gefühle, keine Gedanken, kein Vergehen der Zeit. Aber irgendwann ein Geräusch. Hohes, gleichmäßiges Piepen. Es kam und verschwand wieder. Ein weiteres Auftauchen aus dem Nichts: Stimmen. Eine Berührung. Dann friedliches Zurückfallen in die Leere.

Das nächste Mal, als Timo in Kontakt mit der Welt trat, war es wieder einer Stimme wegen. Sie wirkte vertraut, aber obwohl er es versuchte, verstand er nicht, was sie sagte. Die Worte waren nur Geräusche, ohne Bedeutung. Immerhin waren es wohltuende Geräusche, unter deren Eindruck er langsam wieder wegdriftete.

Irgendwann dann eine Berührung, die ihn tatsächlich erreichte. Ein kräftiges Zupacken, an seinem … Arm?

Sein Bewusstsein schwebte unschlüssig zwischen Wachen und Vergessen, bis es sich an etwas festhakte. Einer Stimme, die er nicht verlieren wollte, die bleiben musste. Er versuchte, die Augen zu öffnen. Vergebens. Er versuchte, sich zu bewegen, wenigstens ein bisschen – ebenfalls ohne Erfolg.

Er wehrte sich gegen das Nichts, das ihn wieder einzuhüllen drohte, doch er war zu schwach.

Das nächste Mal, als er so etwas wie Bewusstsein erlangte, war es klarer. Er konnte eine feste Matratze im Rücken spüren und hörte wieder das Piepsen, außerdem Schritte und Stimmen. Was sie sagten, verstand er immer noch nicht.

Und – das war neu, aber alles andere als schön – er fühlte Schmerz. In den Beinen, an der Hüfte, im Kopf. Vor allem im Kopf. Dieser Schmerz schien wie in Watte gepackt zu sein. Zum Glück. Andernfalls wäre er unerträglich gewesen.

Erstmals versuchte er jetzt, sich zu orientieren. Wo war er? *Wer* war er? Was passierte hier?

Er schaffte es noch immer nicht, die Augen zu öffnen, aber er sah Licht durch seine Lider dringen. Außerdem gelang es ihm, seine rechte Hand zu bewegen. Glaubte er, ganz sicher sein konnte er nicht.

Jeder dieser Versuche war unendlich anstrengend. Er gab auf und schlief sofort wieder ein.

Beim nächsten Erwachen hatte er zum ersten Mal das Gefühl, dass Zeit vergangen war. Dass er geschlafen hatte und nicht einfach nur ausgeknipst gewesen war. Er bewegte seine Finger, ja, keine Frage, er bewegte sie, und nun schlug er auch die Augen auf.

Eine helle Fläche über ihm, Geräte, Lichtquellen. Er kannte diese Dinge, er hatte sie alle schon einmal gesehen, aber ihm fielen die Worte dafür nicht ein. Ihm fielen überhaupt keine Worte ein, nicht einmal sein Name. Etwas sirrte hinter seinen Schläfen.

Dann war jemand neben ihm, leuchtete ihm in die Augen, verzog das Gesicht, sagte etwas. Wieder Worte ohne Bedeutung.

Das Licht schmerzte im Kopf. Er schloss die Augen.

Timo.

Der Laut wiederholte sich, in unterschiedlichen Stimmfarben. Er war vertraut, oft gehört. Allmählich wurde auch klar, was damit gemeint war, oder wer, genauer gesagt.

Timo, das war er selbst. Das, was in diesem Körper steckte, der sich nicht bewegen ließ. Oder doch?

Langsam hob er die Lider, das Licht brannte in seinen Augen. Und da war noch etwas. Jemand.

Als hätte die Erinnerung an seinen Namen in Timos Kopf einen Schalter umgelegt, formten sich plötzlich Worte für das, was er sah.

Mann. Brille. Mantel. Grün.

Arzt.

»Timo«, sagte der Mann, und dann noch ein paar Dinge. Zu viel, zu schnell.

Der Mann ging, an seiner Stelle kam eine … eine Frau, die lächelte und Timos Hand nahm. Sie drückte sie, er drückte zurück. Glaubte er.

Dann ein Riss in der Wahrnehmung, ein Riss in der Zeit. Als er das nächste Mal nach oben blickte, war es Mama, die seine Hand hielt. Sie beugte sich zu ihm hinunter, küsste ihn, etwas Nasses tropfte auf sein Gesicht.

Dann Papa. Sagte etwas, aber die Worte waren wieder aus Timos Welt verschwunden. Er fühlte, wie sein Bewusstsein wegdriftete.

Untertauchen. Auftauchen. Jemand bewegte seine Beine, erst das rechte, dann das linke. Etwas stach in seinen Handrücken.

Wieder Mama. »So froh«, sagte sie. Er drückte ihre Hand, diesmal war er sicher, dass er das tat.

Die Zeit verhielt sich nach wie vor merkwürdig. Sie floss nicht, sondern sprang, ließ ihn in Phasen der Dunkelheit stürzen, ohne dass er abschätzen konnte, ob sie Sekunden oder Tage dauerten. Spuckte ihn dann wieder ans Licht, wo er versuchte, sein Bewusstsein an irgendetwas festzuhaken. Den Schläuchen, die in seinem Körper steckten. Dem Piepsen der Maschinen, sogar dem dumpfen Schmerz in seinem Kopf.

Aber es gelang ihm nicht auf Dauer, nach einiger Zeit war es jedes Mal so, als würde er zurückgesogen in ein schwarzes Loch, in dem nichts existierte, nicht einmal er selbst.

2

Den ersten wachen Augenblick, an den Timo sich später wirklich erinnern sollte, durchlebte er an dem Abend, als es Kürbisbrei mit Kartoffeln gab. Man hatte das Kopfteil von Timos Bett aufgerichtet. Ein junger Pfleger saß mit dem gefüllten Teller neben ihm und versuchte, ihn zu füttern. Es klappte. Timo kaute, schluckte und hörte, wie der Pfleger ihn für jeden Bissen lobte. »Guter Junge. Toll machst du das. Ganz toll!«

Als würde er mit einem Hund reden, aber das störte Timo nicht, denn er verstand jedes Wort. Sein Blick klebte förmlich an dem Pfleger, und er wünschte sich, dass die Bewusstlosigkeit ihn nicht gleich wieder einfangen würde. »Noch ein Löffel. Sehr gut. Und noch einer.«

Timo aß und lauschte. Mit jedem Wort gewann die Welt ein Stück ihrer Bedeutung zurück.

Ein paar Tage später konnte er bereits Gesprächen folgen, die neben seinem Bett geführt wurden. Seine Eltern waren hier, und einer der Ärzte, ein gewisser Dr. Schmiedeberg, erklärte ihnen, Timo würde morgen auf die Normalstation verlegt werden. »Er macht unglaublich rasante Fortschritte. Wenn man sich überlegt, dass wir vor drei Wochen nicht damit rechnen durften, dass er überhaupt wieder aufwacht … es hat nicht gut ausgesehen, das wissen Sie ja.«

Vor drei Wochen. So lange lag er also schon hier.

»Wie wird es jetzt weitergehen?«, hörte er seine Mutter sagen. »Wird er … also, wird er wieder gesund? Ganz gesund?«

»Ich will Ihnen keine Versprechungen machen.« Timo blieb kurz an dem Wort *Versprechungen* hängen. Was war das? Ach ja.

»Aber wenn Ihr Sohn sich weiter so gut erholt, hat er reelle Chancen, später ein normales Leben führen zu können.«

Was sollte das denn heißen? Natürlich würde er ein normales Leben führen, was für eines denn sonst? Timo öffnete den Mund, wollte dem Arzt erklären, wie er das sah, doch die Worte ließen ihn immer noch im Stich, gewissermaßen. Er verstand sie zwar jetzt, doch er wusste nicht mehr, wie man sie produzierte.

Das Gespräch war ohnehin längst weitergegangen.

»… zur Rehabilitation in eine spezielle Einrichtung überweisen«, sagte der Arzt gerade. »Dort ist man auf Fälle wie den von Timo spezialisiert, die Kollegen erzielen hervorragende Ergebnisse, besonders bei Jugendlichen.«

»Ja, Professor Kleist hat uns schon davon erzählt«, sagte Papa zögernd. »Es ist nur eben sehr weit weg …«

Mamas blasses Gesicht tauchte über Timo auf, sie beugte

sich zu ihm hinunter, drückte ihm einen vorsichtigen Kuss auf die Stirn. »Bis morgen, mein Schatz.«

Er blinzelte ihr zu, sie lächelte, küsste ihn noch einmal, streichelte seinen Arm. »Es wird alles wieder gut«, sagte sie. »Alles.«

Dann gingen sie nach draußen. »Ich gebe Ihnen Informationsbroschüren mit«, hörte Timo Dr. Schmiedeberg noch sagen. »Der Markwaldhof hat einen großartigen Ruf, und ich bin sicher, Timo würde sich dort wohlfühlen.«

Von wegen. Er wollte in kein Rehabilitationszentrum, er wollte nach Hause, er würde auch so klarkommen. Der Arzt hatte doch selbst gesagt, dass er sich gut erholte. Auch wenn er jetzt schon wieder entsetzlich müde war und keinen Gedanken festhalten konnte.

Ein Bild tauchte auf und verschwand wieder. Augen. Grüne Augen, umrahmt von langen, geschwungenen Wimpern. Dann Dunkelheit.

Als er wieder wach wurde, hatte die Umgebung sich verändert. Kein Piepsen mehr, keine eiligen Schritte, auch das allgegenwärtige rhythmische Zischen, ein Geräusch wie von einem schwer atmenden Riesen – fort.

Stattdessen Ruhe. Cremefarbene Wände, Bilder von grünen Hügeln und gelben Blumen. Sehr vorsichtig drehte Timo den Kopf zur Seite, das hatte er bei jedem bisherigen Versuch mit furchtbaren Schmerzen bezahlt.

Diesmal hielten sie sich in Grenzen. Schwindelig wurde ihm allerdings, und zwar sehr, obwohl er doch flach auf dem Bett lag. Er atmete tief gegen die aufsteigende Übelkeit an.

13

Außer seinem eigenen stand nur ein weiteres Bett im Zimmer. Der Patient, der dort lag, war deutlich älter als Timo – schätzungsweise so alt wie sein Vater. Er hatte die Augen geschlossen und bewegte sich nicht, Schläuche führten zu den Zugängen in den Venen, an einem Infusionsständer hing ein halb voller Beutel mit einer glasklaren Flüssigkeit. *Normalstation*, der Begriff formte sich in Timos Kopf. Das hatte jemand gesagt, er wusste bloß nicht mehr, wer es gewesen war. War das hier die Normalstation?

Die Tür öffnete sich, eine Krankenschwester kam herein. Sie lächelte ihm zu.»Na? Du bist ja wach, das ist schön. Lass mal sehen, was dein Tropf macht, und dann messen wir Fieber.« Sie klopfte sanft gegen den Beutel, der auch über Timos Bett hing, drehte ein wenig am Regler und schob dann ein Thermometer unter Timos Achsel.»In fünf Minuten bin ich wieder da«, kündigte sie an und wandte sich zur Tür.

Okay, wollte Timo sagen, aber erst kam gar nichts aus seinem Mund und dann, als die Schwester schon draußen war, ein lang gezogener Laut, der einfach nur schrecklich klang. Wie der eines Tieres.

Der Mann im Nebenbett hatte sich nicht gerührt, also versuchte Timo es noch einmal. Leiser. Er dachte an das Wort *Okay*, konzentrierte sich darauf. Dann sagte er es, oder meinte jedenfalls, das würde er, aber es war wieder nur ein Geräusch, als hätte er Schmerzen.

Die Erkenntnis sickerte langsam in Timos Bewusstsein ein, und ihm wurde innerlich kalt. Etwas war kaputtgegangen, die Verbindung zwischen seinen Gedanken und der Fähigkeit, sie auszudrücken, existierte nicht mehr.

Aber das würde er wieder lernen können, oder? Wenn er trainierte, als wäre Sprechen ein Sport, dann würde es eines Tages doch wieder funktionieren? Er versuchte es noch einmal. Mit etwas ganz Einfachem, seinem Namen nämlich. Timo. Ti-mo.

»Daaaaaauuuu–«

Entsetzt brach er ab. Er klang wie der Junge, der ein paar Straßen weiter wohnte und den seine Eltern oft im Rollstuhl in den Park schoben. Seine dünnen Arme waren immer angewinkelt, sein Kopf lag auf der linken Schulter, als wäre er zu schwer für den Hals. Und wenn er zu sprechen versuchte, hörte er sich an wie Timo jetzt eben.

Das durfte nicht sein. Durfte nicht. Jemand musste ihm helfen, so schnell wie möglich.

In dieser Nacht träumte Timo von den dunkelgrünen Augen, und diesmal wurden sie von einem Gesicht umrahmt, das er gut kannte und das ein Gefühl reinen Glücks in ihm weckte. Alles war gut. Sie war da, sie waren zusammen. Er nahm sie in die Arme, drückte sie fest an sich. Was hatte er sie vermisst.

Dann zog sie ihn mit sich, einen Hügel hinunter, auf dem gelbe Blumen wuchsen. Einmal stolperte er, und etwas stach ihn in den Arm – ein Ast oder etwas Ähnliches, doch das war egal. Er und sie fanden einen Platz an einem Bach, wo sie sich ins Gras legten und in den Himmel schauten …

»Ach du liebe Zeit, wie ist denn das passiert? Wie kann das überhaupt sein? Regine? Walter? Kommt ihr bitte schnell?«

Jemand packte ihn an der Schulter, und Timo schlug die Augen auf. Eine der Krankenschwestern kniete neben ihm. Und er lag nicht im Bett, sondern ... auf dem Boden. In der Ecke direkt neben der Tür.

»Er hat sich den Zugang rausgerissen, und er muss irgendwie vom Bett bis hierher gelangt sein. Ist mir ein Rätsel, er ist doch kaum kräftig genug, um einen Arm zu heben.«

Zwei weitere Gestalten tauchten auf, eine weiblich, die andere männlich, und griffen nach ihm. »Kannst du aufstehen?«

Konnte er nicht, ebenso wenig wie antworten. Mit Mühe schaffte er es, ein Bein anzuwinkeln, aber an eigenständiges Gehen war nicht zu denken.

»Los, tragen wir ihn zurück. Regine, holst du Schmiedeberg oder Kleist?«

Sie hoben ihn hoch, jemand stützte seinen Kopf, der jetzt zu schmerzen begann. Scharfes Pochen, vom Nacken bis zu den Schläfen.

»Was du für Sachen machst.« Der Pfleger mit dem hellbraunen Pferdeschwanz streckte Timos rechten Arm aus, suchte eine Vene und legte einen neuen Zugang, an den er die Infusion hängte. »Steckt mehr in dir, als wir alle gedacht haben.« Er grinste. »Aber das ist ein gutes Zeichen. Nur zieh die Show nicht gleich noch mal ab, okay?«

Selbst wenn Timo gewollt hätte, wäre er dazu nicht imstande gewesen. Es war ihm selbst ein Rätsel, wie er die Strecke bis zur Tür zurückgelegt hatte. Vielleicht war er es ja gar nicht selbst gewesen, sondern jemand hatte ihn getragen?

Nein. Totaler Quatsch. Vom Personal würde das keiner tun, und von den Patienten war hier niemand dazu fähig.

Plötzlich hatte er die tiefgrünen Augen wieder vor sich, die Augen des Mädchens, dessen Namen er nicht mehr wusste. Wahrscheinlich gab es sie gar nicht, er hatte sie im Traum erfunden, aber sein Gefühl, das war echt gewesen.

War es immer noch. Da steckte so viel Sehnsucht in seinem kaputten Körper; die konnte nur daher kommen, dass es das Mädchen wirklich gab und sie sich kannten. Vielleicht sogar gut.

Bloß konnte er niemanden fragen, weder nach ihr noch nach all dem anderen Zeug, das er nicht mehr wusste. Warum er überhaupt hier war, zum Beispiel. Was passiert war. Das konnte keine Kleinigkeit gewesen sein, wenn man sich seinen Zustand vor Augen führte.

Aber niemand kam auf die Idee, ihm einfach zu sagen, was Sache war. Sie behandelten ihn, als wäre er überhaupt nicht anwesend, redeten über ihn, während sie an seinem Bett standen, aber *mit* ihm sprachen sie nur dann, wenn sie ihn begrüßten oder sich verabschiedeten.

Wenn das so blieb, dann ...

Die Tür wurde geöffnet, Schritte näherten sich. »Hallo, Timo.« Ein groß gewachsener Mann zog sich einen der Besucherstühle heran und setzte sich. Das Gesicht kam Timo vage bekannt vor. Hager, mit Brille über der schmalen Nase. Dunkles Haar mit grauen Einsprengseln. Und der weiße Mantel plus Stethoskop – ganz klar ein Arzt.

Sieh an, auf manche seiner Eindrücke konnte Timo sich offenbar noch verlassen.

»Ich habe gehört, du hast vergangene Nacht einen Spaziergang gemacht.« Der Arzt beugte sich über Timo, betrachtete ihn aufmerksam. »Da hast du uns eine ziemliche Überraschung beschert, damit hätte niemand gerechnet.« Er wartete, als ob Timo etwas darauf hätte erwidern können. Aber der hatte die Neandertalergeräusche, die er letztens von sich gegeben hatte, noch zu gut in Erinnerung, als dass er schon wieder einen neuen Versuch mit dem Sprechen wagen wollte.

»Ich wüsste zu gerne, wie du das geschafft hast.« An der Manteltasche des Arztkittels klemmte ein kleines Schild, vermutlich ein Namensschild. Timo versuchte, es zu entziffern, aber die Buchstaben hätten ebenso gut chinesische Schriftzeichen sein können.

Lesen war also auch verloren gegangen.

»Du kannst es mir nicht erzählen, ich weiß«, fuhr der Arzt fort. »Aber – kannst du dich selbst noch daran erinnern?«

Langsam bewegte Timo den Kopf ein Stück nach rechts, dann nach links. Es waren nur Zentimeter, doch seine Botschaft war angekommen.

»Also nicht. Okay. Kannst du dich an mich erinnern?«

Ein wenig. Das Gesicht des Arztes war eines von vielen, die immer wieder aufgetaucht und verschwunden, die im Lauf der zeitlosen Phase miteinander verschmolzen waren.

Er wiederholte seine reduzierte Version eines Kopfschüttelns.

»Das macht nichts«, sagte der Arzt munter. »Ich bin Professor Kleist, Andreas Kleist. Ich war einer der Chirurgen, die dich operiert haben.«

Operiert. Das war eine neue Information.

»Wir mussten deine Schädeldecke öffnen, weil du nach dem Unfall eine starke Hirnschwellung hattest und der Druck schlimmere Schäden hätte nach sich ziehen können. Danach haben wir dich in ein künstliches Koma versetzt, damit dein Körper sich ganz auf die Heilung konzentrieren kann. Und vor einer Woche haben wir dich dann langsam aufgeweckt.«

Gerade eben hatte Timo sich noch Information gewünscht, jetzt fühlte er sich fast davon erschlagen. Sie hatten ihm die Schädeldecke geöffnet. Oh Gott. War die mittlerweile wieder geschlossen?

»Du hast das Bewusstsein zurückerlangt, das ist das Wichtigste.« Kleist sah Timo eindringlich an. »Wir waren nicht sicher, ob es so sein würde. Ich hatte schon Fälle, da haben geringere Verletzungen in einem Wachkoma geendet. Aber du ... du wirst dich wieder erholen, und wir sind alle sehr froh darüber.« Er drückte kurz Timos Arm, dann stand er auf und ging.

Timo dämmerte langsam weg, aber immerhin war ihm das bewusst. Es war gut, es half ihm, gesund zu werden. Wenn er das nächste Mal aufwachte, ging es ihm vielleicht noch etwas besser.

An der Schwelle vom Wachen zum Schlafen erwartete ihn bereits das Mädchen mit den dunkelgrünen Augen, streichelte sein Gesicht und lachte.

Plötzlich war ihr Name da: Hannah. Er erinnerte sich an Hannah, sie war seine Freundin, und sie besuchte ihn im Krankenhaus, natürlich tat sie das.

Timo wurde innerlich ganz leicht, und das Gefühl blieb, auch als er wieder aufwachte.

Ihm war bewusst, dass er sie nicht wirklich gesehen hatte, aber das war egal. Er konnte sich an sie erinnern. Sie war real, auch wenn ihr Besuch bei ihm es nicht gewesen war. Das war okay, sie sollte ihn so nicht sehen.

Erst wenn er wieder er selbst war.

Als seine Eltern am nächsten Tag mit Professor Kleist in sein Zimmer kamen und vorsichtig die Sprache auf das Thema Markwaldhof brachten, blinzelte Timo so lange, bis sie irritiert innehielten. Dann neigte er den Kopf und hob ihn wieder, hoffte, dass sie begriffen.

Er wollte schnell wieder auf den Beinen sein. Wenn dazu ein Aufenthalt in einem Rehabilitationszentrum nötig war, dann war er dazu bereit.

Doch es dauerte noch zwei Wochen, bis das Krankenhaus grünes Licht für eine Überstellung gab. Die Fahrt war weit und belastend, Timos Allgemeinzustand noch nicht so stabil, dass man sie ihm zumuten wollte.

Er hätte gern widersprochen, aber reden klappte weiterhin nicht, damit entfiel auch die Möglichkeit, seine Eltern nach Hannah zu fragen. Mit etwas Mühe hätte er sicherlich ihren Namen tippen können, wenn man ihm ein Notebook oder Tablet gegeben hätte, aber niemand kam auch nur im Entferntesten auf diese Idee. War wahrscheinlich schädlich für sein demoliertes Hirn. Und selbst danach fragen … ja eben. Da schloss sich der verdammte Kreis.

Immerhin bekam er auch hier schon täglich Therapien,

man bewegte seine Arme und Beine, ermunterte ihn dazu, das mit dem Essen selbst zu versuchen, und ein paar Minuten pro Tag durfte er sitzen, statt zu liegen. Dabei wurde ihm immer noch schnell schwindelig, aber er war fest entschlossen, es jedes Mal ein wenig länger auszuhalten.

Mit jedem Tag, der verging, wurde Timo unzufriedener. Er konnte denken, er verstand, was um ihn herum passierte – gut, seine Erinnerung funktionierte nicht zuverlässig, aber das würde noch werden. Dagegen machte er kaum Fortschritte, was seinen Körper betraf. Sosehr er sich bemühte, die Kontrolle über seine Arme, Beine, Hände und vor allem die Sprache zurückzugewinnen; nichts davon gehorchte ihm so, wie er es gewohnt gewesen war.

Am schlimmsten war die Sache mit dem Sprechen. Hannah ging ihm nicht aus dem Kopf, aber seine Eltern erwähnten sie nicht, und sie tauchte auch nicht auf. Manchmal zweifelte er daran, dass sie wirklich existierte, und das waren die quälendsten Momente. Es war ja auch möglich, dass er sie nur erträumt hatte, und sein kaputtes Gehirn gaukelte ihm nun vor, dass es sie gab.

Keine Chance, das Gegenteil zu beweisen.

Nicht mal fluchen klappte, das tat Timo dafür ausgiebig in Gedanken. Zum Beispiel als ihm beim fünften Versuch wieder die Schnabeltasse aus den Händen rutschte, bevor er sie zum Mund führen konnte. Eine Plastiktasse, wie man sie Kleinkindern gab. Die gingen allerdings geschickter damit um. Beim sechsten Mal versuchte Timo es mit mehr Schwung, traf aber nur sein Kinn, dann fiel das Gefäß wieder auf den Boden.

Die Ergotherapeutin, eine freundliche Frau mit graublondem Pagenschnitt, hob sie geduldig auf. »Du machst das sehr gut«, sagte sie lächelnd, woraufhin Timo das Ding am liebsten an die Wand geschmissen hätte. Nicht, dass er dazu fähig gewesen wäre, aber allein die Vorstellung tat gut. Irgendwann, nach einer Viertelstunde, schaffte er es, die Tasse zum Mund zu führen und ein paar Schlucke des mittlerweile kalt gewordenen Tees zu trinken. Danach war er erschöpft. Die Therapeutin half ihm dabei, sich wieder auf dem Bett auszustrecken, lobte ihn noch einmal und ging.

Timo lag da und starrte das Bild an der gegenüberliegenden Wand an. Grüne Hügel mit gelben Blumen, die waren auch in seinen Träumen gewesen. Vielleicht war es ja auch nur irgendein Bild von irgendeinem Mädchen gewesen, das in seinem Gedächtnis hängen geblieben war und ein Eigenleben entwickelt hatte.

Obwohl er wusste, dass er es bereuen würde, versuchte er, ihren Namen auszusprechen. Hannah. Es wurde nichts weiter daraus als ein lang gezogenes, schwankendes *Aaaaa*. Beschämt schloss er den Mund und kämpfte gegen aufsteigende Tränen an. Vielleicht war es besser, wenn Hannah nicht existierte.

Zwei Tage später wurde Timo in den Markwaldhof überstellt.

3

Ein mehrflügeliges Gebäude, das wirkte wie ein altes Herrenhaus. Elfenbeinweißer Verputz, eine von Pappeln gesäumte Zufahrt und rundum … nichts. Nur sanfte, bewaldete Hügel und insgesamt ziemlich viel Natur.

Timos Eltern waren dem Krankentransport mit ihrem eigenen Wagen gefolgt, sie hatten sich dafür extra den ganzen Tag freigenommen. Sein Vater schob den Rollstuhl zum Aufzug und dann in das Zimmer, das man Timo zugewiesen hatte. 404.

Beim Hineinrollen erlebte er eine Art Déjà-vu, als er einen Blick in das Bett neben seinem warf. Wieder jemand, der nicht einmal den Kopf drehte, wenn die Tür sich öffnete, sondern nur teilnahmslos ins Nichts starrte.

Dieser Mitbewohner war allerdings jünger als der im Krankenhaus; er war ungefähr in Timos Alter, aber ein ganzes Stück schwerer gebaut. Blonde, unordentliche Locken, an der rechten Kopfseite abrasiert, dort schlängelte sich eine lange, dicke Narbe vom Scheitel bis zum Ohr.

Wieder jemand, der nur noch aus Körper bestand, eingesperrt in sich selbst, ohne Kontakt zur Umwelt. Aber vielleicht war es ja ganz gut so. Ein Zimmernachbar in besserem Zustand hätte sich wahrscheinlich unterhalten wollen, und das … ging ja nicht.

Noch nicht, sagte Timo sich verbissen. Noch.

»Denkst du, du wirst dich hier wohlfühlen, mein Schatz?« Mama war sichtlich den Tränen nahe, versuchte aber ihr Bestes, das zu verbergen. »Wir kommen dich so oft wie möglich besuchen. Vielleicht nicht immer alle beide, aber einer schafft es sicher jedes Wochenende. Und wenn es dir ein bisschen besser geht, bringen wir Lara und Benny mit, ja?«

Timo hob und senkte das Kinn. Ja. Er hatte seine jüngeren Geschwister seit dem Unfall nicht mehr gesehen, seine Eltern wollten die beiden nicht verstören. Obwohl sie elf und dreizehn waren, aber okay. Timo hatte sich letztens im Spiegel betrachtet, die Entscheidung war schon in Ordnung gewesen.

Nicht viel später war er alleine im Zimmer. Na gut, nicht wirklich alleine, aber der Typ im Nebenbett sah und hörte nichts. Timo hatte ihm einen seiner Urlaute entgegengebellt, und die Reaktion war gleich null gewesen.

Er betrachtete seine Hände, die wie leblos neben ihm auf dem Bett lagen. Hob langsam die linke, das ging, Finger krümmen klappte auch, aber den dreieckigen Haltegriff über seinem Kopf greifen – Fehlanzeige.

Entmutigt ließ er den Arm zurücksinken. Kein Trost, dass es ihm besser ging als dem Zombie im Bett neben ihm. Der lag bei der Tür, Timo näher am Fenster, was nett war. Er konnte ein paar Äste sehen, die sich im Wind bewegten, Wolken und ein Stück blauen Himmel.

Theoretisch gab es auch einen Fernseher im Zimmer, aber die Fernbedienung würde er ohnehin nicht halten können. Geschweige denn die richtigen Tasten treffen.

Die Tür ging auf, und eine groß gewachsene Frau mit dunklem, kurzem Haar kam herein. »Hallo, Timo. Ich bin Renate, Renate Zieler. Ich bin deine Physiotherapeutin.« Sie nahm seine Hand und drückte sie. Wartete, bis er zurückdrückte, dann lächelte sie ihn an. »Wir werden morgen mit der Therapie beginnen, aber was hältst du davon, wenn du heute schon ein wenig aus dem Bett kommst? Du könntest zumindest aus dem Fenster sehen.«

Die Idee war verlockend, Timo wollte vorsichtig nicken, aber Renate wartete seine Antwort gar nicht ab. »Dann machen wir das. Ich bin gleich wieder da.«

Sie verschwand und kam Minuten später mit einem Rollstuhl zurück. »So. Dann lass uns loslegen.«

Die Frau war erstaunlich kräftig, außerdem saß jeder ihrer Handgriffe. Sie hatte Timo schneller in den Rollstuhl bugsiert, als die Pfleger im Krankenhaus das am Morgen zu zweit geschafft hatten.

»Ich stelle dich hierhin, ist das in Ordnung? Da kannst du in den Park schauen, dort wirst du bald auch spazieren gehen können, wenn unsere Arbeit so läuft, wie ich mir das vorstelle.« Sie legte ihm ein kleines Kästchen mit einem großen roten Knopf in den Schoß. »Wenn du dich wieder hinlegen möchtest, drückst du da drauf. Ansonsten komme ich in einer halben Stunde zurück.«

25

Sie sah ihn an, konnte offenbar in seinem Blick lesen, dass er sie verstanden hatte, nickte zufrieden und ging.

Timo umklammerte das Kästchen mit der Notruftaste. Das ging alles ziemlich ... schnell hier. Bis er es schaffte, auf irgendetwas zu reagieren, war sein Gegenüber schon wieder fort.

Er blickte nach draußen. Der Tag war freundlich, und einige Patienten nutzten ihn für einen Spaziergang im Park. Ein älterer Mann stützte sich schwer auf seinen Rollator, während er auf eine Parkbank zusteuerte. Ein Mädchen, etwa fünfzehn Jahre alt, humpelte am Arm eines Pflegers den Weg entlang. Und dazwischen gab es einige Patienten, denen es deutlich besser ging, die sich ohne Gehhilfen fortbewegten, die sich miteinander unterhielten und lachten. Unwillkürlich fragte Timo sich, ob er selbst je wieder so gesund sein würde.

Er hörte, wie sich hinter ihm die Tür öffnete; war Renate zurück? Saß er denn schon eine halbe Stunde lang hier?

»Hey!« Eine tiefe, ein wenig heisere Stimme. »Da ist ja wirklich ein Neuer.«

In seinem üblichen Zeitlupentempo drehte Timo den Kopf. Im Eingang stand ein Junge, ungefähr so alt wie Timo selbst, aber in viel besserem Zustand. Groß gewachsen, schlaksig, mit braunem Haar, das ihm bis in die Augen fiel. Eigentlich wirkte er nur deshalb wie ein Patient, weil er einen Jogginganzug und eines dieser Plastikarmbänder mit Barcode trug. Erst als er ins Zimmer kam, bemerkte Timo, dass der andere das rechte Bein ein wenig nachzog.

»Wow, dein Hinterkopf sieht aus wie frisch gepflügt«, stellte er fest. »Lass mich raten: Schädelhirntrauma mit Hirnödem? Und sie haben dir die Schädeldecke aufgeklappt?«

Selbst wenn Timo fit genug gewesen wäre zu antworten, hätte er keine vernünftige Auskunft geben können. Er wusste nur die wenigen Fakten, die Professor Kleist erwähnt hatte, aber man hatte ihm ja noch nicht mal gesagt, was ihm überhaupt zugestoßen war.

Der andere stand nun direkt vor ihm. »Wenn meine Vermutung stimmt, dann haben wir etwas gemeinsam.« Er drehte sich um. An einer Stelle seines Hinterkopfs waren die Haare kürzer; dort sah Timo eine rote Narbe durchschimmern.

»Ich bin Carl. Mit C.« Der Junge beugte sich zu ihm und blickte ihm aufmerksam ins Gesicht. »Du verstehst mich, oder? Du siehst jedenfalls nicht so stumpf aus wie ein paar andere hier.« Er deutete zum Nebenbett. »Wie Magnus zum Beispiel. Magnus ist Gemüse, aber immerhin Gemüse mit Hoffnung, heißt es. Es gibt hier auch welche, bei denen ist das Hirn bloß noch Matsch.«

Timo fühlte, wie sein Mund sich zu einem Lächeln verzog. Carls respektlose Art war erfrischend. So viel besser als die Betroffenheit seiner Eltern oder die Sachlichkeit der Ärzte.

»Ah.« Ein ausgestreckter Zeigefinger näherte sich Timos Gesicht. »Sprechen klappt nicht, habe ich recht? Wenn du es versuchst, klingt es, als hätte dir jemand die Zunge amputiert?«

Der Vergleich traf die Sache auf den Punkt. Diesmal hörte Timo sich auflachen, und es klang ganz normal.

»Klasse.« Carl sah zufrieden aus. »Du hast Humor und hältst nicht viel von Selbstmitleid, stimmt's? Dann pass mal auf, ich gebe dir eine Tour durchs Schloss.«

Er drehte Timos Rollstuhl um und steuerte ihn auf die Zimmertür zu. Sekunden später waren sie auf dem Gang, und Carl legte an Tempo zu. Grüßte rechts und links ein paar Leute, bog einmal scharf nach links ab, und sie standen vor einem Aufzug.

Die Kurve hatte Timo schwindelig gemacht, er spürte auch das Pochen sich ankündigender Kopfschmerzen, obwohl er immer noch unter einer beträchtlichen Dosis Schmerzmittel stand. Trotzdem fühlte er sich besser als zu jedem anderen Zeitpunkt seit seinem Aufwachen. Lebendig.

Sie fuhren zwei Stockwerke tiefer, dort schob Carl den Rollstuhl auf einen Seitenausgang zu. In den Park.

Es war ein frühlingswarmer Tag, aber dennoch ließ jeder Windhauch Timo frösteln. Er wusste nicht, wann er das letzte Mal an der frischen Luft gewesen war. Genau genommen hatte er nicht einmal Ahnung, welcher Monat gerade war. April möglicherweise, oder Mai?

Kleine Steinchen knirschten unter den Rädern des Rollstuhls. »Siehst du, hier kriechen oder rollen die Beschädigten herum, wenn das Wetter einigermaßen okay ist. Da drüben«, er streckte einen Arm über Timos Schulter aus und deutete auf einen etwa Dreißigjährigen, der auf Krücken den Weg entlanghumpelte, »das ist Georg. Freeclimber, ziemlich erfolgreich, bis er vor einem halben Jahr abgerutscht ist. Schwere Kopf- und Rückenverletzungen, aber jetzt läuft er schon wieder. Also, fast. Hi, Georg!«

Der Mann, der mit konzentrierter Miene einen Fuß vor den anderen setzte, blickte auf. »Ah. Carl. Du hast ein neues Opfer, wie ich sehe?«

»Jetzt mach ihm doch keine Angst!«, erwiderte Carl genüsslich. »Das ist Timo, so steht es jedenfalls auf seinem Krankenblatt. Verkehrsunfall, SHT. Und er ist ein neuer *Freund*.«

Verkehrsunfall. Timo packte die Armlehnen seines Rollstuhls fester. Kurz hatte ihm das Bild einer nassen Straße und eines Traktors vor Augen gestanden. Konnte ebenso Einbildung wie eine Erinnerung gewesen sein.

»Mit dem Reden und dem Laufen hat Timo es noch nicht so, aber das wird schon. Das kennen wir ja noch von mir, nicht wahr?«

Georg runzelte in gespieltem Ernst die Stirn. »Wenn du so weitermachst, wird Sporer dich frühzeitig entlassen. Und dann bleibt dir dein Quasimodo-Gang wahrscheinlich für immer.«

»Was?« Carl klang erschüttert. »Du meinst, mit meiner Ballett-Karriere ist es vorbei?«

Beide lachten, dann setzte sich der Rollstuhl wieder in Bewegung.

Timo war mittlerweile wirklich kalt, aber trotzdem genoss er den Spaziergang enorm. Die Rehabilitation am Markwaldhof war vielleicht doch eine gute Idee gewesen, die Atmosphäre war so entspannt, die Leute waren witzig, niemand schien die eigene Tragödie allzu ernst zu nehmen.

Bisher jedenfalls. Ein paar Minuten später schoss ein dunkelhaariges Mädchen auf sie zu, als wollte sie mit ihrem

Rollstuhl den von Timo rammen. Carl versuchte auszuweichen, doch das Mädchen stellte ihr Gefährt blitzschnell quer und versperrte ihnen den Weg.

»Ich will es wiederhaben«, sagte sie gefährlich leise.

»Äh – was?«

Die Dunkelhaarige zog ihre ebenso dunklen Augenbrauen über der sommersprossigen Nase zusammen. »Carl mit C«, sagte sie, »stell dich gefälligst nicht blöd. Ich habe dir mein iPad geliehen, unter der Voraussetzung, dass ich es nach zwei Tagen wieder zurückbekomme. Das war vor vier Tagen und aus blankem Mitleid, aber noch mal passiert mir das nicht.«

Carl trat einen Schritt neben den Rollstuhl und deutete auf Timo. »Wir haben einen Neuzugang im Jugendtrakt, um den muss sich doch jemand kümmern. Das hier ist Timo, der nicht läuft und nicht spricht, aber er versteht uns, denke ich. Timo, das ist Mona, die Fürstin der Finsternis und des Netflix-Abos.«

»Ah. Verstärkung für die Hirnis.« Mona musterte Timo aufmerksam. »Wie lange bist du denn schon hier?«

Er erwiderte ihren Blick. Hatte sie nicht kapiert, dass es mit dem Sprechen bei ihm nicht klappte, oder wollte sie ihn auf die Probe stellen?

»Drei Tage?«, schlug sie vor. »Zwei? Oder bist du heute erst angekommen?«

Er senkte die Lider für eine Sekunde, bevor er sie wieder hob. Mona begriff sofort. »Er ist erst heute aufgenommen worden, Carl mit C, du Arsch. Deine dämlichen Ausreden kannst du bei anderen versuchen – ich will mein iPad zurück. Wenn es in einer Stunde nicht auf meinem Nachttisch liegt, kannst du was erleben.«

Sie drehte den Rollstuhl so, dass der halbe Weg wieder frei war. »Hallo, Timo«, sagte sie dann ein wenig freundlicher. »Schön, dass du da bist. Also, für dich nicht so, schätze ich, aber für uns andere ist ein bisschen Abwechslung echt nett. Wir sehen uns.« Damit schoss sie davon, erstaunlich schnell.

Carl sah zu Timo hinunter. »Nimm ihr den Ausdruck *Hirnis* nicht übel, für sie ist es schwerer als für andere«, sagte er leise, ganz ohne die Ironie, die er bisher an den Tag gelegt hatte. »Sie war Leistungssportlerin. Turmspringerin, du weißt schon, das sind die, die vom Sprungbrett hüpfen und diese tollen Drehungen in der Luft machen. Bis sie einmal schlecht abgesprungen oder ausgerutscht ist, genau weiß ich es nicht, und mit dem Rücken auf der Turmkante aufgeschlagen hat. Seitdem …«

Scheiße, dachte Timo.

»Na gut, dann bringe ich dich wieder zurück.« Carl drehte den Rollstuhl herum. »Und das iPad auch. Mona steckt mitten in der zweiten Staffel von *Stranger Things*, da ist es wirklich nicht fair, sie auf Entzug zu setzen.«

Vor Timos Zimmer wartete bereits Renate, mit mühsam unterdrückter Wut im Blick. »Großartig, Carl. Echt großartig. Bist du eigentlich irre geworden? Du kannst nicht einfach jemanden aus seinem Zimmer verschleppen, wenn du keine Ahnung hast, wie sein Zustand ist.«

»Ich kann aber Befunde lesen«, erwiderte Carl ungerührt. »Und nach allem, was auf dem an Timos Bett steht, ist es sehr unwahrscheinlich, dass ein kleiner Ausflug ihn umbringen könnte.«

Wortlos drängte Renate ihn zur Seite und packte die Griffe von Timos Rollstuhl. »Wir sprechen uns noch«, sagte sie, zu Carl gewandt. »Und jetzt ab. Wird Zeit, dass du entlassen wirst.«

»Ganz deiner Meinung.« Carl kam in Timos Blickfeld und beugte sich zu ihm hinunter. »Bis demnächst. Falls dich nicht vorher die Langeweile umbringt, aber das ist dann Renates Schuld.«

Schnaubend schob die Physiotherapeutin Timo ins Zimmer, an Magnus vorbei und zu seinem eigenen Bett. Ein paar geübte Griffe, und Timo lag flach, die Decke bis zu den Schultern hochgezogen.

»Du bist eiskalt«, murmelte Renate. »Ich würde Carl am liebsten erwürgen, aber ich habe so viel Arbeit in seinen Heilungsprozess gesteckt, da bringe ich das nicht übers Herz.« Sie strich Timo leicht über die Wange. »Den Rufknopf lasse ich dir hier, ja? Gleich bei deiner rechten Hand. Wenn du etwas brauchst, einfach drücken.« Damit ging sie aus dem Zimmer.

Timo schloss die Augen. Er fror tatsächlich, merkte auch, wie müde die kurze Zeit im Park ihn gemacht hatte, außerdem war ihm wieder schwindelig. Trotzdem wäre er sofort wieder mit Carl nach draußen gegangen. Es fühlte sich nach Leben an. Wie ein Schritt in die richtige Richtung.

4

Die Nacht begann früh am Markwaldhof, ähnlich wie es schon im Krankenhaus gewesen war. Um neun wurde das Licht im Zimmer ausgeschaltet, da dämmerte Timo aber sowieso nur noch vor sich hin. Vage bekam er mit, dass sein Blutdruck und seine Temperatur gemessen wurden und ein Arzt, der ihm fremd vorkam, ihm ein paar Dinge sagte, die er sofort wieder vergaß. Danach – Dunkelheit.

Und dann, irgendwann später, ein Ruck. Fast ein Schlag, an der Schulter. Timo öffnete mühsam die Augen.

Licht. Und … da war jemand. Saß an seiner Bettkante und musterte ihn mit versteinerter Miene.

Blonde Locken, an der rechten Seite abrasiert. Blaue Augen und ein Tattoo am linken Unterarm. Eine Schlange, die sich um die Erdkugel wand.

»Na, bist du wach?«

Er sprach sogar. Magnus sprach, und zwar klar und deutlich. Von wegen Gemüse, Carl hatte sich geirrt, Magnus war in viel besserem Zustand als Timo.

»Hm.« Der blondgelockte Kopf legte sich schief. »Du hörst

mich, nicht wahr? Und verstehst mich auch?« Er hielt einen Moment inne, als horche er in sich hinein. Timo tastete mit seiner rechten Hand nach dem Kästchen mit dem Notfallknopf. Das hier war eine Sensation, Magnus war buchstäblich über Nacht geheilt, das mussten die Ärzte sehen ...

Mit einer blitzartigen Bewegung schnappte sein Bettnachbar sich das Kästchen. »Ach nein, das lassen wir lieber.« Er lächelte. »Und überhaupt – das kleine Gespräch hier bleibt unter uns, einverstanden? Ich meine, nicht dass du irgendjemandem groß etwas erzählen könntest. Aber wenn sich das ändern sollte – halt die Klappe, Timo. Klar? Ist viel besser für dich.«

Timo öffnete den Mund, konzentrierte sich auf das Wort *warum* und versuchte, es verständlich herauszubringen. Das Ergebnis war kläglich, und Magnus bog sich in lautlosem Lachen.

»Geil! Du sprichst fließend Hirngeschädigt, da kenne ich noch ein paar. Ist es deine dritte Fremdsprache oder deine vierte?«

Timo schluckte, den Blick auf das Kästchen in Magnus' Händen gerichtet. Jemand musste das hier erfahren, auch wenn es offenbar ein ziemlicher Widerling war, der den neurologischen Lottosechser gelandet hatte.

Hatte Magnus bisher ständig simuliert? Ein Koma vorgetäuscht? Ging das überhaupt? Oder hatte sich sein Gehirn wirklich mit einem Schlag regeneriert?

»Also, wir hätten das geklärt, ja? Du stammelst nicht herum, bis irgendjemand kapiert, was du meinen könntest. Ist zwar unwahrscheinlich, aber ich will trotzdem keine hässlichen Überraschungen erleben. Ansonsten gibt es für dich auch die eine oder andere Überraschung. Und die wird dann mehr als nur hässlich.«

Damit stand Magnus auf – ein wenig schwankend, wie Timo bemerkte –, schaltete das Licht aus und ging durch die Tür. Mit dem Kästchen.

In diesem Moment begriff Timo, dass er bloß träumte. Das war bei Weitem die wahrscheinlichste Erklärung für das, was eben passiert war. Deshalb verhielt Magnus sich auch so unlogisch – einerseits wollte er keinesfalls, dass Timo jemandem verriet, was er gesehen hatte, andererseits spazierte er ganz unbeschwert aus dem Zimmer. Auf einen Gang hinaus, wo er jederzeit einem Arzt oder einer Krankenschwester im Nachtdienst begegnen konnte.

Timo rückte seine Hand nah an seinen Oberschenkel heran und versuchte, sich zu kneifen. Es tat nicht weh, er hatte einfach keine Kraft in den Fingern, aber er spürte es. Was eigentlich bedeuten musste, dass er wach war. Trotzdem war das Bett neben seinem zweifellos leer. Und das Gerät mit dem Notfallknopf fort.

Es blieb ihm also nichts anderes übrig, als zu warten – Magnus würde zurückkommen, entweder alleine oder in Begleitung einiger glücksstrahlender Ärzte.

Allerdings wurde es immer schwieriger, die Augen offen zu halten. Musste er ja auch nicht, er konnte ebenso mit geschlossenen Augen warten, dunkel war es ohnehin …

Als er wieder erwachte, war es draußen hell. Ein paar Sekunden lang herrschte völlige Leere in Timos Kopf, dann kehrten die Erinnerungen an die letzte Nacht zurück, sie waren völlig klar, nicht verschwommen und lückenhaft, wie es Erinnerungen an Träume meist waren.

Langsam drehte er seinen Kopf nach rechts. Da lag Magnus, unbeweglich. Er starrte nicht zur Decke, sondern hatte die Augen geschlossen, seine Brust hob und senkte sich regelmäßig.

Timo wandte den Blick keinen Moment von ihm ab, beobachtete ihn genau. Magnus rührte sich keinen Millimeter. Dann kam eine der Krankenschwestern ins Zimmer und stellte Timos Kopfteil hoch. Als er halb aufrecht im Bett saß, stießen seine Finger unter der Decke an das Kästchen.

Hatte Magnus es zurückgelegt? Oder war es die ganze Zeit über da gewesen, und Timo hatte die nächtliche Episode nur geträumt?

Hirngeschädigt. Das Wort pochte in seinem Kopf, in diesem Kopf, der so unzuverlässig geworden war. Da war eine Halluzination doch viel wahrscheinlicher als die plötzliche wundersame Heilung seines Mitbewohners.

»Dr. Sporer kommt gleich noch vorbei, in einer Stunde bringen wir dich zur Ergotherapie, und am Nachmittag gibt es dann Logotherapie.« Sie lächelte ihn an und ging, zwei Minuten später war sie wieder da, mit seinem Frühstück. In Ecken geschnittenes Marmeladenbrot und seine alte Freundin, die Schnabeltasse.

»Du hast ja keine Probleme mit dem Schlucken, nicht wahr? Versuch es erst mal alleine, wenn du Hilfe brauchst, bin ich gleich bei dir, okay? Aber Magnus muss gefüttert werden, sein Schluckreflex ist noch nicht ganz wiederhergestellt.«

Timo nickte, was die Krankenschwester strahlend lächeln ließ. Sie war jung, Mitte zwanzig vielleicht, und sehr hübsch mit ihrem kastanienbraunen Zopf, was er aber nur am Rande wahrnahm. Viel mehr beschäftigte ihn Magnus.

Er konnte noch nicht mal selbstständig schlucken. Da war es doch völlig abwegig zu glauben, er würde nachts herumschleichen, Timo drohen und anschließend Spaziergänge durch den Markwaldhof unternehmen.

Besser das Ganze als sehr realistischen Traum abhaken und sich der Sache mit dem Frühstück widmen.

Die Brotstückchen waren in perfekter Größe geschnitten, Timo musste sie nur in den Mund stecken, kauen und schlucken. Aber allein sie richtig zu fassen zu bekommen, war eine Herausforderung und jedes Mal, wenn es ihm gelang, ein kleiner Triumph.

»Das klappt doch schon wunderbar!«, hörte er die Schwester vom Nebenbett her sagen. Sie hielt Magnus eine Schüssel vors Gesicht und fütterte ihn daraus mit einem undefinierbaren Brei. Apfelmus vielleicht. Zwischendurch massierte sie seinen Kehlkopf, sprach mit ihm, wischte ihm immer wieder Breireste vom Kinn.

Halluzination, dachte Timo. Ganz klare Sache. Er nahm seinen Kampf mit der Schnabeltasse wieder auf. Jedes Mal brauchte er zwei oder drei Anläufe, bis er den eigenen Mund traf, mehrmals fiel die Tasse ihm aus den Händen. Es war irgendwie entwürdigend, aber das galt sowieso für die ganze Situation hier.

Und dann auch noch Hagebuttentee.

Nach dem Frühstück war Timo so erschöpft, wie er es

früher nach einem schwierigen Fußballmatch gewesen war. Als die Krankenschwester sein Frühstücksgeschirr holte und ihn dafür lobte, wie gut er das mit dem Essen hinbekommen hatte, empfand er das nicht als albern, sondern als vollkommen angebracht. Er versuchte, ihr Namensschild zu lesen, als sie sich über ihn beugte, doch das war aussichtslos. Er erkannte, dass dort Buchstaben standen, war aber nicht imstande, sie zu einem Wort zu verbinden. Fragen ging auch nicht, es war ein Albtraum. Und was, wenn es so blieb?

Timo reagierte nicht, als die namenlose Krankenschwester sich erkundigte, ob sie ihn wieder hinlegen sollte oder ob er lieber weiter sitzen bleiben wollte, mit aufrechtem Kopfteil.

Es war ihm egal. Schulterzucken klappte immerhin, und das tat er nach einiger Zeit.

»Okay.« Die Krankenschwester war überhaupt nicht beleidigt. »Dann bleib sitzen, gut? Gleich kommt sowieso Dr. Sporer, und danach wirst du abgeholt zur Therapie.«

Timo nahm es zur Kenntnis und drehte seinen Kopf in Richtung Fenster. Draußen nieselte es, das hieß, Carl würde wohl kaum wieder mit ihm eine Tour durch den Park machen.

Der Doktor kam zehn Minuten später. Mittelgroß, schlank, mit schütterem Haar. »Unser Neuzugang«, begrüßte er Timo, schnappte sich seine Hand und schüttelte sie. »Da freue ich mich sehr. Ich bin Dr. Sporer. Wir haben große Pläne mit dir.« Er lachte und zeigte dabei gerade, sehr weiße Zähne. »Darf ich mir mal deinen Kopf ansehen?«

Er war der Erste, der fragte. Timo senkte und hob das

Kinn. Er hielt still, als die tastenden Finger des Arztes über die Operationsnarben wanderten. Wuchs dort schon wieder Haar?

»Ist sehr schön verheilt.« Sporer machte sich einige Notizen auf seinem Clipboard. Er war jünger als die meisten Ärzte, die Timo in der Klinik behandelt hatten. Ohne den weißen Mantel hätte er eher wie ein Unternehmer gewirkt. Dynamisch, erfolgreich, karrierebewusst.

»Ich habe schon gehört, dass du noch Schwierigkeiten mit dem Sprechen hast«, sagte er und klickte seinen Kugelschreiber ein paarmal auf und zu. »Aber wir könnten es mit Ja-Nein-Fragen versuchen. Was hältst du davon?«

Eine ganze Menge, dachte Timo. Unwillkürlich glitt sein Blick nach rechts, zu Magnus' Bett. Dieser Arzt war aufmerksam, er würde die Zeichen vielleicht verstehen, die Timo ihm gab.

»Gut. Also. Hast du Schmerzen?«

Ein langsames Drehen des Kopfs von rechts nach links. Nein.

»Das ist gut. Ist dir manchmal schwindelig?«

Ja.

»Passiert es dir manchmal, dass Leute um dich herum reden, aber du verstehst nicht, was sie sagen?«

Timo dachte kurz nach. Das war zu Beginn so gewesen, hatte aber aufgehört. Also nein.

»Hast du Wahrnehmungsstörungen? Hörst oder riechst du zum Beispiel Dinge, die nicht da sind? Oder siehst merkwürdige Sachen? Fliegende Teetassen zum Beispiel, oder Spinnen auf deinem Bett?«

Oh Gott, war so was üblich? Timo deutete ein Nein, brach aber in der Bewegung ab. Sein Blick richtete sich auf Magnus, blieb dort haften. Dann langsames Nicken. Verstand Sporer das?

Er schien irritiert. »Heißt das nein? Oder doch?« Schulterheben. Die Augen weiterhin auf Magnus richten. »Du weißt es nicht? Okay, das kann manchmal so sein. Wahrnehmungsstörungen wirken oft so real, dass man sie nicht von der Wirklichkeit unterscheiden kann. Wichtig für dich ist: Du musst keine Angst haben, wenn so etwas passiert. Halluzinationen können dir nichts anhaben, und sie werden mit der Zeit verschwinden.«

Beharrlich starrte Timo weiterhin Magnus an, bis Sporer endlich zu begreifen schien. »Ist etwas mit deinem Bettnachbarn? Ja, ich weiß, ihr werdet euch nicht groß unterhalten können, er hat noch einen viel weiteren Weg vor sich als du.«

Timo antwortete wieder mit seiner Version eines Zeitlupen-Kopfschüttelns. *Nein. Hat er nicht. Er läuft nachts herum. Glaube ich.*

Allerdings war er nach Sporers Schilderung dessen, was alles Halluzination sein konnte, noch unsicherer. Fliegende Teetassen – dagegen war ein herumspazierender Magnus geradezu fantasielos.

Doch der Arzt begriff ohnehin nicht, was Timo meinte. »Du willst nicht mit ihm in einem Zimmer liegen? Aber sieh es mal so, du bist wirklich ungestört. Kein Lärm, kein Fernseher, wenn du mal Kopfschmerzen hast … und umgekehrt musst du kaum Rücksicht auf ihn nehmen.«

Wieder schüttelte Timo den Kopf, etwas schneller diesmal, was sich mit sofort einsetzendem Schwindel rächte. Er musste das mit dem Sprechen in den Griff bekommen. Bald.

»Hm.« Sporer sah ratlos drein. »Wenn du dich wirklich nicht wohlfühlst, werde ich mal sehen, was sich machen lässt. Aber vielleicht versuchst du es noch ein paar Tage lang hier, du bist ja gerade erst angekommen.«

Super. Timo hatte dem Arzt nicht mal ansatzweise begreiflich machen können, was er wollte, dafür hielt der ihn jetzt wahrscheinlich für ein verzogenes Arschloch, das schon am ersten Tag Ansprüche stellte.

Allerdings wirkte Sporer nicht verstimmt, höchstens noch ein wenig aufmerksamer als zuvor. Als wolle er keine von Timos Regungen verpassen. Er fuhr mit seinem Fragenkatalog fort, und Timo antwortete matt.

»Okay, das war's schon«, erklärte der Arzt nach ein paar Minuten. »Du hast toll mitgemacht. Und lass dich nicht entmutigen. Du wirst schneller wieder auf den Beinen sein, als du denkst. Wir haben ein erstklassiges Team von Therapeuten, und sobald du dazu Lust hast, kannst du die Gemeinschaftsstunden im ersten Stock besuchen.« Er lächelte aufmunternd. »Da wird gebastelt, Musik gemacht, mit Computern gearbeitet und so weiter. Den meisten macht das Spaß.«

Timo zog die Mundwinkel auseinander und hoffte, dass das Ergebnis einem Lächeln ähnelte. Basteln. Musizieren. Das klang ja großartig. Zum letzten Mal hatte man ihn damit im Kindergarten locken können – allerdings musste er zugeben, dass die meisten Kindergartenkinder deutlich mehr draufhatten als er zurzeit.

»Wir werden sehen.« Sporer legte ihm eine Hand auf die Schulter. »Ich bin jedenfalls schon sehr gespannt auf deine Fortschritte.«

5

Ergotherapie. Das hieß, einen Ball halten, sich die Zähne putzen, einen Löffel zum Mund führen, alles unter Anleitung von Britta, einer kräftigen Brillenträgerin mit kurzem Haar und einem Lachen, das die Wände des Markwaldhofs zum Erzittern brachte.

Zähneputzen erwies sich für Timo am schwierigsten. Die Bürste mit leichtem Druck über die Zahnreihen führen, dabei aufpassen, dass man nicht abrutschte und sie sich in die Innenseite der Wange stieß …

»Ziemlich gut«, sagte Britta und lachte. »Morgen geht es noch besser, du wirst sehen.«

Etwas später: Logotherapie. Agnes war eine ruhige junge Frau mit Rehaugen, einer aufgebogenen Nase und sehr vielen Ringen an den Fingern. Sie übte einfache Worte mit Timo, doch das Ganze schien aussichtslos. Wenn er ein A sagen wollte, kam ein E dabei raus. M statt T, B statt S. Sein Gehirn schickte ganz offensichtlich falsche Signale, es war wie ein verstimmtes Instrument, auf dem ein G erklang, wenn man eigentlich ein C spielen wollte.

Nach einer halben Stunde war Timo den Tränen nahe. Er würde nie wieder normal sprechen können, er hatte es so sehr versucht, und es hatte kein einziges Mal geklappt.

Agnes sah, wie es ihm ging, und nahm ihn in den Arm. »Nicht aufgeben«, sagte sie. »Ich hatte einige Patienten, bei denen es anfangs so war wie bei dir, oder schlimmer. Heute reden sie wie gedruckt, man hört kaum noch, dass da mal etwas nicht gestimmt hat. Bei manchen merkt man es überhaupt nicht mehr. Wir machen weiter. Es wird besser. Ich verspreche es dir.«

Timo ließ sich wieder in sein Zimmer bringen und ins Bett legen, dort schloss er die Augen und kämpfte gegen seine wachsende Verzweiflung an. Er war … behindert. Schwer sogar. Sein Leben war im Grunde genommen vorbei. So wie das von Magnus, aber der merkte wenigstens nichts davon.

Den Rest des Tages lag Timo mit geschlossenen Augen im Bett und stellte sich tot. Er hatte insgeheim auf einen Kurzbesuch von Carl gehofft, aber der machte sich vermutlich eine schöne Zeit mit Leuten, die auch mal etwas sagen konnten.

Mit dem Hören hatte Timo allerdings keine Probleme, deshalb bekam er auch mit, worüber die beiden Krankenschwestern sprachen, die das Abendessen brachten. Sie nahmen kein Blatt vor den Mund, wahrscheinlich dachten sie, er schliefe.

»… dramatische Verschlechterung, und keiner kapiert, warum. Sporer ist ratlos.«

»Ich hab das nicht kommen sehen. Du? Er war doch wirklich schon so gut wie völlig gesund. Der arme Kerl.«

»Und die arme Familie.« Ein Tablett landete auf Timos Beistelltischchen, und der Geruch von Hühnersuppe stieg ihm in die Nase. Von wem sprachen die beiden? Kannte Timo ihn?

Jemand berührte sanft seine Schulter. »Aufwachen, es gibt Essen. Hühnersuppe und Nudelauflauf, das magst du hoffentlich.«

Er schlug die Augen auf. Wieder ein unbekanntes Gesicht, eine neue Krankenschwester. Blond, kurzhaarig. »Wir kennen uns noch nicht, ich bin Lisa.« Wenn sie lachte, bildeten sich Fältchen um ihre Augen. »Guten Appetit.«

Sie drückte ihm einen Löffel in die Hand, legte ihm einen Plastiklatz um und machte sich auf den Weg nach draußen.

Timo dachte nicht daran, sich mit der Suppe herumzuschlagen. Er konnte sich gut vorstellen, wie das enden würde – ein Drittel der Flüssigkeit in seinem Magen, der Rest verteilt über Bett, Boden und seinen eigenen Körper.

Außerdem hatte er überhaupt keinen Hunger. Er fragte sich, ob der Patient, von dem vorhin die Rede gewesen war, Carl sein könnte, und hoffte inständig, dass er es nicht war. Sie kannten sich zwar kaum, und Freunde waren sie bestimmt noch nicht, aber Timo hatte gehofft, noch Zeit mit Carl zu verbringen, bevor der entlassen wurde. Er hatte seine respektlose Art wirklich gemocht und irgendwie … ach, er konnte es selbst nicht genau erklären. Irgendwie war die Vorstellung, das hier durchzustehen, gar nicht so schlimm gewesen, wenn er gleichzeitig Leute wie Carl um sich hatte.

Lustlos schaufelte Timo sich ein wenig von dem Nudel-auflauf auf seinen Löffel und führte ihn in Richtung Mund. Die Hälfte fiel auf dem Weg hinunter, war ja klar gewesen, aber ein kleiner Bissen landete dort, wo er hingehörte.

Beim zweiten Mal ging es total schief, beim dritten Mal wieder besser, dann hatte Timo genug. Der Form halber hatte er gegessen, damit sollte Lisa gefälligst zufrieden sein.

War sie zwar nicht, aber sie zwang Timo auch nicht zum Weiteressen. »Nicht nach deinem Geschmack gewesen, hm?« Sie nahm das Tablett und betrachtete bekümmert den fast vollen Teller und die unangetastete Suppenschale. »Oder wärst du lieber gefüttert worden?«

Empört drehte Timo den Kopf nach rechts und links.

»Na gut. Aber morgen solltest du mehr essen. Das ist wichtig für dich.«

Sie stellte das Kopfende von Timos Bett waagrecht, schal-tete das Licht aus und ging.

Er lag da, in der Dunkelheit. Lauschte den Geräuschen des Hauses nach. Schritte draußen auf dem Gang, das Rauschen der vom Wind bewegten Bäume im Park. Magnus' gleich-mäßiger Atem. So würde es von jetzt an sein, für lange, lan-ge Zeit, wenn nicht gar für immer. Essen, Untersuchungen, Therapie, Schlafen. Wahrscheinlich irgendwann auch Fern-sehen, wenn man sicher war, dass er keine epileptischen Anfälle davon bekommen würde.

Er passte seinen Atemrhythmus dem von Magnus an. Merkte, wie er langsam wegdämmerte.

Was ihn weckte, war das Geräusch der Türklinke, die hi-nuntergedrückt wurde. Timo war nicht sofort voll da, aber schnell genug, um noch zu sehen, wie jemand von außen die Tür hinter sich zuzog.

Hektisch tastete er in der Finsternis nach dem Lichtschalter neben seinem Bett. Er wusste, dass dort einer war, er hatte ihn im Lauf des vergangenen Tages mehrmals gesehen und sich gefragt, wie viele Versuche er brauchen würde, um ihn zu treffen, wenn er das wollte.

Diese Frage beantwortete sich nun. Vier waren es. Die Lampe, die in die Wand über seinem Bett eingebaut war, leuchtete auf, und Timo drehte den Kopf zur Tür.

In gewisser Weise hatte er gewusst, was er sehen würde, doch dass es sich nun bewahrheitete, verschaffte ihm keine Erleichterung, denn eine Erklärung dafür war weit und breit nicht in Sicht.

Er war allein im Zimmer. Magnus' Bett war leer.

Nicht einschlafen. Nicht.

Wach bleiben.

Wach.

Bleiben.

Timo zog alle Register, um diesmal Gewissheit zu erlangen. Noch einmal Magnus' Rückkehr zu verschlafen kam nicht infrage. Er versuchte, sich an alle Gedichte zu erinnern, die er je in der Schule hatte lernen müssen, und stellte fest, dass dieser Teil seines Erinnerungsvermögens erstaunlich gut funktionierte. Er erstellte im Kopf eine Liste aller fünfzig US-Bundesstaaten, kam aber immer nur auf sechsundvierzig.

Zwischendurch vergewisserte er sich regelmäßig, dass er

wirklich wach war. Schaltete das Licht aus und wieder an –
schließlich machte er es ganz aus, weil Magnus möglicherweise nicht ins Zimmer zurückkommen würde, wenn er
vermutete, dass Timo ihn dabei sah.

Wie spät es war, wusste er nicht. Konnte er eigentlich die
Uhr noch lesen? Zahlen? Er hatte es noch nicht bewusst
versucht. Aber zählen, das konnte er, nur ließ ihn das sofort
müde werden.

Er war knapp davor, den Kampf gegen den Schlaf aufzugeben, als die Tür sich öffnete. Magnus schlüpfte herein, ein
großer Schatten vor dem hell erleuchteten Gang, der sich
sofort mit dem Dunkel vermischte, als die Tür geschlossen
wurde.

Einige Atemzüge lang war es völlig ruhig. Vermutlich
stand er einfach da und sah zu Timo hinüber, fragte sich,
ob er schlief. Dann ein lautes Ausatmen. »Ich könnte dich
einfach mit meinem Kissen ersticken, wenn ich Lust drauf
hätte«, flüsterte Magnus.

Obwohl sein Herz zu rasen begonnen hatte, rührte Timo
sich nicht. Er hatte keine Chance, sich zu wehren, wenn
Magnus wirklich beschließen sollte, ihn anzugreifen. Er
konnte dann nur schreien, laut und wortlos, und hoffen,
dass jemand schnell genug kam.

Ein paar Sekunden später hörte er, wie Magnus sich auf
sein Bett setzte, dann raschelnde Geräusche vom Zurecht-
ziehen der Decke.

Timo starrte ins Dunkel, er wagte erst, die Augen zu schließen, als er vom Nebenbett her Schnarchgeräusche hörte.

Als er wieder aufwachte, geschah das mit einem Ruck. Sein erster Blick galt Magnus, der, wie schon am vorherigen Morgen, völlig bewegungslos im Bett lag, die Augen halb geöffnet. Ein wenig Speichel lief ihm aus dem Mundwinkel.

Timo hatte die Ereignisse der letzten Nacht noch mehr als deutlich in Erinnerung. Vor allem *Ich könnte dich einfach mit einem Kissen ersticken* hatte sich in sein Gehirn eingebrannt.

Jetzt standen die Chancen umgekehrt besser. Außer, Magnus täuschte seinen komatösen Zustand nur vor, aber konnte ein Mensch das über Wochen hinweg durchhalten? Unwahrscheinlich.

Das Frühstück kam, wieder hereingebracht von der Krankenschwester mit dem kastanienbraunen Zopf. »Wir machen es so wie gestern, einverstanden?«, sagte sie, als sie Timo aufsetzte. »Ich weiß, es ist anstrengend für dich, aber es ist wichtig, und du wirst mit jedem Tag besser werden.«

Sie beugte sich über ihn und schob ihm das Kissen bequem in den Nacken.

Claudia.

Da stand es, auf ihrem Namensschild. Sie hieß Claudia, und Timo hatte es auf einen Blick erfasst. Er hatte nicht mühevoll herumbuchstabieren müssen, er hatte gelesen wie früher.

Die Überraschung war so groß, dass er auflachte. »Ich kann wieder lesen«, rief er. Wollte er rufen. Was aus seinem Mund kam, war leider der unverständliche Brei aus Vokalen und Konsonanten, der ihm so unendlich peinlich war.

Claudia, die sich schon Magnus zugewandt hatte, drehte

sich noch einmal zu Timo um. »Brauchst du noch etwas? Ist der Tee zu heiß?«

Beschämt schüttelte Timo den Kopf. Zu schnell, als gut für ihn war, aber der einsetzende Schwindel hielt sich in Grenzen.

Lesen ging also. Sprechen nicht. Wenn er klug war, dann freute er sich trotzdem über den Fortschritt, statt unglücklich über das zu sein, was noch nicht klappte.

Und da war wieder die Schnabeltasse. Zeit für weitere frustrierende Erlebnisse.

Timo griff danach, mit beiden Händen. Hob sie hoch, führte sie zum Mund, den er auf Anhieb traf. Er trank zwei Schlucke lauwarmen Hagebuttentee, dann setzte er die Tasse wieder ab. Staunte darüber, wie reibungslos das gelaufen war. Versuchte es noch einmal.

Es war, als könnten seine Hände sich plötzlich wieder daran erinnern, wie man das macht, greifen und festhalten. Es war nicht schwierig, Timo musste sich nicht groß konzentrieren.

Beim ersten Stück Marmeladebrot war es genauso. Er traf den eigenen Mund auf Anhieb, zerquetschte das Brot nicht zwischen den Fingern, verschmierte nichts im Gesicht oder auf dem Bett.

Und das nach einer einzigen Stunde Ergotherapie? Britta musste ein Genie sein. Timo brauchte nicht einmal die Hälfte der Zeit, die er gestern gebraucht hatte, um sein Frühstück zu beenden. Danach hatte er Gelegenheit, Claudia dabei zu beobachten, wie sie Magnus fütterte.

Spätestens jetzt war Timo ganz sicher, dass der Typ, der

50

ihn nachts bedrohte, tagsüber ein hilfloses Bündel Mensch ohne Bewusstsein war. Jeder Bissen, den Claudia ihm verabreichte, war mühevoll. Magnus kaute nicht, aber immerhin schluckte er, wobei die Hälfte dessen, was Claudia ihm gab, wieder aus seinem Mund quoll.

Die Krankenschwester war ein Muster an Geduld. Sie lobte Magnus für jeden Löffel, den er aß, dabei erzählte sie ihm von ihrem Hund, Perry, dem es kürzlich gelungen war, eine Packung Kekse aus dem Schrank zu holen, die Verpackung zu öffnen und den gesamten Inhalt zu fressen. Und das innerhalb der drei Minuten, die Claudia im Keller gewesen war.

Es würde noch lange dauern, dachte Timo, bis Magnus das Gleiche zustande bringen würde.

Oder nur bis heute Nacht.

Kurz danach begann Claudia, Timos Frühstücksgeschirr wegzuräumen, und nahm ihm auch den Latz ab, der wieder um seinen Hals gehangen hatte. »Das ist ja heute gut gelaufen«, stellte sie fest und versuchte, das Erstaunen in ihrer Stimme zu unterdrücken. »Großartig, Timo.«

Er lächelte ihr zu und nickte, als sie ihn fragte, ob er wieder aufrecht sitzen bleiben wollte. »Heute ist die Logotherapie am Vormittag und die Ergotherapie danach«, erklärte Claudia noch, dann ging sie.

Timo wartete noch fünf Minuten, dann tastete er nach dem Trapezgriff über seinem Kopf. Erwischte ihn schon beim ersten Mal und zog sich so weit hoch, dass er versuchen konnte, die Beine aus dem Bett zu bekommen. Erst das rechte, dann das linke.

Das Ganze war riskant – er wusste nicht, wie sehr seine Muskeln sich zurückgebildet hatten und wie groß die Chancen waren, dass seine Beine ihn tragen würden. Aber einmal hatten sie es schon getan, nicht wahr? Als er in der Klinik schlafend bis in eine Ecke seines Zimmers gelangt war.

Auf unangenehme Weise erinnerte ihn diese Episode an Magnus' nächtliche Ausflüge.

Eine Hand am Trapez, die andere an der Bettkante, zog und stemmte Timo sich hoch. Seine Knie zitterten, aber er konnte das Gleichgewicht bewahren. Zumindest, solange er nicht ganz frei stand, sondern irgendwo Halt fand.

Am Bett. Am Nachtkästchen. Drei schlurfende Schritte, wie ein alter Mann. Dann konnte er mit einer Hand nach Magnus' Bettgestell greifen.

Schwer atmend und halb gekrümmt stand Timo da und blickte seinem Zimmergenossen ins Gesicht. Magnus hatte nicht einmal mit den Lidern gezuckt, er lag da und blickte ins Nichts.

Mit seiner freien Hand stupste Timo ihn an. Keine Reaktion. Nicht einmal Magnus' Atemrhythmus änderte sich.

Er hätte ihn gern angesprochen und ihm erklärt, dass er seine nächtlichen Drohgebärden überhaupt nicht witzig fand, aber das mit dem Reden war ja leider kein Thema.

Dafür aber … lesen. Carl hatte etwas von einem Krankenblatt gesagt, das er am Fußende von Timos Bett gesehen hatte.

Umdrehen, langsam, dabei gut festhalten. Wieder ein paar schlurfende Altmännerschritte auf unsicheren Beinen, dann war Timo zurück bei seinem Bett. Tatsächlich, da hing

52

eine Art Clipboard. Er angelte vorsichtig danach – wenn er es fallen ließ, konnte er es wohl kaum wieder aufheben – und setzte sich dann erschöpft an den Bettrand. Ein paar Schritte, und schon war seine Kraft verbraucht, das war kaum zu glauben.

Timo wartete, bis die dunklen Punkte vor seinen Augen sich aufgelöst hatten, dann sah er sich seine Krankenakte an.

Timo Römer, 17 Jahre

Schweres SHT nach Motorradunfall, Hirnödem, Entlastungskraniektomie, Rippenserienfraktur rechts mit Beteiligung der sechsten bis zehnten Rippe, Schulterluxation, NBI Generation 3 …

Die Liste war lang, Timo verstand nicht alle medizinischen Begriffe, aber er verstand, dass er wohl Riesenglück gehabt hatte, zu überleben. Was er nicht begriff war, was das mit der Generation bedeuten sollte.

Egal. Großartig war jedenfalls, dass er das Lesen wirklich wieder so gut beherrschte wie früher. Unglaublich, wie schnell das gegangen war! Gestern noch hatte er nicht einmal die Namensschilder seiner Krankenschwestern entziffern können, heute war ein Wort wie *Entlastungskraniektomie* plötzlich kein Problem mehr. Schade, dass er niemandem davon erzählen konnte.

Hm. Oder? Konnte er vielleicht doch?

Es würde gleich mit der Logotherapie losgehen, da würde er neue Sprechversuche starten, aber davon abgesehen gab es noch eine andere Möglichkeit.

Er griff nach dem Stift, der am Clipboard steckte, genauer

gesagt versuchte er, danach zu greifen. Es war viel schwieriger als eben noch mit der Schnabeltasse, der Stift war dünn, man musste die Finger verwenden, nicht die ganze Hand.

Timo war überzeugt davon, er würde ihn fallen lassen, doch zu seiner Überraschung war schon der vierte Versuch von Erfolg gekrönt. Er hielt den Stift in der Faust, als wäre er ein Dolch. Auf dem Tisch am Fenster entdeckte er einen Werbefolder des Markwaldhofs.

Hinschlurfen. Auf den Stuhl setzen. Den Stift über das Papier halten.

Er wollte nur TIMO schreiben, als ersten Versuch, aber schon der Querstrich des T misslang, wurde ein schiefer, zittriger Haken. Der Längsstrich stand drei Fingerbreit daneben, wie ein dürrer, krummer Baum. Es waren einfach zwei unkoordiniert hingeschmierte Linien, die nichts miteinander zu tun hatten. Kein Mensch auf dieser Welt würde annehmen, dass sie ein T bilden sollten. Ans Schreiben ganzer Worte, geschweige denn Sätze, war also nicht zu denken.

Timo ließ den Stift los und beobachtete ihn dabei, wie er über den Tisch rollte. Er würde sich weiterhin auf Nicken und Kopfschütteln beschränken müssen. Keiner würde von Magnus' nächtlichen Ausflügen erfahren, zumindest nicht von ihm.

6

Die Logotherapie bei Agnes, zwanzig Minuten später, verlief genauso frustrierend wie beim letzten Mal. Timo hasste die Geräusche, die er bei seinen Sprechversuchen ausstieß, mit einer Inbrunst, die ihm fast Übelkeit verursachte. Agnes hingegen brachte das alles nicht aus der Ruhe. »Wenn wir gemeinsam dranbleiben, dann wirst du bald Fortschritte sehen«, sagte sie.

Bei der Ergotherapie klappte es besser, Timo schaffte es, sich zu kämmen, ohne die Bürste fallen zu lassen, auch wenn er sich ein paarmal damit gegen die Stirn schlug. Er berührte einen roten Baustein, wenn Britta »rot« sagte, und einen grünen bei »grün«.

Davon, eine Computertastatur benutzen zu können, war er trotzdem noch meilenweit entfernt. Einen Touchscreen vielleicht, mit sehr großen Feldern – da bestand die Möglichkeit, dass er das richtige treffen würde. Um dann, in stundenlangen Bemühungen, einen Satz zusammenzubasteln. *Magnus steht jede Nacht auf und spricht.*

Als er ins Zimmer zurückgebracht wurde, war er müde

und enttäuscht. Er nickte, als Britta ihn fragte, ob er noch im Rollstuhl sitzen bleiben wollte – er hatte es am Vormittag geschafft, alleine aufzustehen und ein paar Schritte zu gehen, er würde es wieder schaffen.

Das ist doch schon ein echter Erfolg, sagte er sich selbst. Darüber könnte ich mich doch freuen.

Stattdessen stiegen ihm Tränen in die Augen, die er ungeschickt wegwischte. Draußen war es windig, die Äste des nächststehenden Baums schlugen gegen die Mauer und einmal sogar gegen sein Fenster. Dunkle Wolken ließen vermuten, dass es bald regnen würde.

Regen.

Timo sah plötzlich eine nass glänzende Straße vor sich, auf die der Regen ebenso prasselte wie auf seinen Helm.

Motorradunfall. Es hatte geregnet, da war er mit einem Mal sicher.

War er ausgerutscht? Wo hatte er hingewollt?

Alles rund um den Unfall war wie ausgelöscht, nur die Erinnerung an Regen war da, an einen wahren Wolkenbruch ...

Die Tür sprang auf, Sekunden später packte jemand die Griffe von Timos Rollstuhl und wirbelte ihn herum.

»Na, Alter, erinnerst du dich noch an mich?«

Carl. Mit C.

»Okay, du grinst, du erinnerst dich«, stellte er zufrieden fest und steuerte mit Timo auf die Tür zu. »Was hältst du dann davon, wenn ich dir die große Tour durchs Haus gebe? Da bist du begeistert, oder?« Ohne im Geringsten auf Timos Reaktion zu achten, fuhr er mit ihm aus dem Zimmer und den Gang entlang, diesmal nach links. »Auf der 402 gleich neben dir liegen Emil und Felix, beide Anfang zwanzig. Emil ist auch so ein begabter Motorradfahrer wie du. Felix hatte einen Tumor, sein Sprachzentrum ist ungefähr so fit wie deines.«

Halb und halb erwartete Timo, dass Carl ihn in das Zimmer der beiden rollen würde, aber er fuhr daran vorbei, ohne auch nur das Tempo zu reduzieren. »Da vorne links ist unser Zimmer, also Samis und meines. Sami ist vor ein paar Monaten beim Skifahren gegen einen Liftmast geprallt und ist seitdem vom vierten Lendenwirbel abwärts gelähmt. Ab und zu kann er aber trotzdem sein linkes Bein spüren, deshalb ist er hier, sie wollen sehen, ob nicht doch noch was zu machen ist.«

Auch hier kein Stopp, stattdessen legte Carl sich und den Rollstuhl in die Kurve und fuhr zurück. »So, deine Zimmernachbarn auf der anderen Seite, also auf der 406, sind Jakob und Oskar, beide noch ziemlich jung, Oskar lässt sich kaum je draußen blicken. Daneben kommt dann das Schwesternzimmer, und dann wird es interessant.« Zielstrebig fuhr Carl auf die Glastür zu, die vor ihnen lag. »Hier beginnt nämlich das Reich der Mädels. Mona, Valerie, Tamara, Sophie, Pauline und zwei Lauras, im Moment. Laura zwei wird wahrscheinlich bald entlassen, es geht ihr einigermaßen, und sie hat Heimweh. An die anderen gewöhne dich mal besser.«

Sie kamen durch die Glastür, und ein Mädchen auf Krücken kam ihnen entgegen. »Boah, Carl, du hast hier nichts zu suchen.« Ihre heisere Stimme passte so gar nicht zu ihrer sonstigen Erscheinung. Langes blondes Haar, lange Beine, von denen eines allerdings aussah, als wäre es von der Hüfte weg nach innen verdreht.

»Ach komm, Valerie, du freust dich doch, mich zu sehen!« Das schmatzende Geräusch, das auf den Satz folgte, war vermutlich ein Kuss, den Carl Valerie zugeworfen hatte. Sie verzog das Gesicht.

»Ich weiß gar nicht, wohin mit meiner ganzen Freude«, gab sie zurück. Erst jetzt merkte Timo, dass ihre Worte nicht nur heiser, sondern auch ein bisschen schleppend klangen. Als würden die einzelnen Buchstaben ein wenig weiter auseinanderliegen als üblich.

»Das hier ist Timo.« Carl rüttelte am Rollstuhl. »Neuzugang. Motorradunfall. Wird dir nicht mit seinem Geschwätz auf die Nerven gehen, weil er nämlich nicht spricht.«

Valerie betrachtete Timo mit kaum wahrnehmbarem Lächeln. »Da ist er mir ja schon mal sehr sympathisch.« Sie humpelte zwei Schritte auf ihn zu. »Willkommen bei den Freaks, Timo.«

Er hob leicht die Hand zu einem angedeuteten Winken, stellte fest, dass das erbärmlich aussah, und ließ sie wieder auf die Lehne sinken.

»Wir sehen uns später, nehme ich an?«, fragte Carl. »Ich fahre noch ein bisschen mit Timo herum, dann kommen wir in den Gemeinschaftsraum.«

Valerie nickte. »Bis später.«

»Autounfall«, erklärte Carl, sobald sie außer Hörweite waren. »Ihr Vater ist gefahren, sie saß auf dem Beifahrersitz. Papa hatte zwei Gläschen intus und fand es witzig, auf der

Bundesstraße in einer Kurve zu überholen. Ein anderer Wagen kam ihm entgegen, Papa wich aus, kam von der Straße ab, doch da war leider ein Baum. Die Beifahrerseite wurde total eingedrückt, Valerie war gewissermaßen Matsch, Papa hatte bloß drei blaue Flecken. Aber du hast noch nie einen Menschen mit so schlechtem Gewissen gesehen. Zu besichtigen an jedem Besuchstag.«

Timo hörte nicht nur Sarkasmus, sondern auch Bitterkeit aus Carls Stimme. Zum ersten Mal fragte er sich, was seinen neu gewonnenen Kumpel eigentlich hierhergebracht hatte. So fröhlich er über die Schicksale der anderen erzählte, so wenig hatte er bislang sein eigenes erwähnt.

Auch an diesem Ende des Gangs befand sich ein Aufzug. Die Türen glitten zur Seite, und ein junger Arzt trat heraus. Er musterte Carl skeptisch. »Wohin wollt ihr denn?«

»Ach, nirgendwohin speziell. Ich soll mich bewegen, und da dachte ich, ich verschaffe gleichzeitig Timo ein wenig Abwechslung.«

Der Arzt überlegte kurz und zuckte dann mit den Schultern. »Solange du darauf achtest, dass du ihn nicht überforderst, ist das okay, denke ich.« Er beugte sich zu Timo hinunter. »Kannst du ihm signalisieren, wenn du genug hast?«

Timo senkte und hob das Kinn. Hob außerdem noch eine Hand. Lächelte.

»Na dann, okay. Habt Spaß.«

Dritter Stock. Die Türen öffneten sich. »So, und jetzt betreten wir die Zwischenwelt. Hauptsächlich Leute wie Magnus, allerdings älter. Nicht tot, nicht lebendig, aber angeblich trotzdem nicht hoffnungslos. Eine der Krankenschwestern, Lisa, hat mir erzählt, letztens wäre tatsächlich ein Mann wieder zu sich gekommen, nach vier Monaten Koma. Bauarbeiter. Arbeitsunfall.«

Ohne zu klopfen, öffnete Carl die Tür zum ersten Zimmer. Wenn es ihm möglich gewesen wäre, hätte Timo protestiert; so konnte er nur ein unwilliges Geräusch von sich geben, das Carl aber völlig richtig interpretierte.

»Keine Sorge, wir stören hier niemanden, die beiden haben keine Ahnung, dass sie gerade Besuch bekommen.« Er wies auf das linke Bett, in dem ein kleiner, grauhaariger Mann lag. »Der da war früher Wissenschaftler, ab und zu sogar im Fernsehen. Professor Erich Brand, kennst du ihn? Na ja, egal. Wenn er irgendwann mal genial gewesen sein sollte, ist jedenfalls nichts mehr davon übrig.« Carl drehte den Rollstuhl in Richtung des anderen Betts.

»Und das hier ist Freddy Stein. Achtunddreißig Jahre alt, beim Segeln vom Großbaum ins Wasser geschleudert worden und ertrunken. Sie haben ihn wiederbelebt, aber er hat lange im Koma gelegen. Dann, vor zwei Monaten, ging es ihm plötzlich besser, und zwar rasant. Vor drei Wochen war er so fit, dass er mit mir Schach gespielt hat. Er hat sogar gewonnen. Aber seit fünf Tagen ist er wieder … Gemüse.« Timo hörte, wie Carl schluckte; Freddys Schicksal ging ihm offenbar nah. »Keiner weiß, woran es liegt. Sie haben ihm ein Schädel-CT verpasst, nach Hirnblutungen und Ähnlichem gesucht, aber nichts gefunden. Trotzdem … sieh ihn dir an.«

Das tat Timo, mit mulmigem Gefühl im Bauch. Wollte Carl ihm sagen, dass jeder Fortschritt, den er hier mühsam machen würde, mit einem Schlag wieder verloren sein konnte? Sobald das Gehirn aus irgendeinem Grund beschloss, nicht mehr mitzuspielen?

Sie verließen das Zimmer, Carl jetzt deutlich einsilbiger als zuvor. Er drückte den Rufknopf des Lifts, sah sich nach rechts und links um, dann hockte er sich neben Timo hin. Ihre Köpfe waren jetzt auf gleicher Höhe.

»Ich denke viel über Freddy nach«, murmelte er. »An dem Nachmittag, als er seinen Rückfall hatte, wollten wir uns im Park zum Spazierengehen treffen. Er wollte mir etwas erzählen.« Carl atmete tief durch. »Er ist nicht aufgetaucht, also bin ich rauf in sein Zimmer, und er hat im Bett gelegen. So ähnlich, wie er es immer noch tut.« Carl warf einen Blick zurück auf die geschlossene Tür. »Bei jeder meiner Fragen hat es eine Ewigkeit gedauert, bis er geantwortet hat, und dann hat er wirres Zeug geredet. Zum Beispiel sagte er: ›Es geht uns gut, alles läuft, wie es soll.‹« Kurzes Auflachen. »Irrtum. Jetzt geht es ihm beschissen, und ich frage mich die ganze Zeit, wen er damals mit ›uns‹ gemeint hat.«

Während Carl ihn auf den Gemeinschaftsraum zuschob, versuchte Timo, lautlos mit den Lippen den Namen *Magnus* zu formen, aber er merkte selbst, dass seine Lippen sich nicht zu einem M schlossen und aus dem A eher ein O werden würde.

Nach Carls Schilderungen zu Freddys Verhalten hätte Timo so gerne von seinen nächtlichen Erlebnissen mit Magnus erzählt, aber da musste er wohl noch einige Zeit warten.

Als sie zum Gemeinschaftsraum kamen, hatte Carl zu seiner üblichen Fröhlichkeit zurückgefunden. »Einen wunderschönen Nachmittag wünsche ich«, rief er beim Eintreten. »Welche Sensationen erwarten uns heute? Scrabble? Mensch ärgere dich nicht? Oder dürfen wir wieder zu Kinderliedern Holzstäbchen im Takt gegeneinanderschlagen?«

»Halt die Klappe, Carl.« Mona war näher gerollt. Dunkles Haar, dunkler Blick. Auf ihren Knien das iPad.

Timo fixierte es, so auffällig er konnte. Wenn sie es ihm für ein paar Minuten lieh, würde er sich vielleicht verständlich machen können.

»Du warst heute gar nicht bei der Wassergymnastik«, stellte sie vorwurfsvoll fest. »Wozu bist du eigentlich noch hier, wenn du auf die Therapien pfeifst?«

Carl schnappte sich einen Stuhl, setzte sich verkehrt herum drauf und verschränkte die Arme auf der Lehne. »Nur wegen deiner charmanten Gesellschaft, Mona Lisa.«

Sie funkelte ihn an, suchte sichtlich nach einer schlagfertigen Entgegnung, fand keine, also wendete sie ihren Rollstuhl und ließ Carl stehen.

Mist. Timo stieß einen unwilligen Laut aus, der wieder mal furchtbar klang, aber immerhin die erwünschte Reaktion zeigte. Mona drehte erst den Kopf, dann ihr Gefährt in seine Richtung. »Ja, Timo? Geht dir sein Geschwafel auch auf die Nerven?«

Er schüttelte vorsichtig den Kopf, hob eine Hand und deutete auf das iPad. Mona begriff nicht sofort. »Du meinst mich, das habe ich schon verstanden. Ich heiße Mona, nicht

Mona Lisa, aber du wirst es dir schon noch merken, wenn dein Gedächtnis sich ein wenig erholt hat.«

Wieder schüttelte er den Kopf und versuchte, deutlicher auf das Tablet zu zeigen, richtete zusätzlich den Blick darauf. So musste sie es doch kapieren.

Und das tat sie. »Du willst mein iPad? Sorry, das verleihe ich nicht mehr, mir ist selbst langweilig.«

Nur kurz, dachte er und bemühte sich, diese Botschaft in seine Augen zu legen.

»Jetzt sei nicht so«, sprang Carl ein. »Vielleicht will er ja nur schnell etwas googeln.«

Mona seufzte, nickte gottergeben und legte Timo das Tablet auf die Knie. Natürlich war keine Textverarbeitungs-App geöffnet, es war überhaupt keine App offen. Er betrachtete jedes einzelne Icon, am besten war vermutlich, er suchte nach dem für die Notizen, das gab es auf jedem Tablet.

Meist auf der ersten Seite. Also zurückwischen.

Er musste es viermal versuchen, bis es endlich gelang, aber er war immer noch nicht auf der richtigen Seite. Noch einmal wischen – diesmal klappte es auf Anhieb –, und da war sie, weiß und gelb, die App für die Notizen.

Sie mit dem Zeigefinger so anzutippen, dass sie sich öffnete, kostete Timo fast zwei Minuten; in der Zeit unterhielten Carl und Mona sich über eine gewisse Yvonne, die morgen nach Hause gehen sollte.

So. Er hatte endlich getroffen. Die App sprang auf, vor Timo lag eine leere Notiz und das virtuelle Keyboard, mit deprimierend kleinen Tasten.

Groß- und Kleinschreibung waren in Anbetracht der

Dinge lächerlicher Luxus, er würde schon innerliche Feste feiern, wenn er annähernd die richtigen Buchstaben traf.

Das M. Unten rechts.

Das Erste, was Timo antippte, war die Space-Taste, danach das Komma. Dann, oh Wunder, tatsächlich das M, doch statt des A traf er im Anschluss das Y. Als er es wieder löschen wollte, betätigte er stattdessen die Return-Taste.

Nächste Zeile, also gut. Wieder das M, auf Anhieb. Nach langem Zielen das A. Na also, es klappte. Dann allerdings berührte Timo versehentlich das D und statt des G das Z.

Wenn er versuchte, das zu löschen, würde er nur noch mehr Chaos anrichten, also mühte er sich verbissen weiter.

,my

madzgus

stand nach gut fünf Minuten auf dem Display, und Timo war erschöpft. Er lehnte sich zurück und lenkte damit Carls Aufmerksamkeit wieder auf sich. »Du hast etwas geschrieben!«

Carl nahm das iPad an sich und betrachtete es, dann hielt er es Mona hin. »Wenn wir unsere Fantasie ein bisschen anstrengen, dann könnte er Magnus meinen, nicht wahr?« Er wandte sich Timo zu. »Soll das Magnus heißen?«

Ja, nickte Timo.

Mona rollte näher an ihn heran. »Du willst uns etwas über Magnus sagen?«

Genau das wollte er, aber die Vorstellung, *Magnus läuft nachts herum* schreiben zu müssen, oder wenigstens irgendwelchen Kauderwelsch, der diesen Inhalt erahnen ließ, machte ihn entsetzlich müde.

»Geht es Magnus nicht gut?«, fragte Mona. »Ist es das?«

»Das wäre dann aber echt nichts Neues«, brummte Carl.

Timo visierte das L an und traf es tatsächlich. Schrieb unter Aufbietung aller Konzentration das Wort *l#äuift* hin. »Magnus läuft?« In Carls Stimme war etwas wie Mitleid zu hören, wahrscheinlich mit Timo und Magnus gleichermaßen. »Das wäre schön, aber davon ist er ungefähr so weit weg wie ein Nashorn vom Eiskunstlaufen.«

Wieder schüttelte Timo den Kopf. Tippte mit einem Finger auf seine verkrüppelte Form des Worts »läuft«.

Mona nahm seine Hand. »War das nachts?«

Diesmal nickte Timo eine Spur zu heftig und fühlte sofort, wie der vertraute Schwindel ihn ergriff.

»Dann hast du es geträumt«, sagte Mona sanft. »Ich bin sicher, du bekommst noch ziemlich starke Medikamente. Mir ist es anfangs auch so gegangen, ich habe Dinge geträumt, die glaubst du nicht. Manchmal völlig wirres Zeug, aber dann war es wieder so realistisch, dass ich sicher war, wach zu sein.«

Timo prüfte seine Erinnerungen. Nein, er hatte nicht geschlafen, er hatte sich extra ins Bein gekniffen, um sicher sein zu können. Magnus war nach draußen gegangen, in einem Krankenhausnachthemd, den Urinbeutel vom Blasenkatheter ans Bein geklebt. Solche Details träumte man nicht.

»Er kann nicht einmal ohne Hilfe essen«, ergänzte Carl. »Er reagiert nicht, wenn man ihn anspricht. Niemand sagt es laut, aber eigentlich ist er ein Wachkomapatient. Das ist im Allgemeinen eine Einbahnstraße, in der keiner umkehrt.«

Sie glaubten ihm nicht. Das war in gewisser Weise okay, Timo hätte es auch keinem abgekauft, wenn er es nicht selbst gesehen hätte.

Er musste verstört wirken, denn Mona nahm wieder seine Hand und drückte sie diesmal fester. »Mach dir nichts draus«, sagte sie. »Das wird alles besser. Das Tippen, das Sprechen und die Wahrnehmung.«

Sie war gegen Ende des Satzes leiser geworden, und Timo ahnte, warum. Gewisse Dinge würden nicht besser werden, nie wieder. Monas Lähmung zum Beispiel, und das war ihr wohl bewusst.

Nun drückte er im Gegenzug ihre Hand. Einige Sekunden lang ließ sie es zu, dann zog sie sie aus seinem Griff. »Okay. Und jetzt hätte ich gern mein iPad zurück. Oder gibt es sonst noch etwas, das du uns sagen wolltest?«

Ja. Jede Menge. Aber nichts, was er mit ein paar falsch hingetippten Buchstaben vermitteln konnte. Mona nahm ihr Tablet wieder an sich und rollte zu einer Gruppe Mädchen, bei denen auch Valerie saß.

Eine Hand auf seiner Schulter, leichtes Klopfen. »Ich habe eine großartige Idee«, sagte Carl. »Sie haben hier Motorikschleifen für Kleinkinder. Kennst du sicher, man bewegt dicke, bunte Holzperlen an dicken, bunten Drähten entlang.«

Er schob den Rollstuhl auf einen Tisch beim Fenster zu. »Lass uns mal sehen, ob du mit der für die Einjährigen klarkommst.«

7

In dieser Nacht war Timo fest entschlossen, wach zu bleiben. Er drehte sich seitlich, sodass er Magnus' Bett im Auge behalten konnte, und beobachtete seinen Zimmergefährten im Licht der Nachttischlampe, die er mit einem Kissenüberzug gedimmt hatte. Er hatte die linke Hand um das Notrufkästchen gelegt und würde sofort den Knopf drücken, sobald Magnus seine nächtlichen Aktivitäten aufnahm.

Nur tat er es nicht. Er lag bloß da und rührte sich nicht, als wüsste er, dass er beobachtet wurde. War das möglich?

Die Uhr des Fernsehers an der Wand gegenüber zeigte 1:32, und allmählich wurde das Wachbleiben anstrengend. Timo fielen immer wieder die Augen zu, er wünschte sich, sein Handy hierzuhaben, aber Mobiltelefone waren im Haus nicht erlaubt, zumindest nicht bei den Patienten mit Hirnschädigungen. Weil nicht ausgeschlossen war, dass lustig flimmernde Spiele-Apps epileptische Anfälle auslösen konnten.

Zudem war Timos Smartphone bei dem Unfall wohl ohnehin draufgegangen.

1:54. Magnus lag regungslos da, nur sein Brustkorb hob und senkte sich in regelmäßigen Atemzügen. In den letzten Nächten war er um diese Zeit bereits unterwegs gewesen, meinte Timo sich zu erinnern. Wenn seine Erinnerung denn wirklich verlässlich war. Je länger die Nacht dauerte, desto mehr zweifelte er daran. Vielleicht hatte Mona recht; er hatte die Möglichkeit eines sehr lebhaften Traums anfangs ja selbst in Betracht gezogen.

Der Kampf gegen den Schlaf war entsetzlich anstrengend, und mit jeder Minute zeichnete sich stärker ab, dass Timo ihn verlieren würde. Er nickte immer wieder für Sekunden ein, schrak dann hoch, vergewisserte sich, dass Magnus noch da war, und konzentrierte sich mit aller Kraft aufs Wachbleiben. Bis seine Lider sich trotzdem wieder schlossen, jedes Mal ein wenig länger.

»Timo?« Eine Hand auf seiner Schulter, dann ein Klaps auf seine Wange. »Um Gottes willen, Timo, was machst du hier? Wie bist du hergekommen?«

Er fand nur mühsam ins Bewusstsein zurück. Was sollte das heißen, hergekommen? Er war doch …

Noch bevor er die Augen aufschlug, wurde ihm klar, dass etwas nicht stimmte. Er lag nicht, er saß, er fror, und das Pochen in seinem Kopf kündigte nahende Schmerzen an.

»Du kannst doch kaum gehen. Hat jemand dich hierhergebracht?«

Sein erster Blick traf Schwester Claudia, sie beugte sich über ihn, ihr brauner Zopf fiel lang über ihre Schulter.

Das hier war nicht sein Zimmer, stellte er auf den zweiten Blick fest. Das war … der Gemeinschaftsraum, und Timo saß an dem Tisch, an den Carl ihn gestern gesetzt hatte. Die Motorikschleife mit den bunten Holzkugeln stand noch da.

»Ich bringe dich jetzt zurück, du bist ja eiskalt.« Claudia stützte ihn unter seinem linken Arm und zog ihn hoch. Seine Beine schmerzten, war das Muskelkater? Sie schmerzten, aber sie zitterten nicht. Er schlurfte neben Claudia zur Tür und danach zum Aufzug.

»Das ist wirklich unglaublich«, murmelte die Krankenschwester. »Du bist geschlafwandelt. Zum Glück hast du dich nicht verletzt.«

Timo gab ein zustimmendes Geräusch von sich, während er versuchte zu erfassen, was passiert war. Er hatte Magnus bewacht, um den Moment nicht zu verpassen, in dem der aufstehen und davonspazieren würde. Und dann war stattdessen er selbst aufgestanden und davonspaziert.

Lief es bei Magnus ebenso? Dass er nachts schlafwandelte und tagsüber im Koma lag? War so etwas medizinisch überhaupt möglich?

Claudia führte Timo erst zur Toilette, dann zurück zu seinem Bett. »Ich muss das Renate erzählen«, stellte sie fest. »Die macht dir sofort einen ganz neuen Physiotherapieplan, wenn sie erfährt, was du schon alles kannst.«

Sie brachten ihm das Frühstück, das er automatisch in sich hineinaß, ohne dabei das Geringste zu schmecken. Seine Gedanken waren bei der vergangenen Nacht, er versuchte, sich daran zu erinnern, wie er in den Gemeinschaftsraum gekommen war. Aber Claudia hatte wohl recht – er war im Tiefschlaf gewesen. Todmüde von seiner sinnlosen Magnus-Bewachung.

Sein Blick wanderte nach rechts, wo die Krankenschwester Löffel für Löffel Brei in Magnus hineinschaufelte. Die Hälfte davon quoll bei den Mundwinkeln wieder hinaus.

Am bequemsten wäre es, dachte Timo, einfach alles auf meinen Kopf zu schieben. Der beschädigt ist und Schwierigkeiten damit hat, Traum und Wirklichkeit zu trennen. Das wird schon wieder. Alles nur eine Frage der Zeit.

Man konnte es ja auch positiv sehen – rein körperlich war Timo schon in der Lage, sein Zimmer zu verlassen und mit dem Aufzug in ein anderes Stockwerk zu fahren, um dort im Sitzen weiterzuschlafen. Hey. Neues Level erreicht.

Er war so beschäftigt mit seinen Gedanken, dass er sein Frühstück beinahe beendet hatte, als ihm auffiel, wie einfach es heute gewesen war. Er hatte kein einziges Brotstück fallen gelassen. Und er hatte die Schnabeltasse ganz locker mit einer Hand zum Mund geführt. Wie früher. Als wäre er gesund.

Natürlich – tja, war das nicht immer so? – lief es zwei Stunden später bei der Ergotherapie überhaupt nicht mehr gut. Beim Versuch, sich die Zähne zu putzen, stach Timo sich fast ein Auge aus, fluchte automatisch und lautstark, hörte, wie das klang, und war für den Rest des Tages deprimiert.

Da half es auch nicht, dass Carl vorbeikam und ihn wieder durch die Gänge schob. Er schien nichts von Timos nächtlichem Ausflug gehört zu haben, leider. Timo hätte zu gern gewusst, wie Carl die Episode einschätzte. Als einmalige Sache oder als wirklichen Fortschritt? Und dann das Frühstück, bei dem alles so glattgelaufen war. Genügte es, sich nicht auf das zu konzentrieren, was man tat, damit der Körper wie von selbst alles richtig machte?

Timo wurde fast wahnsinnig bei dem Gedanken, dass er niemanden, absolut niemanden fragen konnte. Weil die plötzlichen Fortschritte einen Bereich leider ausließen: die Sprache. Sein Gehirn schickte immer noch falsche Signale. Im Kopf war jeder Satz perfekt, aber er schaffte den Weg bis zum Mund nicht. Dort kam nur Lallen raus.

Dafür redete Carl wie aufgezogen. Erzählte von Mona und dass ihre Eltern heute zu Besuch kommen würden. »Der dritte Kreis der Hölle«, erklärte er. »Monas Mutter bricht jedes Mal bei ihrem Anblick in Tränen aus und heult dann ungefähr eine Stunde lang, während sie das verlorene Leben ihrer Tochter betrauert. *Mein armes Kind* und so. Heißt, die nächsten zwei Tagen sprichst du Mona am besten nicht an, wenn du nicht möchtest, dass sie mit etwas Schwerem nach dir wirft.« Carl hielt kurz inne. »Oh. Das mit dem Ansprechen fällt bei dir ohnehin aus, merke ich gerade. Sorry. Wie unsensibel von mir.«

Sie waren im dritten Stock unterwegs, Carl steuerte gerade das Zimmer von Professor Brand und Freddy, seinem Schachkumpel, an, als ihnen eine Ärztin entgegenkam, die Timo bisher noch völlig fremd war. Carl dagegen kannte sie offenbar gut.

»Frau Dr. Korinek! Ich dachte schon, Sie hätten den Job gewechselt, so lange habe ich Sie nicht mehr gesehen!«

Die Ärztin musterte erst Timo, dann seinen Begleiter

durch dunkel umrandete Brillengläser. »Was treibt ihr hier oben? Falsches Stockwerk, Carl, ihr habt auf dieser Station nichts zu suchen.«

»Ich wollte nach Freddy sehen.« Carls Stimme klang plötzlich ungewohnt ernst. »Es muss ihm doch irgendwann wieder besser gehen, und ich dachte, wenn ich ...«

»Wenn sich sein Zustand zum Guten hin ändert, wirst du es erfahren.« Korineks Blick hing an Timo, irgendwie forschend. »So wie der Zustand deines Freundes. Hallo, Timo.« Sie streckte ihm die Hand hin, und er ergriff sie automatisch. Schnell, zielsicher, ohne zu zögern.

Sie nickte fast unmerklich, als wäre das etwas, was sie bereits erwartet hatte. »Du bist heute Nacht unterwegs gewesen, habe ich gehört? Ein gutes Zeichen. Dann wirst du diesen Rollstuhl bald nicht mehr brauchen.«

Mit einer energischen Geste dirigierte sie Carl in Richtung Aufzug. »So, und jetzt fahrt ihr wieder nach unten. Wenn euch langweilig ist, dann geht doch zum Gemeinschaftskochen, da wird heute Quiche gemacht. Ein bisschen Teig kneten ist gut für die Koordination.«

Als die Fahrstuhltüren sich hinter ihnen schlossen, wandte Carl sich Timo zu. »Du bist rumgelaufen letzte Nacht? Ist ja irre. Warum tust du das jetzt nicht auch?« Noch während er sprach, wurde ihm offenbar klar, dass er auf diese Art Frage keine Antwort bekommen konnte.

»Warst du wach dabei?«, versuchte er es anders.

Timo schüttelte den Kopf. Dass er schlafwandelte, bereitete ihm immer noch Kopfzerbrechen, das hatte er bisher noch nie getan, nicht einmal als kleines Kind. Die Vorstellung, dass er Dinge tat, von denen er anschließend nichts mehr wusste, machte ihn nervös.

»Hm. Spannend«, stellte Carl fest. »Ein paar anderen Leuten hier ist das auch schon passiert, Valerie zum Beispiel. Sie ist mit Krücken geschlafwandelt, noch dazu nach draußen, im Regen. Nicht durch den Haupteingang, da wäre sie gesehen worden, sondern durch den Lieferanteneingang. Einer der Pfleger hat sie zufällig durchs Fenster entdeckt und sie vor einer Lungenentzündung bewahrt.« Er tätschelte Timos Schulter. »Du bist also nicht allein mit diesem lustigen Hobby.«

Valerie, das Mädchen mit dem Alkohol-am-Steuer-Vater. Vermutlich war er es, auf den sie im Gemeinschaftsraum wartete, als sie dort eintrafen. Timos erster Impuls war, sie zu fragen, ob sie sich an ihre nächtlichen Ausflüge erinnerte, oder ob sie sich ebenso hilflos gefühlt hatte wie er.

Aber Sprechen war keine Option. Daran würde er sich niemals gewöhnen können. Und außerdem war das Thema ohnehin gerade ein ganz anderes. Monas Eltern standen mit ihrem Wagen vor dem elektrisch gesteuerten Tor zum Markwaldhof, das offenbar plötzlich defekt war. Es ließ sich nicht mehr öffnen, angeblich waren aber schon zwei Techniker dran, das Problem zu lösen.

»Ich hoffe, sie kriegen es nicht hin«, sagte Mona düster. »Dann bleibt mir der ganze Besuchsmüll erspart. Mama kehrt eher um, als dass sie mit ihren High Heels den weiten Weg durch den Park stöckelt.«

»Sei doch nicht so«, murmelte ein Junge mit der hier üblichen Kopfnarbe und kurz geschorenem mausbraunen Haar.

Timo schätzte ihn auf höchstens dreizehn. »Ich hätte gern öfter Besuch.«

Mona wandte sich ihm zu, und ihr Blick wurde weicher. »Ich weiß, Jakob. Deine Eltern sind auch wirklich toll, und man kann sehen, wie sehr sie sich darauf freuen, dass sie dich bald gesund mit nach Hause nehmen werden.« Sie schlug mit den Handflächen seitlich gegen die hohen Räder ihres Rollstuhls. »Meine dagegen bekommen einen Krüppel zurück statt der Olympiasiegerin, die sie sich so brennend gewünscht haben. Da hält die Freude sich in Grenzen.« Sie lachte bitter auf. »Also gönne mir die paar Minuten Schonzeit, die das kaputte Tor mir verschafft.«

Jakob legte stumm seine Hand auf ihre, und entgegen allem, was Timo erwartet hatte, stieß Mona sie nicht weg. Sie lehnte den Kopf zurück und schloss die Augen. »Ich habe diesen ganzen Mist so satt«, sagte sie leise.

In das entstehende Schweigen hinein ertönte etwas wie eine missglückte Fanfare. »Tadaaa!« Carl breitete die Arme aus. »Es gibt übrigens Neuigkeiten! Timo hat sich zum Club der Schlafwandler gesellt. Sagt Dr. Korinek, und er selbst hat es bestätigt. Wer von euch war da auch noch mit dabei?«

Valerie hob eine Hand, nicht ohne die Augen zu verdrehen. »Weißt du doch.«

Jakob tat es ihr zögernd nach, ebenso wie ein fülliger Junge mit dunklem Haar und zwei Mädchen, deren Namen Timo nicht kannte.

»Ernsthaft jetzt? Sechs Leute, und das nur von denen, die gerade hier sind?« Carls spaßender Ton war echtem

Erstaunen gewichen. »Aber … das ist doch nicht normal, oder? Kriegt ihr alle die gleichen Medikamente?«

Sechs Patienten, dachte Timo beklommen. Genauer gesagt sieben, denn Magnus gehörte natürlich auch dazu. Musste das die Ärzte hier nicht beunruhigen? Oder war Schlafwandeln ein so häufiges Symptom bei hirngeschädigten Patienten, dass sie es gewissermaßen normal fanden?

Somnambulismus.

Das Wort tauchte plötzlich in seinem Kopf auf, so deutlich, er konnte es beinahe hören. Somnambulismus bedeutete dasselbe wie Schlafwandeln, das wusste er. Allerdings erst seit einer halben Sekunde, davor hatte er den Begriff noch nie gehört. Da war er sicher … also, ziemlich sicher. Es war, als hätte sein Gehirn eigenständig in einer verborgenen Datenbank nachgeschlagen und dieses Fremdwort ans Licht gefördert.

Stammt aus dem Lateinischen; von somnus – Schlaf und ambulare – herumwandern, spazieren.

Auch diese Erklärung tauchte plötzlich und ungefragt in seinem Kopf auf. Sie erschreckte Timo weit mehr als das einzelne Wort vorhin, denn Latein hatte er nie gelernt. Er hatte in der Schule ganz bewusst Spanisch als zweite Fremdsprache gewählt und …

Sonambulismo.

Okay. Hatte er das Wort jetzt eben ins Spanische übersetzt? Ohne es zu wollen? Passierte einem so etwas, wenn das Gehirn sich regenerierte? Spuckte es dann plötzlich Dinge aus, die in irgendwelchen tiefen Regionen gespeichert gewesen waren?

Er merkte, dass seine Hände sich um die Lehnen des Rollstuhls verkrampft hatten, und ließ locker. Besser das alles jetzt erst mal nicht so ernst nehmen. Sein Unfall war heftig gewesen, da war vieles in seinem Kopf durcheinandergeraten, und das sortierte sich wohl eben neu. Was ja schließlich gut war.

Die Tür zum Gemeinschaftsraum öffnete sich. »So, das Tor funktioniert wieder, deine Eltern sind gleich da, Mona.« Es war Schwester Lisa, die das freudestrahlend verkündete. Sie ließ sich von Monas finsterem Blick überhaupt nicht beeindrucken, sondern nahm die Griffe des Rollstuhls. »Ich bringe dich in die Cafeteria, gut? Da habt ihr beim letzten Mal ja auch gesessen.«

Sie begann zu schieben, aber Mona packte beide Räder mit den Händen und blockierte sie. »Loslassen.« Ihre Stimme war nicht mehr als ein Zischen. »Ich kann das selbst, und das weißt du sehr genau, Lisa. Wenn du dir Trinkgeld verdienen willst, musst du dir etwas anderes einfallen lassen.« Sie rollte los, in erstaunlicher Geschwindigkeit, und verschwand durch die Tür.

Lisa war die Röte ins Gesicht gestiegen. »Ich wollte ihr nur helfen«, murmelte sie. »Manchmal kann Mona echt unfair sein.«

Carl und Valerie wechselten einen kurzen Blick, dann ging Carl Mona nach. Mit schnellen Schritten, und da sah man nun doch, dass etwas an seinem Gang nicht stimmte.

»Wenn du so tust, als wäre sie hilfloser, als sie ist, triffst du sie an ihrer empfindlichsten Stelle«, erklärte Valerie. Die Worte kamen schleppend und nicht sehr deutlich heraus, aber sie waren sinnvoll und verständlich. Timo unterdrückte den Neid, der in ihm aufsteigen wollte.

»Helfen ist mein Job«, stellte Lisa patzig fest und fuhr sich durch die kurzen Haare. »Niemand muss mir dankbar sein, aber wenigstens ein bisschen Höflichkeit wäre nett.« Sie ging, ohne sich noch einmal umzudrehen, und Timo wurde den Verdacht nicht los, dass Mona mit ihrer Feststellung ins Schwarze getroffen hatte.

Die geschickte Art, mit der sie ihren Rollstuhl gesteuert hatte, war beeindruckend gewesen. Probehalber griff Timo nach den Rädern seines eigenen Gefährts. Bisher hatte ihn immer Carl herumgeschoben, aber eigentlich sollte er auch alleine zurechtkommen – immerhin konnte er sogar rumlaufen, zumindest, wenn er schlief.

Es klappte gar nicht schlecht. Timos Koordination war zwar bei Weitem nicht so gut wie Monas, aber er konnte den Rollstuhl in Bewegung setzen und in der Richtung halten, in die er fahren wollte.

Anstrengend war es allerdings. Bis er bei der Tür angekommen war, taten ihm die Arme weh, und er keuchte.

»Soll ich dir helfen?« Jakob stand neben ihm, lächelnd. Timos Blick heftete sich auf die lange Narbe, die sich seitlich über seinen Kopf zog. Er hätte auch dann nicht gefragt, wenn er gekonnt hätte, aber Jakob deutete seinen forschenden Blick richtig.

»Autounfall«, erklärte er. »Ähnlich wie bei Valerie, nur dass bei uns der andere Fahrer schuld war. Er ist uns auf unserer Seite entgegengekommen und hat uns trotz Ausweichmanöver abgeschossen. Mein Pech war der fehlende Seitenairbag.« Er lächelte. »Aber jetzt bin ich fast schon wieder der Alte, und Dr. Sporer sagt, ich werde mich vollständig erholen.« Unbeholfen tätschelte er Timos Oberarm. »Du dich ganz sicher auch, du wirst sehen.«

Timo nickte kurz und rollte dann weiter. Aus der Tür hinaus – danach hätte er gerne nach links gesteuert, aber die Räder gehorchten ihm nicht. Die falsche Technik, zu wenig Kraft oder beides – er brachte keine Kurve zustande.

Lisa, die noch auf dem Gang stand und sich mit einem der Pfleger unterhielt – über Monas unfreundliches Verhalten, wie sofort klar war –, wandte sich zu Timo um. »Und? Darf ich dir helfen, oder empfindest du das auch als Bevormundung?«

Timo nahm die Hände von den Rädern und schüttelte den Kopf.

»Okay. Willst du zurück auf dein Zimmer?«

Nein.

»Hast du Therapiestunde? Ergo? Physio? Logo?«

Nein. Nein. Nein.

Lisa überlegte kurz. »Willst du etwa auch in die Cafeteria?«

Timo nickte, wieder einmal eine Spur zu schnell. Schwindel und Schmerzen hielten sich diesmal ungefähr die Waage.

»Na dann.« Lisa drehte den Rollstuhl nach rechts und schob ihn zügig den Gang entlang, während Timo versuchte, sich den Weg zu merken. Erst mit dem Aufzug ein Stockwerk nach unten, dann durch zwei selbstöffnende Türen, dann nach links, die nächste Möglichkeit nach rechts. Hier wehte einem bereits Kaffeeduft entgegen, Stimmengewirr und das Geräusch klappernden Geschirrs wurden mit jedem Schritt, den sie näher kamen, lauter.

»Ist meistens ziemlich voll um diese Zeit«, erklärte Lisa und öffnete die Tür.

Da hatte sie nicht übertrieben. Fast alle der Tische waren besetzt, an manchen wurde Kuchen gegessen, an anderen spielten Patienten Backgammon oder Menschärgeredichnicht, an wieder anderen saßen einzelne Personen, vor sich ein aufgeschlagenes Notebook. Die Cafeteria war offenbar ein viel beliebterer Treffpunkt als der Gemeinschaftsraum, was Timo gut verstehen konnte. Sie war eingerichtet wie ein ganz normales Café. Hell, mit türkis- und cremefarbenen Holztischen; an zweien davon standen sogar Polstersessel und eine Couch. Keine Spur von Krankenhausatmosphäre. Das Einzige, was auffiel, war die hohe Anzahl von Rollstuhlfahrern unter den Besuchern, und dass viele in Jogginganzug oder Bademantel hier saßen.

Monas Mutter stach aus der Menge heraus wie eine langstielige Rose aus lauter Gänseblümchen. Groß, schlank, das gleiche dunkle Haar wie ihre Tochter, nur dass sie es aufgesteckt trug. Tiefroter Lippenstift, ebensolche Fingernägel. Sie sprach auf ihre Tochter ein, die verbissen zu Boden blickte.

»Wo möchtest du dich hinsetzen?« Lisa schob Timo langsam zwischen den Tischen hindurch. Tja, das war eine gute Frage. Bis auf Claudia, die gemeinsam mit einer anderen Krankenschwester offenbar gerade Pause machte, kannte Timo hier niemanden.

Oder doch. Carl stand halb verborgen bei der Vitrine mit

den Tortenstücken und ließ Mona und ihre Mutter nicht aus den Augen. Timo deutete in seine Richtung.

»Nicht lieber an einen der Tische?« Lisa seufzte. »Na gut. Aber du musst zusehen, dass du mit deinem Rollstuhl niemandem vom Servierpersonal im Weg bist.«

Carl beachtete Timo kaum, als Lisa ihn an seiner Seite abstellte, er war voll und ganz auf Mona konzentriert. Erst als die Krankenschwester wieder gegangen war, legte er ihm eine Hand auf die Schulter. »Drei Minuten noch, schätze ich, dann wird Mona ausflippen und ihrer Mutter die Kaffeetasse an den Kopf werfen. Manche Eltern sind wirklich eine Strafe – seit sie hier ist, redet Madame nur davon, wie sie Monas Zukunft organisieren wird. Dass es großartige neue Therapien in den USA gibt und sie Mona notfalls kreuz und quer über den Erdball schicken wird. Dass sie außerdem fantastische Chancen bei den Paralympics hätte, dort gibt es Startklassen für querschnittsgelähmte Schwimmerinnen. Und so weiter.« Er lachte auf. »Sie hat noch kein einziges Mal gefragt, was Mona von ihren Plänen hält. Sie hat sie noch nicht mal zu Wort kommen lassen.«

Timo beobachtete die Szene und fragte sich unwillkürlich, wo Monas Vater steckte, der doch angeblich auch mitgekommen war. Und er fragte sich noch etwas anderes: Konnte Carl wirklich hören, was an Monas Tisch gesprochen wurde? Der war ziemlich weit weg, der Geräuschpegel im Raum war hoch, und die Mutter sprach nicht allzu laut.

»Ah ja. Und jetzt legt sie wieder mit der *Unser-Leben-ist-zerstört*-Nummer los.« Carl neigte aufmerksam den Kopf. »Papa hat sich schon kundig gemacht, wie man das Erdgeschoss der Villa behindertengerecht umbauen könnte. Und er holt Angebote für passende Treppenaufzüge ein. Das wird alles *so teuer*!«

Tja, wie es aussah, hörte Carl wirklich jedes Wort, das gesprochen wurde. Er imitierte sogar den Tonfall der Mutter.

Timo schloss die Augen und bemühte sich, ebenfalls dieses eine Gespräch aus dem Stimmengewirr herauszuhören, doch nach kurzer Zeit gab er es wieder auf. Das Einzige, was er herausfiltern konnte, war, wie zwei Mädchen am nächstgelegenen Tisch Orangensaft und Cappuccino bestellten. Und einen New York Cheesecake.

Hatte Carl Mona verwanzt? Schwer vorstellbar, dass sie so etwas zulassen würde. Ohnehin schien ihr Geduldsfaden nun gerissen zu sein. »Lasst mich doch einfach in Ruhe«, schrie sie ihre Mutter an, das hörte jetzt auch Timo. Die anderen Gespräche im Raum verstummten. »Sucht mir eine nette Behinderten-WG möglichst weit weg von zu Hause, und schickt mir zu Weihnachten und zum Geburtstag eine Karte, das reicht!«

Auf dem Weg zur Tür stieß sie fast einen der Tische um, warf dem Mann, dessen Kaffee überschwappte, einen bösen Blick zu und war schneller fort, als jemand im Raum hätte reagieren können.

Schon gar nicht ihre Mutter. Ihr war das Ganze sichtlich peinlich, sie warf entschuldigende Blicke in die Runde, stand dann auf und ging zur Theke, um zu bezahlen. Sie stand so nah, dass Timo nur den Arm hätte ausstrecken müssen, um sie am Rock zupfen zu können.

»Es tut mir sehr leid«, erklärte sie der Kellnerin. »Meine Tochter benimmt sich sonst nicht so, aber sie leidet einfach furchtbar unter dem, was ihr zugestoßen ist.«

»Ja«, sagte Carl übertrieben freundlich. »Und das, obwohl sie eine so hilfreiche Mutter hat, die nur an sie und nie an sich selbst denkt. Die alles dafür tut, dass ihre Tochter sich besser fühlt.« Die Ironie in seiner Stimme entging niemandem der Anwesenden. Timo konnte sehen, wie Monas Mutter den Mund zu einer scharfen Entgegnung öffnete, ihn aber gleich wieder schloss. Ihre Augen sprühten vor Wut, aber ihre Stimme war leise und schwankte, als müsse sie Tränen zurückhalten. »Du hast keine Ahnung, was die Familie durchmacht«, flüsterte sie, ließ das Wechselgeld auf dem Tresen liegen und ging.

Carl sah ihr nach, die Hände zu Fäusten geballt. »Weißt du, was wirklich beschissen ist?«, sagte er, zu Timo gewandt. »Dass ihre Besuche Mona jedes Mal tagelang in Depressionen stürzen, und dass es dann nichts gibt, was hilft. Wenn wir jetzt versuchen würden, sie aufzuheitern, würden wir es nur schlimmer machen.«

Von vager Dankbarkeit für seine eigenen Eltern erfüllt, ließ Timo sich in sein Zimmer zurückschieben. Carl stellte den Rollstuhl neben dem Bett ab und blieb dann unschlüssig an der Tür stehen. »Ich werde trotzdem einen Versuch starten. Also, mit Mona. Vielleicht hilft es ja schon, wenn sie ihre Wut an mir auslassen kann.«

Timo starrte noch auf die Tür, als Carl sie schon längst hinter sich geschlossen hatte. Ob Mona wusste, wie viel er für sie übrighatte? Ob es Carl selbst klar war?

Ohne Vorwarnung stand Timo plötzlich Hannahs Gesicht vor Augen. Er hatte zwischendurch immer wieder an sie gedacht, aber jedes Mal schnell nach Ablenkung gesucht. Es tat einfach weh zu wissen, dass er sie verloren hatte. Und das hatte er, da musste er sich nichts vormachen. Sie hatte ihn kein einziges Mal besucht, seine Eltern hatten ihm nie Grüße von ihr bestellt. Vermutlich war sie traurig gewesen, als sie von dem Unfall gehört hatte, aber das war auch schon alles. Sie würde keine Beziehung zu einem Jungen in seinem Zustand weiterführen wollen, dafür gab es in der Schule viel zu viele andere, gesunde, gut aussehende Kerle, die nur zu gern seinen Platz einnehmen würden.

Sich das vorzustellen tat schauderhaft weh. Timo fühlte Tränen in seine Augen steigen, schüttelte heftig den Kopf – und erlebte im nächsten Moment, wie der körperliche Schmerz den seelischen auslöschte. Als würde jemand an seiner Schädeldecke sägen, gleichzeitig überfiel ihn der übliche Schwindel. Diesmal aber so stark, dass sich sein Magen umdrehte. Er kämpfte gegen den Brechreiz an, atmete tief, zählte bis zwanzig. Dann wurde es besser, und der Schmerz um Hannah war zumindest für den Moment nur noch ein blasser Schatten im Hintergrund seines Bewusstseins.

Ein wenig später fühlte Timo sich fit genug, um den Umstieg vom Rollstuhl ins Bett zu wagen. Er nahm die Lehnen fest mit beiden Händen und drückte sich hoch. Es ging besser, als er zu hoffen gewagt hatte. Er stand sicher auf beiden Beinen, ohne dass sie zitterten.

Ob das mit dem Laufen heute besser klappen würde als bei seinem letzten Versuch? Vorsichtig setzte er ein Bein vor das andere, achtete darauf, dass immer etwas in Griffweite war, worauf er sich notfalls abstützen konnte, doch das war gar nicht nötig. Er ging die fünf Schritte bis zu Magnus' Bett zwar unsicher, aber ohne nennenswerte Probleme.

Einige Minuten lang stand er nur da und betrachtete das Gesicht des anderen, in dem sich kein Muskel rührte. Wenn Magnus seine Anwesenheit spürte, gab er das durch nichts zu erkennen.

Timo hob die Hand und berührte die Schulter seines Zimmernachbarn. Erst vorsichtig, dann fester. Dann begann er zu rütteln, als wolle er ihn aufwecken, doch in Magnus' Verhalten war kein Unterschied zu bemerken.

Gemüse hatte Carl ihn genannt. Trotzdem gehörte Magnus zu den Schlafwandlern, was niemand hätte für möglich halten können, der ihn so sah.

Aber irgendwann würde er ertappt werden. Von jemandem, der sprechen und es den Ärzten erzählen konnte.

8

Das Abendessen bestand aus einer Art Gulasch und ziemlich weich gekochten Kartoffeln; beides hätte Salz vertragen. Während Timo noch aß, schneite Carl herein und setzte sich an sein Bett. »Ich habe mich bis jetzt eben bemüht, Mona wieder aufzumuntern, aber ich hätte ebenso gut versuchen können, einen Stein weich zu streicheln.« Er sah tatsächlich mitgenommen aus. Erschöpfter, als Timo ihn bisher erlebt hatte.

»Sie sagt, sie pfeift auf jede weitere Therapie, sie will nur noch ihre Ruhe. Alles, was ihr im Leben wichtig war, ist zerstört, sie wäre am liebsten tot, ihre alten Freunde brechen langsam den Kontakt zu ihr ab, alles ist Mist.«

Timo schloss kurz die Augen. Er konnte das nachfühlen, kämpfte erneut das Bild von Hannah nieder und schob sich die nächste Gabel Gulasch in den Mund. Traf auf Anhieb, nur ein wenig Saft tropfte neben den Teller.

»Ich weiß, du kannst nichts dazu sagen. Vielleicht erzähle ich es deswegen gerade dir. Da bin ich sicher, dass keine bescheuerten Floskeln kommen.« Er lächelte. »Möglicherweise kann ich dich ja überhaupt nicht mehr leiden, sobald du wieder sprichst.«

Timo lachte, beinahe fiel ihm der halb zerkaute Bissen aus dem Mund. Da war ausnahmsweise mal er klar im Vorteil: Er würde Carl weiterhin mögen, komme was da wolle.

Keine Magnus-Wache in dieser Nacht, beschloss er, als er später das Licht ausschaltete und sich zum Schlafen auf die Seite drehte. Vielleicht verbesserte sein Zustand sich in den nächsten acht Stunden ein weiteres Stück, und er konnte dann richtig gehen oder – was noch viel besser wäre – endlich sprechen.

In seinem Traum klappte jedenfalls eines dieser Dinge schon hervorragend. Er lief durch dunkle Röhren, auf der Suche nach oder der Flucht vor etwas, ganz sicher war er nicht. Aber er war schnell, und er genoss es. Spürte, wie die Muskeln in seinem Körper sich spannten, als er über ein Hindernis kletterte, als er sprang und geschmeidig landete. Er war gesund, er war fit, er war ...

Der Kopfschmerz setzte erst ein, als er die Augen aufschlug. Ein leichtes Pochen im ganzen Schädel, nicht allzu schmerzhaft, aber klar vorhanden.

Timo blinzelte, versuchte, sich zu orientieren. Er lag nicht in seinem Bett, er saß auf einem Stuhl, er war wohl wieder geschlafwandelt ...

Sonambulismo, soufflierte die spanische Stimme in seinem Kopf.

Das hier war allerdings nicht der Gemeinschaftsraum. Wohin hatte es ihn diesmal verschlagen?

In der Dunkelheit ertastete er vor sich eine Matratze, das war wohl ein Bett und … ein schmaler Arm. Hastig zog Timo die Hand zurück. Er war in einem fremden Krankenzimmer gelandet. Wenn die Patientin oder der Patient, der in diesem Bett lag, plötzlich aufwachte, würde er sich zu Tode erschrecken.

Vorsichtig stand Timo auf – war er jetzt überhaupt wach? Er musste zur Tür, wo war die?

Seine Augen gewöhnten sich kaum an die Dunkelheit, wahrscheinlich waren die Vorhänge des Zimmers zugezogen … oder hatte sein Sehvermögen sich verschlechtert?

Oh nein, bitte nicht.

Ohne groß darüber nachzudenken, suchte Timo nach dem Schalter der Lampe, die am Kopfende jedes der Betten angebracht war, und drückte ihn.

Mit seinen Augen war alles in Ordnung, stellte er erleichtert fest, er konnte jedes Detail des hell erleuchteten Zimmers erkennen. Auch das Gesicht des Jungen, der in dem Bett vor ihm lag.

Er war ungefähr zwölf, rothaarig, sommersprossig, und das aufflackernde Licht hatte in ihm keinerlei Reaktion hervorgerufen. Timo betrachtete ihn, suchte nach der üblichen Narbe an seinem Kopf, doch da schien keine zu sein. Auch das Haar war überall gleich lang.

Der Junge war alleine im Zimmer, das zweite Bett war frei. Timo stand auf und ging zum Fußende, dorthin, wo die Krankenblätter üblicherweise hingen. Doch da war nichts, allerdings trug der Junge ein Plastikarmband, so wie alle Patienten hier, mit Strichcode, Name und Geburtsdatum.

Elias Schmied hieß er.

Diesen Elias hatte Carl nie erwähnt. Vielleicht, weil er zu jung war, um ihn zu interessieren, oder weil er für ihn auch nichts weiter als »Gemüse« darstellte. Timo ging zurück zum Kopfende, zu dem blassen Gesicht, in dem die Sommersprossen besonders deutlich hervorstachen. Ohne viel zu erwarten, tätschelte er Elias' Schulter und erschrak, als der tatsächlich die Augen aufschlug, den Mund öffnete und den Kopf hin- und herbewegte. Aber es machte nicht den Eindruck, als würde er Timo sehen. Sein Blick war leer, seine Bewegungen unkoordiniert und ziellos. Er wirkte nicht, als würde er irgendetwas hören oder wahrnehmen – außer der Berührung eben.

Mit schlechtem Gewissen, weil er Elias' Schlaf gestört hatte, streichelte Timo ihm über die Wange. »Sorry«, murmelte er. »War blöd von mir.«

Elias' Lider senkten sich langsam. Flatterten noch ein- oder zweimal, blieben dann aber geschlossen.

Mit einem schnellen Blick prägte Timo sich die Lage der Zimmertür ein, schaltete das Licht aus und begann seinen Rückzug. Er war so konzentriert darauf, nirgendwo dagegenzustoßen und keinen Lärm zu machen, dass ihm kaum auffiel, wie mühelos er vorwärtskam. Seine Beine trugen ihn fast wie früher.

Da war die Tür. Er drückte die Klinke hinunter, und Licht fiel ins Zimmer. An dem sich, wie Timo sofort feststellte, keine Nummer befand.

Auch der Gang, auf dem er nun stand, kam ihm nicht bekannt vor. Er war nicht im Jugendtrakt gelandet, so viel war sicher, und es war auch nicht der Bereich, in dem Freddy und Professor Brand untergebracht waren.

Unschlüssig sah Timo sich um, wandte sich nach links, kehrte aber nach wenigen Schritten um. Die Richtung konnte nicht stimmen, es sah aus, als würden sich dort Büroräume befinden, und durch eine der Milchglastüren hatte er etwas wie einen Computerraum entdeckt. Oder ein Labor?

Aber auch der Weg nach rechts kam ihm falsch vor. Wenn er wenigstens ein Treppenhaus finden würde, oder ein Fenster, um hinaus in den Park sehen zu können.

Treppen tauchten schließlich auf, auch wenn sie schmaler und schlechter erleuchtet waren als die, die Timo bislang im Markwaldhof gesehen hatte. Er begann langsam, abwärts zu steigen, und ihm wurde bewusst, dass er das zum ersten Mal seit seinem Unfall tat. Dieser Gedanke schien es sofort schwieriger zu machen. Timo spürte, wie sich Schweiß auf seiner Stirn bildete, er umklammerte das Geländer fest mit der rechten Hand, voller Angst vor einem plötzlichen Schwindelanfall, der ihn ins nächste Stockwerk hinunterstürzen lassen würde.

Trotzdem wünschte er sich in keinem Moment, von jemandem entdeckt zu werden. Wer wusste schon, welche Schlüsse die Ärzte aus seinen nächtlichen Ausflügen ziehen würden, er hatte früher einmal von ausbruchsicheren Gitterbetten gehört, und in so etwas wollte er keinesfalls gelegt werden.

Eine Stufe. Die nächste. Timo versuchte mitzuzählen, kam aber immer wieder durcheinander. Als er ein Stockwerk tiefer ankam, war sein T-Shirt schweißnass. Auch hier

89

kam ihm nichts bekannt vor, aber immerhin sah der Gang so aus, als würden rechts und links Krankenzimmer abgehen. An einer der Türen stand *Sekretariat*, an einer zweiten *Pflegeleitung*.

Timo tappte zum ersten Fenster, das er fand. Da war der Park, den er von seinem Zimmer aus auch sehen konnte – allerdings aus einer ganz anderen Perspektive. Er musste in das gegenüberliegende Gebäude geschlafwandelt sein, das war ein ziemlich weiter Weg. War er durch den Park gegangen? Oder durch den Verbindungstrakt?

Er fühlte, wie beim Gedanken an den Rückweg seine Beine schwach wurden. Aber da musste er jetzt durch, er hoffte bloß, dass er eine Tür ins Freie finden würde, die nicht abgeschlossen war.

Er kämpfte sich noch ein Stockwerk nach unten, bis ins Erdgeschoss. Da war sie, die Tür in den Park, inklusive Rollstuhlrampe – und sie ließ sich öffnen. Mit einem vagen Gefühl der Dankbarkeit trat Timo hinaus in die kühle Nachtluft.

Er musste nur dem Weg folgen, dann konnte eigentlich nichts schiefgehen. Dumm nur, dass er barfuß war – kleine Ästchen und Steine taten beim Drauftreten weh, aber zumindest hörte man Timos Schritte kaum.

Er war etwa in der Mitte des Parks angelangt, als ein Windhauch Stimmen zu ihm herübertrug. Timo blieb stehen. Hatte er sich das eingebildet?

… können wir ungestört weitermachen …

Das hatte er jetzt völlig klar verstanden. Kein Zweifel, da waren Menschen im Park und unterhielten sich. Vermutlich hinter der Thujenhecke, dort, wo die kleine Vogeltränke stand. An der hatte Carl ihn bei ihrem ersten Spaziergang vorbeigeschoben.

... kein Problem ...

Eine andere Stimme, die Timo bekannt vorkam. War das Valerie gewesen?

... jetzt die richtige Zeit dafür ...

Timo überlegte kurz. Er hatte sich fest vorgenommen, auf dem Weg zu bleiben, er wollte schnellstmöglich in sein Bett zurück, außerdem fror er. Aber er wusste, dass die Neugierde ihn dann anschließend nicht würde einschlafen lassen. Wenn er ein kleines Stück nach rechts lief, konnte er vielleicht sehen, was hinter der Hecke passierte.

Er setzte einen Fuß ins feuchte Gras und schauderte. Ging dann vorsichtig weiter, obwohl er spürte, dass seine Kräfte ihn mehr und mehr im Stich ließen. Da vorne, da war ein Baum, an dem konnte er sich festhalten und sich gleichzeitig dahinter verstecken. Weiter als bis dorthin würde er nicht gehen.

Das ist neu, sagte eine vertraute Stimme. Und dann, wie ein vielfaches, verzögertes Echo, antworteten die anderen.

Besser.

Besser.

Besser.

Timo lugte hinter seinem Baum hervor. Gegen das Licht einer der schwachen Laternen, die notdürftig das Gelände beleuchteten, zählte er fünf Silhouetten – nein, sechs. Und eine davon – groß, mit breiten Schultern – sah verdächtig wie Magnus aus.

Timo drückte sich gegen die rissige Rinde seines Baums. Was passierte hier? Gab es hier einen Geheimklub mit nächtlichen Treffen im Park, an denen auch Patienten teilnahmen, die tagsüber nicht einmal selbstständig essen konnten?

Zurück.

Das Wort war leise, fast flüsternd gesprochen worden, aber Timo hatte es so deutlich gehört, als hätte man es ihm ins Ohr gesagt. Die Gruppe erstarrte für einen Moment, dann begannen die Ersten, sich zu entfernen. Valerie, deren Krücken Timo nun klar sehen konnte. Sie nutzte sie allerdings viel geschickter als bei Tag, fast schon tänzerisch. Magnus, der mit großen Schritten auf einen der Nebeneingänge zuging. Bei den anderen Gestalten war Timo nicht sicher, ob er sie tatsächlich kannte. Ein Mädchen mit dunklem Haar, ein rundlicher Junge. Dann setzte der Letzte der Gruppe sich in Bewegung. Timo ließ ihn nicht aus den Augen, sah ihm nach, bis er von der Dunkelheit verschluckt wurde. Er kannte nur einen Menschen, der so ging – flott, zielstrebig, aber mit einem leichten Nachziehen des rechten Beins.

Keine Frage, das war Carl gewesen.

9

Obwohl er mittlerweile vor Kälte am ganzen Körper zitterte, wartete Timo eine Zeitspanne, die er auf etwa zehn Minuten schätzte, bis er sich hinter dem Baum hervorwagte. Er wollte von keinem der anderen gesehen werden, auch wenn er nicht genau sagen konnte, warum. Das Treffen war nicht für seine Augen bestimmt gewesen, und er konnte ja keinem erklären, dass er nur zufällig dazugestoßen war.

Auf unsicheren Beinen gelangte er zu der Tür, durch die vorhin Magnus und ein Zweiter wieder ins Haus gegangen waren, rechnete halb damit, dass sie nun versperrt sein würde, doch diese Angst erwies sich als unbegründet. Mit einem heiseren Seufzer der Erleichterung trat Timo wieder in die Wärme des Markwaldhofs.

Noch mal Treppen, diesmal aufwärts. Von seiner Kraft war mittlerweile nicht mehr viel übrig, er musste sich am Geländer festhalten und mit beiden Armen hochziehen, Stufe für Stufe. Nur einmal ging so etwas wie ein Energieschub durch seinen Körper, als vom Erdgeschoss her die klappernden Schritte einer Schwester im Nachtdienst zu hören waren. Fünf schnelle Sprünge, und Timo war außer Sicht, danach wurde es wieder anstrengend.

Doch alles ging gut. Niemand begegnete ihm, niemand hielt ihn auf. Erst als Timo vor seiner Zimmertür stand, zögerte er. Magnus war sicher schon zurück, und sicher hatte er gesehen, dass Timos Bett leer war. Würde er ihm auflauern? Ihn wieder bedrohen, oder diesmal sogar Schlimmeres?

Es half nichts, er musste es darauf ankommen lassen. Mit angehaltenem Atem öffnete er die Tür, darauf gefasst, notfalls zur Seite zu springen oder nach Hilfe schreien zu müssen. Irgendwie.

Aber Magnus lag reglos in seinem Bett. In der gleichen Haltung, die er den ganzen Tag über eingenommen hatte.

Timo schlich an ihm vorbei. Füße abputzen, ging ihm durch den Kopf, das war tatsächlich eine gute Idee. Gras- und Erdspuren im Bett würden alle möglichen Fragen aufwerfen und am Ende vielleicht doch zu Nächten im Gitterbett führen.

Mit letzter Kraft schleppte er sich ins Badezimmer, zog eines der feuchten Reinigungstücher aus der Box und wischte sich die Füße sauber, dann kroch er zurück ins Bett. Er konnte sich nicht erinnern, wann er das letzte Mal so erschöpft gewesen war. Oder so verwirrt.

Er beobachtete Magnus während des gesamten Frühstücks aus den Augenwinkeln. Claudia hatte wieder Dienst, fütterte und plauderte und verbreitete gute Laune. In Magnus' Blick stand nur Leere. Seine Hände lagen schlaff auf der Decke, aber mit dem Schlucken klappte es ein bisschen besser, wie Claudia zufrieden feststellte.

Eine halbe Stunde später kam die Physiotherapeutin, bewegte Magnus' Arme und Beine. »Sein körperlicher Zustand ist erstaunlich gut«, stellte sie fest. Als ob Timo sie danach gefragt hätte. »Die Gelenke sind beweglich, der Muskeltonus besser, als ich das sonst kenne. Und weißt du was? Ich glaube, er hat mich vorhin kurz mit seinem Blick fixiert.« Sie strahlte Timo an. »Das wäre ein großartiges Zeichen. Du wirst sehen, er überrascht uns demnächst alle noch.«

Mich hat er schon überrascht, dachte Timo bitter.

Ich könnte dich einfach mit meinem Kissen ersticken, wenn ich Lust darauf hätte.

Magnus war letzte Nacht dabei gewesen, dessen war Timo sich zu hundert Prozent sicher. Carl ebenfalls, obwohl der ihm doch überzeugend versichert hatte, Magnus wäre Gemüse. Log Carl? Aber warum? Oder gehörte er ebenfalls zu den Schlafwandlern, ohne es zu wissen?

Bei der Logotherapie am Nachmittag gab Timo sich so unendlich viel Mühe, dass er fühlte, wie ihm der Schweiß auf die Stirn trat. Nach einer halben Stunde harter Arbeit gelang es ihm, das Wort *Auto* fast verständlich auszusprechen, und er verbuchte das als Erfolg. Obwohl er es immer noch nicht ertrug, sich selbst bei seinen Sprechversuchen zuzuhören.

Auto war ein Anfang. Ein Zeichen dafür, dass sein Sprachzentrum nicht völlig tot war, sondern er es steuern konnte, wenn auch ungeschickt und mit riesigem Kraftaufwand.

»Ich sagte doch, das wird jetzt immer besser«, freute sich

Agnes und drückte ihn. Sie roch nach irgendetwas Veilchenartigem und ein wenig nach Krankenhausseife. »Bald sprichst du wieder ganz normal. Oder jedenfalls fast. Wir bleiben dran, wir beide.«

Carl platzte am Nachmittag ins Zimmer. »Cafeteria? Ich glaube, Mona ist wieder ansprechbar. Ich habe ihr vorhin eine Orange geschenkt, und sie hat sie mir nicht an den Kopf geworfen.« Er nahm Timo an den Händen und zog ihn hoch. »Aber keine Rollstuhltour diesmal. Du schaffst das auch zu Fuß. Wir haben hier eine große Auswahl an extrem schicken Rollatoren.«

Einer davon wartete schon auf dem Gang, und Carl behielt recht. Es klappte, doch der Weg erwies sich als extrem anstrengend. Es war Timo unbegreiflich, dass er tagsüber so viel größere Probleme mit der Koordination seiner Beine hatte als nachts. Gestern war er in den gegenüberliegenden Trakt und wieder zurück gegangen – teils auch geschlichen und ein paar Treppen sogar gerannt –, heute musste er sich mit aller Kraft auf den Bewegungsablauf konzentrieren.

Rechtes Bein.

Linkes Bein.

Wieder rechtes Bein.

Carl stützte ihn und erzählte irgendetwas davon, dass er in den Mittags-Spaghetti ein kleines Stück von einem Strohhalm gefunden hatte. Einem schwarzen Strohhalm. Ob das etwas zu bedeuten hatte?

Timo zuckte die Schultern, ihm gingen selbst jede Menge Fragen durch den Kopf.

Wer war Elias Schmied? Warum lag er so abgeschieden

von allen anderen im Trakt gegenüber? Und dieses nächtliche Treffen im Park hatte etwas Unheimliches an sich gehabt. Wie ein Treffen von Verschwörern, und Carl war dabei gewesen.

Es war zum Kotzen, dass Timo ihn nicht darauf ansprechen konnte.

»Du bist komisch drauf heute«, stellte Carl fest. »Ist irgendwas blöd gelaufen?

Timo durchbohrte ihn mit seinem Blick. Los, dachte er, erzähl mir schon, was wirklich Sache ist. *Das ist neu.* Carl hatte das gestern gesagt, da draußen im dunklen Park, und die anderen hatten ihm geantwortet, als wäre es Teil eines Rituals. *Besser. Besser. Besser.*

»Stimmt etwas nicht mit dir?« Carl sah ihn besorgt an. »Du guckst so komisch. Ist dir das Gehen zu anstrengend? Dann finde ich sicher irgendwo einen Rollstuhl.«

Er zog Timo in Richtung einer Besuchersitzgruppe am Fenster, doch der wehrte sich.

»Okay, dann habe ich dich missverstanden.« Carl zuckte die Schultern. »Bist einfach mies gelaunt heute, hm?«

Das war die Untertreibung des Tages. Aber zumindest, dachte Timo mürrisch, konnte er sicher sein, dass ihn letzte Nacht niemand entdeckt hatte. Sonst hätte Carl das Treffen im Park doch erwähnt, nicht wahr?

Aber er tat es nicht, und Timo konnte es nicht. Sprechen lernen, das musste sein wichtigstes Ziel sein. Die Worte im Kopf formen zu können reichte nicht, er musste es schaffen, sie ebenso deutlich über die Lippen zu bringen.

Als sie die Cafeteria erreichten, lehnte er sich erschöpft

mit dem Rücken gegen den Türrahmen. Seine Knie waren so weich, als hätte er einen Berg bestiegen. Bis zu dem Tisch, an dem Mona saß, waren es höchstens noch fünf Meter, aber die schienen plötzlich unüberwindbar zu sein.

»Na komm.« Carl zog ihn am Arm weiter. »Mona wird sich freuen, dich zu sehen.«

Den Eindruck hatte Timo überhaupt nicht. Sie saß vor einer Tasse Milchkaffee, vor sich ein Stück Nusskuchen, das sie noch kaum angerührt hatte, und starrte die Tischplatte an. Ob sie es bemerkte, als Timo und Carl sich setzten, war schwer zu sagen.

»Gestern habe ich meine Mutter zum Heulen gebracht«, erklärte sie nach ein paar Sekunden, ohne aufzublicken. »Endlich. Bisher war es immer umgekehrt.«

Carl legte seine Hand auf ihre. Zwei oder drei Atemzüge lang ließ sie es zu, dann zog sie sie weg und griff nach ihrer Tasse. »Aber nicht aus Mitgefühl oder Traurigkeit, sondern aus Wut. Immerhin ein Teilerfolg.«

Die Kellnerin kam an ihren Tisch. »Hey, Carl mit C. Was möchtest du denn?«

»Einen Erdbeermilkshake. Und einen der Thunfischbagel, wenn ihr noch welche habt.«

Mit verzogenem Gesicht notierte die Frau die Bestellung. »Merkwürdige Kombination.«

»Na ja«, grinste Carl. »Hirnschaden eben.«

Sie lachte und wandte sich zu Timo um. »Und du, äh –«

»Timo«, sprang Carl ein. »Er spricht noch nicht wieder. Aber wenn du ihm eine Karte bringst, kann er sicher auf das deuten, was er möchte.«

Der Vorschlag ließ Timos Mund aufklappen. Natürlich! Wieso war er auf diese Idee noch nicht selbst gekommen? Er konnte keine Worte sprechen oder schreiben, aber er konnte auf sie zeigen! Er brauchte nur … ein Wörterbuch oder so etwas.

Und etwas zusätzliches Geschick, wie sich bei seinem Versuch mit der Speisekarte herausstellte. Er tippte ebenso daneben, wie er es bei seinen Schreibversuchen auf Monas Tablet getan hatte, aber hier konnte er den Finger anschließend in die richtige Position gleiten lassen.

»Cola«, stellte die Kellnerin fest. »Und einen Schinken-Käse-Toast. Alles klar!«

Sie ging, und Timo merkte erst jetzt, dass seine Mundwinkel sich zu einem breiten Lächeln verzogen hatten. Es war ihm gelungen, sich verständlich zu machen. Mehr mitzuteilen als bloß ein Ja oder Nein. Das war toll, das würde ihm die nächste Zeit enorm erleichtern.

»Womit hast du deine Mutter denn so wütend gemacht?«

Mona kratzte mit der Gabel an ihrem Kuchen herum und türmte die Krümel zu kleinen Häufchen. »Bevor sie gestern aufgebrochen ist, hatte sie noch tolle Neuigkeiten für mich. Sie hat eine Journalistin aufgetrieben, die aus meiner tragischen Geschichte ein Buch machen soll. Nach dem Motto: Von der Olympiahoffnung zur Rollstuhlfahrerin, die ach so tapfer ihr Schicksal meistert. Ich habe ihr erklärt, dass sie sich das abschminken kann, und wenn diese Frau tatsächlich bei mir auftauchen sollte, würde ich eine andere Story erzählen.« Mit der flachen Gabel drückte Mona die Krümelhäufchen platt. »Die von der ehrgeizigen Pseudomutter, die nach dem Karriereende ihrer Tochter ohne Lebensinhalt ist, weil sie selbst nie etwas erreicht hat.« Zack. Ein Gabelhieb, und der Rest des Kuchens lag in zwei Teilen da. »Da hat sie zu heulen begonnen und mir erklärt, dass ich einfach nur undankbar bin. Dass sie nur das Beste für mich will. Und ob ich ihr vielleicht sagen kann, wie sie das jetzt der Journalistin erklären soll, ohne das Gesicht zu verlieren? Da musste ich dann leider lachen, sonst hätte ich selbst geheult. Daraufhin ist sie wütend abgerauscht.«

In Timo machte sich tiefes Mitgefühl für Mona breit. Seine Eltern waren auch nicht nur Gold, aber ihre Sorge um ihn war immer echt gewesen. Wäre jemand auf die Idee gekommen, sein Unglück vermarkten zu wollen, hätte Timos Vater ihn sofort vor die Tür gesetzt. Mit einem Tritt in den Allerwertesten.

»Wir können uns eben leider nicht aussuchen, mit wem wir verwandt sind«, sagte Carl leise.

»Ja.« Mona schob den Kuchenteller von sich weg. »Und ich weiß auch, dass der Preis für die schlimmsten Eltern hier nicht an mich geht.«

Carl blickte einen Moment zur Seite, doch im nächsten trommelte er schon vorfreudig mit den Fingern auf die Tischplatte. »Da kommt mein Shake! Und ich lasse niemanden von euch davon kosten!«

Timos Bestellung wurde gleichzeitig serviert, und erst, als sie vor ihm stand, begriff er die Schwierigkeiten, die damit verbunden waren.

Die Cola kam nicht in einer Schnabeltasse, sondern im Glas. Aus einem Glas hatte er seit seinem Unfall nicht mehr getrunken. Er würde sich den ganzen Inhalt über sein Shirt gießen, daran bestand kein Zweifel.

Er hob seine Hand, sah, dass sie leicht zitterte, und griff nach dem Toast. Das klappte immerhin, er biss unfallfrei einmal ab, kaute, schluckte. Es schmeckte, anders als die Krankenhauskost, nach normalem Leben. Was ein ziemlicher Irrtum war, wenn man sich vor Augen führte, dass er es nicht einmal wagte, nach einem Trinkglas zu greifen.

»Katrin?« Mona winkte die Kellnerin noch einmal zum Tisch. »Hey, wärst du so nett, uns Strohhalme zu bringen?«

»Klar, kein Problem.«

Zwei Strohhalme, einer rot, einer schwarz, beide so dick wie Bleistifte, wanderten in Timos Cola. Er warf Mona einen dankbaren Blick zu, und sie schob das Glas näher an ihn heran.

So funktionierte es perfekt. Ohne Panne. Es war fast wie früher, wenn er mit seinen Kumpels vor dem Kino noch in einem Café gewesen war. Oder mit Hannah.

Der Gedanke an sie kam unvorbereitet und war wie ein Messerstich, scharf und schmerzhaft. Hatte sie ihn im Krankenhaus besucht, als er noch im Koma war, und den Anblick so furchtbar gefunden, dass sie sich nie wieder hatte blicken lassen? Warum hatte sie ihm nicht wenigstens eine Nachricht geschickt? Einen Brief, irgendetwas? War sie schon mit jemand anderem zusammen?

»Hey.« Mona drückte seinen Arm. »Ich weiß nicht, was dir gerade durch den Kopf geht, aber lass nicht zu, dass es sich dort festsetzt. Glaube mir, ich kenne das. Ich bin echt toll darin, finstere Gedanken zu züchten, aber es reicht, wenn einer hier das tut. Du warst doch eben noch gut drauf!«

Sie hatte recht. Timo nickte langsam und trank einen großen Schluck Cola durch seine Strohhalme. Der Schmerz verebbte nach und nach, aber nicht vollständig, es war, als bohre sich etwas in sein Zwerchfell.

Ich will mein Leben wiederhaben, dachte er. Meine Sprache. Hannah.

Der nächste Bissen Toast schmeckte nicht mehr nach Normalität, sondern nach Verlust. Timo kaute und schluckte und hielt die Tränen zurück. Verschwommen sah er, wie am Nebentisch zwei Leute aufstanden und gingen; ein Spot an der Wand, den einer der beiden bisher abgedeckt hatte, leuchtete Timo nun genau ins Gesicht. Blendete ihn.

Er drehte den Kopf zur Seite, doch jedes Mal, wenn er wieder zu Carl und Mona hinüberblicken wollte, stach das Licht ihm in die Augen.

Schaltet das aus, verdammt, dachte er.

Dunkel.

Mit einem Schlag waren sämtliche Leuchten in der Cafeteria erloschen, nur durch die Fenster drang noch trübes Tageslicht.

»Was ist denn jetzt los?« Katrin, die Kellnerin, war irritiert stehen geblieben. »Hat sich jemand gegen den Hauptschalter gelehnt?«

Timo saß wie erstarrt auf seinem Platz, dann musste er grinsen. Das war schon ein echt lustiger Zufall, dass das Licht genau in dem Moment ausgegangen war, als er es sich gewünscht hatte.

»Vielleicht eine Sicherung«, sagte jemand.

Oder einfach ein Zaubertrick, dachte Timo amüsiert. Abrakadabra – Licht wieder an!

Mit einem Schlag war es hell im Raum, der Spot von vorhin ließ Timo irritiert die Augen schließen.

Das konnte nicht sein, oder? Schon als Zufall war es verrückt – die andere Option gehörte ganz klar ins Reich der Fantasie.

»Na also, geht doch wieder.« Katrin kam zu ihnen. »Wollt ihr noch etwas?«

Licht aus.

Die Lampen erloschen. Timo war diesmal halb darauf gefasst gewesen, trotzdem erschrak er mehr als die beiden Male zuvor. Es war unheimlich. Er begriff es nicht.

Licht wieder an.

Helligkeit. Allmählich wurden die Gäste ungehalten. »Da gibt es irgendwo einen Wackelkontakt«, brummte ein Mann. »Vielleicht holt jemand den Hausmeister?«

Licht aus. Es klappte. Licht an. Licht aus.

Timo verbarg das Gesicht in den Händen. Was passierte da? Hatte er plötzlich telepathische Kräfte?

Oder nein – er träumte! Das war es, ganz klar. Er träumte, und zwar besonders lebhaft.

Er nahm die Hände wieder vom Gesicht, starrte sein fast leeres Colaglas an.

Schwebe.

Das Glas blieb stehen, es ruckte nicht einmal, geschweige denn, dass es sich in die Luft erhob. So wie das eben normal war. Timo seufzte, aus tiefster Seele erleichtert. Jetzt, wo er begriffen hatte, dass er bloß träumte, war der Bann gebrochen.

Licht an.

Die Spots und Lampen im Raum flackerten auf, und Katrin warf wütend ein Geschirrtuch auf die Theke. »Es reicht. Ich rufe Chris an.«

Carl, der seinen Milchshake bis auf den letzten Tropfen geleert hatte, lachte auf. »Tja, sie versuchen eben, uns etwas zu bieten am Markwaldhof. Eine Lichtshow. Ist zwar ein bisschen dürftig, aber besser als nichts.«

Er sah in Timos Gesicht, und sein Lächeln verschwand mit einem Schlag. »Was ist denn mit dir los? Du bist total blass! Los, ich bringe dich zurück aufs Zimmer, ist dir übel? Hast du das Essen nicht vertragen?«

Abwesend schüttelte Timo den Kopf. Selbst wenn er hätte sprechen können, hätte er nicht gewusst, wie er den anderen erklären sollte, was eben passiert war. Er versuchte mit aller Kraft, nicht an das Licht zu denken, sondern einfach nur vor sich hin zu blicken. Insgeheim hoffte er, dass es noch einmal dunkel werden würde, ohne sein Zutun, denn das würde bedeuten, dass er doch nichts mit alldem zu tun hatte. Dann würde er sich sagen können, dass es einfach Zufall gewesen war, ein wirklich, wirklich verrückter zwar, aber Zufall.

Doch es blieb hell in der Cafeteria, die ganzen fünf Minuten, die Carl brauchte, um einen Rollstuhl aufzutreiben. »Ist besser, so wie du aussiehst«, stellte er besorgt fest. »Ich bringe dich zurück und sage Lisa Bescheid. Die soll deinen Blutdruck messen.«

Auf dem Weg zurück zu seinem Zimmer saß Timo regungslos da und versuchte, nicht zu denken. Er stellte sich Blumen und Schmetterlinge vor und hoffte, dass er damit auf der sicheren Seite war.

Das schien eine gute Taktik zu sein. Das Licht ging weder an noch aus, kein Aufzug blieb stecken, und die Tür zum Zimmer öffnete sich nicht von selbst.

Sein Abendessen rührte er nicht an, die Ereignisse in der Cafeteria lagen ihm wie ein schwerer Stein im Magen.

Am liebsten wäre ihm gewesen, das Ganze als Halluzination abhaken zu können, aber alle Besucher im Raum hatten das Licht erlöschen und wieder angehen gesehen. Wie auf Befehl. Auf seinen Befehl.

Timo wartete, bis es draußen auf den Gängen ruhiger wurde, dann atmete er tief durch. Fixierte die Lampe über seinem Nachttisch.

Aus.

Nichts passierte. Das Licht brannte weiter, ohne auch nur zu flackern. Er versuchte es noch einmal und, nach fünf Minuten Warten, ein drittes Mal. Kein Ergebnis.

Zu seinem eigenen Erstaunen beruhigte ihn das nicht; jetzt hatte er erst recht keine Ahnung, was Sache war. Nicht dass er sich telepathische Kräfte wünschte, absolut nicht, aber nur ab und zu von ihnen überrascht zu werden, wäre noch schlimmer.

Er machte das Licht per Hand aus – den Schalter traf er erst beim dritten Versuch – und drehte sich zur Seite. Magnus' tiefe, heisere Atemzüge schläferten ihn allmählich ein.

10

Kalter Boden unter den Füßen. Dunkelheit. Und wieder Atemgeräusche, diesmal aber zweifach.

Timo saß auf einem Stuhl, vor sich erahnte er ein Bett, in dem jemand lag. Er war schon wieder geschlafwandelt, zum Teufel, das konnte einfach nicht so weitergehen.

Um erkennen zu können, in wessen Zimmer er sich verirrt hatte, war es zu dunkel, aber –

Vorhang.

Das Wort bildete sich klar und unmissverständlich in seinem Kopf, aber er hatte es nicht selbst gedacht. Nein, es war anderswo hergekommen, als hätte jemand ihm etwas zugeraunt. Nicht von außen, sondern von innen. Das Gefühl war scheußlich, als wäre Timo plötzlich nicht mehr allein in seinem Körper.

Trotzdem stand er auf, tappte auf bloßen Füßen zum Fenster und zog den Vorhang ein Stück zur Seite. Vor ihm lag der Park, zumindest auf den ersten Blick menschenleer. Timo war diesmal in seinem eigenen Trakt geblieben, aber das Zimmer, in dem er sich befand, lag höher als seines.

Er drehte sich um. Sah im schwachen Licht, das von der Parkbeleuchtung bis hierher drang, zwei Silhouetten liegen. Links Freddy, mit dem Carl Schach gespielt hatte. Rechts Professor Brand.

Er war also im Erwachsenentrakt gelandet, bei den schwereren Fällen. Na gut, die bekamen wenigstens nichts von der nächtlichen Störung mit.

In dir steckt mehr, als du ahnst.

Wieder die fremde Stimme. Timo griff sich automatisch mit beiden Händen an den Kopf, als könnte er sie damit zum Schweigen bringen.

Mehr, als du ahnst.

Timo hatte gehofft, die Episode mit dem Stimmenhören würde ein Einzelfall bleiben, doch danach sah es nicht aus, und er fühlte Angst in sich hochkriechen. Denn das hier war etwas ganz anderes als Schlafwandeln. Das war … eine Geisteskrankheit. Schizophrenie wahrscheinlich, da hörte man angeblich Stimmen. Vielleicht konnten schwere Kopfverletzungen so etwas ja auslösen.

Aber er würde noch nicht mal jemanden danach fragen können.

Achte auf Magnus, sagte die Stimme. *Er wird unberechenbar.*

Er brauchte ärztliche Hilfe. Tabletten vielleicht, und das schnell. Voller Panik hechtete Timo zur Tür, blieb mit einem Fuß an Freddys Bett hängen und schlug der Länge nach hin.

Außer Kontrolle, hallte es in seinem Kopf.

»Schluss«, schrie Timo. »Sei still! Sei doch …«

Fassungslos hielt er die Luft an. Was eben aus seinem

Mund gekommen war, hatte beinahe normal geklungen, es waren richtige, deutliche Worte gewesen. »Schluss«, wiederholte er leise. Lauschte dem Klang.

Nicht ganz wie früher, aber gut verständlich. Er konnte wieder sprechen. Einfach so. Das war großartig, da war es fast egal, dass er dafür nun Stimmen hörte.

Mit einiger Mühe rappelte er sich hoch und erreichte die Tür, öffnete sie ...

Achte auf Magnus.

... und trat auf den Gang hinaus. Er musste einen Arzt finden oder, noch besser, Carl. Endlich konnte er alles erzählen: Von Magnus' nächtlichen Ausflügen. Von dem Treffen, das er im Park beobachtet hatte. Von seinen gedanklich ausgelösten Lichtspielen. Und von der Stimme, die immer noch da war und ihn dirigierte.

Rechts. Dann die erste Abzweigung links und die Treppen hinunter. Wieder rechts.

Timo stolperte vor sich hin, spürte undeutlich, dass seine Beine schmerzten. Irgendwo wurde eine Tür geöffnet und wieder geschlossen, wo lag noch mal das Schwesternzimmer? Direkt vor ihm war jedenfalls der Aufzug, das war besser, als die Treppen zu nehmen, und heute war es ihm egal, ob jemand ihn bemerkte. Im Gegenteil, es war ihm sogar recht.

Er war noch gut zehn Schritte entfernt, als das Licht des Rufknopfs aufleuchtete und der Fahrstuhl sich in Bewegung setzte. Er hielt auf Timos Stockwerk, die Tür glitt zur Seite.

Die Kabine war leer. Niemand war hochgefahren, niemand hatte den Rufknopf gedrückt.

Oder doch, dachte Timo verzweifelt. Ich. So wie ich die Lampen ein- und ausgeschaltet habe, einfach nur, weil ich es wollte.

Mit zitternden Fingern drückte er den Knopf für das Erdgeschoss, dort würde er auf jeden Fall jemanden finden, der wach war – und sei es nur der Nachtportier.

Die Tür öffnete sich auf einen menschenleeren Gang, Timo registrierte Teppich unter seinen nackten Füßen. Hier befanden sich Therapieräume und ein Abgang zum Hallenbad, aber die Portiersloge musste anderswo sein.

Sollte er wieder ein Stockwerk hochfahren? Oder hier unten auf gut Glück herumlaufen? Es riskieren, dass er vielleicht jemandem begegnete, der ebenfalls heimlich draußen war?

Achte auf Magnus.

Das riesige Haus fühlte sich völlig ausgestorben an, umso heftiger erschrak Timo, als sich hinter ihm plötzlich die Aufzugtüren schlossen und der Fahrstuhl sich wieder in Bewegung setzte. Nach oben.

Das hieß wohl, gleich würde jemand nach unten fahren und Timo zwangsläufig entdecken. Wenn es jemand vom Personal war, gut. Wenn nicht …

Er machte sich daran, den ersten Treppenabsatz hinaufzusteigen, und stellte für sich selbst fest, dass er überhaupt nicht wusste, wovor er sich fürchtete. Vor Magnus? Das war im Grunde albern. Viel Angst einflößender war die Stimme in seinem Kopf, aber die brauchte keinen Fahrstuhl.

Er war beinahe im ersten Stock angekommen, als er hörte, wie der Aufzug im Erdgeschoss hielt und die Tür sich öffnete. Schritte hörte er keine, aber das musste nichts bedeuten, seine eigenen waren auch lautlos gewesen.

Der Aufstieg in die zweite Etage strengte ihn so an, dass er schwarze Punkte vor den Augen sah. Er taumelte zum Schwesternzimmer und lief dort einem jungen Pfleger in die Arme, den er bisher nur flüchtig gesehen hatte. *Martin* stand auf dem Namensschild, das halb von seinem hellbraunen Pferdeschwanz verdeckt wurde.

»Hey! Du bist Timo, nicht wahr? Hör mal, wenn du etwas brauchst, kannst du doch einfach klingeln, du musst nicht …«

»Ich kann endlich wieder sprechen«, stieß Timo hervor.

Oder zumindest war es das, was er hatte sagen wollen. Was tatsächlich an Lauten aus seinem Mund drang, hatte damit kaum Ähnlichkeit, es waren lang gezogene Vokale und verschliffene Konsonanten. Unverständliches Lallen.

»Ist etwas passiert?« Der Pfleger nahm ihn beim Arm. »Oder hast du einfach nur schlecht geträumt? Das kommt oft vor nach Unfällen wie deinem. Komm, ich bringe dich auf dein Zimmer zurück.«

Er führte Timo den Gang entlang und redete dabei beruhigend auf ihn ein, ohne Pause. Trotzdem war Timo dankbar für die Begleitung. Falls Magnus wach oder sogar im Haus unterwegs war, gab es dafür endlich einen Zeugen.

Doch sein Zimmernachbar lag ruhig im Bett, leise schnarchend durch den halb geöffneten Mund. Der Pfleger half Timo dabei, sich hinzulegen, und zog ihm die Decke bis zu den Schultern. »Es ist alles in Ordnung. Wenn du etwas brauchst, einfach klingeln, okay?« Das Kästchen mit dem roten Knopf hing jetzt an einem Kabel neben dem Trapez-griff über dem Bett. »Schlaf gut.«

Damit war er auch schon wieder draußen. Timo drehte sich zur Seite und rollte sich zusammen. Tränen liefen ihm übers Gesicht, und er biss sich auf die Lippen, um nicht laut aufzuschluchzen.

Vor zehn Minuten hatte er noch sprechen können. Er hat-te es doch selbst gehört, die Worte waren da gewesen. Nun waren sie wieder fort, und es gab nichts, was Timo dagegen hätte tun können.

Am nächsten Tag verweigerte er die Mitarbeit bei sämtli-chen Therapien. Renate wollte ihn zu Gehübungen bewe-gen – die Füße richtig abrollen, die Beine kräftigen –, aber Timo tat, als sähe und höre er sie nicht. Er saß einfach nur im Therapieraum und starrte die Wand an. Wozu üben? Nachts konnte er ziemlich gut laufen, bloß tagsüber ging er wie ein alter Mann, dem nach fünf Schritten die Kraft ausging. Daran hatte die Physiotherapie bisher nichts ge-ändert.

Noch wütender machte ihn Agnes, bei der er die darauf-folgende Stunde verbrachte. Er wollte nicht *Auto* sagen, auch nicht *Essen* oder *Timo*. Er wollte den Blumentopf vom Fensterbrett nehmen und gegen die Wand schmettern.

»Diese Phase machen viele durch«, sagte Agnes milde, als sie sah, dass es heute sinnlos sein würde, ihn motivieren zu wollen. »Es geht manchmal nicht so schnell, wie man das gerne hätte, aber es wird besser werden. Wenn du dran-bleibst.«

Sie wollte ihm über den Arm streicheln, aber sein Blick schien sie im letzten Moment doch davon abzuhalten. »Morgen ist ein neuer Tag«, sagte sie munter.

Ja, leider, dachte Timo. Er ließ sich ins Zimmer zurückbringen und verbrachte den Rest des Tages im Bett. Carl, der ihn gegen vier Uhr wieder mit in die Cafeteria nehmen wollte, sah er nicht einmal an.

Offenbar machte die Nachricht über seine psychische Verfassung die Runde, denn gegen Abend kam Dr. Sporer ins Zimmer und zog sich einen Stuhl an Timos Bett heran. »Ich habe gehört, dir geht es heute nicht so gut?«

Timo ignorierte auch ihn. Er lag da, zum Fenster gedreht, die Augen geschlossen.

»Rückschläge sind normal, weißt du. Aber die Fortschritte werden überwiegen, das wirst du bald merken. Vertrau mir ein bisschen, okay?«

Timo rührte sich nicht. Er wollte nichts sehen und nichts hören, er wollte sein wie Magnus. Oder tot.

Tot war vielleicht sogar noch besser.

In der darauffolgenden Nacht schlief er zwar unruhig, aber er schlafwandelte nicht. Falls doch, hatte er es diesmal nicht mitbekommen. Seine Laune war am nächsten Morgen allerdings um keinen Deut besser, er weigerte sich aufzustehen, außer um aufs Klo zu gehen, er weigerte sich, zu essen. Er reagierte nicht, wenn er angesprochen wurde, und zuckte nicht einmal zusammen, als man ihm am Vormittag Blut abnahm.

Nur wenn er mit Magnus allein im Zimmer war, versuchte er ab und zu, ein Wort zu flüstern. Ekelte sich unmittelbar vor dem Geräuschbrei, der dabei entstand, und verkroch sich wieder in sich selbst.

Erst der Besuch seiner Eltern am Wochenende riss ihn aus seiner Lethargie. Ihnen gegenüber konnte er sich nicht so hängen lassen, wenn er nicht wollte, dass sie am Abend völlig deprimiert nach Hause fuhren. Also führte er ihnen vor, was er schon alles konnte – ein bisschen gehen, selbstständig essen und trinken. Gequält lächeln.

Sie gingen gemeinsam in die Cafeteria, wo Timo es verzweifelt vermied, auf die Beleuchtung zu achten. Ohne jeden Appetit würgte er einen Schokomuffin in sich hinein und war froh, als Mona an den Tisch rollte. »Hallo. Sie müssen Timos Eltern sein? Ich bin Mona. Schön, Sie kennenzulernen.«

Es entspann sich ein lockeres Gespräch; Mona schilderte die Abläufe auf dem Markwaldhof, stellte den Eltern Carl und Valerie vor und verschaffte Timo damit eine dringend benötigte Pause von seiner gespielten Zuversicht. Er war ihr unendlich dankbar.

»Beim nächsten Mal nehmen wir die Kleinen mit«, kündigte Papa an. »Du fehlst ihnen sehr, sie fragen ständig nach dir.«

Timo nickte, weil er das Gefühl hatte, ihm blieb nichts anderes übrig. Er konnte seinen Eltern nicht erklären, dass er mittlerweile das Entsetzen in Laras und Bennys Blick fürchtete, wenn sie begriffen, dass er nicht mehr derselbe war. Aber irgendwann würden sie es erfahren müssen. Und sie würden sich daran gewöhnen.

Nachdem seine Eltern sich verabschiedet hatten – *du*

bist so tapfer, wir sind so stolz auf dich –, fühlte Timo sich erschöpft wie schon lange nicht mehr. Er schlief ein, bevor noch das Abendessen gebracht wurde. Claudias sanftes Rütteln an seiner Schulter ließ ihn nur kurz die Augen öffnen.

Dafür war er um zwei Uhr nachts mit einem Schlag wach. *Vorsicht.*

Es war die Stimme in seinem Kopf gewesen, die ihn geweckt hatte, und das gerade noch rechtzeitig. Timo roch Chlor; er stand am Rand des Schwimmbeckens, in dem wohl die Wassergymnastik stattfand. Ein Schritt weiter, und er wäre baden gegangen.

Die Scheinwerfer an den Beckenwänden ließen das Wasser türkis leuchten; indirekt warfen sie ihr Licht auch auf die beiden Gestalten, die Timo gegenüberstanden, nur durch einige Kubikmeter Wasser von ihm getrennt.

Magnus. Und Jakob, der Dreizehnjährige, den Timo im Gemeinschaftsraum kennengelernt hatte. Er hielt Magnus am Arm fest.

Beide sprachen nicht, trotzdem war völlig klar, was sich zwischen ihnen abspielte. Jakob versuchte, Magnus davon abzuhalten, um das Becken herumzulaufen und sich auf Timo zu stürzen.

Er wich ein paar Schritte zurück. Sah, wie Magnus sich aus dem Griff des viel Kleineren losriss und sich auf den Weg machte. »Du wirst schon sehen«, rief er, »was mit Leuten passiert, die wir nicht leiden können.«

Noch ein paar Schritte zurück, auf den Ausgang zu, dahinter lagen bestimmt Treppen oder der Fahrstuhl, doch erschreckenderweise sah es aus, als wäre Magnus viel schneller als er.

Timo ertastete die Tür, drückte sie auf.

Licht aus.

Die Unterwasserscheinwerfer erstarben, das Hallenbad lag in völliger Dunkelheit da. Timo floh nach draußen, suchte nach einem Orientierungspunkt, rechnete damit, dass er jederzeit gegen etwas prallen oder über etwas stolpern würde. Stattdessen bekam er etwas zu fassen, das er für ein Treppengeländer hielt. Ja. Da war die erste Stufe.

War Magnus schon hinter ihm? Er wusste es nicht, er hörte nur sein eigenes Keuchen, während er sich ins Erdgeschoss hocharbeitete.

Dort war das Licht noch an, und der Aufzug stand einladend da, mit geöffneter Tür. Aber Einsteigen war Timo zu riskant. Was, wenn Magnus auf die gute Idee kam, den Fahrstuhl ein Stockwerk tiefer zu holen? Nein, die Treppe war sicherer, auch wenn er jetzt schon nach Luft rang.

Neun Stufen, zehn, elf.

Vorsicht.

Er blieb stehen. Oben klapperten Schritte vorbei, vermutlich eine Krankenschwester, die in eines der Zimmer geklingelt worden war. Timo lauschte dem Hämmern seines Herzens und wartete, ob die Stimme ihm noch etwas zu sagen hatte. Nein. Also ging er weiter, sobald sein Puls sich wieder ein wenig beruhigt hatte.

Erst als er im zweiten Stock angekommen war, wurde ihm das Dilemma klar, vor dem er stand. Er konnte nicht einfach in sein eigenes Zimmer zurückgehen. Er teilte es schließlich mit Magnus, der gerade außerordentlich wach war und – ihn nicht leiden konnte, wie er spätestens jetzt wusste. Die Drohung mit dem Kissen auf dem Gesicht war in Timos Erinnerung noch sehr lebendig.

Er konnte also nur jemanden vom Nachtdienst suchen, jetzt, sofort, und ihm oder ihr das leere Bett neben seinem eigenen zeigen. Dann würde …

Geh nach rechts.

Die Stimme hatte seine Gedanken buchstäblich übertönt. Er zögerte nur kurz, dann folgte er ihr, taumelte den Gang entlang, plötzlich so müde, dass er kaum die Füße heben konnte.

Die zweite Tür. Links.

Er öffnete sie. In dem Zimmer standen zwei Betten, beide leer. Er ließ sich auf das erste davon fallen und schlief sofort ein.

11

»Da ist er! Hey! Er ist hier!«

Timo schlug die Augen auf und sah in das Gesicht von
Martin, dem Pfleger mit dem hellbraunen Pferdeschwanz.
Er schüttelte den Kopf, sah halb erleichtert, halb aufgebracht aus. »Boah, was für ein Morgen. Ihr haltet uns echt
auf Trab, ihr Jungs.«

Es dauerte ein paar Herzschläge lang, bis Timo seine Erinnerung sortiert hatte. Der Pool, seine Flucht vor Magnus.
Hatten sie endlich herausgefunden, dass der nur tagsüber
im Koma lag? Und nachts sehr unternehmungsfreudig
und – aggressiv war?

»Nicht das erste Mal, dass du schlafwandeln warst,
stimmt's? Aber du bist wenigstens nur bis zum nächsten be-
quemen Bett spaziert.« Er nahm Timo am Arm. »Komm,
ich bringe dich zurück in dein Zimmer.«

Timo wurde ein wenig schwindelig, als er sich aufrichtete,
doch das verging schnell. Von seiner nächtlichen Gehfähigkeit war wieder einmal nichts übrig geblieben; auf Martin
gestützt, tappte er in Richtung seines Zimmers, innerlich

angespannt wie eine Bogensehne. War Magnus aufgeflogen? Hoffentlich. Dann würde Timo alles daransetzen, irgendjemandem begreiflich zu machen, dass mit seinem Bettnachbarn etwas ganz und gar nicht stimmte.

Noch vor Martin betrat Timo das Zimmer – und fand einen altvertrauten Anblick vor. Magnus reglos im Bett, auf dem Rücken liegend, den Blick ins Leere gerichtet.

Timo blieb stehen, hielt sich am Fußende des Betts fest. Am liebsten hätte er am Gestell gerüttelt, oder an Magnus selbst, aber das hätte höchstens dazu geführt, dass Martin ein paar Notizen in seine Krankenakte machen würde.

»Tja.« Der Pfleger nahm Timo an der Schulter. »Er macht uns zwar auch Sorgen, aber zumindest wissen wir immer, wo wir ihn finden.« Kurzes Räuspern. »Sorry, das war jetzt wahrscheinlich geschmacklos.«

Nein, dachte Timo, es war bloß falsch.

»Aber wir sind alle ein bisschen durch den Wind, wir haben heute Morgen Jakob am Schwimmbecken gefunden, patschnass und unterkühlt. Er muss auch geschlafwandelt und ins Wasser gefallen sein. Er kann sich an nichts erinnern. Zum Glück ist er nicht ertrunken.«

Martin dirigierte Timo zum Bett und steckte ihm ein Fieberthermometer ins Ohr. »Es ist schon komisch, wie sehr sich die Fälle von Schlafwandeln häufen.«

Somnambulismus, hallte es in Timos Kopf.

»Das ist auch früher hin und wieder mal vorgekommen, aber so häufig wie derzeit – nie.« Er zog das Thermometer aus Timos Ohr, betrachtete das Display und nickte zufrieden. »Kein Infekt bei dir. Ich werde Dr. Sporer mal fragen,

ob es nicht sinnvoll wäre, euch abends ein leichtes Schlaf-
mittel zu verabreichen. Damit der Spuk aufhört.« Er lächelte
und ging.

Die Idee mit den Schlaftabletten fand Timo beunruhigend, denn Magnus würde ganz sicher keine bekommen.
Also war spätestens jetzt der Zeitpunkt gekommen, Maßnahmen zu ergreifen.

Er wusste noch, wo Carls Zimmer lag, auch wenn er nie
drin gewesen war. Erstaunlicherweise hatten sich die meisten Details ihres ersten Ausflugs sehr deutlich in sein Gedächtnis eingebrannt. Das Zimmer befand sich auf der
linken Seite des Gangs, und Carl teilte es sich mit einem gewissen Sami, dem ein Skiunfall zum Verhängnis geworden
war.

Timo setzte sich in seinen Rollstuhl und fuhr nach draußen, vor Carls Tür blieb er stehen und lauschte kurz, ob er
von innen Stimmen hören konnte, die darauf schließen ließen, dass er möglicherweise einem Arzt oder einer Krankenschwester begegnen würde. Nein. Alles ruhig.

Er klopfte, hörte Carl »Ja?« sagen und öffnete die Tür.

Carl saß am Fenster und blätterte in einem Manga, seine Augen weiteten sich, als er Timo sah. »Mit dir hätte ich
jetzt nicht gerechnet. Hast du beschlossen, wieder sozial
statt depressiv zu sein? Gute Sache.« Er wandte sich dem
zweiten Jungen zu, der in seinem Bett saß und etwas aus
einem Schälchen löffelte. »Sami, das ist Timo, ich habe dir
von ihm erzählt. Hast du wahrscheinlich wieder vergessen,
stimmt's?«

Sami zuckte desinteressiert mit den Schultern und löffelte

weiter, während Timo auf Carl zufuhr und ihn am Arm von seinem Stuhl zog.

»Was denn?« Carl wirkte amüsiert. »Ist ja gut, ich komme schon mit.« Er ließ sich in Timos Zimmer führen, bis zu Magnus' Bett.

»Aha«, sagte er, es klang ratlos. »Und jetzt?«

Jetzt – würde Timo sich wahrscheinlich lächerlich machen, aber darauf kam es nicht an. Er deutete mit beiden Händen auf seinen Bettnachbarn. Dann rollte er zum Fenster und zog die Vorhänge zu. Deutete wieder auf Magnus und stand dann mühsam auf, um nachzuahmen, wie Magnus das Gleiche tat, wie er herumlief. Aus der Tür ging.

»Ich verstehe leider nicht, was du meinst«, seufzte Carl.

Das hatte Timo befürchtet. Wahrscheinlich waren seine Bewegungen noch nicht koordiniert genug, um ihn vernünftig Scharade spielen zu lassen.

Er versuchte es noch einmal. Wies mit der rechten Hand auf Magnus. Carl runzelte die Stirn. »Magnus«, sagte er, und Timo nickte heftig. Hielt sich an der Wand fest, falls ihm wieder schwindelig werden sollte.

Dann deutete er auf sein Handgelenk, kreiselte mit dem Zeigefinger, um sich drehende Uhrzeiger zu simulieren.

»Uhr«, versuchte Carl es. »Zeit.«

Genau! Wieder nickte Timo. Klopfte gegen sein Bett. Drehte noch einmal an imaginären Uhrzeigern.

»Bettzeit?«, fragte Carl unsicher.

Timo vollführte vage Bewegungen mit seiner Hand, das kam ungefähr hin, aber noch nicht ganz.

»Nacht?«, riet Carl.

Timo reckte einen Daumen hoch. Genau. Jetzt beides verbinden. Er wiederholte die ganze Pantomime noch einmal von vorne.

»Magnus bei Nacht?«, meinte Carl unsicher.

Ja. Daumen hoch. Und nun schlurfte Timo zur Tür, öffnete sie, ging hinaus.

»Okay, du willst mir sagen, dass Magnus nachts aufsteht und das Zimmer verlässt?« Carl lachte auf. »Das hast du ja schon einmal angedeutet, aber es ist nicht möglich, Timo. Das träumst du.«

Mit zusammengebissenen Zähnen schüttelte Timo den Kopf. Die Sache mit dem Träumen hatte er für sich abgehakt, so war es einfach nicht. Und verdammt, Carl war doch selbst bei der kleinen Gruppe im Park gewesen. So wie Magnus, sie mussten sich gesehen haben, warum erinnerte er sich nicht?

Wenn er selbst Schlafwandler war, wieso hatte er das nie bemerkt? Schaffte er es, jedes Mal in seinem eigenen Bett aufzuwachen?

Entmutigt sank Timo auf seine Bettkante. Er hatte tatsächlich gehofft, dass Carl seine Beobachtungen bestätigen und vielleicht sogar eine Erklärung dafür auf Lager haben würde. Aber ... Fehlanzeige.

»Mach dir nichts draus.« Carl setzte sich neben ihn und legte ihm freundschaftlich einen Arm um die Schultern. »Ich habe eine Zeit lang geträumt, dass nachts eine Elfe mit rotem Haar in mein Zimmer schwebt, und war auch sicher, dass sie real ist. Wir haben beide ordentlich eins auf den Schädel bekommen, da darf man schon mal ein paar Halluzinationen haben.«

Timo schüttelte resigniert den Kopf. Jakob war tatsächlich ins Schwimmbecken gefallen, das hatte Martin erzählt, und das passte zu dem, was vergangene Nacht passiert war. Vermutlich war es sogar Timos Schuld, in gewisser Weise, weil er das Licht ausgeknipst hatte. Mit seinen Gedanken, das war ja auch noch so eine Sache, die er niemandem sagen konnte.

Er hätte gern gewusst, ob Jakob es selbst aus dem Becken geschafft oder ob Magnus ihn rausgezogen hatte. In einem Anfall von Menschenfreundlichkeit.

Ach, und dann waren da noch die Stimmen, die Timo hörte; die Gedanken, die er nicht selbst dachte. Wenn das alles nur geträumt war, musste er wohl durchgehend schlafen. Oder sein Schädelhirntrauma hatte viel schlimmere Folgen, als die Ärzte ahnten.

»Heute ist das Wetter einigermaßen okay.« Carl hatte die Vorhänge wieder zur Gänze geöffnet und blickte aus dem Fenster. »Wollen wir nachher ein bisschen nach draußen?«

Timo zuckte mit den Schultern, was Carl kurzerhand als Zustimmung wertete. »Gut, dann hole ich dich später ab. Nach dem Mittagessen, und ohne Rollstuhl.«

Tatsächlich platzte Carl aber schon wieder ins Zimmer, während Timo noch am Tisch saß und mit seinem gegrillten Hühnerfilet beschäftigt war – mit Messer und Gabel essen verlangte so viel Koordination, dass alles darüber längst kalt geworden war.

»Du lässt dir ja Zeit.« Carl warf sich quer über Timos Bett. »Sogar Magnus ist schon fertig.«

Der wurde aber auch gefüttert, dachte Timo grimmig und

versuchte, sein Messer an der richtigen Stelle anzusetzen. Er würde auf jeden Fall aufessen, obwohl sein Hunger sich in Grenzen hielt. Hühnerfleisch war Eiweiß, und Eiweiß war gut für Gehirn und Muskeln, wenn er das korrekt in Erinnerung hatte. In seinem Fall hatte beides dringend Unterstützung nötig, also würde er nicht eher hier aufstehen, bis er fertig war.

Carl hatte sich mittlerweile vom Bett erhoben und stand jetzt vor dem von Magnus. Betrachtete ihn nachdenklich. »Er ist einer der wenigen, von denen ich nicht weiß, was ihnen zugestoßen ist. Kein Vermerk in seinem Krankenblatt.« Er stupste mit dem Zeigefinger gegen Magnus' Stirn. »Ich wüsste ja gerne, was er mal für ein Typ war.«

Ziemlich sicher ein Arschloch, dachte Timo.

Andererseits – es war gut möglich, dass wirklich Magnus es gewesen war, der Jakob aus dem Wasser gezogen hatte. Vielleicht mochte er ja nur Timo nicht und war ansonsten ein verträglicher Kerl.

Fünf Minuten später war er endlich mit dem Essen fertig, und sie machten sich auf den Weg in den Park. Carl hatte wieder einen Rollator organisiert, mit dem Timo sich diesmal extrem unwohl fühlte, wie ein Neunzigjähriger, was allerdings albern war. Im Vergleich zum Rollstuhl war ein Rollator ein Fortschritt. »Draußen steht alle paar Meter eine Bank, falls du müde wirst«, erklärte Carl. »Das haben sie schlau eingerichtet, so müssen sie viel seltener kollabierte Leute vom Weg klauben.«

Das schöne Wetter hatte viele der Patienten hinausgetrieben. In einiger Entfernung unterhielt Mona sich mit zwei anderen Mädchen, eine ältere Frau kämpfte sich auf Krücken über den Weg, sie schien dabei ihre Schritte zu zählen.

Timo suchte mit seinem Blick die Stelle, an der er das nächtliche Treffen beobachtet hatte. Hatte es Sinn, mit Carl dort hinzugehen und … ja, was und? Carl erinnerte sich nicht an die Begebenheit, oder er log wie gedruckt – in beiden Fällen würde Timo nichts Neues erfahren.

Er beschloss, die überübernächste Bank anzusteuern. Bis dorthin würde er es schaffen, auch wenn seine Beine sich bei Weitem schwächer anfühlten als vergangene Nacht …

Aufgeregte Stimmen ließen ihn herumfahren, ebenso wie Carl. Dr. Sporer kam aus dem Haus gelaufen, hinter ihm Martin, dahinter zwei andere Pfleger mit einer Trage. Nur Sekunden später schoss ein Krankenwagen durch die Einfahrt, ein Sanitäter sprang heraus, ihm folgte eine Ärztin. Sie beugten sich kurz über die Trage, die bereits im nächsten Moment in den Krankenwagen geschoben wurde. Das Blaulicht ging an, und der Wagen raste vom Gelände des Markwaldhofs.

»Scheiße«, murmelte Carl. »Da ist jemand wieder akut geworden.«

Auf Timos fragenden Blick hin seufzte er. »Ach, das passiert manchmal, gerade bei den älteren Patienten. Sie erholen sich von ihrem Schlaganfall und kriegen dann trotzdem einen zweiten. Es gab auch schon den Fall, dass jemand über die Treppen gestürzt ist und sich die Hüfte gebrochen hat.« Er scharrte mit einem Fuß im Kies. »Wäre es okay für dich, wenn ich schnell zurücklaufe und frage, was passiert ist?«

Vollkommen okay, deutete Timo und Carl lief los. Wenn

er versuchte, schnell zu sein, sah man die Schwäche im rechten Bein noch sehr deutlich.

Timo setzte seinen Weg ebenfalls fort. Die dritte Bank von hier. Die dritte. Timos Arme zitterten, und ihm stand der Schweiß auf der Stirn, aber er setzte sich kein einziges Mal hin.

Als er die dritte Bank endlich erreichte, sank er völlig erschöpft darauf nieder. Sekunden später kam auch Carl zurück, mit versteinertem Gesicht.

»Es ist Freddy«, sagte er leise. »Ich verstehe das nicht. Dr. Sporer sagt, sie wissen nicht genau, was los ist, aber seine Nieren spielen plötzlich nicht mehr mit. Er hat Symptome, die nicht zusammenpassen, und das alles hat sich innerhalb von Stunden extrem verschlechtert. Sie fahren ihn jetzt ins nächste Krankenhaus.«

Timo verstand nicht viel von Medizin, aber dass Nierenversagen eine gefährliche Sache war, wusste er. Ebenso wie er wusste, dass es eher nicht von einer Kopfverletzung ausgelöst wurde. Aber vielleicht von einem Virus? Irgendeinem Infekt?

»Das ist doch verrückt.« Carl sprach mehr mit sich selbst als mit Timo. »Vor einer Woche war Freddy praktisch gesund, bis auf ein paar kleine Einschränkungen. Und jetzt macht erst der Kopf schlapp und dann auch noch die Nieren und wer weiß was noch? Sporer sagte, da wäre auch ein merkwürdiger Hautausschlag gewesen, den er so noch nicht gesehen hätte. Das ist doch –« Er unterbrach sich und wischte sich über die Augen. Atmete ein paarmal tief aus und ein.

125

»Ich will einfach nicht, dass ausgerechnet bei Freddy alles schiefläuft. Er ist so ein netter Kerl. Hat eine kleine Tochter, gerade mal fünf Jahre alt. Wir haben uns total gut verstanden.«

Diesmal war es Timo, der Carl tröstend eine Hand auf den Arm legte. Das musste reichen, leider, in Ermangelung von Worten.

Sie blieben eine Zeit lang schweigend auf der Bank sitzen, Carl zeichnete mit seiner Schuhspitze unsichtbare Muster auf den Asphalt, während er immer wieder um sich blickte. Es machte ganz den Eindruck, als warte er auf etwas. Oder jemanden. Timo hatte eine ziemlich klare Vorstellung davon, wer das sein konnte, aber Mona sah nicht einmal zu ihnen her, so vertieft war sie in das Gespräch mit den beiden Mädchen.

Dafür kam ein Mann den Weg entlang, den Timo kannte; sie waren ihm bei ihrem allerersten Spaziergang begegnet. Der Freeclimber, der abgestürzt war, wie hatte der noch mal geheißen? Gregor? Nein, Georg war es gewesen. Er ging immer noch auf Krücken, aber schwungvoller als die meisten anderen. Man sah ihm das jahrelange sportliche Training einfach an.

»Na, macht ihr Pause? Faules Pack.« Er stupste Carl mit einer seiner Krücken an. »Wie ist es – Wettlauf einmal bis zum Tor und zurück? Für besonders originelle Stürze gibt es Haltungsnoten.«

Er lachte, hörte aber sofort auf, als er Carls unbewegte Miene sah. »Was ist los?«

»Freddy. Hast du es nicht mitbekommen? Sein Zustand

126

hat sich so sehr verschlechtert, dass sie ihn so schnell wie möglich auf die nächste Intensivstation bringen mussten.«

Grau, sagte die Stimme in Timos Kopf.

Er schrak zusammen, aber keiner der beiden anderen bemerkte es.

»Was? Oh nein.« Georg wirkte ehrlich bekümmert. »Er war doch vor ein paar Tagen noch völlig in Ordnung. Ich habe überhaupt nicht mitbekommen, dass es ihm schlecht geht.«

Grau. Außer Kontrolle.

Instinktiv stand Timo auf und stolperte den Weg zurück in Richtung Gebäude, ohne Rollator, beide Hände an den Kopf gepresst, als könne er auf diese Weise der Stimme entkommen. Fünf Schritte, sechs, dann blieb er mit einem Fuß hängen und fiel hin.

»Hey!« Innerhalb von Sekunden waren Carl und Georg bei ihm. »Was machst du denn?«

Sie richteten ihn auf, Georg klopfte ihm den Staub vom Shirt. »Du solltest nicht ohne Stütze rumlaufen, dafür ist es noch viel zu früh.«

Nachts nicht, dachte Timo verschwommen. Nachts kann ich laufen und sprechen und …

»Ungeduld bringt gar nichts, glaub mir«, fuhr Georg fort. »Ich habe sie erfunden, die Ungeduld, aber ich habe auch alles erst langsam wieder lernen müssen.«

Timo lächelte verkrampft. Die Stimme schwieg jetzt, aber wer wusste schon, wie lange? War er der einzige Patient hier mit dieser Art von Symptomen?

Er würde einen Arzt fragen. Irgendwie, notfalls würde

127

er eben so lange rumstammeln, bis er sich verständlich gemacht hatte.

»Wenn du zurückwillst, komme ich natürlich mit«, sagte Carl. »Tut mir leid, ich hab nicht auf dich geachtet. Mir steckt die Sache mit Freddy echt in den Knochen …«

Langsam gingen sie auf den Eingang zu, wo Martin stand und rauchte. Als er sie kommen sah, warf er die Zigarette weg und trat sie aus. »Sorry. Soll man auf dem Gelände nicht, aber ab und zu brauch ich's für die Nerven.« Er betrachtete Timo von oben bis unten. »Hingefallen? Mach dir nichts draus, das passiert allen einmal. Tut dir etwas weh? Kopfschmerzen?« Er inspizierte die Hinterseite von Timos Schädel. »War dir schwindelig?«

»Kann ich mir nicht vorstellen«, antwortete Georg an seiner Stelle. »Er ist plötzlich aufgesprungen und losgesprintet, als hätte er etwas Wichtiges vergessen. Aber eben viel zu schnell, deshalb …«

»Ich werde es jedenfalls Dr. Sporer sagen«, erklärte Martin. »Ich glaube nicht, dass er sich bei dem Sturz verletzt hat, aber seine OP ist noch nicht so lange her, da kann man nicht vorsichtig genug sein.«

Sie setzten Timo auf einen Sessel im Empfangsbereich. Carl blieb bei ihm, während Martin einen Rollstuhl organisierte. Immer noch lag Timo innerlich auf der Lauer, wartete darauf, dass sein Kopf wieder fremde Gedanken produzieren würde. Fühlte man sich so, wenn man besessen war? Oder schizophren?

Er blickte nur kurz auf, als sich die gläserne Schiebetür zum Außenbereich öffnete und jemand eintrat. Erst Sekunden später wurde ihm klar, dass er diesen Jemand kannte. Das war …

»Professor Kleist, schön, Sie wieder einmal zu sehen.« Der Portier war aus seinem Kämmerchen herausgetreten und reichte dem Arzt die Hand. »Zu wem wollen Sie denn? Dr. Sporer? Oder Dr. Korinek?«

Professor Kleist. Einer der Ärzte, die Timo operiert hatten. Er war es gewesen, der ihm geschildert hatte, wie der Eingriff verlaufen war, und er hatte ihm versichert, er würde wieder gesund werden.

Kleist ging an ihm vorbei, sein Blick blieb kurz an Timo hängen, er lächelte.

»Ich finde mich schon zurecht, danke, Albert«, sagte er zum Portier gewandt. »Aber Sie könnten meinen Wagen auf den Ärzteparkplatz stellen, da wäre ich Ihnen dankbar.« Er drückte dem anderen seinen Autoschlüssel und zehn Euro in die Hand, dann ging er auf den Fahrstuhl zu.

Grau, flüsterte es in Timos Kopf, und diesmal stieß er einen Überraschungslaut aus, der den Professor herumfahren ließ.

»Hallo! Timo Römer, nicht wahr? Erinnerst du dich an mich? Geht es dir denn gut? Der Markwaldhof ist wunderbar, findest du nicht?«

Timo brachte nichts weiter zustande als ein schwaches Nicken.

»Welche Therapien bekommst du? Ergo, Physio, Logo?«

»Er hat noch große Schwierigkeiten mit dem Sprechen«, sprang Carl ein. »Aber ja, die drei bekommt er auf jeden Fall.«

»Mit dem Sprechen, aha.« Kleist legte die Stirn in Falten. »Das ist nach solchen Verletzungen relativ häufig, Timo. Das Gute ist – ein junges Gehirn wie deines regeneriert sich viel schneller als das eines, sagen wir, Vierzigjährigen. Du darfst nur nicht aufgeben.« Er griff nach seiner Hand und drückte sie. »Versprichst du mir das?«

Timo hatte ihm nur halb zugehört, er zitterte innerlich, wartete darauf, dass die Stimme sich erneut melden würde. Nicht aufgeben. Er würde sich alle Mühe geben.

Mit dem Gefühl, Tränen zurückdrängen zu müssen, erwiderte Timo den Händedruck des Professors und nickte.

»Sehr gut. Ich komme ein bisschen später noch zu dir, ich möchte mir gern die Operationsnarbe ansehen. Bis dann.« Er stieg in den Fahrstuhl, Timo behielt die darüber angebrachte Leuchtanzeige im Auge. Dritter Stock. Da hatte bis vorhin noch Freddy gelegen.

»Dir geht es echt nicht gut, oder?« Carl klang ehrlich besorgt. »Hör mal, mach keinen Quatsch. Wenn du merkst, dass dein Zustand sich verschlechtert, dann alarmieren wir einen Arzt. Ich will nicht, dass noch jemand ... auf die nächste Intensivstation gekarrt werden muss.«

Grau, meldete die Stimme sich wieder. *Außer Kontrolle.*

Timo schaffte es, ein Wimmern zu unterdrücken. Es gelang ihm sogar, Carl beruhigend zuzulächeln, und dann kam auch schon Martin mit dem Rollstuhl.

»Sorry, ich hab mich ein bisschen verquatscht«, sagte er. »Mit dem Kollegen, der die letzten zwei Tage über Freddy betreut hat. Er ist fix und fertig, er sagt, er hat noch nie gesehen, dass jemand so schnell abbaut.«

Timo sah einen Schatten über Carls Gesicht ziehen.

»Wirklich?«

»Ja. Aber das muss nichts zu bedeuten haben. Freddy ist jetzt in guten Händen, die kriegen ihn schon wieder hin.« Er bugsierte Timo in den Rollstuhl und fuhr mit ihm in Richtung Aufzug. Der schon begann, nach unten zu fahren, bevor noch jemand den Rufknopf hatte drücken können.

Doch als die Tür sich zur Seite schob, war die Kabine leer.

»Finde ich jetzt komisch«, stellte Martin fest. »Wie ist das denn gegangen?«

Ich weiß es nicht, dachte Timo verzweifelt, während er in den Fahrstuhl geschoben wurde. Ich weiß es wirklich nicht.

12

Er lag den ganzen restlichen Tag über im Bett, auf der Seite, das Gesicht zum Fenster gedreht, um Magnus nicht ansehen zu müssen. Die Stimme schwieg, obwohl Timo sich alle Mühe gab, sie zu provozieren.

Welche Farbe, na? Los, sag schon. Rot? Dunkelblau? Hellgrün? Nein, oder?

Sosehr er sich bemühte, es kam nichts. Dafür war plötzlich Hannahs Bild wieder in seinem Kopf, deutlicher als zuvor. Immer noch keine Nachricht von ihr. Es tat weh. Kein scharfer Schmerz, dafür standen seine anderen Probleme zu sehr im Vordergrund, aber ein Ziehen zwischen Brust und Bauch, das sich verstärkte, je länger er an sie dachte. Seine Freundin. Wahrscheinlich seine Exfreundin, mittlerweile.

Er ballte die rechte Hand zur Faust, fühlte seine Augen brennen. Eine Träne lief über seine Wange und ins Kissen, verdammt, musste das jetzt wirklich sein?

Aber vielleicht war es gut. Ein paar Minuten heulen und dann mit der Sache abschließen. Sich auf das konzentrieren, was wichtig war, und …

Die Tür wurde geöffnet. Schritte näherten sich, aber Timo drehte sich nicht um. Sein Gesicht war tränennass, und er hatte keine Lust auf Fragen, wahrscheinlich war es ohnehin nur eine der Krankenschwestern, die wegen Magnus …

»Timo?« Carls Stimme, ungewohnt leise. »Oh. Du hast es also schon gehört.«

Hastig wischte Timo sich mit der Hand übers Gesicht. Er setzte zu einem Kopfschütteln an, erstarrte aber schon im Ansatz.

Freddy ist tot. Außer Kontrolle.

Da war sie wieder, die Stimme. Diese verdammte Drecksstimme, die ihn immer aus dem Hinterhalt erwischte und sein Herz vor Schreck einen Schlag überspringen ließ.

»Freddy«, flüsterte Carl, es war fast wie ein Echo. »Ich verstehe das einfach nicht. Ich meine, du hättest ihn sehen müssen, er hat Scherze gemacht, hat Monas Rollstuhl im Rekordtempo durch die Gänge geschoben – und er hat sich schon so auf zu Hause gefreut.«

Carl stand da, die Arme um den eigenen Körper geschlungen. Seine Augen waren knallrot, aber trocken.

Freddys Schicksal tat Timo von Herzen leid, auch wenn er ihn gar nicht gekannt hatte. Viel erschreckender fand er aber, dass die Stimme in seinem Kopf ihm davon berichtet hatte, noch bevor Carl es getan hatte. Wenn das Hellsehen war, dann wollte er nichts davon wissen. Er wollte auch keine Lichter ausknipsen und keine Fahrstühle rufen können – er wollte bloß wieder richtig sprechen und greifen und gehen lernen. Irgendwann wollte er wieder Fußball spielen.

»Timo?« Carl setzte sich neben ihn. »Entschuldige, ich

133

wusste nicht, dass die Nachricht dich so mitnehmen würde. Du bist Freddy ja nie begegnet. Aber – falls du Angst hast, es könnte dir auch passieren, mach dir nicht zu viele Sorgen. Claudia sagt, es war sicher ein Einzelfall. Ganz besonderes Pech.« Er schluckte. »Sie kennen noch nicht mal die Ursache, meint sie.«

Timo bemühte sich, seine Gesichtszüge wieder in den Griff zu kriegen. Dass sein Zustand sich ebenfalls so dramatisch verschlechtern könnte, war ihm überhaupt nicht in den Sinn gekommen. Davor hatte er merkwürdigerweise keine Angst. Eher davor, dass die Dinge in seinem Kopf *außer Kontrolle* gerieten.

Da. Jetzt hatte er es selbst gedacht. Es war sein eigener Gedanke gewesen, oder? Oder?

»Hey, du siehst echt nicht gut aus. Soll ich jemanden holen?«

Kopfschütteln. Nein.

»Okay. Es ist wegen dem, was ich dir erzählt habe, nicht wahr? Tut mir wirklich leid. Es ist so schwierig, dich einzuschätzen, weil wir uns ja nie normal unterhalten können …« Er zögerte. »Aber komischerweise habe ich trotzdem das Gefühl, ich bin bei dir an der richtigen Adresse, verstehst du das?«

Ja, das verstand Timo. Er fühlte auch eine starke Verbundenheit zu Carl – ein bisschen wie zu einem Bruder. Wahrscheinlich, weil sie ein ähnliches Schicksal teilten und Carl für ihn wie ein Hoffnungsschimmer am Horizont war. Er hatte den langen Weg zum Gesundwerden, der vor Timo lag, schon fast hinter sich.

»Valerie feiert heute Abend Geburtstag«, wechselte Carl das Thema. »Im Moment sind noch ihre Eltern bei ihr, aber später dann – es gibt Torte, angeblich. Soll ich dich holen?«

Timos erster Impuls war, abzulehnen. Hier im Bett, vergraben unter seiner Decke, fühlte er sich zumindest einigermaßen sicher. Wenn er versehentlich Lichtspiele veranstaltete, bekam es wenigstens keiner mit.

Andererseits würde er sich dann wieder in seinen Gedanken verlieren, und die waren derzeit die Hölle.

Er sah Carl an. Nickte schwach.

»Okay. See you later.« Carl stand auf, wirkte einen Moment lang unsicher auf den Beinen, ging dann aber, ohne zu schwanken, zur Tür. »Wird sicher nett. Und ich schätze, wir können beide Aufmunterung gebrauchen.«

Da war was dran. Timo schloss die Augen. Vielleicht schaffte er es ja bis dahin, nichts zu denken oder zu hören oder …

Er musste gerade weggedämmert sein, denn er erschrak, als die Tür sich wieder öffnete und Professor Kleist das Zimmer betrat, einen dicken Aktenordner unter dem Arm.

»So, Timo, jetzt habe ich endlich Zeit für dich. Du machst tolle Fortschritte, habe ich gehört? Vor allem in der Motorik? Das freut mich wirklich sehr.«

Er half Timo dabei, sich aufzusetzen, und tastete seinen Kopf ab. Untersuchte die Narbe, nickte zufrieden, zückte dann eine kleine Stablampe und leuchtete Timo in die Augen. »Okay, das sieht alles gut aus. Ich würde morgen gerne ein paar Untersuchungen mit dir machen. Einfach um genauer zu sehen, wie der Stand der Dinge ist. Und ich würde dir gern ein paar Fragen stellen. Du musst nur Ja oder Nein deuten.«

Er nahm sein Clipboard zur Hand und zog einen Kugelschreiber aus der Tasche. »Los geht's. Hast du häufig Kopfschmerzen?«

Nein. Was, bei genauerem Nachdenken, erstaunlich war.

»Mit dem Sprechen klappt es noch nicht, hm. Ja, das liegt daran, dass das Broca-Areal bei dem Unfall etwas abbekommen hat, das ist zuständig für die Sprachproduktion.«

Er interpretierte Timos verwirrten Blick richtig. »Das Broca-Areal ist ein Teil der Hirnrinde. Bei dir war auch der Thalamus mit betroffen, der ist ein Teil des Zwischenhirns, und er sorgt für die Verarbeitung von Sinneswahrnehmungen –« Er unterbrach sich. »Interessiert dich das überhaupt?«

Ja, signalisierte Timo. Was auch stimmte, immerhin betraf ihn das unmittelbar.

Kleist lächelte. »Sehr gut. Verständnisprobleme hast du jedenfalls keine. Also: Der Thalamus ist eine Art Schaltzentrale. Zum Beispiel leitet er das, was das Auge sieht, zur Großhirnrinde weiter. Aber er filtert es auch, er checkt ab, welche Eindrücke gerade wichtig sind, und die werden dann bis ins Bewusstsein vorgelassen. So ungefähr funktioniert das auch mit Hören, Schmecken, Fühlen – bloß beim Riechen mischt er sich nicht groß ein.«

Tja, dann schien Timos Thalamus relativ okay zu sein. Sehen, hören, tasten – alles kein Problem. Jetzt musste nur noch sein Broca-Areal wieder mitspielen.

»Ein irritierter Thalamus kann einem auch Streiche spielen. Hast du manchmal merkwürdige Sinneswahrnehmungen? Schmerzen wie von einer Verletzung, obwohl keine da ist? Oder Geräusche, die sonst niemand hört?«

Timo biss die Zähne zusammen. Die Stimme, die zählte ganz klar zu dieser Kategorie. Er hörte Dinge, die …

Sag es ihm nicht.

Timo zuckte zusammen wie unter einem Stromschlag. Was dem Professor nicht entging. »Stimmt etwas nicht? Hast du doch Schmerzen?«

Nein. Eine Spur zu hastig schüttelte Timo den Kopf, nun drehte sich das Zimmer wieder, zum Glück nicht lange, trotzdem stieg leichte Übelkeit in ihm hoch.

Er winkte beruhigend ab, alles in Ordnung. Hoffentlich glaubte Kleist ihm das. Er ließ Timo jedenfalls nicht aus den Augen, auch nicht, während er auf sein Clipboard kritzelte. Dann wiederholte er seine Frage.

Timo wusste nicht, was er tun sollte. Dem Professor klarmachen, dass die merkwürdigen Sinneswahrnehmungen nicht nur vorhanden waren, sondern sich häuften? Oder gegen jede Vernunft auf die Stimme in seinem Kopf hören? Sie hatte warnend geklungen. Nein, falsch. Sie hatte sich warnend angefühlt.

Langsam und in dem Bewusstsein, vielleicht einen riesigen Fehler zu begehen, schüttelte Timo den Kopf.

»In Ordnung. Hast du manchmal Sehausfälle oder kannst plötzlich nichts hören?«

Nein.

»Hattest du irgendwann einen epileptischen Anfall?«

Nein.

»Gab es Episoden von Somnambulismus? Das heißt, Schlafwandeln?«

Da war es wieder, das Wort. Timo wartete einen Herzschlag lang, ob die Stimme sich auch diesmal mit einer Warnung melden wollte, doch in seinem Kopf blieb es ruhig. Also antwortete er wahrheitsgemäß.

Ja.

Kleist griff nach dem Ordner und blätterte kurz darin. »Ah, da steht es ja. Zweimal. Einmal im Gemeinschaftsraum aufgewacht, einmal in einem freien Patientenzimmer, richtig?«

Timo nickte. Das waren die Male gewesen, als man ihn gefunden hatte. Die Nächte, in denen er sich rechtzeitig zurückgeschlichen hatte, kamen in der Akte nicht vor, und so durfte das auch gerne bleiben.

»Das ist nicht ungewöhnlich, aber es sollte beobachtet werden.« Kleist lächelte. »Du willst schließlich nicht eines Nachts auf einem Balkongeländer wach werden, nicht wahr?« Er winkte sofort beruhigend ab, als er Timos Miene sah. »Nein, das war nur ein Witz, so etwas passiert extrem selten. Du hast ja gesehen, dass du immer in sicherer Umgebung aufgewacht bist.«

Nur einmal beinahe in einem Schwimmbecken, dachte Timo. Wenn mich die Stimme nicht geweckt hätte.

»Appetit, Verdauung, Stimmung – alles normal?«

Das war, zumindest was die Stimmung anging, eine dämliche Frage, fand Timo, trotzdem beantwortete er sie mit Ja. Dass er sich vorhin noch heulend im Bett gekrümmt hatte, musste Kleist wirklich nicht wissen.

»Na gut, das war's dann fürs Erste.« Der Arzt stand auf und ging zu Magnus' Bett hinüber. Kontrollierte die Narbe am Kopf und leuchtete ihm in die Augen, wie er es vorhin bei Timo getan hatte. »Er ist auch einer meiner Patienten«, erklärte Kleist. »Und ich gebe die Hoffnung nicht auf, dass er eines Tages ein Leben ohne fremde Hilfe wird führen können. Nicht wahr, Magnus?«

Bekümmert blickte der Arzt auf das Bett hinunter, machte sich noch ein paar Notizen, dann verabschiedete er sich.

Timo sank in sein Kissen zurück. Er war bescheuert, das war jetzt offiziell. Statt dem Chirurgen, der ihm wahrscheinlich das Leben gerettet hatte, die Wahrheit zu sagen, hörte er auf seine ganz persönlichen Wahnvorstellungen.

Im Nebenbett regte sich Magnus. Drehte den Kopf von einer auf die andere Seite. Das tat er ab und zu, aber diesmal hatte Timo das Gefühl, er würde etwas … suchen. Oder nun, mit Verspätung, wahrnehmen, dass jemand hier war.

»Schhhhh«, machte Timo. Der Laut kam tatsächlich so heraus, wie er es beabsichtigt hatte, und Magnus stellte seine Bewegungen ein. Er hatte reagiert. Oder war das Zufall?

Thalamus, sagte die Stimme in Timos Kopf, heißt *Kammer*.

13

Es war draußen fast schon dunkel, als Carl ihn endlich abholen kam. Mit Rollstuhl, er hatte immer noch ein schlechtes Gewissen wegen Timos Sturz am Vormittag. »Es gibt sogar zwei Torten«, verkündete er, kaum dass sie auf dem Gang waren. »Einmal Nugat und einmal Erdbeer, Allergiker müssen also bitte draußen bleiben.« Er beugte sich über Timos Schulter. »Bist du allergisch?«

Nein. Timos Kopfschütteln fiel schwach aus.

Allergisch nicht, dachte er. Dafür aber nicht mehr alleine in meinem Kopf. Jemand hat sich eingenistet in meinem *Thalamus*, und der ist jetzt seine Kammer, nicht mehr meine. Immerhin spricht er ein paar Sprachen und kennt Fremdworte, von denen ich noch nie etwas gehört habe.

»Perfekt.« Carl driftete mit dem Rollstuhl um die Kurve und mähte dabei fast die entgegenkommende Schwester Lisa um.

»Dann wenden wir uns jetzt endlich mal den schönen Seiten des Lebens zu.« Er stieß die Tür zum Gemeinschaftsraum auf, parkte Timo neben Mona und organisierte drei

Becher Fruchtsaft. Was gar nicht so einfach war, denn das Gedränge am improvisierten Buffet war groß. Es machte ganz den Eindruck, als wären alle jugendlichen Patienten hier, die nicht bettlägerig waren.

»Auf Valerie!« Carl prostete Timo und Mona zu; Timo prostete nicht zurück, er brauchte seine ganze Konzentration, um den Pappbecher weder fallen zu lassen noch ihn so festzuhalten, dass er ihn zerdrückte. Beim ersten Schluck schwappte Saft über sein Kinn und auf sein Shirt.

»Das haben wir gleich.« Mona fischte eine Serviette vom Tisch und legte Timo so gut wie möglich trocken. »Das wird schon«, sagte sie. »Diese Art Becher ist echt nichts für Leute wie uns.«

Dass sie sich mit zu diesen Leuten zählte, obwohl sie nicht das geringste Problem mit der Motorik hatte, rechnete Timo ihr hoch an.

»Carl ist Freddys Tod wirklich nahegegangen«, sprach Mona leise weiter. »Er lässt es sich jetzt nicht mehr anmerken, aber ich fürchte, er wird noch einige Zeit dran zu knabbern haben.« Sie hielt kurz inne und sah nachdenklich zu Carl hinüber, der gerade Valerie und ihre Krücken an sich drückte. »Bei ihm gehen die Gefühle tiefer, deshalb sind sie oberflächlich oft schwerer zu sehen.«

Hätte Timo sprechen können, hätte er Mona recht gegeben, er hätte ihr aber auch erklärt, dass Carls Gefühle für sie aus jedem Blickwinkel unübersehbar waren. Und dass sie bescheuert war, wenn sie ihn so auf Distanz hielt, wie sie es tat.

Eine Minute später stellte Carl ihm einen Superman-Partyteller mit einem großen Stück Nugat- und einem winzigen Stück Erdbeertorte auf die Knie. »So. Die Ausschweifungen können beginnen. Mona, möchtest du auch noch etwas? Dann klaue ich sofort jemandem den Teller. Felix zum Beispiel, der kann sich nicht wehren.«

Felix musste der groß gewachsene Kerl sein, der direkt neben dem Fenster saß, denn er richtete in einer gespielt drohenden Geste seine Kuchengabel auf Carl.

Tumor, erinnerte sich Timo. Und auch ein gestörtes Sprachzentrum, noch ein Broca-Areal im Arsch.

Kammer. Schnell.

Beinahe hätte Timo den Becher fallen gelassen, den er gerade wieder an die Lippen heben wollte. Die Stimme erwischte ihn immer aus dem Hinterhalt, sie meldete sich nie dann, wenn er es erwartete.

Wahrscheinlich hatte das mit Hirnstrukturen zu tun, mit irgendwelchen Kurzschlüssen in seinem kaputten Thalamus, die –

Schnell. Sturm.

Der unwillige Laut, den Timo ausstieß, zog Monas und Carls Blick auf ihn.

»Alles okay?« Mona legte ihm eine Hand auf den Arm. »Hast du Schmerzen?«

Nein. Er winkte ab. Lächelte, während sein Blick zum Fenster wanderte. An dem Baum, dessen schwarze Umrisse sich gegen einen tintenblauen Abendhimmel abzeichneten, rührte sich kein einziges Ästchen.

Von wegen, Sturm. Die Stimme in seinem Kopf redete nichts weiter als Müll.

Auch am nächsten Tag war es sonnig, und es wehte höchstens ein laues Lüftchen. Timo machte sich mit neuer Verbissenheit an seine Therapien. Physiotherapie mit Renate, Ergotherapie mit Britta, Logotherapie mit Agnes. Professor Kleists Erklärungen hatten ihm einen neuen Motivationsschub versetzt – jetzt, nachdem er wusste, welche Hirnregionen in Mitleidenschaft gezogen worden waren, hatte er den Eindruck, besser an ihrer Reparatur mitwirken zu können.

Vielleicht bloß ein Hirngespinst – haha, guter Witz –, aber im Grunde war das egal. Er würde jetzt mit aller Kraft daran arbeiten, seinen gequetschten Thalamus und das löchrige Broca-Areal wieder funktionstüchtig zu machen.

Auto. Auto. Autoauto.

Manchmal klang es gut verständlich, manchmal nicht. Früher waren die Sätze ganz einfach so aus ihm herausgeflossen – wie hatte er das bloß gemacht?

Die Wutausbrüche, die Timo im Lauf der Therapiestunde hinlegte, nahm Agnes gelassen hin. Sie hob wortlos die zwei Bücher auf, die er vom Tisch geworfen hatte, und ermutigte ihn, es weiter zu versuchen.

Am Ende der Einheit war er schweißgebadet, hatte aber zweimal das Wort *Hunger* so herausgebracht, dass man es mit ein bisschen gutem Willen verstehen konnte.

Und er hatte *Mona* gesagt. Die beiden Silben waren einfacher auszusprechen als die meisten anderen Worte der verdammten deutschen Sprache.

Als er ins Zimmer zurückkam, lag Magnus deutlich unruhiger im Bett als normalerweise. Seine Beine bewegten sich unter der Decke, er warf den Kopf nach rechts und links –

es sah aus, als wäre er in einem Albtraum gefangen, aus dem er nicht erwachen konnte.

Timo überlegte kurz, dann drückte er die Ruftaste über seinem Bett. Innerhalb von drei Minuten erschien Lisa, doch Magnus' Zustand schien sie kein bisschen zu beunruhigen.

»Du hast nach mir geklingelt, nicht wahr, Timo? Aber wenn es um Magnus geht, dann musst du dir keine Sorgen machen. Manchmal ist er lebhafter, das hat nicht unbedingt etwas zu sagen. Er bekommt nichts mit, und er hat auch sicher keine Schmerzen.«

Timo fragte sich, woher Lisa das so genau wissen wollte, aber seit sie im Zimmer war, beruhigte Magnus sich ohnehin allmählich wieder. Sein Arm war zurück aufs Bett gesunken, sein Kopf lag ruhig, und nur gelegentlich zuckte eines seiner Beine.

»Dass du so auf ihn achtest, finde ich übrigens toll«, stellte Lisa noch fest, bevor sie ging. Eine Zeit lang sah Timo zum Fenster hinaus und hörte Magnus beim Atmen zu, dann hielt er es nicht mehr aus. Renate hatte ihm heute Krücken neben sein Bett gestellt und ihn ermuntert, damit zu trainieren. Das würde er jetzt tun. Es war höchste Zeit, wieder mobil zu werden. Auch bei Tag.

Zu Beginn war es schwieriger, als er erwartet hatte. Sein Gleichgewichtsgefühl spielte nicht richtig mit, die Koordination von Arm- und Beinbewegungen war kompliziert, und auf dem Weg zur Tür wäre er beinahe in Magnus' Bett gekippt.

Er versuchte, die Klinke mit dem linken Ellenbogen nach unten zu drücken, wobei eine der Krücken ins Rutschen kam, doch Timo fing sich im letzten Moment. Reflexartig. Ohne anschließend zu wissen, wie er es hinbekommen hatte.

Jetzt also auf den gefliesten Gang hinaus, hier würde ihn jemand auflesen, wenn er der Länge nach hinfiel. Martin zum Beispiel, der seinen Zopf heute geflochten hatte und so eilig unterwegs war, dass er Timo nicht einmal eines Blickes würdigte.

Es war so ähnlich, wie im Hallenbad Bahnen zu schwimmen. Anstrengend und langweilig. Immer hin und her, vom Aufzug bis zum Mädchentrakt und wieder zurück. Zwischendurch fuhr Sami in seinem Rollstuhl an ihm vorbei und feuerte ihn spöttisch an, bevor er in seinem und Carls Zimmer verschwand.

Timo nahm ihm seine Witzeleien in keiner Weise übel, er wusste, wie gering Samis Chancen waren, jemals wieder auf zwei Beinen zu stehen, ob mit Krücken oder ohne. Wenn überhaupt, dann beneidete er ihn höchstens darum, wie flüssig die Scherze über seine Lippen gekommen waren.

Nach zwölf Längen zitterten Timos Arme von der ungewohnten Belastung, aber die zwei Stühle, die auf dem Gang standen, waren beide besetzt. Zurück ins Zimmer wollte er keinesfalls, jetzt noch nicht, aber zwischen Aufzug und Treppenhaus gab es eine kleine Sitzecke. Ein Sofa, zwei Sessel und einen Tisch, auf dem sich Gesundheitsmagazine stapelten. Wenn dort etwas frei war …

Tapfer arbeitete Timo sich wieder in Richtung Fahrstuhl. Legte dabei drei kurze Pausen ein, um seine Muskeln zu schonen und Atem zu holen.

Die Sitzgruppe war frei, niemand saß im Schatten der

Treppen, und Timo ließ sich auf den Sessel fallen, der am nächsten stand. Wahrscheinlich hatte er es mit dem Training übertrieben und würde das morgen furchtbar bereuen, andererseits wollte er endlich Ergebnisse sehen. Und hören.

Auto, versuchte er leise, während er die Krücken gegen das Sofa lehnte. *Mona. Timo.*

Es hörte sich immer noch an, als hätte er den Mund voller Brei, aber zumindest stimmten die Silben so einigermaßen.

Er setzte gerade zu einem ersten Versuch an, *Scheiße* zu sagen – ein wichtiges Wort in seinem bisherigen Leben, und jetzt eigentlich doppelt –, als er jemanden die Treppe herunterkommen hörte. Allerdings nur zwei oder drei Stufen weit, dann stoppten die Schritte.

»Sie müssen es weiter versuchen«, sagte ein Mann. Wenn Timo sich nicht völlig täuschte, war es Professor Kleist. »So etwas darf nie wieder passieren.«

»Ja natürlich«, kam eine gereizte Antwort. Sporer, war das Sporer? »Halten Sie mich für dumm? Aber wir haben keinen Zugriff mehr auf ihn, wir können nur hoffen, dass sich das Problem von selbst erledigt. Durch eine Einäscherung, ich glaube, das ist ohnehin, was die Angehörigen vorhaben. Und wir müssen die anderen im Auge behalten. Sie dürfen einfach nicht außer Kontrolle geraten, wir werden das engmaschig überwachen.«

Außer Kontrolle. Die gleichen Worte, die die Stimme schon mehrfach durch Timos Kopf hatte hallen lassen.

»Engmaschige Kontrolle ist das Mindeste.« Kleists Stimme war kaum mehr als ein Zischen. »Der Fehler ist ja jetzt gefunden worden, ich erwarte, dass Sie ihn beheben. Das ist uns in ähnlichen Situationen doch schon ein paarmal gelungen.«

»Ja. Schon«, antwortete Sporer zögernd. »Aber nicht uns alleine, und ...«

»Kommen Sie mir nicht mit *aber*, wir können die Dinge nicht einfach laufen lassen. Bei mir stehen jetzt erst mal alle Maschinen auf Stopp, bis sämtliche Unklarheiten beseitigt sind.«

Sporer seufzte und senkte seine Stimme dann so sehr, dass Timo kaum hören konnte, was er als Nächstes sagte. »Das Problem ist – sie lernen. Sie werden von Tag zu Tag klüger. Und selbstständiger.«

»Klug ist begrüßenswert«, erwiderte Kleist gereizt. »Selbstständig nicht. Ständige Kontrolle, wie ich schon sagte. Und wenn nötig – muss man eben vorzeitig Schluss machen. Das ist dann bedauerlich, aber nicht zu ändern.«

Energische Schritte auf der Treppe, für Kleist war das Gespräch offenbar beendet. Timo duckte sich in seinen Sessel, er wollte keinesfalls entdeckt werden, denn dann konnten die beiden Ärzte sich an den Fingern einer Hand ausrechnen, dass er ihre Unterhaltung mitgehört hatte.

Doch Kleist hatte es sichtbar eilig, er drehte nicht einmal den Kopf in Richtung der Sitzgruppe, sondern lief sofort die nächste Treppe nach unten; Sporer folgte ihm langsamer und mit gesenktem Kopf.

So etwas darf nie wieder passieren, hatte Kleist gesagt. War damit Freddys Tod gemeint? Eine andere Möglichkeit fiel Timo spontan nicht ein. War ein ärztlicher Kunstfehler verantwortlich dafür, dass Carls Schachkumpel gestorben war?

Noch interessanter war die Frage, wer jeden Tag klüger und selbstständiger wurde. Falls Sporer damit seine Patienten gemeint hatte, war das doch eigentlich eine durch und durch gute Sache, nein? Timos größtes Ziel bestand schließlich auch genau darin: selbstständig gehen, essen, reden zu können – mithilfe der Leute im Markwaldhof. Was störte die Ärzte daran? Hatten sie Angst, es könnte zu schnell gehen und dann würden hier die Zimmer leer stehen?

Quatsch, das war absoluter Unsinn. Es passte nicht zu der merkwürdigen Geheimnistuerei, die das ganze Gespräch geprägt hatte. Nicht zu Kleists Gereiztheit und Sporers Nervosität.

Außer Kontrolle, hatte er gesagt. Timo horchte in sich hinein, aber die Stimme meldete sich nicht. Egal, sie hatte ihm sowieso noch nie etwas erklärt.

Wenn er es genauer überlegte, gab es aber durchaus ein paar Dinge, auf die diese Beschreibung zutraf. Sein eigenes neues Talent zum Beispiel, das mit den Lichtern und Fahrstühlen. Oder Magnus' nächtliche Wunderheilungen. Die Tatsache, dass Timo zwischendurch schon mal problemlos sprechen und herumlaufen konnte, allerdings nur für kurze Zeit. Und nur nachts. Aber davon wussten die Ärzte nichts, oder? Er hatte keine Chance gehabt, irgendjemandem davon zu erzählen.

Ohne zu einem brauchbaren Schluss gekommen zu sein, zog Timo seine Krücken zu sich heran, brachte sie in Position und mühte sich, wieder auf die Beine zu kommen. Es gelang ihm im dritten Anlauf, und er begann, langsam den Gang entlangzuhumpeln, auf sein Zimmer zu.

Geh weg hier. Hol Hilfe. Schnell.

Fast wäre Timo über seine eigenen Füße gestolpert. Wieder hatte die Stimme ihn kalt erwischt, doch das war nicht der einzige Grund für Timos Erschrecken gewesen. Noch nie hatte sie so drängend geklungen.

Er sammelte sich. Versuchte, ruhig zu atmen.

Warum?, fragte er in Gedanken.

Tatsächlich kam etwas wie ein Antwort, allerdings in keiner Form, die Timo verstand. Es war wie ein … Summen, in unterschiedlichen Frequenzen.

Ich verstehe es nicht, sandte Timo eine weitere Gedankenbotschaft.

Das Summen verstummte unmittelbar, dafür waren die alltäglichen Geräusche rund um ihn plötzlich lauter als zuvor. Die Schritte von zwei vorbeieilenden Krankenschwestern, das Läuten des Telefons aus einem der Büros, entferntes Lachen.

Dann ein Klaps auf die Schulter. »Na, keine Lust mehr, weiterzugehen? Brauchst du Hilfe?« Es war Martin, der ihn gut gelaunt anlächelte.

Timo hatte die Nase voll davon, immer nur stumme Zeichen zu geben. Er versuchte, *Nein* zu sagen, was kläglich misslang. Martin verstand ihn trotzdem. »Okay. Dann noch gutes Gelingen!«

Er lief weiter, Timo humpelte weiter, unendlich frustriert. Er konnte nicht einmal ein so einfaches Wort wie Nein sagen. Jeder Zweijährige brachte das zustande.

Aber dafür hatte er es irgendwie geschafft, Kontakt zu der Stimme in seinem Kopf aufzunehmen.

14

Statt in sein eigenes Zimmer zu gehen und um ein Wiedersehen mit Magnus so lange wie möglich hinauszuzögern, beschloss er, Carl einen Besuch abzustatten. Er klopfte mit der Krücke an und kämpfte dann wieder mit der Türklinke, nur um einen leeren Raum zu betreten. Sami war offenbar noch mit dem Rollstuhl auf Tour, und Carl – tja. Nicht unwahrscheinlich, dass er in der Cafeteria saß, mit Mona. Bei Kaffee oder Cola oder einem dieser Milchshakes.

Ob es sinnvoll war, kurz hier zu warten? Konnte ja sein, dass er gleich wiederkam. Ein paar Herzschläge lang blieb Timo unentschlossen in der Tür stehen, dann ging er ins Zimmer hinein.

Das erste Bett war das von Sami – auf seinem Nachtkästchen lag ein Tablet. Für Wirbelsäulenpatienten kein Problem; nur bei Hirnis, wie Mona Timo und seinesgleichen liebevoll nannte, waren sie nicht gern gesehen. Man wusste nie, bei wem schnelle Bilder einen epileptischen Anfall auslösen konnten.

Mit einem Anflug von schlechtem Gewissen – Rumstöbern

war eigentlich nicht sein Ding – nahm Timo Carls Nachtkästchen ins Visier.

Ein Wasserglas. Ein Stapel von Stephen-King-Romanen, ganz oben lag »Brennen muss Salem«. Das Foto eines schwarzen Hundes, der hechelnd im Schnee saß. Ein Stressball, faustgroß und blau, mit dem Carl vermutlich Motorikübungen machen sollte.

Er las also gern King und hatte einen Hund. Das war alles, was sich durch einen ersten Blick auf seine Habseligkeiten ablesen ließ. Und es reichte auch, er würde nicht weiter in Carls Privatsachen herumstöbern … nur dass er einfach gern mehr über seinen neuen Freund gewusst hätte. Fragen konnte er ihn schließlich nicht.

Egal. Er würde hier jetzt rausgehen und noch einen Sprung in die Cafeteria machen, vielleicht einen Schokomuffin essen –

Sein Blick blieb am Fußende des Betts hängen. Da klemmte, wie bei allen Patienten, ein Krankenblatt, auf dem die Therapien und Medikamente verzeichnet waren. Und die Krankengeschichte.

Carl hatte ihm so viel über die Unfälle der anderen erzählt, er ging so offen mit diesen Dingen um – da würde er nichts dagegen haben, wenn man auch von ihm wusste, was ihm zugestoßen war, oder?

Timo zögerte nur kurz, dann griff er nach dem Clipboard.

Carl Tewes, 17 Jahre, Schädelhirntrauma und Schädelbasisfraktur nach Sturz über Kellertreppe, Hirnödem, Entlastungskraniektomie. Im Röntgen Nachweis unterschiedlich alter und teils fehlverheilter Frakturen der Clavicula, des Radius und der Rippen. Ältere kreisrunde Verbrennungsnarben. NBI Generation 2.

Mit dem Gefühl, als würde etwas Schweres sich auf seine Schultern senken, hängte Timo das Clipboard zurück. Er brauchte dafür vier Anläufe, da zu seiner üblichen motorischen Ungeschicklichkeit nun auch noch seine Hände zitterten.

Er war kein Arzt, und er wusste nicht, welche Knochen die Clavicula und der Radius waren, aber er konnte sich trotzdem ein Bild von dem machen, was Carl in seinem Leben bisher erlebt hatte, bis er schließlich auf dem Markwaldhof gelandet war.

Wenn Brüche falsch verheilten, lag das meist daran, dass sie nicht gut versorgt worden waren. Dass vielleicht gar nicht geröntgt, kein Arzt konsultiert worden war. Warum aber würden Eltern ihr Kind nicht ins Krankenhaus bringen, wenn es sich so schwer verletzt hatte?

Richtig. Weil die Verletzungen nicht von Unfällen herrührten. Und man unangenehmen Fragen ausweichen wollte.

Timo war zwei Jahre lang mit einem Jungen namens David in der gleichen Klasse gewesen, der öfter als jeder andere vom Sportunterricht befreit gewesen war, weil immer irgendeine Verletzung ausheilen musste. Er lachte darüber hinweg, erklärte allen, er wäre eben extrem ungeschickt, aber nach einiger Zeit glaubte ihm das niemand mehr.

Eines Tages kam er nicht in die Schule, dafür fuhr die Polizei vor. Befragte Lehrer und engere Freunde. Timos Klassenlehrerin erklärte ihnen kurz darauf, dass David umgezogen sei, zu seiner Großmutter in eine andere Stadt. Sie waren damals erst dreizehn gewesen, aber sie hatten verstanden.

Carl hatte sich offenbar besser getarnt. Niemanden etwas merken lassen, das traute Timo ihm zu. Er wünschte sich, er hätte das Krankenblatt nicht gelesen.

So schnell er es auf seinen Krücken schaffte, schleppte er sich wieder aus dem Zimmer und in sein eigenes. Von seinem Bett aus beobachtete er Magnus, der ab und an noch immer mit einer Hand in der Luft ruderte und ächzende Geräusche von sich gab.

Auf seinem Krankenblatt standen keine brauchbaren Angaben, hatte Carl gesagt. Erstmals betrachtete Timo Magnus voller Mitgefühl. Er wollte sich gar nicht ausmalen, was ihm widerfahren sein mochte.

An diesem Abend fiel es Timo schwer, in den Schlaf zu finden. Das Gespräch zwischen Sporer und Kleist, Carls Geschichte, Timos eigene Situation, die sich wie eine Sackgasse anfühlte … all das drehte sich in seinem Kopf wie ein hässliches, altes Karussell.

Und das Zermürbendste dabei war, dass er auf seine eigenen Spekulationen angewiesen war. Er konnte nicht bei Carl nachfragen, ob er mit seinen Vermutungen richtiglag; er konnte bei keinem der Ärzte unauffällig nachhaken. Oder, noch besser, das Gehörte mit den anderen Patienten besprechen. Ihm blieb nichts anderes übrig, als die ganzen lückenhaften Informationen in seinem Kopf vor sich hin köcheln zu lassen, bis sie nichts weiter als ein zäher, grauer, deprimierender Brei waren.

Grau.

Ja, und das dann auch noch. Die Stimme schaffte es mit einem einzigen Wort, Timos Chancen auf Schlaf endgültig zunichtezumachen. Immerhin würde er nicht rumwandeln heute, und er würde es sofort merken, wenn Magnus zu einer seiner nächtlichen Expeditionen aufbrach. Doch der rührte sich keinen Millimeter.

Erst als draußen bereits das erste Licht des neuen Tages dämmerte, kam das Karussell zur Ruhe und der Schlaf in greifbare Nähe.

Generation 3 war das Letzte, was Timo durch den Kopf ging, bevor er einschlief.

Er beobachtete Carl genauer, als sie am nächsten Tag in der Cafeteria saßen, aber zu keinem Zeitpunkt bemerkte er Zeichen eines Traumas an ihm. Nicht, dass Timo sich mit so etwas sonderlich gut auskannte, doch er hätte vermutet, dass man es Menschen zumindest in den Momenten ansah, in denen sie sich unbeobachtet fühlten.

Carl wirkte durchgehend fröhlich, er machte Witzchen mit der Kellnerin, genoss seinen Eistee und half einem alten Schlaganfallpatienten beim Schneiden seines Sandwiches in mundgerechte Stücke. Auch bei der Suche nach den kreisrunden Brandnarben blieb Timo erfolglos. An den Unterarmen befanden sie sich jedenfalls nicht.

»Du schaust so düster drein!« Carl klopfte ihm auf den Rücken, eine Spur zu fest, als dass es angenehm gewesen wäre. »Frustriert von der Logotherapie? Das wird, glaube mir. Ich habe …« Er hielt einen Moment inne, als ob er den

Faden verloren hätte. Blinzelte irritiert. »Ähm – ich wollte sagen, ich habe – Monate gebraucht, bis jemand kapiert hat, was ich von mir gegeben habe. Allerdings war ich nicht so schüchtern wie du, ich habe den Leuten meinen Kauderwelsch so lange um die Ohren gehauen, bis sie verstanden haben, was ich meinte.«

Timo zuckte mit den Schultern. Öffnete den Mund, schloss ihn aber wieder, bevor noch ein Ton herausgekommen war. Er wollte das einfach nicht, wahrscheinlich war es lächerlich, aber er fand, dass er seine Würde eher bewahrte, wenn er stumm blieb.

Würde. Als ob die in seiner Situation ein Thema war.

»Du musst ja nicht üben, wenn jemand zuhört. Aber wenn du allein bist, tu es. An deiner Stelle –« Wieder ging sein Blick zur Seite, als wäre ihm plötzlich etwas Wichtiges eingefallen.

Vier oder fünf Sekunden sah Timo sich das an, dann stupste er Carl am Arm.

»Was? Oh, sorry, ich war gerade ein bisschen abgelenkt. Also, wie gesagt: üben. Dann geht's schneller. Und jetzt bestelle ich dir erst mal was zu trinken.«

Timo nippte an dem Orangensaft, den Carl kurz darauf mit den Worten »Vitamine sind gut für dich« vor ihn hingestellt hatte. Die Cafeteria füllte sich jetzt von Minute zu Minute mehr; Jakob setzte sich zu ihnen an den Tisch und bestellte Kakao, Sami rollte heran und schoss mit seinem Tablet ein Gemeinschaftsselfie, das er auf Instagram postete.

Dass Carls Blick immer wieder zur Tür wanderte, führte

Timo darauf zurück, dass Mona sich noch nicht hatte blicken lassen.

Valerie bemerkte Carls Unruhe auch. »Wenn du auf Mona wartest, die ist noch beschäftigt. Ihre Eltern haben zusätzliche Einzelstunden Wassergymnastik bezahlt, da ist sie jetzt gerade.« Mit einer ihrer Krücken zog Valerie sich einen freien Stuhl an den ohnehin schon voll besetzten Tisch und quetschte sich zwischen Timo und Jakob. »Sie hält das übrigens für eine besonders sadistische Idee ihrer Mutter. Dass sie möglichst viel Zeit in einem Schwimmbecken verbringen muss, in das sie nie wieder springen wird.«

Danach drehte sich das Gespräch um diverse Erlebnisse bei diversen Therapien, und Timos Gedanken drifteten ab.

Bis die Stimme ihn mit einem Schlag wieder in die Gegenwart zurückkehren ließ. *Thalamus heißt Kammer. Oder Raum.*

Timo versuchte, seine Gesichtszüge unter Kontrolle zu halten, er hoffte, niemand sah ihm an, wie sehr er gerade erschrocken war.

Ich weiß!, brüllte er in Gedanken. *Lass mich in Ruhe! Lass. Mich. In. Ruhe!*

Einen Moment lang schien es, als würde die Stimme sich das zu Herzen nehmen, dann hatte Timo plötzlich ein Bild vor Augen – nein, nicht vor Augen, eher im Kopf, wie etwas, das er sich vorstellte. Nur deutlicher.

Eine Art … Bakterium. Zumindest war das Timos erste Assoziation. Was er sah, wirkte wie ein winziges Lebewesen, wie ein Krankheitserreger, den man unter dem Mikroskop betrachtete.

War das ein Hinweis? Hatte Timo sich eine Infektion zugezogen, zusätzlich zu allem anderen? Wurden die Halluzinationen dadurch verursacht?

Ein Knall ließ ihn herumfahren. Mona hatte die Tür zur Cafeteria mit ihrem Rollstuhl aufgerammt und schoss nun heran, das Haar noch nicht ganz trocken und einen mordlüsternen Ausdruck im Gesicht.

»Hey!« Carl stand auf und stoppte sie, bevor sie gegen Jakobs Stuhl fuhr. »War's so übel?«

Sie funkelte ihn an, als wäre er schuld an allem Mist, den die Welt so hervorbrachte. »Lass mich mal nachdenken. Ja, es war verdammt übel. Ich bin im Wasser vollkommen hilflos geworden, meine Beine ziehen mich hinunter wie Blei, und ich hätte Renate mit ihrer krampfhaft positiven Art gerne ersäuft.« Sie imitierte die aufmunternde Sprechweise der Physiotherapeutin. »Das machst du toll, Mona! Wasser ist doch dein Element, Mona! Schau nur, wie gut das schon klappt, Mona!« Mit zusammengebissenen Zähnen kämpfte sie sichtlich gegen aufsteigende Tränen an. »Und dann ist auch noch das Licht ausgegangen. Mit einem Schlag, zack, finster. Wisst ihr, wie witzig das ist, wenn die ganze Schwimmhalle plötzlich im Dunkeln liegt? Sogar Renate hat kurz aufgequietscht. Sie hatte dann alle Mühe, mich ins Trockene zu bugsieren.« Mona zog sich die Ärmel halb über die Hände, als wäre ihr kalt. »Ich will das alles nicht mehr«, sagte sie leise.

»Die Schwimmhalle ist wirklich gruselig«, meldete Jakob sich schüchtern zu Wort. »Ganz besonders ohne Licht.«

Carl setzte zu einer vorsichtigen Bewegung an, als wolle

er Mona umarmen, aber Sami war schneller. Er rollte neben sie und legte ihr einen Arm um die Schultern. »Geht mir ganz genauso«, murmelte er. »Fast die ganze Zeit. Aber zwischendurch, weißt du, gibt es immer öfter Momente, wo ich mich besser fühle.«

Sie schüttelte seinen Arm ab. »Und gleich wirst du mir erzählen, dass es nur an mir liegt und an meiner Einstellung. Und dass ich meine Behinderung annehmen soll, weil es doch so viel gibt, das ich noch machen kann.«

Sami ließ sich nicht beirren. »Falls es dir nicht aufgefallen ist, wir sitzen im gleichen Boot. Also, im gleichen Rollstuhl.« Einige lachten, Timo lachte nicht mit. Ihm gingen die verloschenen Lichter im Schwimmbad nicht aus dem Kopf. Er war das diesmal nicht gewesen, er hatte überhaupt nicht an die Leuchten am Becken gedacht.

Also wahrscheinlich ... ein technischer Defekt. Eine Sicherung, die durchgebrannt war. Oder – jemand Zweites, der das gleiche Kunststück beherrschte wie er?

Timo sah sich aufmerksam um. Wirkte irgendjemand schuldbewusst? Oder verstört? Nein, zumindest nicht auf einen schnellen ersten Blick hin.

Während Sami und Carl weiterhin versuchten, Mona aufzumuntern, griff Timo nach seinen Krücken und machte sich auf den langen Weg zurück in sein Zimmer.

15

In der Nacht erwachte er schweißüberströmt. Seine Decke hatte er im Schlaf schon weggestrampelt, trotzdem war ihm heiß wie sonst nur im Hochsommer. Hatte er Fieber?

Ein Blick nach rechts – Magnus' Bett war leer. Alarmiert richtete Timo sich auf, wartete auf den Schwindel, der zu schnellen Bewegungen so oft folgte, doch diesmal blieb er aus.

Timo stand auf und ortete innerhalb von Sekunden die Quelle der tropischen Temperaturen im Zimmer: Der Heizkörper glühte beinahe, jemand musste ihn maximal hochgedreht haben. Einen Drehregler fand Timo nicht, wahrscheinlich wurde die Heizung zentral gesteuert.

Er würde Hilfe holen müssen, und er würde das persönlich tun, statt einfach zu klingeln. Auf diese Weise kam er erstens aus dieser Sauna raus und konnte zweitens unauffällig Ausschau nach Magnus halten. Dessen Ausflüge dann endlich doch jemand mitbekommen würde.

Vor dem Zimmer war es deutlich kühler. Timo sah sich um, aber der Gang war leer. Er wandte sich nach links, in der Richtung lag der Raum, wo die Pflegekräfte die Zeit des Nachtdienstes verbrachten. Wieder einmal merkte er, dass ihm die Koordination seines Körpers viel leichter fiel als tagsüber, er musste sich nicht darauf konzentrieren, einen Fuß vor den anderen zu setzen.

Da vorne war die Tür. Er würde klopfen und mit Handzeichen signalisieren, dass jemand mit ihm kommen sollte.

Je näher er kam, desto langsamer wurde er. Nicht absichtlich, es passierte irgendwie … von selbst. Etwas in ihm sträubte sich, auf das Zimmer zuzugehen, der Versuch tat beinahe körperlich weh. Timo wich dem unangenehmen Gefühl aus, ging an der Tür vorbei – und ihm war sofort wohler.

Was war denn das gewesen? Er machte kehrt, startete einen zweiten Versuch, aber sofort war das quälende Empfinden wieder da. Und nun trieb es ihn weiter, auf das Treppenhaus zu.

Kammer, sagte die Stimme in seinem Kopf. *Thalamus heißt Kammer.*

Timo begann, die Treppe hinaufzusteigen. Mit jeder Stufe ließ der Druck in seinem Inneren nach, es war wie das klare Gefühl, das Richtige zu tun.

Weiter. Es war fast wie früher, seine Beine funktionierten automatisch, es fühlte sich an, als wäre er gesund.

Dritter Stock. Die Frage, in welche Richtung er sich wenden sollte, stellte sich nicht, er ging wie von einer unsichtbaren Schnur gezogen nach links. In den Gang, in dem die Zimmer der älteren Patienten lagen, dorthin, wo Freddy gelegen hatte.

Kammer, sagte die Stimme.

Timo ging an Freddys Zimmer vorbei, auf die Glastür zu, die den Patientenbereich von dem mit den Therapie- und Büroräumen trennte.

Plötzlich stand Magnus vor ihm. Timo hatte keine Ahnung, woher er so schnell aufgetaucht war, es machte den Eindruck, als hätte er auf ihn gewartet.

»Du gehst jetzt ganz brav zurück in dein Zimmer. In *unser* Zimmer.« Magnus bleckte die Zähne zu einem Grinsen. »Hier gibt's nichts, das dich interessieren müsste.«

Kammer.

Das drängende, beinahe schmerzhafte Gefühl von vorhin setzte wieder ein und ließ Timo trotz der Warnung zwei weitere Schritte auf Magnus zugehen.

»Bist du schwerhörig? Geh weg hier!« Magnus packte ihn an den Schultern und drehte ihn um. Sein Griff war nicht allzu fest, und mit einer Hand rutschte er ab, als Timo versuchte, sich herauszuwinden.

Aha. Das war doch gut zu wissen. Er würde bei einer Auseinandersetzung nicht automatisch den Kürzeren ziehen –

Im nächsten Augenblick packte Magnus wieder zu, kräftiger diesmal. Dafür keuchte er, als er sprach.

»Los jetzt. Hau ab.«

Ein paar Sekunden lang wurde der Druck in Timos Innerem tatsächlich schmerzhaft – er musste hier durch, er musste weiter, es war das Wichtigste, was er je tun würde – dann verebbte er. Ein kurzer Schubs von Magnus, und Timo stolperte den Gang zurück, den er gekommen war. Halb frustriert, halb erleichtert. Als er sich noch einmal umdrehte, war Magnus bereits verschwunden.

Dafür stand Timo jetzt genau vor Freddys früherem Zimmer und fühlte ein neues Bedürfnis: hineingehen. Es war diesmal kein Zwang, der ihn vorwärtstrieb, eher so etwas wie … ein innerer Vorschlag.

Ein dummer Vorschlag? Möglicherweise lag ja ein neuer Patient in Freddys Bett, und Timo würde ihn wecken. Bei Professor Brand musste er sich diesbezüglich immerhin keine Sorgen machen.

Er hatte die Klinke schon nach unten gedrückt, bevor er sich noch bewusst dazu entschieden hatte. Die Tür öffnete sich lautlos in ein stockdunkles Zimmer; nur das Licht, das vom Gang hineinfiel, zeichnete einen schmalen hellen Streifen auf den Boden.

Es war überhaupt nicht okay, was er da machte, das war ihm klar, trotzdem ging Timo zwei vorsichtige Schritte ins Zimmer hinein. Professor Brand im linken Bett lag diesmal nicht ruhig – ähnlich wie Magnus kürzlich drehte er den Kopf nach links und rechts, warf ihn einmal regelrecht hin und her – es sah beunruhigend aus. Ob Timo jemanden holen sollte? War sein nächtlicher Besuch der Auslöser für diesen … Anfall?

Bevor er noch zu einer Entscheidung gekommen war, verebbten Brands Bewegungen. Er atmete ein paarmal tief ein und aus, dann lag er ruhig.

Timo wollte sich schon wieder leise zurückziehen, als sein Blick auf das zweite Bett im Zimmer fiel. Freddy hatte einen Nachfolger bekommen, im Halbdunkel ließen sich menschliche Umrisse erahnen. Eine zusammengerollte Gestalt, die auf der Seite lag und Timo bekannt vorkam.

Er ging ein Stück näher, so weit, dass er das Gesicht des Patienten erkennen konnte.

Es war Carl. Er lag mit geschlossenen Augen und zu Fäusten geballten Händen da und atmete stoßweise.

Zwei Möglichkeiten, dachte Timo. Entweder er ist bewusst hergekommen, um um Freddy zu trauern, und dabei schließlich eingeschlafen. Oder er ist geschlafwandelt.

Behutsam tippte Timo ihm auf den Arm, in der Hoffnung, ihn so auf sanfte Weise zu wecken, doch Carl reagierte nicht, das tat er erst auf energisches Schütteln hin.

Timo war allerdings trotzdem nicht sicher, ob er ihn wirklich geweckt hatte, denn er richtete sich zwar auf und öffnete die Augen, sein Blick ging aber ziellos an Timo vorbei.

»Hey, Carl.« Die Worte waren einfach so aus ihm herausgekommen, klar und verständlich. Oder bildete er sich das nur ein? Carl zeigte jedenfalls auch darauf keine Reaktion.

»Los, wir müssen zurück in unsere Zimmer.«

Abwesendes Nicken. Bekam er nicht mit, dass Timo sprach? In vollständigen, deutlichen Sätzen?

Er zog seinen Freund vom Bett hoch und schob ihn zur Tür, jetzt war zumindest klar, dass Carl schlafwandelte. Timo hätte ihn rasend gern geweckt, er wollte einen Zeugen dafür haben, dass er wieder sprach, er wollte, dass Carl es morgen den Ärzten erzählte.

Aber Schlafwandler zu wecken war keine gute Idee, auch wenn Timo nicht mehr wusste, warum genau. Vielleicht war das aber auch gar nicht schlimm. Vielleicht würde seine Sprache diesmal bleiben, und er konnte morgen früh selbst alles schildern.

Oder möglicherweise begegnete ihm jemand, wenn sie wieder auf ihrer eigenen Etage waren. Schwester Claudia oder Schwester Lisa, irgendwer war bestimmt wach.

»Komm, lass uns gehen«, murmelte er vor sich hin, während er Carl mit sich die Treppen hinunterzog. »Lass uns gehen, ich bringe dich auf dein Zimmer, wir werden …«

Das letzte Wort kam bereits wieder schwammig heraus, und Timo wusste, es würde beim nächsten noch schlimmer sein. Er kämpfte gegen die Tränen an, die ihm in die Augen stiegen, und zog Carl weiter. Öffnete die Tür zu dessen Zimmer, schob ihn hinein und wartete, bis er sah, dass Carl sich aufs Bett setzte, dann ging er.

Er durfte nicht allzu niedergeschlagen sein, sagte er sich selbst. Dass das Sprechen ab und zu klappte, war ein großartiges Zeichen, es hieß, dass alles Nötige intakt war – man musste nur den richtigen Schalter umlegen.

Dass Magnus schon wieder ruhig atmend im Bett lag, als Timo ins Zimmer kam, nahm er nur am Rande wahr.

Carl war so unbeschwert wie immer, als sie am nächsten Tag gemeinsam zur Wassergymnastik gingen. Es war Timos erstes Mal; Renate hatte ihn schon vor Tagen dafür eingetragen. Sie fand, es wäre höchste Zeit, und die Bewegung im Wasser würde seine Fortschritte beschleunigen.

Timo betrat den Aufzug mit gemischten Gefühlen. Seinen bisher einzigen Ausflug in die Schwimmhalle hatte er in gruseliger Erinnerung. Diesmal würde zumindest Magnus sicher nicht dabei sein.

»Haben sie dir auch so eine schicke Opa-Badehose gegeben?«, witzelte Carl, als er die Tür zur Garderobe öffnete. »Du musst sie auf jeden Fall bis über den Nabel hochziehen, sonst verlierst du sie.«

Er wusste nichts mehr von seinem Besuch in Freddys Zimmer, oder? Timo hatte die ewige Ungewissheit satt, okay, dann würde er es jetzt eben mit Sprechen versuchen, egal wie bescheuert es sich anhörte.

»Letzte Nacht«, sagte er. Es hörte sich nur leider überhaupt nicht so an, trotzdem war Carl begeistert.

»Hey! Na endlich! So, und jetzt noch mal langsamer und so deutlich, wie du es hinbekommst.«

Mehrere missglückte Rateversuche später bekam Timo zwei Worte raus, die dem, was er sagen wollte, beinahe ähnelten. Carl, der es geschafft hatte, die ganze Zeit über keinen einzigen Lachanfall zu bekommen, erfasste es sofort.

»Letzte Nacht, meinst du?«

Timo nickte. Deutete mit dem Finger auf seinen Freund.

»Ich? Letzte Nacht? Du willst wissen, was ich letzte Nacht getan habe?«

Wieder Nicken.

»Na, geschlafen. Ich war hundemüde. Mona aus ihren Tiefs zu ziehen ist anstrengender als Marathonlaufen.« Er verschränkte die Arme vor der Brust. »Ich würde dich ja gerne fragen, warum du das wissen möchtest, aber – hm. Dann sitzen wir wahrscheinlich morgen noch da, und niemand geht schwimmen.«

165

Von Schwimmen, stellte Timo fest, konnte ohnehin nicht die Rede sein. Er war einer der Langsamsten beim Umziehen, und als er endlich fertig war, betrat er die Halle nur ungern. Schon der Geruch brachte die Erinnerung an die nächtliche Begegnung mit Magnus und Jakob in aller Deutlichkeit zurück. Auf der Flucht hatte er das Licht ausgeknipst und damit vermutlich Jakobs Sturz ins Becken verursacht.

Heute brannten die Lichter, und Jakob war auch hier. Er stand bereits bis zur Brust im Wasser und hob, gemeinsam mit einigen anderen, abwechselnd das rechte und das linke Knie. Carl war in der gleichen Gruppe – bei den sichtlich Fortgeschrittenen –, Timo dagegen war den Anfängern zugeteilt worden, die am Rand standen und sich an der dort angebrachten Stange festhielten.

Sie waren zu fünft, drei alte Leute und ein Mädchen etwa in Timos Alter, dessen Sommersprossen sich tiefrot von der hellen Haut abhoben. »Tamara«, brachte sie mühsam, aber einigermaßen verständlich heraus, als er sich neben sie stellte.

Okay, dann würde er es auch versuchen. »Ti. Mmmmoo.«

Obwohl die beiden Silben ihm geglückt waren, krümmte er sich innerlich vor Scham. Das war nicht er, so redete er nicht, er war immer schnell im Denken und im Sprechen gewesen. Schlagfertig. Cool. Wenn das endgültig vorbei war, sollte er froh sein, dass Hannah ihn abgeschrieben hatte.

»So, wir sind vollständig!« Martin war für Timos Gruppe zuständig, er stand am Beckenrand und versprühte deutlich zu viel gute Laune. »Wir fangen mit leichten Kniebeugen an. Lasst die Stange nicht los, aber spürt auch, wie das Wasser euch hilft, das Gleichgewicht zu halten. Alles klar? Norbert, hast du mich gut verstanden?« Er beugte sich zu dem Ältesten der Gruppe hinunter, dessen graues Resthaar einen wirren Kranz rund um seinen kahlen Kopf bildete. Norbert nickte, sein linker Mundwinkel hing nach unten.

Schlaganfall, dachte Timo. Willkommen in meiner neuen Welt. Statt Fußballtraining in der Kreisliga jetzt Seniorengymnastik mit Achtzigjährigen.

Er begann mit den Kniebeugen, so wie Martin gesagt hatte, und kämpfte gegen den Wunsch an, vollkommen im Wasser unterzutauchen und dort zu bleiben. Tamara neben ihm schien ähnliche Gedanken zu haben; als ihre Blicke sich begegneten, verzog sie den Mund und verdrehte die Augen.

Ja, dachte Timo. Wir haben echt den Jackpot geknackt.

Er seufzte, konzentrierte sich auf seine Übung, fixierte dabei den Scheinwerfer, der knapp neben ihm in die Beckenwand eingelassen war.

Aus.

Er dachte das Wort nicht, er fühlte es eher, und er wusste im gleichen Moment, dass es dunkel werden würde. So sicher, als hätte er den Finger auf dem Lichtschalter.

Überraschte Aufschreie in der Finsternis. Hektisches Plätschern. »Was ist bloß mit dieser verdammten Sicherung los?«

Das war Martin gewesen.

»Bleibt alle ruhig stehen, wo ihr seid!«, rief Renate, und im gleichen Moment ging das Licht wieder an. Ganz ohne Timos Zutun.

In ihm regte sich das schlechte Gewissen. Er hatte einfach

einem Impuls nachgegeben, ohne zu überlegen, eigentlich nur aus Frust über die Situation. Er hatte niemanden erschrecken wollen, aber nun sah er, dass Norbert keuchte und sich so fest an die Stange klammerte, dass seine Fingerknöchel weiß hervortraten.

Ich mache das nicht mehr, nahm Timo sich vor. Es ist sowieso verrückt, und gefährlich ist es außerdem.

»Sind alle in Ordnung?« Renate wirkte verärgert. »Ich kümmere mich gleich nach der Stunde darum, dass der Hausmeister sich die Sache ansieht. Aber jetzt sollten wir ...«

Wasser spritzte auf, direkt vor ihr. Die Fortgeschrittenen-Gruppe rückte auseinander, weg von der Gestalt, die in der Mitte stand und mit dem rechten Arm wie wild auf die Wasseroberfläche einschlug. Es war Jakob, der aussah, als wolle er etwas töten, das auf ihn zuschwamm.

Nach einem ersten Schreckmoment bewegte Carl sich vorsichtig zu ihm hin. »Was ist denn los?«

»Ich bin das nicht!«, rief Jakob verzweifelt. »Das passiert einfach! Ich will ja aufhören, aber ich kann nicht.«

Renate war auf ihn zugeschnellt und bemühte sich, den Arm ruhig zu halten, aber Jakob schien deutlich stärker zu sein als sie.

»Mach, dass es aufhört!« Er weinte jetzt. »Bitte.«

Wasser schwappte in Wellen über den Beckenrand. Timo ertappte sich bei dem Versuch, Jakobs Bewegungen auszuschalten, so wie er vorhin das Licht ausgeknipst hatte, aber das war natürlich lächerlich. Der Kleine prügelte weiterhin auf die Wasseroberfläche ein, wobei er nun verzweifelt versuchte, seine rechte Hand mit der linken festzuhalten. Er verlor das Gleichgewicht, fiel nach hinten, geriet mit dem Kopf unter Wasser.

Als Renate ihn Sekundenbruchteile später wieder nach oben zog, war der Spuk vorbei. Jakob hustete, er schluchzte und ließ sich von Renate zum Beckenrand führen. Sie schob ihn über die Treppen hoch und wickelte ihn in sein Handtuch. »Der Rest der Stunde fällt aus«, erklärte sie knapp. »Martin, kümmerst du dich darum, dass alle sich wieder umziehen?«

Sie krabbelten aus dem Wasser. In der Garderobe sprach kaum jemand ein Wort; die anderen mussten ähnlich schockiert sein wie Timo. Der Anblick, den Jakob geboten hatte, war unheimlich gewesen. Als hätte eine fremde Macht die Kontrolle über seinen rechten Arm übernommen. War das ein Phänomen, das nach Hirnverletzungen auftreten konnte? So etwas wie ein epileptischer Anfall, der nur einen einzigen Körperteil betraf?

»Warte, ich helfe dir.« Carl, bereits wieder im Jogginganzug, stülpte Timo sein Sweatshirt über den Kopf und half ihm, die Arme in die Ärmel einzufädeln. »Das war spooky, oder? Ich habe so etwas noch nie gesehen.«

Ich auch nicht, dachte Timo. Und ich hoffe, ich muss es nie wieder sehen.

»Ich schätze, sie werden jetzt gleich ein paar Tests mit Jakob machen, aber danach wird er Aufmunterung brauchen. Kommst du später in den Gemeinschaftsraum?«

Timo nickte. Er sah Carl nach, wie er nach draußen ging, dann entdeckte er Norbert, der auf der Bank vor seinem

Spind saß, zitternd und nass. Sein Handtuch lag auf dem Boden.

Das schlechte Gewissen meldete sich zurück. Timo hob das Handtuch auf und begann ungeschickt, dem alten Mann beim Abtrocknen zu helfen.

Zwei Stunden später hinkte Timo auf Krücken in den Gemeinschaftsraum und platzte in eine Bastelrunde. Hauptsächlich Mädchen, die Perlen auf dünne Schnüre fädelten. Sicher toll für die Feinmotorik, aber nicht das, wonach Timo der Sinn stand.

Sein nächster Stopp, die Cafeteria, erwies sich ebenfalls als Fehlschlag. Keine Spur von Carl oder Jakob. Mona, die mit ein paar anderen gemeinsam Kaffee trank, wusste auch nicht, wo die beiden steckten.

Timo fand sie schließlich in Jakobs Zimmer. Carl war da und außerdem Georg, der Freeclimber. Beide sahen ernst drein; bei Jakob konnte man es nicht beurteilen, der lag im Bett und hatte seinen Kopf im Kissen vergraben.

»Hi, Timo.« Carl winkte ihn herein. »Wir haben es nicht geschafft, Jakob zum Aufstehen zu überreden. Aber wir arbeiten noch daran.«

Im Moment tat das vor allem Georg. Er saß am Bettrand und streichelte über Jakobs Schultern, wie ein besorgter Vater.

»Schau mal, wichtig ist doch, dass sie in deinem Kopf keine Hinweise darauf gefunden haben, dass sich etwas verschlechtert hätte. Im Gegenteil, Sporer und Kleist sind begeistert von deinen Fortschritten ...«

»Das macht es doch noch schlimmer!« Jakob drehte sich im Bett herum. Sein Gesicht war tränennass und rot. »Dass sie nicht einmal die Ursache für meinen Anfall kennen. Wisst ihr, wie sich das angefühlt hat?« Wie zur Sicherheit hielt er seinen rechten Arm fest. »Als wäre ich eine Marionette, und der Puppenspieler zieht ständig an einem der Fäden. Ich habe alles versucht, damit es aufhört, aber ich hatte keine Chance.«

Timo nickte verständnisvoll, mehr hatte er leider nicht zu bieten. Wäre sein Sprechvermögen in Ordnung gewesen, hätte er von seinem nächtlichen Ausflug erzählen können und wie er es nicht geschafft hatte, an die Tür des Pflegedienstes zu klopfen. Als wäre da ein Magnetfeld, das ihn abgestoßen hatte.

Jakobs Erlebnis ging noch ein ganzes, erschreckendes Stück weiter, aber ... die Ähnlichkeit war nicht zu verleugnen. Würde Timo demnächst auch unkontrolliert auf irgendetwas einschlagen? Oder mit dem Kopf gegen die Wand laufen?

Hol Hilfe.

Da war sie wieder, die Stimme. Ausgerechnet jetzt, in einem Moment, in dem Timo ohnehin schon gegen seine Verunsicherung kämpfte.

Grau.

Ja, dachte er zornig, und außer Kontrolle, ich weiß.

Leider war da wirklich etwas dran. Bei einigen Patienten gerieten die Dinge außer Kontrolle – bei Jakob, Magnus, offenbar auch bei Carl, auch wenn der es nicht wusste, und bei Timo selbst sowieso. Und niemand von den Ärzten und

Schwestern schien das Geringste davon zu bemerken. Oder betrachteten die all das als normal?

»Was ist los?« Carl stupste ihn an. »Du siehst plötzlich so verschreckt aus.«

Nichts, deutete Timo mit einer Handbewegung. In seinem Magen rumorte es. Es war albern, die Aufforderung seiner dubiosen inneren Stimme ernst zu nehmen, oder?

Außerdem konnte er niemanden holen, selbst wenn er es gewollt hätte. Er wusste nicht, wo der Markwaldhof lag, aber er musste ein ganzes Stück entfernt von der nächsten Stadt sein. Egal, aus welchem Fenster man sah, da war nur Grün. Park, Wiesen und Wald. Timo schaffte auf Krücken gerade mal den Weg bis zur Cafeteria – an eine Wanderung quer durch die Landschaft, mehrere Kilometer weit, war nicht zu denken.

»Ich glaube, ich will noch mal ins Krankenhaus«, schniefte Jakob. »Für einen Hirnscan mit allen Geräten, die sie haben. Irgendwas muss da doch falsch laufen. Vielleicht war es eine kleine Blutung oder – ach, ich weiß auch nicht. Aber ich habe noch nie so etwas Schlimmes erlebt.«

»Das kann ich mir gut vorstellen.« Georgs tiefe Stimme wirkte beruhigend, auch auf Timo. »Aber ich bin sicher, es wird sich nicht wiederholen. Wir haben alle unsere Rückschläge, wir dürfen uns nur nicht davon fertigmachen lassen.«

In Jakobs Gesicht arbeitete es. »Was ist, wenn es doch wieder passiert? Und dann nicht nur ein Arm verrücktspielt, sondern mein ganzer Körper? Vielleicht will er aus dem Fenster springen, und ich kann ihn nicht daran hindern.«

An Jakobs Stelle wären Timo ähnliche Dinge durch den Kopf gegangen. Er musste erneut an Magnus denken. War es das, was nachts mit ihm geschah? Verselbstständigte sich sein Körper und lief herum?

Nein, da war mehr. Magnus sprach, zeigte Emotionen, er war bei Bewusstsein und in keiner Weise erstaunt oder erschrocken über seinen Zustand.

»Ich weiß nicht, was ich jetzt machen soll«, flüsterte Jakob. »Es macht mir solche Angst. Ich würde lieber noch einmal den Unfall durchmachen als den Ausraster im Schwimmbad.«

Möglichst unauffällig warf Timo einen Blick auf das Krankenblatt, das auch an Jakobs Bett hing.

Schädelhirntrauma nach Autounfall, stand da. Danach eine Aufzählung sämtlicher Verletzungen, und am Schluss etwas, das Timo von seinem eigenen Blatt kannte.

NBI Generation 3.

16

Jakob beruhigte sich nur langsam, und Timo überließ ihn Carl und Georg – nachdem er nicht sprechen konnte, war seine Anwesenheit sinnlos. Nur rumstehen und trübsinnig dreinschauen fühlte sich bescheuert an.

Außerdem war ihm etwas eingefallen, das er ausprobieren wollte. Ein Experiment, gewissermaßen. Die Krücken fest in beiden Händen, hielt er auf das Schwesternzimmer zu. Horchte in sich hinein, ob sich wie beim letzten Mal der innere Widerstand aufbauen würde, doch er spürte nichts. Er konnte bis zur Tür humpeln, die Hand heben und anklopfen. Alles überhaupt kein Problem.

Außer, dass Claudia die Tür öffnete und Timo eigentlich gar kein Anliegen hatte. »Was möchtest du denn?« Sie betrachtete ihn, wie er mit seinen Krücken vor ihr stand. »Das funktioniert schon ganz gut mit dem Gehen, nicht wahr? Du kannst aber trotzdem klingeln, wenn du etwas brauchst. Frisches Wasser? Tee? Gibt es ein Problem im Zimmer?«

Er schüttelte den Kopf, verlegen.

»Hm. Hast du Hunger?«

Hatte er nicht, aber zu irgendetwas würde er Ja sagen müssen, also nickte er.

»Im Gemeinschaftsraum stehen zwei Obstschalen, die haben wir vorhin erst frisch gefüllt. Denkst du, eine Banane reicht dir als Überbrückung bis zum Abendessen?«

Wieder nickte Timo und schlurfte davon. Sein Experiment war geglückt – wenn man das so sehen wollte. Denn es musste einen Grund gegeben haben, dass er sich beim letzten Mal der Tür nicht einmal hatte nähern können. Und auch, wenn es ihm verrückt schien, Timo hätte wetten können, es war die Absicht gewesen, mit der er auf den Raum zugegangen war. Jemand oder etwas hatte verhindern wollen, dass eine Krankenschwester sein Zimmer betrat. Nicht des glühend heißen Heizkörpers wegen, sondern vermutlich wegen Magnus. Oder es hatte gewollt, dass Timo so schnell wie möglich ungesehen in den dritten Stock gelangte.

Jemand oder etwas. Kam die Stimme in seinem Kopf von dem gleichen ... Ding? Oder war beides einfach nur ein Symptom seines Hirntraumas?

Sporer hatte etwas Interessantes gesagt, bei dem Gespräch mit Kleist, das Timo belauscht hatte. Dass man die anderen im Auge behalten müsse und sie nicht außer Kontrolle geraten durften. Kleist hatte geantwortet, dass der Fehler gefunden worden sei.

Ein Behandlungsfehler? Vielleicht ein falsches Medikament, das Probleme machte? Das konnte zu Jakobs heutigem Anfall passen, möglicherweise auch zu Timos Stimmenhören, aber die Sache mit dem Ausschalten der Lichter

erklärte es nicht. Dafür gab es überhaupt keine logische Erklärung.

Obwohl das mit dem Hunger bloß ein Vorwand gewesen
war, bog er zum Gemeinschaftsraum ein. Wo mittlerweile
keine Perlen mehr gefädelt wurden, sondern Valerie, Mona
und ein weiteres Mädchen Menschärgeredichnicht spielten.
Die dritte hatte dunkles Haar und kam Timo vage bekannt
vor. War sie ein Teil der Gruppe gewesen, die er vor einigen
Nächten im Park beobachtet hatte? Auch eine Schlafwand-
lerin? Möglich. Gut möglich.

»Willst du mitmachen?« Mona winkte ihn heran. »Valerie,
Sophie und ich haben neue Regeln erfunden, die das Spiel
ein bisschen aufpeppen.«

Timo lächelte, schüttelte aber den Kopf. Er hatte gerade
nicht den Nerv für Brettspiele, ihm ging Jakob nicht aus
dem Sinn. Er war schon so weit in seiner Rehabilitation, er
wirkte fast gesund – wenn ihm ein solcher Ausfall passieren
konnte, womit musste dann Timo noch rechnen?

Neben dem Gemeinschaftsraum war ein zweites, kleine-
res Zimmer – eine Bibliothek, wie Timo nach einem kurzen
Blick feststellte. Regalweise zerlesene Bücher, warum hatte
ihm das noch keiner gesagt? Lesen klappte ja mittlerweile,
und er hatte genug Zeit, von der er nicht wusste, wie er sie
füllen sollte.

Die Bücher waren teils ziemlich alt, teils erst vor einem
oder zwei Jahren erschienen. Wahrscheinlich ließen viele
Patienten sie hier zurück, wenn sie sie während ihres Kur-
aufenthalts ausgelesen hatten.

Ein Krimi, fand Timo, war eine gute Idee. Oder eigentlich

alles, bloß keine Liebesgeschichte, nichts, was ihn an Hannah erinnern würde. Mit ein bisschen Glück würde er vielleicht sogar ein Wörterbuch finden! Damit wäre endlich etwas Ähnliches wie eine Unterhaltung möglich, er würde Fragen stellen können.

Er suchte die Reihen der Bücher ab, doch da standen hauptsächlich Romane und ein paar Sachbücher. Nicht, was er erhofft hatte, aber am Ende fand er doch etwas, das sein Herz ein wenig schneller schlagen ließ. Ziemlich weit unten, im Regal gleich beim Fenster, fiel sein Blick auf einen abgegriffenen grünen Wälzer. *Pschyrembel, klinisches Wörterbuch.*

Timo lehnte eine seiner Krücken gegen das Fensterbrett und bückte sich mühsam, verlor beinahe das Gleichgewicht, aber schaffte es am Ende, den schweren Band aus dem Regal zu ziehen.

Zwei Dinge gab es, die er nachschlagen wollte. *Thalamus* war das eine; mal sehen, ob es wirklich »Kammer« hieß, oder ob sein persönlicher Einflüsterer ihn auf den Arm nahm.

Leider stand da keine Übersetzung. Bloß etwas über *größere graue Kernmasse des Zwischenhirns, die durch Marklamellen in vordere, mediale und laterale Kerngruppen unterteilbar ist …*

Moment mal. Graue Kernmasse? War es das, was die Stimme ihm mitzuteilen versuchte, wenn sie von *Grau* sprach? Dass seine Kernmasse außer Kontrolle war? Tja, das war dann ja keine große Neuigkeit.

Er blätterte ein Stück zurück. Vielleicht hatte er mit

seinem zweiten Suchbegriff mehr Glück – NBI musste eine medizinische Abkürzung sein, und wenn das hier ein vernünftiges Lexikon war, wurde wahrscheinlich auch erklärt, was die Einteilung in Generation zwei und drei bedeutete.

Dummerweise fand sich das Kürzel aber überhaupt nicht in dem Buch. NAW stand drin, die Abkürzung für Notarztwagen – von NBI keine Spur. Frustriert schlug Timo bei S nach. Ja, SHT als Kürzel für Schädelhirntrauma war aufgeführt.

Konnte es daran liegen, dass das Buch schon ein paar Jahre alt und der Begriff ganz neu war? Oder war es eine hausinterne …

Laufschritte draußen auf dem Gang, zwei Stimmen, die einander überschnitten; eine verärgert, die andere atemlos.

»… darf doch wohl nicht wahr sein. Da hat einer an den Notfallknöpfen rumgespielt, aber das wird Folgen haben …«

»Der Hausmeister ist schon informiert, er kümmert sich um …«

Mehr hörte Timo nicht. Er schlug das Lexikon zu, legte es weg und angelte nach seiner zweiten Krücke. Draußen schwoll der Lärm an.

»Können wir jetzt nicht mehr zurück?«, fragte ein Mädchen. Als Timo den Ausgang der Bibliothek erreichte und auf den Gang hinausspähte, hatte sich dort schon eine kleine Traube Menschen gebildet, die vor einer geschlossenen Aluminiumtür stand. Die war vorhin noch nicht da gewesen, wenn er sich richtig erinnerte.

»Und du bekommst sie wirklich nicht auf?« Schwester

Lisa steckte sich eine blonde Haarsträhne hinters Ohr und sah Martin amüsiert an. »Da hätte ich dir mehr zugetraut.«

»Es ist eine Brandschutztür. Die schließt sich automatisch, wenn ein Alarm ausgelöst wird, und dann bleibt sie dicht, damit der Rauch sich nicht ausbreiten kann.« Martin hatte sein Handy aus der Hosentasche gezogen und wischte auf dem Display herum. »Das System ist erst vor zwei Monaten kontrolliert worden, das darf echt nicht wahr sein.«

Direkt vor der Tür saß Mona in ihrem Rollstuhl und klopfte gegen den Metallrahmen. SOS-Zeichen. »Sicher, dass es nicht doch brennt?«, fragte sie Lisa.

»Ziemlich sicher. Es ist ja auch kein Rauchmelder angesprungen, aber unser Hausmeister überprüft das bestimmt noch.«

Probehalber rüttelte auch Timo kurz an der Klinke der doppelflügeligen Tür, doch da rührte sich nichts. Okay, er war echt nicht kräftig derzeit. Andererseits …

Geh auf.

Na gut, es war einen Versuch wert gewesen. Die Tür war von seinen Gedankenspielereien völlig unbeeindruckt geblieben, aber das hatte Timo fast erwartet. Er hätte zu gerne gewusst, warum es manchmal klappte mit dem Steuern der Technik und manchmal nicht. Woran das lag.

Von der anderen Seite hörte man nun auch Stimmen, und kurz darauf öffnete sich die Tür. Dahinter stand der Hausmeister und sah ratlos drein. »Hat keinen Alarm gegeben«, brummte er. »Keine Ahnung, warum die Tür spinnt, aber ich werde gleich noch mit der zuständigen Firma telefonieren.«

Mona winkte kurz, dann rollte sie zu ihrem Zimmer. Timo
blieb unschlüssig stehen. Es wurde draußen bereits dunkel,
in Kürze würde es Abendessen geben, das er bisher immer
ins Zimmer gebracht bekommen hatte. Aber alleine essen,
im Nebenbett die Fütterung des starr vor sich hin blicken-
den Magnus – darauf hatte er heute überhaupt keine Lust.

Was, wenn er endlich mal in den Speisesaal ging? Er wusste, dass die »Fortgeschrittenen« sich dort an einer Art Buffet
selbst bedienen konnten – ob er das auch schon hinbekam?

Es wurde ein gelungenes Abendessen. Sobald Mona ihn
entdeckte, winkte sie ihm zu und begleitete ihn dann zu der
Tafel mit den Warmhalteplatten, alle auf einer Höhe, die es
bequem vom Rollstuhl aus erlaubte, sich den Teller vollzu-
laden.

Genau das tat Mona jetzt für ihn. Sie versorgte ihn mit
Lasagne, Hühnerfilet und Gemüseeintopf, das Tablett hatte
sie auf den Armstützen ihres Rollstuhls abgelegt.

Timo bezweifelte, dass er alles würde aufessen können,
was sie ihm zugedacht hatte. Ganz abgesehen davon, dass
er bei seinem derzeitigen Esstempo gut drei Stunden für die
Mahlzeit brauchen würde.

»Setz dich neben Tamara, okay?« Mona stellte den Teller
auf einen der Tische, zu dem des rothaarigen Mädchens,
das Timo von der heutigen Wassergymnastik kannte. Dann
rollte sie zu ihrem eigenen Tisch.

Tamara lächelte freundlich und fuhr dann fort, in ihrer
Lasagne zu stochern. Sie würde Timo in Ruhe lassen, das
war nett, er fand die Sache mit Messer und Gabel koordina-
tionstechnisch immer noch schwierig.

Von einem der entfernteren Tische nickte Carl ihm zu – er sah müde aus und ein wenig grau im Gesicht.

Nein, nicht *grau*, korrigierte Timo sich hastig. Blass. Von Jakob war nirgendwo eine Spur zu sehen.

Eine Stunde später verließ Timo erschöpft den Speisesaal. Er hatte über die Hälfte der Riesenportion gegessen, jetzt war ihm leicht übel, und er wollte nichts weiter als schlafen, aber auf dem Gang lief ihm Carl wieder über den Weg.

Gut, dann konnte er heute noch etwas klären. Er nahm ihn am Ärmel und lotste ihn in sein Zimmer, an Magnus vorbei und ans Fußende seines eigenen Betts.

Wieder ein kleiner Jonglierakt, als er die Krücken beiseitestellte und das Clipboard mit dem Krankenblatt abnahm.

NBI Generation 3.

Da stand es. Timo zeigte mit dem Finger darauf und sah Carl fragend an. Der zuckte grinsend mit den Schultern. »Keine Ahnung, was das heißt. Ich tippe auf Neuro-Biologisches-Irgendwas. Bei mir steht Generation 2 drauf, irgendein spezieller Bluttyp oder eine Art von Gehirnstruktur wahrscheinlich – das Medizinkauderwelsch ist ein Albtraum. Aber wenn du möchtest, frage ich morgen Sporer.«

Timo nickte. Ja, das war ein guter Vorschlag.

»Okay dann. Ich geh jetzt auf mein Zimmer, ich habe Sami versprochen, ihn heute noch zweimal beim Backgammon zu schlagen.«

Wenige Minuten nachdem er gegangen war, kam Professor Kleist zu einer Abendvisite herein. Diesmal untersuchte er erst Magnus, bevor sich zu Timo ans Bett setzte.

Erstaunlich, dass er überhaupt noch hier war, musste er

nicht eigentlich in die Klinik zurück? Dort hatte er doch seinen richtigen Job, am Markwaldhof war er bestenfalls ... Berater. Oder hatte Timo da etwas falsch verstanden?

»Hallo.« Kleist setzte sich neben ihn. »Wie fühlst du dich heute? Ich habe gehört, du warst zum ersten Mal bei der Wassergymnastik.«

Timo nickte. Er ließ sich von dem Arzt in die Augen leuchten, ein paar Reflexe überprüfen und wieder die Operationsnarbe kontrollieren.

»Ich finde, du machst gute Fortschritte«, sagte Kleist, während seine Finger über Timos Hinterkopf tasteten. »Du wirst sehen, Geduld ist der Schlüssel. Die Therapien ...«

Etwas verschob sich in Timos Bewusstsein, noch während Kleist sprach. Die Welt verschwamm eine Sekunde lang vor seinen Augen, dann wurde sie wieder klar. Er öffnete den Mund.

»Grau«, sagte er.

Oder nein, er sagte es nicht. *Etwas* sagte es und benutzte dafür seinen Mund, brachte das Wort glasklar und deutlich heraus.

»Wie bitte?« Kleist hatte aufgehört, ihn zu untersuchen, und wandte sich ihm mit gerunzelter Stirn zu.

»Außer Kontrolle«, hörte Timo sich sagen, während er gleichzeitig entsetzt nach Luft schnappte. Das hier war wie Jakobs Anfall im Schwimmbad, nur viel schlimmer. Er sprach, ohne es zu wollen, erfuhr erst, was er sagte, wenn die Worte draußen waren. Als hätte jemand in seinem Kopf das Ruder übernommen, während er selbst hilflos und wie gelähmt danebenstand.

»Timo, das ist ja wunderbar!« Kleist lachte auf, es klang halb freudig, halb erschrocken. »Ich weiß zwar nicht, was du meinst, aber du sprichst vollkommen verständlich! Da siehst du, wie schnell es manchmal gehen ka–«

»Es geht schief«, kam es aus Timo heraus. »Sie lernen.« Dann ein lang gezogener Klagelaut, wie von einem Tier. Schließlich ein Seufzen und zwei Worte, leiser diesmal. »Ihre Schuld.«

Kleists Mund stand offen, er schloss ihn erst, als Timo Hilfe suchend nach seiner Hand griff, wie ein Ertrinkender, der Halt suchte.

»Ich verstehe nicht. Was ist meine Schuld? Was meinst du, Timo?«

»Ich bin nicht Timo.«

Die Worte kamen präzise und emotionslos über seine Lippen, sie zu hören war wie ein Schlag in den Magen. Was passierte hier? Wie konnte er es stoppen? War es das, was multiple Persönlichkeiten erlebten, oder Patienten mit Schizophrenie? Hatte sich durch den Unfall ein Teil seiner selbst abgespalten und führte nun ein Eigenleben?

Sein Griff um Kleists Hände war zu einer bebenden Umklammerung geworden, aus der der Arzt sich nun entschlossen befreite. »Doch, du bist Timo, das kann ich dir versichern. Aber weißt du was? Ich werde veranlassen, dass morgen Dr. Roth bei dir vorbeisieht, er ist der Psychologe hier. Und jetzt ruhe dich aus, gut?«

Kleist ging zur Tür, von wo aus er noch einen langen, forschenden Blick zurückwarf, bevor er verschwand.

Schwer atmend ließ Timo sich im Bett zurücksinken.

Wartete minutenlang darauf, dass es noch einmal passieren würde. Dass die Stimme in seinem Kopf wieder rauswollte und dazu einfach die Kontrolle über Timos Sprechfunktion übernahm. Die doch eigentlich nicht funktionierte.

Oder war sie ihm geklaut worden?

Ein ganz neuer Gedanke. Bloß war so etwas ja gar nicht möglich, außer, man glaubte an irgendwelchen esoterischen Quatsch. Dass jemand von Dämonen oder Geistern oder sonst was besessen sein konnte.

Falls es das tatsächlich gab, dann musste es sich so anfühlen wie das, was Timo eben zugestoßen war.

Am wahrscheinlichsten war aber die Variante, die Kleist ohnehin angedeutet hatte: dass Timo psychologische Hilfe brauchte. Hoffentlich gab es für seinen Zustand eine Therapie, notfalls würde er auch Tabletten schlucken, aber er wollte sich nie wieder so fremd in seinem eigenen Kopf fühlen.

17

Es dauerte lange, bis Timo einschlief, dafür wachte er innerhalb von Sekunden auf, mit einem beinahe schmerzhaften Ruck. Und nicht in seinem Zimmer.

Er saß wieder am Bett dieses rothaarigen Jungen, was bedeutete, dass er zum zweiten Mal eine Wanderung in den anderen Flügel unternommen haben musste. Schlafend.

Elias Schmied.

Im Schein des kleinen Nachtlichts wirkte sein Gesicht fast durchsichtig, er atmete unregelmäßig, als würde ein Traum ihm Angst machen.

Am Fußende hing immer noch kein Krankenblatt, überhaupt war bei Elias vieles anders, als Timo es aus dem Markwaldhof kannte. Er war der Einzige mit einem Einzelzimmer, und er lag so weit weg vom Rest der Patienten – oder gab es hier eine weitere Abteilung? Für Menschen mit mehr Geld oder ganz anderen Erkrankungen?

Timo stand auf, so mühelos wie meistens in der Nacht. Das Gleichgewicht halten – kein Problem. Er ging zum Fenster und sah nach draußen, auf den Park hinaus. Diesmal ließ er

sich länger Zeit, versuchte herauszufinden, wo genau Elias'
Zimmer lag. Wenn er sich nicht täuschte, dann musste er es
von seinem eigenen Fenster aus sehen können.

Warum war er ausgerechnet hierher gegangen, von allen
möglichen Orten auf diesem weitläufigen Gelände? Schon
wieder? Fast trotzig horchte er nach innen, ob vielleicht die
Stimme etwas dazu zu sagen hatte, aber die hielt sich zurück. Wie immer, wenn man sie mal brauchen konnte.

Elias regte sich in seinem Bett, als würde er Timos Anwesenheit spüren. Zeit zu gehen.

Er schlich zur Tür, öffnete sie leise und spähte auf den
Gang hinaus. Niemand da. Timo schlüpfte aus dem Zimmer, einmal mehr erstaunt über die Sicherheit seiner Bewegungen. Was würde wohl passieren, wenn er einfach bis
zum Morgen wach blieb? Wären dann seine nächtlichen
Fähigkeiten noch da? War es der Schlaf, der sie jedes Mal
auslöschte?

Er überlegte kurz, dann ging er zur nächsten Tür. Sie sah
genauso aus wie die zu Elias' Zimmer, aber dahinter lag ein
Büroraum. Regalwände voller Aktenordner, ein Schreibtisch inklusive Computer.

Noch ein Versuch. Die nächste Tür war abgeschlossen,
die übernächste auch. Hinter der dritten fand Timo einen
Waschraum mit Dusche und Toilette. Danach wieder ein
Büro, größer als das letzte, dahinter kam ein Therapieraum,
an dessen Wand Gymnastikbälle und zusammengerollte
Turnmatten lagen.

Nirgendwo ein weiterer Patient. Der Trakt gehörte Elias
ganz alleine, wie es schien. Konnte es sein, dass –

Timo schob den Gedanken von sich. Nein, ganz sicher hatte Elias keine ansteckende Krankheit und war deshalb so weit entfernt von den anderen untergebracht.

Nur leider war das die logischste Erklärung, die Timo zu der Sache einfiel. Und dann war es leicht möglich, dass er sich angesteckt hatte, wenn nicht beim ersten, dann beim zweiten Mal.

In ihm machte sich hilflose Wut breit. Er war ja nicht bewusst und freiwillig quer durch den Park gelaufen, um sich dann mit etwas möglichst Schlimmem zu infizieren, es war ihm passiert. Oder ...

Oder er war hergesteuert worden. Etwas hatte die Kontrolle über seine Beine übernommen, genauso wie vorhin am Abend über sein Sprechvermögen. Und warum? Um ihn zu infizieren, vielleicht sogar zu töten?

Unsinn, beruhigte er sich selbst. Jetzt übertreibst du. Du bist nur wieder geschlafwandelt, das passiert den anderen doch auch ständig. Sogar Carl.

Trotzdem, das unbehagliche Gefühl blieb, auch als Timo sich der Treppe zuwandte und die ersten drei Stufen nach unten stieg.

Zurück.

Diesmal hatte die Stimme ihm einen Befehl erteilt, und Timo befolgte ihn wie automatisch. Er ging wieder nach oben, dann nach rechts, dorthin, wo der Gang sich im Halbdunkel verlor. Die Richtung war nicht seine eigene Entscheidung, das spürte er ganz genau. Er hatte einfach keine andere Wahl.

Schritte klapperten die Treppe hoch. Timo drückte sich

in die Schatten, merkte, dass er überhaupt nicht nervös war. Als wäre es völlig unmöglich, dass jemand ihn entdeckte.

Es war Dr. Korinek, die jetzt in sein Sichtfeld kam. Und genau, wie er erwartet hatte, bog sie nach links ab, dorthin, wo Elias' Zimmer lag. Ob sie es betrat, konnte Timo allerdings nicht mehr feststellen, denn ein innerer Zwang trieb ihn wieder auf die Treppe zu, ließ ihn hinunterlaufen, leitete ihn zur Außentür und in den Park hinaus.

Es wurde schlimmer, stellte er in einem Anflug von Panik fest, denn als er nun versuchte, stehen zu bleiben, gelang es ihm nicht. Obwohl er seinen ganzen Willen einsetzte, alle Kräfte mobilisierte. Seine Beine liefen einfach weiter, nahmen nicht den direkten Weg, sondern den, der in einem großen Rechtsschwung am Springbrunnen vorbeiführte.

Sicherer.

Oh, herzlichen Dank für die Erklärung, dachte Timo halb wütend, halb verzweifelt. Drei Minuten später stand er vor einem Nebeneingang, der unverschlossen war. Er drückte die Tür auf, mit der festen Absicht, danach den Aufzug zu nehmen. Es war ihm egal, ob jemand ihn entdeckte; es war ihm sogar recht, dann konnte er den Ärzten vielleicht klarmachen, dass etwas bei ihm schiefging.

Es geht schief – das hatte er ja schon Professor Kleist erklärt. Unfreiwillig allerdings, und ohne zu wissen, was gemeint war. Und was war kurz danach gekommen?

Sie lernen.

Das Gleiche, fiel Timo jetzt erst auf, hatte auch Sporer gesagt, bei dem Gespräch mit Kleist. *Das Problem ist – sie lernen. Sie werden jeden Tag selbstständiger. Und klüger.*

Die Parallele war irgendwie ... erschreckend. Außer natürlich, es war Timos Unterbewusstsein gewesen, das sich an die beiden Worte erinnert und sie ausgespuckt hatte. Doch daran glaubte Timo in Wirklichkeit nicht, denn er steuerte nun statt zum Aufzug in Richtung Treppen und begann, sie zügig hochzusteigen.

Wie bei Jakob, dachte er, nur koordinierter. Und er hat recht. Was, wenn mein Körper plötzlich beschließt, sich zu ertränken oder mit dem Kopf gegen die Wand zu laufen? Dann kann ich nichts, nichts, nichts dagegen tun.

Auf dem zweiten Treppenabsatz hielt er an und duckte sich, ohne zu wissen, was das sollte. Kurz danach hörte er oben eilige Schritte auf dem Gang. Als sie leiser wurden, richtete sein Körper sich ganz ohne Timos Zutun wieder auf und legte den Rest des Wegs zurück, bis ins Zimmer hinein, wo Magnus lag und friedlich schlief.

Für den Bruchteil einer Sekunde durchzuckte Timo der furchtbare Impuls, zu ihm zu gehen, ihm die Hände um den Hals zu legen und zuzudrücken, doch das Gefühl verschwand so schnell, wie es gekommen war.

Im Bett, die Decke bis zu den Augen hochgezogen, ließ Timo der Verzweiflung und den Tränen freien Lauf.

Was, wenn diese zweite Kraft in ihm es sich nicht anders überlegt hätte? Er hätte Magnus erwürgt, weil er sich nicht dagegen hätte wehren können. Er hätte es getan und gleichzeitig doch nicht. Sein eigener Wille spielte keine Rolle mehr.

Das war schlimmer, als nicht sprechen zu können. Es war, als würde er langsam ausgelöscht.

Am nächsten Morgen war es Professor Kleist, der als Erster ins Zimmer kam, noch vor der Schwester mit dem Frühstück. Diesmal ignorierte er Magnus und kam sofort zu Timo. »Gut geschlafen?« Es war ihm am Gesicht abzulesen, dass er auf eine gesprochene Antwort wartete, nicht auf ein Nicken.

Nein, keine Spur, hätte Timo gern geantwortet. Er versuchte es, doch es kam wieder nur unverständliches Zeug raus. Als hätte er den Mund voll.

»Das hat gestern besser funktioniert, nicht wahr?« Kleist lächelte und setzte sich an den Bettrand. »Aber dafür weißt du wieder, wer du bist, hm? Bist du Timo?«

Ja, das war er. Timo nickte, während bei der Erinnerung an die vergangene Nacht Grauen in ihm aufstieg.

»Ich würde gern noch ein paar Tests mit dir machen«, fuhr Kleist fort, »aber dafür müssten wir dich in die Klinik fahren. Hier im Haus gibt es keinen Magnetresonanztomografen, aber das Ganze würde insgesamt nur zwei Tage dauern. Hinfahren, eine Übernachtung, Untersuchungen, zurückfahren. Wäre das für dich okay?«

Timo nickte heftig. Dass etwas mit ihm nicht stimmte, war völlig klar, und er wünschte sich nichts anderes, als herauszufinden, was es war, und es dann abzustellen.

»Sehr gut.« Kleist tätschelte seine Hand. »Ich fahre heute Abend zurück und werde mich gleich morgen um einen Untersuchungstermin für dich kümmern. Eine Woche oder zehn Tage kann es schon dauern, bis es so weit ist, aber wir haben ja keinen Stress, nicht wahr?«

Timos Herz sank. Eine Woche? Bis dahin konnte wer weiß

was passiert sein. Als Kleist aufstehen wollte, hielt Timo seine Hand fest. Der Arzt sah ihn irritiert an. »Ja? Möchtest du mir noch etwas sagen?«

Und ob er das wollte. Er sah Kleists Blick, in dem etwas Lauerndes lag, als wäre es nur eine Frage der Zeit, bis Timo wieder seine akustisch gut verständlichen, dafür inhaltlich verworrenen Sätze von sich gab.

Er wusste, dass es grauenvoll klingen würde, trotzdem versuchte er es. »Manchmal habe ich das Gefühl, jemand anderes übernimmt die Kontrolle über meinen Körper«, sagte er.

Nichts davon war auch nur ansatzweise zu verstehen. Es war der übliche Brei aus beliebigen Konsonanten und Vokalen, ohne jeden nachvollziehbaren Sinn. Timo ließ Kleists Hand los.

Der Arzt sah ihn voller Mitgefühl an. »Es macht nichts, wenn auf Fortschritte auch Rückschläge folgen. Das ist normal, da müssen viele durch. Aber wir haben beide gesehen, dass dein Sprachzentrum sich regenerieren kann. Irgendwann werden deine Fähigkeiten wieder stabil sein.«

Das war schön zu hören, aber im Moment nicht Timos vorrangiges Problem. Die Panik davor, noch einmal so fremdgesteuert zu sein wie vergangene Nacht, war wie ein weißglühender Ball in seinem Inneren.

Am liebsten wäre ihm gewesen, Kleist hätte ihn narkotisiert, bis feststand, was mit ihm nicht stimmte – aber vielleicht würde nicht einmal das etwas helfen.

Magnus' nächtliche Ausflüge erschienen ihm plötzlich in einem ganz neuen Licht, und …

Generation 3.

Da war sie wieder, die Stimme. Timo konnte einen über-
raschten Laut nicht unterdrücken, seine Hände krallten sich
in die Bettdecke.

Kleist, der schon auf dem Weg zur Tür gewesen war, drehte sich um. »Was ist passiert? Hast du Schmerzen?«

Nein, deutete Timo. Aber immerhin hatte er eine Idee, und
er würde die Gelegenheit nutzen. Er rutschte zum Fußende
des Betts, griff nach dem Krankenblatt und hielt es Kleist
auffordernd hin. Seine Hände zitterten, halb noch von dem
Schreck eben, halb vor Angst, dass es nicht bei dem kurzen
Lebenszeichen der Stimme bleiben würde. Er zeigte auf die
Anmerkung, die weder Carl noch er verstanden und die die
Stimme ihm eben wieder ins Bewusstsein gebracht hatte.

NBI Generation 3.

Kleist runzelte die Stirn. »Das? Ach, das ist nur ein Vermerk auf die Operationstechnik, oder genauer gesagt, auf
die Instrumente, mit denen gearbeitet wurde.« Sein Blick
glitt zu Timo und dann zurück auf das Blatt. »Die Instrumente der Generation 3 sind derzeit die modernsten, die
uns Neurochirurgen zur Verfügung stehen.« Er hängte das
Krankenblatt wieder ans Bett. »Es ist für uns Ärzte interessant zu sehen, ob es Unterschiede im Genesungsprozess der
Patienten gibt, je nachdem, wie sie operiert worden sind –
deshalb steht der Vermerk hier. Verstehst du?«

Timo nickte langsam. Ja, das ergab Sinn.

»Okay, dann lasse ich dich jetzt mal richtig wach werden.«
Der Professor lächelte und ging.

Kaum war er aus der Tür, öffnete sich Timos Mund. »Er
lügt«, sagte es aus ihm heraus.

18

Bei jedem Bissen des in Stücke geschnittenen Schinkenbrots war es Timo, als müsse er große Kieselsteine schlucken. Dass er schon wieder gesprochen hatte, ganz gegen seinen Willen, verschlug ihm jeden Appetit; er aß nur, um sich Fragen von Schwester Claudia zu ersparen.

Kaum hatte sie Magnus zu Ende gefüttert und die Tabletts abgeräumt, stieg Timo aus dem Bett und riss das Krankenblatt förmlich an sich.

NBI. Wenn man das zusammenfasste, was Carl vermutet und Kleist behauptet hatte, dann konnte man die Abkürzung als *Neurobiologische Instrumente* lesen. Warum sollte das gelogen sein? Klang doch einleuchtend.

Obwohl – biologische Instrumente? Würde man bei OP-Geräten, die am Gehirn eingesetzt wurden, nicht eher von neurochirurgischen Instrumenten sprechen?

Er hatte keine Ahnung, er war kein Experte. Und fragen – ja. Da stand er vor dem üblichen Dilemma.

Auf unsicheren Beinen ging er zu Magnus' Bett. Dessen Krankenblatt hatte er sich noch nie angesehen, wahrscheinlich weil er ihm einfach unheimlich war. Und weil er es meist eilig hatte, aus dem Zimmer oder zurück ins Bett zu kommen.

Magnus Robecker, 19 Jahre.

Danach die übliche Beschreibung der Verletzung und der chirurgischen Maßnahmen – aber keine Erläuterungen dazu, wie es zu dem Hirnschaden gekommen war. Merkwürdig, bei den anderen stand es dabei.

Genau genommen, dachte Timo, ist eigentlich das seltsam. Dass bei jedem Patienten eine erklärende Anmerkung zu finden war. Treppensturz, Motorradunfall, Autounfall. Fast bei jedem, wie sich zeigte. Warum? Medizinisch war das doch im Grunde nicht wichtig.

Das, was er gesucht hatte, fand Timo allerdings. NBI Generation 2. So wie bei Carl.

In einer halben Stunde würde seine Ergotherapie losgehen, aber die Zeit bis dahin wollte Timo nutzen. Wieder auf Krücken, ging er hinaus auf den Gang, auf der Suche nach offenen Zimmern, in denen er unauffällig seine Nachforschungen anstellen konnte.

Bei den Mädchen wurde er fündig. Gleich die erste Tür links war offen, die zum Zimmer von Mona und Sophie.

Beide waren nicht da, und Timos Gewissen regte sich, als er in den leeren Raum humpelte. Er sah sich noch einmal um, bevor er sich Monas Krankenblatt schnappte.

Aha, das war erstaunlich. Die Art des Unfalls und die der Wirbelsäulenverletzungen war beschrieben – aber es gab keinen Vermerk, der mit NBI begann. Nirgendwo eine Erwähnung von Generationen.

Von Sophie wusste Timo bisher nur, dass sie gemeinsam mit Mona neue Regeln für Menschärgeredichnicht erstellt hatte, aber er las nun, dass sie wohl schwer mit dem Mountainbike gestürzt war. NBI Generation 2.

Gab es diese Anmerkung nur bei den Patienten mit Gehirn- und nicht bei denen mit Wirbelsäulenschäden? Das war dann zumindest ein gewisser Anhaltspunkt.

Er klopfte gegenüber bei Valerie und Tamara, die ebenfalls beide nicht da waren. Vermutlich konnte man im Speisesaal auch frühstücken.

Ein schneller Check der beiden Krankenblätter. Bei Valerie stand NBI Generation 2, bei Tamara Generation 3.

Timo machte kehrt, ging durch die Glastür zurück auf seinen eigenen Gang, dorthin, wo die Jungen lagen. Er klopfte an Carls Tür und hörte Sami »Herein« rufen. Zögernd trat er ein.

»Hey. Carl ist nicht hier«, erklärte Sami, ohne den Blick von seinem Tablet zu heben. »Versuch es in einer halben Stunde noch mal.«

Timo ging langsam noch zwei Schritte weiter ins Zimmer und ließ dann seine linke Krücke fallen. Mit einem unwilligen Laut und in dem Bewusstsein, dass er vielleicht gleich danebenliegen würde, bückte er sich. Erhaschte einen schnellen Blick auf Samis Blatt.

Generation 3.

Na bestens, damit war seine Theorie Müll. Sami war ganz klar Wirbelsäulenpatient, befand sich aber trotzdem in der gleichen Kategorie wie Timo.

Unter Mühen bekam er die Krücke am Griff zu fassen,

richtete sich auf und begegnete Samis Blick unter hoch-
gezogenen Augenbrauen. »Sorry, dass ich dir nicht helfen
konnte, aber – tja.«

»Iss Oooka. E«, stammelte Timo.

»Dachte ich mir.« Jetzt grinste Sami. »Hübsche Stimme
hast du da. Wenn sie funktioniert.«

In seinem eigenen Zimmer wartete schon Britta auf Timo,
um ihn zur Ergotherapie abzuholen. Im Therapieraum
nahm er einen der großen Zeichenblocks und einen Stift
und begann verbissen, an einem einzigen Wort zu arbeiten.
Er brauchte sieben oder acht Versuche, zweimal hätte er
den ganzen Kram fast vor Wut vom Tisch gefegt. Aber am
Ende der Stunde hatte er, was er wollte. Jedenfalls beinahe.
In großen und nur mit Mühe lesbaren Buchstaben stand auf
seinem Zettel das Wort INSTRUMENTE.

Carl konnte es lesen, als er es ihm am Nachmittag zeigte,
das war die Hauptsache.

»Äh«, sagte er. »Du bist verwirrt, oder? Warum machst du
dir solche Arbeit, um dann das Wort *Instrumente* zu schreiben? Willst du Musik machen oder was?«

Sie waren in Timos Zimmer, und er hatte mit der Frage
gerechnet. Sein Krankenblatt lag bereit, und er wies mit
dem Zeigefinger auf das I in NBI. Dann auf das Blatt. Und
wieder auf das I.

»Okay.« Carl nickte. »Du denkst, das I steht für Instrumente. Das N und das B für neurobiologisch, darauf würde
ich einfach mal wetten. Und jetzt? Ist das wichtig?«

Irgendwie ja. Timo wusste selbst nicht warum, aber spätestens, seit die Stimme ihn darauf hingewiesen hatte, war er überzeugt davon, dass dieser Vermerk etwas Entscheidendes zu bedeuten hatte.

Und dass Kleists Erklärung eine Ausflucht war.

Doch Carl schenkte dem Thema keine Aufmerksamkeit mehr. »Lass uns raus in den Park gehen, hast du Lust? Wir sollten das gute Wetter noch nutzen, angeblich ist es bald vorbei damit. Dr. Korinek hat gesagt, von Norden zieht eine Sturmfront heran.«

Timo fühlte, wie seine Kehle sich verengte. Sturm. Die Stimme in seinem Kopf sprach also nicht nur Spanisch, sie konnte auch das Wetter vorhersagen.

Er hörte kaum zu, was Carl erzählte, während sie draußen ihre Runden drehten. Seine Aufmerksamkeit galt halb den Ästen der Bäume, die sich allerdings kaum bewegten, halb horchte er nach innen, ständig in Erwartung einer weiteren Äußerung der verdammten Stimme.

Sie hatte einen Sturm erwähnt und Timo gleichzeitig geraten, hier zu verschwinden. Geh weg hier, schnell, hatte sie gesagt. Wenn das mit dem Sturm stimmte, sollte er dann auch die Warnung ernst nehmen?

Schwer zu sagen, aber eigentlich auch nebensächlich, nachdem er sowieso keine Möglichkeit zur Abreise hatte. Frühestens kam er hier gemeinsam mit Kleist raus, zu diesem Untersuchungstermin in zehn Tagen. Bis dahin konnte er noch zehn Nächte lang die Kontrolle über seine Körperfunktionen verlieren, war das nicht toll?

Irgendwann hörte Carl auf zu reden, er warf Timo einen kurzen Seitenblick zu und zuckte gutmütig die Schultern.

Lange musste er ohnehin nicht warten, bis er wieder jemanden ins Gespräch verwickeln konnte – und diejenige antwortete sogar. Valerie kam ihnen entgegen, und kurz darauf diskutierten Carl und sie darüber, wie man Jakob am besten aufmuntern könnte. Er war nach dem Vorfall in der Schwimmhalle immer noch völlig am Boden zerstört.

Timo setzte sich ein Stück entfernt auf eine Bank. Seine Schultern schmerzten, wahrscheinlich hatte er noch nicht die ideale Technik beim Gehen mit den Krücken gefunden. Nachdenklich beobachtete er Carl und Valerie. Etwas an der Szenerie war … bemerkenswert, so, als müsse Timo nur den richtigen Gedanken fassen, um etwas Wichtiges zu begreifen.

Doch er kam nicht drauf, also fuhr er fort, die Bäume zu betrachten, die Äste, die sich leicht im Wind bewegten.

Es sah noch überhaupt nicht nach Sturm aus. Vielleicht hatte Carl sich verhört.

Sie ließen sich Zeit mit dem Rückweg. Timo hatte beschlossen, vor dem Abendessen noch einen Abstecher in die Bibliothek zu machen – auch wenn er kein Wörterbuch fand, er konnte auch aus ganz normalem Text Worte heraussuchen und daraus Sätze bilden. Brauchte nur ein wenig Vorbereitung. Außerdem würde er diesmal nach interessantem Lesestoff Ausschau halten.

Sie waren fast schon zurück im Haus, als sie vom Parkplatz her aufgebrachte Stimmen hörten. Eine aufgebrachte Stimme, um genau zu sein, und sie gehörte Professor Kleist.

»… kann doch wohl nicht wahr sein«, rief er in sein Telefon. Neben ihm stand der Hausmeister und wirkte hilflos.

»Ich habe den Wagen erst vor sechs Wochen überprüfen lassen, da war alles in Ordnung. Das haben Sie jedenfalls behauptet.« Er hörte seinem Gesprächspartner ein paar Sekunden lang zu, dann lachte er auf. »Wissen Sie, wenn ich meine Patienten so schlampig operieren würde, wie Sie Autos reparieren, säße ich längst im Gefängnis. Wie bitte? Genau, er reagiert überhaupt nicht. Springt nicht an, macht keinen Mucks. Nicht einmal das Autoradio funktioniert.« Wieder eine kurze Pause, dann, deutlich verärgert: »Natürlich war das Licht aus, das schaltet sich schließlich automatisch ab. Haben Sie eigentlich überhaupt keine Ahnung von Ihrem Job?«

Danach kam der arme Mann von der Werkstatt wieder zu Wort, und diesmal hörte Kleist ihm länger zu. »Ja, ich weiß, dass es ein weiter Weg bis hierher ist, aber das ist ganz und gar Ihr Problem. Ich erwarte, dass Sie mir jemanden mit einem Ersatzwagen schicken. Gratis natürlich. Sie haben Glück, dass ich für morgen keine Operationen geplant hatte, sonst sähe die Sache dramatischer aus.« Nach einer kurzen Beschreibung, wie genau der Markwaldhof zu finden war, legte Kleist auf.

»Ich werde also noch eine Nacht hierbleiben«, erklärte er dem Hausmeister. »Es sind vierhundert Kilometer bis hierher, und der Ersatzwagen lässt sich erst für morgen organisieren.«

»Kein Problem. Sie haben ja Ihr Zimmer.« Der Hausmeister senkte einen letzten, bewundernden Blick auf Kleists schwarzen Bentley, dann schlenderte er zum Haupteingang.

Drei Bücher holte Timo sich aus der Bibliothek, dann machte er sich auf die Suche nach einem Fernseher. Im Gemeinschaftsraum hing einer an der Wand, aber er war abgeschaltet und eine Fernbedienung nirgendwo zu sehen. Wahrscheinlich wurde die von den Schwestern gehütet und nur in Sonderfällen herausgerückt.

Timo wünschte sich sein Handy zurück. Da waren zwei Wetter-Apps drauf, die ihm verlässlich gezeigt hätten, ob ein Sturm im Anmarsch war, und wenn ja, wann. Gab es am Markwaldhof eigentlich aktuelle Zeitungen?

Er setzte sich fürs Abendessen wieder in den Speisesaal, an einen Tisch mit Carl und Georg. Die Wahrscheinlichkeit, dass irgendwann jemand übers Wetter reden würde, war groß; es war das Thema, das die Leute immer anschnitten, wenn es sonst nichts zu besprechen gab.

Doch das gab es, leider.

»Ich mache mir echte Sorgen um Jakob.« Carl hackte seine Fischstäbchen mit der Gabel in kleine Teile. »Er zieht sich total in sich selbst zurück. Oskar sagt, er ist heute nur aus dem Bett gestiegen, wenn er aufs Klo musste. Und kann jemand mir verraten, wieso hier nirgendwo Ketchup steht?«

»Interessanter Themenwechsel.« Georg lachte, wurde aber im nächsten Moment wieder ernst. »Ich sehe nachher noch mal bei ihm vorbei, vielleicht kann ich ihn wenigstens ein bisschen aufheitern. Wenn ich ehrlich sein soll: Ich bin ein ganzes Stück älter als ihr, aber ich hätte genauso eine Scheißangst wie Jakob mit seinen dreizehn Jahren, wenn plötzlich einer meiner Arme ein Eigenleben entwickeln würde.« Unwillkürlich wanderte seine Hand an den Kopf, dorthin, wo das Haar kürzer war und vermutlich eine Operationsnarbe verbarg. »Ich weiß noch, wie wichtig es mir immer war, mich auf meinen Körper verlassen zu können. Auf seine Kraft und seine Koordination, vor allem beim Klettern.« Ein wehmütiger Ausdruck legte sich über sein Gesicht. Klettern war wohl eines der Dinge, von denen Georg sich verabschieden musste, wenn Timo das richtig einschätzte.

»Ketchup«, murmelte Carl. Seine Augen waren starr auf den Teller gerichtet.

Timo und Georg wechselten einen schnellen Blick.

»Carl?« Georg nahm ihn sanft an der Schulter. »Alles okay?«

Keine Reaktion. Das war nicht gut, gar nicht gut. Unwillkürlich musste Timo an Freddy denken, der doch schon so gut wie gesund gewesen war, bis er dann einen Rückfall …

»Carl!« Georg war deutlich lauter geworden. »Hey! Träumst du?«

Carl blinzelte und schnappte nach Luft. Sah erst Georg, dann Timo verblüfft an, bevor er zu grinsen begann. »Was ist denn mit euch los? Warum glotzt ihr so merkwürdig?«

»Mit uns?« In Georgs Stimme schwangen Erleichterung und Ärger gleichermaßen mit. »Du machst hier einen auf weggetreten. Ich mag deine Witze ja, aber der eben war nicht komisch.«

»Witze?«

»Ja, oder wie du das eben nennen willst. Ketchup steht übrigens am Buffet, muss man sich nur holen.«

Carl betrachtete seine zerkleinerten Fischstäbchen. »Gute Idee, das Zeug ist staubtrocken.« Damit stand er auf und holte nicht nur die Flasche, sondern auch gleich noch eine Portion Vanillepudding als Dessert.

Der Vorfall ging Timo den Rest des Abends nicht aus dem Kopf. Carl war wie in Trance gewesen, das hatte er bei ihm vorher nie erlebt. Aber so etwas passierte wahrscheinlich auch nach längerer Zeit noch, nicht wahr? Es war kein Rückfall, bloß ... ein Zeichen von Müdigkeit. Oder etwas Ähnliches. Ja.

Um halb zehn drehte Timo das Licht aus, in der Hoffnung, schnell einzuschlafen. Magnus' gleichmäßiges, leicht röchelndes Atmen beruhigte ihn heute, seltsam war das.

Er blickte schläfrig zum Fenster; graue Wolken zeichneten sich gegen einen schwarzen Himmel ab.

Und plötzlich wusste er, was er am Nachmittag nicht hatte greifen können, als er Carl und Valerie im Gespräch beobachtet hatte. Er war schon einmal dabei gewesen, als sie im Park beieinandergestanden hatten, allerdings mit mehreren Leuten. Sie hatten davon gesprochen, dass sie ungestört weitermachen konnten und dass die richtige Zeit für irgendetwas gekommen war. Carl, Valerie, Sophie, Magnus und zwei weitere.

Das ist neu.

Besser. Besser. Besser.

Es war fast eine gespenstische Szene gewesen, sie hatten Informationen ausgetauscht wie eine verschworene Gemeinschaft, wie ein Geheimbund, wie ...

Timo schnappte nach Luft. Er hatte gerade etwas begriffen, es hatte sich angefühlt, als würde es in seinem Kopf Klick machen. Es gab eine Gemeinsamkeit der Mitglieder

des kleinen Kreises, die sich nachts im Park zusammenge-
funden hatten. Zumindest bei vier von ihnen war Timo sicher, und er hätte gewettet, dass dieses Merkmal auch auf
die anderen beiden zutraf.

Sie waren alle NBI Generation 2.

Neuro-Biologische Instrumente. Oder Neuro-Biologische
Information? Oder – Informanten?

Das war vermutlich Unsinn. Aber nicht falscher als das,
was Kleist ihm hatte einreden wollen, davon war Timo mittlerweile überzeugt.

Er schloss die Augen. Draußen frischte der Wind auf.

19

Es war ein Geräusch, das ihn allmählich weckte. Langsam glitt Timo aus einem traumlosen Schlaf. Jemand schnarchte, aber nicht gleichmäßig, sondern keuchend und gehetzt. Das klang überhaupt nicht gesund, am besten war es, Timo rief die Nachtschwester, damit sie sich Magnus ansah.

Nur dass es nicht Magnus war, wie Timo nach einem ersten Blick feststellte. Es war auch nicht sein eigenes Bett, in dem er lag, sondern das von Freddy, und der unruhig schlafende Mann im Nebenbett war Professor Brand.

Wieder geschlafwandelt. Mutlos legte Timo einen Arm über die Augen. Gleich würde es wieder losgehen, würde er wieder die Kontrolle über sein Tun verlieren. Vielleicht erwürgte er Magnus diesmal doch. Oder Professor Brand, dessen Schlaf immer unruhiger wurde.

Timo fasste einen Entschluss. Direkt neben ihm leuchtete die rote Ruftaste, die zu Freddys früherem Bett gehörte. Er würde sie drücken und sich hier finden lassen, man würde sein Problem mit dem Schlafwandeln mit Pillen therapieren, und dann war endlich Ruhe. So konnte es nicht weitergehen, also drücken, schnell, bevor seine Hand ihm nicht mehr gehorchte.

Doch das tat sie. Er betätigte den Rufknopf genau so, wie er es sich vorgenommen hatte, und sank dann erleichtert zurück. Gleich würde er nicht mehr allein sein mit seinem Problem.

Allerdings ließ die Schwester sich ungewöhnlich viel Zeit. Normalerweise dauerte es höchstens zwei Minuten, bis jemand auf die Klingel reagierte. Aber hier war er eben in einem anderen Stockwerk ...

Nach gefühlt zehn Minuten versuchte Timo es noch einmal. Wartete. Niemand kam. Vielleicht war die Klingel ka–

Geh aus dem Zimmer. Geh.

So deutlich hatte er die Stimme noch nie gehört. Timo schnellte geradezu aus dem Bett und war schon auf dem Weg nach draußen, als eine Idee ihn innehalten ließ. Er schaltete das Licht ein und holte sich Professor Brands Krankenblatt.

Unfall, näher war die Ursache seiner Hirnverletzung nicht aufgeführt. Es folgten ein paar kurze Beschreibungen der Behandlungsschritte und danach das, wonach Timo gesucht hatte, auch wenn es ihn so, wie es hier stand, mehr verwirrte als ihm weiterhalf. NBI Generation 3.

Er ging nach draußen, der hell erleuchtete Gang lag vor ihm, die Uhr, die hoch an der Wand hing, zeigte zwei Uhr dreiunddreißig. Wenn nichts los war, schliefen jetzt sogar die, die Nachtdienst hatten.

Trotzdem hörte Timo Stimmen. Nicht in seinem Kopf, sie kamen von rechts, von dort, wo Magnus ihn beim letzten

Besuch in diesem Stockwerk ausgebremst hatte. Aber diesmal war weit und breit keine Spur von ihm.

Mit dem Gefühl, etwas ziemlich Dummes zu tun, schlich Timo der Quelle der Stimmen nach. Eine davon gehörte Professor Kleist. Seine Laune schien sich seit dem Nachmittag nicht gebessert zu haben, ganz im Gegenteil.

»… und Sie haben unverantwortlich lange einfach zugesehen, ohne einzugreifen, ohne mich zu informieren. Sie sagten, es bestehe kein Risiko, aber wir sind uns mittlerweile wohl einig, dass das nicht stimmt, oder?«

Er klang eisig. Obwohl er sich gar nicht ausmalen wollte, was los sein würde, wenn man ihn erwischte, näherte Timo sich der Tür, hinter der das Gespräch stattfand, Schritt für Schritt. Die obere Hälfte bestand aus einer Glasscheibe, durch die Licht fiel.

»Wir bekommen es in den Griff«, antwortete jemand. Eine Frau.

Timo holte Luft und wagte einen blitzschnellen Blick durch das Türfenster. Ja, da war Kleist, außerdem Dr. Korinek und etwa sieben oder acht Computerterminals. Soweit Timo es erkennen konnte, waren sie alle angeschaltet. Er duckte sich.

»In den Griff, soso.« Kleist senkte seine Stimme, was ihr noch mehr Schärfe verlieh. »So wie bei Frederick Gerwald, ja? Ist Ihnen eigentlich nicht klar, was das bedeutet? Es kann jederzeit wieder passieren, nein, es wird wieder passieren, die Frage ist nur, wen es treffen wird.«

»Sie tun so, als wäre ich dafür verantwortlich!« Korinek kämpfte hörbar mit den Tränen.

»Sie und Sporer hatten klare Anweisungen. Dass Sie den Prozess abbrechen, sobald er aus dem Ruder läuft. Sobald etwas Ungeplantes passiert. Ich habe mich auf Sie beide verlassen.«

»Aber wir könnten doch –«, wandte Korinek leise ein, nur um von Kleist unterbrochen zu werden. Es knallte, wahrscheinlich hatte er mit der flachen Hand auf den Tisch geschlagen.

»Nein! Können wir eben nicht, das sehen Sie doch! Was glauben Sie, was ich hier seit zwei Tagen versuche? Es ist zu spät. Alles hat sich verselbstständigt. Wir haben schon einen toten Patienten, und es wird nicht mehr lange dauern, dann sind es zwei oder fünf oder acht. Dann ist auch der Markwaldhof tot, das begreifen Sie, nicht wahr?«

»Ich …«

»Ich weiß genau, wovor Sie Angst haben, und glauben Sie mir, das geht mir genauso. Wir werden nicht halten können, was wir versprochen haben, und die Konsequenzen will ich mir noch gar nicht ausmalen. Aber wenn wir das Risiko eingehen, und dann passiert das Gleiche wie bei Gerwald – dann sind wir ebenso tot wie er. Das wissen Sie, oder?«

Korinek schwieg, eine kurze Pause entstand, die Timo wie erstarrt in seiner Hockposition vor der Tür verbrachte. Wenn Kleist jetzt beschloss, nach draußen zu stürmen, würde er über Timo stolpern und musste dann nur eins und eins zusammenzählen.

»Erst mal müssen wir den Prozess aufhalten«, wandte Korinek zögernd ein. »Was, wenn wir das System einfach lahmlegen?«

»Wie es aussieht, können wir das doch gar nicht mehr.« In Kleists Ton mischte sich Erschöpfung. »Wir haben nur noch minimalen Einfluss, und im schlimmsten Fall verlieren wir durch ein Hinunterfahren auch den. Und dann ist da auch noch Gerwalds Obduktion. Wenn sie dabei den Tatsachen auch nur ein kleines Stück auf die Spur kommen ...« Er ließ den Satz im Nichts enden.

Etwas begann durchdringend zu piepsen. »Verdammt«, fluchte Kleist. Das Geräusch von Schritten, dann verstummte der Alarm.

»Wer ist es?« Korineks Stimme war kaum mehr als ein Hauch.

»Tewes. Schon wieder einer der Vorzeigepatienten, ich könnte weinen.«

»Vielleicht«, murmelte Korinek, »trifft es nur die zweite Generation. Dann hätten wir ...«

»Nur? Sagten Sie eben nur?« Es kostete Kleist hörbar Mühe, nicht zu brüllen, wieder krachte etwas auf eine Tischplatte, wahrscheinlich seine Faust, dann ...

Geh zurück. Jetzt. Schnell. Geh.

Die innere Stimme war laut und drängend. Timo begann, sich aufzurichten, doch wie in der Nacht davor hatte bereits etwas die Kontrolle über seine Bewegungen übernommen, ließ ihn die Wand entlang in Richtung Treppe huschen. Kurz bevor Timo sie erreichte, blieb er abrupt stehen, seine Hand fuhr zu einer Türklinke gleich neben ihm. Dahinter lag ein Materialraum, in dem er sich versteckte. All das hatte höchstens zehn Sekunden gedauert, und Timo hatte nichts davon selbst gesteuert.

Jetzt hörte er eilige Schritte, die den Gang entlangkamen und an der Tür vorbeigingen. Das Rauschen des fahrenden Aufzugs. Kurz danach das Geräusch der Fahrstuhltür, die sich zur Seite schob.

Offenbar hatte Kleist die Szene verlassen. Prompt öffnete Timos Hand die Tür, und seine Beine hielten auf die Treppe zu. Ein paar Minuten später stand er in seinem Zimmer, vor Magnus' Bett, diesmal ohne den geringsten Impuls, ihm etwas anzutun. Ganz im Gegenteil.

Vielleicht trifft es nur die zweite Generation.

Er hatte nicht viel von dem Gespräch begriffen. Nur, dass offenbar etwas außer Kontrolle geraten war und dass es Frederick Gerwald das Leben gekostet hatte. Freddy.

Timo hob die Hand, sie gehorchte ihm wieder, ebenso seine Beine. Er schleppte sich zu seinem Bett. Die Stimme hatte ihm immer wieder dazu geraten, wegzugehen, Hilfe zu holen, und zum ersten Mal zog er das tatsächlich in Betracht. Was es auch war, das hier schieflief, es traf die Vorzeigepatienten, wie Kleist gesagt hatte. Die aus Generation 2. Und laut des Computeralarms, den Timo mitgehört hatte, traf es aktuell jemanden namens Tewes.

Carl Tewes. Carl mit C.

In dieser Nacht schlief Timo höchstens minutenweise. Er ließ wieder und wieder das Gespräch zwischen Kleist und Korinek im Gedächtnis ablaufen, um nur ja nichts davon zu vergessen. Freddys Tod hatte irgendwie mit den Computern zu tun, auch wenn Timo keine Ahnung hatte, wie das möglich sein sollte.

Was, wenn er selbst einmal einen Blick auf diese Rechner warf? Er kannte sich damit wirklich gut aus, auch wenn er nicht gerade ein Hacker war, aber ein oder zwei kleinere Programme hatte er schon geschrieben.

Vielleicht wurde er wenigstens ein bisschen schlau aus dem, was er dort sehen würde. Mehr als Schauen würde allerdings nicht drin sein. Er konnte seiner Feinmotorik nicht trauen; er würde die Tasten, die er früher blind und im Schlaf getroffen hatte, verfehlen und damit wer weiß was anrichten.

Gegen sechs Uhr morgens gab Timo seinen Kampf um ein paar Stunden Schlaf auf und stieg in seine Hausschuhe. Heute würde er im Speisesaal frühstücken. Je mehr er unter Leute ging, desto größer waren seine Chancen, etwas zu erfahren, das ihm weiterhalf.

Es war immer noch nicht stürmisch, aber die Äste der Bäume im Park bewegten sich nun deutlich stärker als gestern. Der Speisesaal war noch so gut wie leer, nur an zwei Tischen saßen Leute. Ein alter Mann und, direkt unter dem Fenster, zwei Frauen, die auch beide über siebzig sein mussten. Sie wirkten erstaunt, als Timo auf seinen Krücken den Raum betrat.

Er nickte grüßend und lehnte eine der Krücken an einen Stuhl, bevor er, sich nur auf die zweite Krücke stützend, zu dem Tisch mit den Frühstücksflocken humpelte. Dort begann er, Cornflakes in eine Schüssel zu löffeln. Das Darübergießen der Milch klappte nur mäßig gut, die Hälfte ging daneben, und Timo fluchte lautlos. Er visierte den nächstgelegenen Tisch an und transportierte die Schüssel dorthin; es schwappte kaum etwas über. Immerhin.

Für den Löffel ging er noch einmal zurück, ebenso für eine Tasse Tee. Alles dauerte endlos, und er hatte das Gefühl, die Morgenunterhaltung für die drei älteren Mitpatienten zu bieten. Fernsehersatz, gewissermaßen.

Am Ende ließ er sich schwer auf seinen Stuhl fallen und begann, die bereits weich gewordenen Cornflakes zu löffeln. Es ging erstaunlich gut. Das Zeug landete hauptsächlich im Mund und war eine nette Abwechslung zu den belegten Broten, die man ihm sonst servierte.

Nach und nach füllte sich der Speisesaal. Die älteren Leute waren sichtlich früher wach. Der Großteil von ihnen waren Schlaganfallpatienten, schätzte Timo; erkennbar an einseitig herabhängenden Mundwinkeln und Sprachschwierigkeiten, die seinen eigenen ziemlich ähnlich waren.

Der erste vergleichsweise jüngere Patient, der auftauchte, war Georg, der Timos Anwesenheit freudig zur Kenntnis nahm und sich zu ihm setzte.

Ihm hätte Timo, ohne zu zögern, alles anvertraut, was vergangene Nacht geschehen war. Wenn er es gekonnt hätte. Doch selbst wenn er das Wort »Computer« beim zwölften Versuch so hinbekam, dass man es vielleicht erraten konnte – bis er die ganze Geschichte erzählt hatte, würde es einen Monat dauern.

Dann betrat Dr. Korinek den Speisesaal, und Timo hätte fast seinen Löffel fallen lassen, so heftig zuckte er zusammen.

Sie sah mitgenommen aus. Blass. Die Gläser ihrer dunkel

umrandeten Brille wirkten trüb, als müssten sie dringend geputzt werden. Aber immerhin schenkte sie Timo keinerlei Beachtung, das hieß, er war gestern tatsächlich nicht bemerkt worden.

Ob gerade jemand im Computerraum war? Schon bei ihrer ersten Begegnung, an Freddys Krankenbett, hatte Korinek Carl und ihn loswerden wollen, hatte ihnen erklärt, sie hätten in diesem Stockwerk nichts zu suchen.

War das wegen Freddy gewesen? Oder wegen der Computer?

Sehr zu Timos Erschrecken kam sie nun doch auf ihn zu, als hätten seine Überlegungen sie angelockt. Doch sie wandte sich an Georg. »Guten Morgen, Herr Eibner. Ich will Sie nicht stören, aber ich suche Carl Tewes. Haben Sie ihn heute schon gesehen?«

Timo hoffte inständig, man sah ihm nicht an, dass die Frage sich wie ein Faustschlag in seinen Magen anfühlte. War Carl fort? War ihm etwas zugestoßen? Unwillkürlich kam ihm die Schwimmhalle in den Sinn. Das Becken, in das Jakob gestürzt war.

»Nein, heute noch nicht«, erklärte Georg munter. »Aber er macht gern eine Tour durch die Nachbarzimmer, bevor er frühstücken kommt.«

»Aha. Danke.« Korinek quälte sich ein Lächeln ab und ging aus dem Speisesaal.

Der Appetit war Timo vollständig vergangen. Er durchbohrte Georg förmlich mit Blicken, versuchte, ihm stumm begreiflich zu machen, dass er nach Carl suchen sollte, sofort, aber das funktionierte natürlich nicht. Georg streckte sich gemütlich, stand dann auf und holte sich Brot, Butter und Honig vom Buffet, plus einer großen Tasse Kaffee.

Und dann, kaum zwei Minuten später, spazierte Carl in den Speisesaal. Der Stein, der Timo vom Herzen fiel, hatte Meteoritengröße.

»Mooorgen!« Carls Laune war gut wie immer. »Ich war schon bei dir im Zimmer, Timo. Schwester Lisa hat dir dort auch Frühstück hingestellt, die weiß noch nicht, wie mobil du schon bist.«

Er nahm sich einen Teller vom Stapel, legte drei Scheiben Brot, ein Stück Butter und zwei Päckchen Marmelade dazu. Mitten in der schwungvollen Drehung, mit der er sich ihrem Tisch zuwandte, glitt der Teller ihm aus der Hand, flog knapp an Timo vorbei und zerbarst auf dem Boden.

»Scheiße.« Carl biss sich auf die Unterlippe. »Zu unvorsichtig gewesen. Tut mir sehr leid«, sagte er zu der Frau in der weißen Schürze, die aus der angrenzenden Küche gelaufen kam.

»Kein Problem, das passiert hier doch ständig.« Sie holte Schaufel und Besen und kehrte die Scherben auf, während Carl sich sein Frühstück noch einmal zusammenstellte.

»Zu dumm«, sagte er und rührte Zucker in seinen Tee. »Ich hätte echt besser aufpassen müssen. Aber meine rechte Hand fühlt sich heute irgendwie taub an. Wahrscheinlich bin ich in der Nacht draufgelegen.« Er ballte die Finger mehrmals zur Faust. »Blödes Gefühl.«

Die Alarmglocken in Timos Kopf, die mit Carls Erscheinen verstummt waren, begannen erneut zu schrillen. *Wir haben schon einen toten Patienten, nicht mehr lange, dann sind es zwei oder fünf oder acht.* Kleists Worte waren ihm noch so präsent, als hätte er sie vor Minuten erst gehört. Ebenso wie die Tatsache, dass wohl hauptsächlich Generation 2 betroffen und zudem Carls Name gefallen war. *Schon wieder einer der Vorzeigepatienten.*

»Was ist denn mit dir los?« Carl boxte ihm freundschaftlich gegen den Arm. »Alles okay? Du siehst aus, als wäre dir übel.«

Timo fühlte, wie ihm Tränen in die Augen traten. Er versuchte, sie zurückzudrängen, aber er schaffte es nicht.

»Hey. Nicht unterkriegen lassen.« Carl hatte seine Stimme gesenkt. »Diese Phasen, wo man überhaupt keinen Fortschritt sieht, wo man sich bloß nach früher zurücksehnt und außerdem Heimweh hat – die machen wir alle durch.« Er sah zu Georg hin, der zustimmend nickte.

»Aber du bist schon so viel weiter als zu Beginn«, fuhr Carl fort. »Es läuft richtig gut, auch wenn du das selbst vielleicht nicht so empfindest. Und Rückschläge gibt es immer wieder, sieh mich an, ich habe gerade das gute Markwaldhof-Porzellan pulverisiert!«

Ja, dachte Timo, aber das ist erst der Anfang. Was hatte die Stimme gesagt? Hol Hilfe. Das war zwar eine gute Idee, aber in der Praxis ein Ding der Unmöglichkeit. Er konnte nicht laufen, er konnte nicht sprechen …

Aber er konnte auch nicht hier sitzen bleiben und dabei zusehen, wie Carl langsam verfiel und am Ende starb, so wie Freddy. Er konnte nicht einmal abwarten, ob er sich nicht doch irrte und die Sache mit der tauben Hand demnächst wieder vorbei war.

Er würde also Hilfe holen, irgendwie die Polizei herschleppen und sie in den Computerraum führen. Jemanden dazu bringen, sich Freddys Tod genauer anzusehen. Irgend so was.

Timo horchte in sich hinein, hoffte diesmal, die Stimme zu hören, die ihn in seinem Beschluss bestätigen würde. Vergebens. Egal, im Grunde hatte sie seine Entscheidung schon vorab für gut befunden.

»Na also, geht doch.« Carl klopfte ihm freundschaftlich auf die Schulter und widmete sich dann endlich seinem Frühstück, während Timo begann, sich einen Plan zurechtzulegen.

Um zehn Uhr war er für Physiotherapie eingetragen, bis dahin wollte er längst fort sein. Wenn er sich geschickt anstellte, würde niemand sehen, wie er das Gelände verließ, und sie würden ihn erst überall im Haus und dann im Park suchen, bevor jemand auf die Idee kam, dass er ausgerissen sein könnte.

Draußen im Foyer hing eine Luftaufnahme des Markwaldhofs, auf der man auch die Straße sah, die durch den Wald hierher führte. Falls es Abzweigungen gab, würde er auch die auf dem Foto erkennen können.

Es war keine Zeit zu verlieren. Timo drückte sich von seinem Stuhl hoch, schenkte Carl ein Lächeln, das klarmachen sollte, wie viel besser es ihm schon ging, und machte sich auf den Weg.

Das Foto hielt, was Timo sich davon versprochen hatte. Es zeigte eine Straße, die in einer lang geschwungenen Linkskurve vom Markwaldhof wegführte und dann sehr bald in einen Wald mündete. Zwischendurch tauchte sie immer wieder zwischen Feldern auf, einmal zweigte ein Weg nach rechts ab – wohin er führte, war auf der Aufnahme aber leider nicht zu sehen.

Das galt auch für die Straße. Nirgendwo auf dem Bild war eine Siedlung zu sehen, nicht einmal einzelne Häuser. Die Kurklinik lag weit abgelegen vom Rest der Welt, aber wenn Timo der Straße folgte, würde er trotzdem in nicht allzu langer Zeit besiedeltes Gebiet erreichen. Ganz sicher. Schließlich hatte er nicht vor, den Weg zu Fuß zu bewältigen.

Mit dem Aufzug fuhr er in den zweiten Stock und holte seine Sneakers aus dem Schrank. Die Schuhbänder waren noch eine viel zu große Herausforderung für seine Feinmotorik, aber er konnte sie immerhin seitlich in die Schuhe stecken, damit sie nicht im Weg waren. Über seinen Jogginganzug zog er die wärmste Jacke, die seine Mutter ihm eingepackt hatte. Fertig.

Draußen auf dem Gang warf er einen Blick auf die Uhr, es war gerade erst acht, perfekt. Zwei Stunden Vorsprung, bevor irgendjemand ihn vermissen würde.

Im Erdgeschoss lief ihm Kleist über den Weg, grüßte ihn aber nur flüchtig und eilte dann weiter. Im Laufe des Vormittags würde vermutlich sein Ersatzwagen kommen, aber bis dahin war Timo hoffentlich schon außer Reichweite.

Er sah sich um und fand schnell, was er gesucht hatte. Neben der Sitzgruppe für Besucher parkte ein Rollstuhl. Die Dinger waren übers ganze Haus verteilt, aber speziell im Foyer wurde man eigentlich immer fündig.

Timo versteckte seine Krücken unter dem Sofa und setzte

sich in den Stuhl. Rollte auf den Ausgang zu. Es war nicht die typische Zeit für einen Spaziergang im Park, doch der Portier beachtete ihn kaum, er war mitten in einem Telefongespräch.

Sofort auf die Ausfahrt zuzusteuern schien Timo zu riskant, also fuhr er erst mal bis zur Vogeltränke. Sondierte dabei die Lage. Viel war nicht los, nur beim Lieferanteneingang stand ein Wagen, aus dem zwei Männer in Arbeitsoveralls Kisten ausluden – Lebensmittel, soweit Timo es erkennen konnte.

Er würde auf jeden Fall warten, bis sie fertig waren und abfuhren, ansonsten forderte er es geradezu heraus, gleich wieder aufgegriffen zu werden. Je weniger Leuten er auf seinem Weg begegnete, desto besser.

20

Zehn Minuten später fuhr der Lieferwagen durch die Ausfahrt, und Timo brachte sich in Startposition. Rollte gemächlich den Weg entlang, der kurz darauf in die Straße münden würde. Weit und breit niemand zu sehen. Wenn jemand ihn beobachtete, dann von einem der Fenster aus, doch das konnte Timo ohnehin nicht beeinflussen.

Ein paar kräftige Schübe an den Rädern, und er war draußen; fühlte sich gleichzeitig euphorisch und angsterfüllt. Die Chancen, dass seine Mission erfolgreich sein würde, waren genau genommen ein Witz. Erst musste er jemanden finden, der ihm helfen konnte, dann musste er erklären, worum es ging. Ungefähr wenigstens. Und zu guter Letzt mussten seine Helfer begreifen, was auf dem Markwaldhof passierte. Etwas, das Timo selbst nicht wusste.

Sich die Aussichtslosigkeit der Sache vor Augen zu führen, war keine gute Idee. Dann konnte er auch gleich wieder umkehren und zusehen, wie es mit Carl und den anderen Zweiern bergab ging.

Er legte seine ganze Energie in das Voranschieben der

Räder und versuchte, das Ziehen in seinen Oberarmen zu ignorieren. Er kam vorwärts. Niemand folgte ihm. Das war das Wichtigste. Und die kleine Steigung dort vorne würde er schaffen, wenn er nur rechtzeitig Schwung holte.

Es waren höchstens zwanzig Meter, in denen es leicht bergauf ging, doch Timo hatte klar unterschätzt, wie sehr die Schwerkraft ihm ins Handwerk pfuschen würde. Und nicht nur sie, auch der Seitenwind, der ihn zusehends in die Mitte der Straße drückte. Etwa auf der Hälfte der Steigung kam Timo zum Stillstand, und dann rollte er zurück, ohne es verhindern zu können.

Ein schneller Blick über die Schulter, nein, da kam kein Auto, er würde mit nichts und niemandem kollidieren, aber er würde diesen Hügel ganz sicher nicht per Rollstuhl bewältigen.

Also stand er auf, sobald er es geschafft hatte, mit den Füßen zu bremsen, und schob den Stuhl aufwärts. Stützte sich dabei fest auf die Griffe, trotzdem war er außer Atem, als er oben ankam.

Eine richtige Steigung, eine, die sich über einen halben Kilometer oder mehr zog, würde er nicht schaffen, so viel war jetzt klar. Doch als Nächstes ging es erst mal flach dahin, und in ein oder zwei Minuten würde er in den Wald fahren. Spätestens dann war er vom Markwaldhof aus nicht mehr zu sehen.

Timo versuchte, einen gleichmäßigen Rhythmus zu finden. Es klappte ganz gut, auch wenn er nicht wusste, wie lange die geschwächten Muskeln in seinen Armen mitspielen würden. Da war der Wald, endlich. Hier war der Wind nicht mehr so stark zu spüren, dafür umso deutlicher zu hören. Die Baumwipfel rauschten so laut, dass er das Geräusch des sich nähernden Autos erst wahrnahm, als es bereits um die nächste Kurve bog.

Timo, der viel zu weit in der Mitte fuhr, riss den Rollstuhl so schnell er konnte nach rechts, bis fast an die Bäume, gleichzeitig bremste der Wagen. Das Seitenfenster auf der Fahrerseite glitt hinunter. Eine junge Frau, etwa um die dreißig, sah ihn verunsichert an. »Brauchst du Hilfe? Kann ich dich irgendwohin mitnehmen?«

Timo schüttelte den Kopf, lächelnd. Reckte dann den Daumen der rechten Hand hoch.

Die Fahrerin schien noch nicht überzeugt. »Darfst du überhaupt mit dem Rollstuhl auf der Straße fahren? Würde ich an deiner Stelle nicht machen, du siehst ja, wie gefährlich das werden kann.«

Sie meinte es wahrscheinlich nett, aber Timo wünschte sich nichts mehr, als dass sie endlich weiterfuhr. Ihn nicht beachtete. Und vor allem nicht zum Markwaldhof fuhr, um dort zu melden, dass einer der Patienten einen Ausflug machte. Sie kannte die Kurklinik sicher, wahrscheinlich war sie auf dem Weg dorthin. Sonst gab es in der Gegend ja nichts. Um ihr zu demonstrieren, wie fit er war, stemmte er sich aus dem Rollstuhl hoch, nahm ihn bei den Griffen und begann, ihn am Straßenrand weiterzuschieben.

»Ach, du kannst ja laufen!« Die junge Frau sah nicht amüsiert aus. »Willst du dir nicht einen Roller zulegen und den Rollstuhl jemandem überlassen, der ihn wirklich braucht?« Sie ließ ihr Fenster nach oben gleiten und fuhr weiter.

Kaum war sie außer Sichtweite, setzte Timo sich wieder hin und schloss für einen Moment die Augen. Ein Roller, ja, am besten ein Motorroller. Das war letztens ja ein voller Erfolg gewesen.

Alles in allem lief es nicht gut, da musste er sich nichts vormachen. Die Frau würde sich an ihn erinnern, und selbst wenn sie sich nicht um ihn sorgte, würde sie vielleicht am Markwaldhof fragen, ob ein Rollstuhl vermisst wurde.

Der Wind wurde stärker. Über Timo knackten die Äste, bei den dünneren Bäumen bewegten sich auch schon die oberen Drittel der Stämme. Aber zum Glück sah es aus, als würde es dort vorne ein wenig bergab gehen.

Er klappte die Fußstützen hoch, bevor er losrollte. Falls er bremsen oder gar abspringen musste, waren sie nur im Weg. Er hatte sich auf das kräftesparende Abwärtsfahren gefreut, aber nicht damit gerechnet, dass der Rollstuhl so schnell Tempo aufnehmen würde. Die Räder mit den Händen zu bremsen tat scheußlich weh, also musste er die Fersen einsetzen, möglichst so, dass der Stuhl nicht nach rechts oder links ausbrach.

Die nächste Kurve, die ins Blickfeld kam, war ziemlich scharf und an einer Stelle, die nicht von Wald geschützt war. Timo hatte nicht mit der Stärke der Windbö gerechnet, die ihn nun quer über die Straße blies, bis in die Wiese auf der anderen Seite. Er kämpfte darum, dass der Rollstuhl nicht umkippte, und hörte im gleichen Moment wieder Motorgeräusche. Diesmal kamen sie von hinten. Aus der Richtung des Markwaldhofs.

Ohne lange nachzudenken, sprang er aus seinem Gefährt,

kippte es hinter dem nächstliegenden Gebüsch auf die Seite und warf sich daneben. Sein Kopf nahm ihm die Erschütterung sofort übel, ebenso wie die Rippen, die ja gebrochen gewesen waren. Der Wagen näherte sich, und Timo wurde die Albernheit der Situation bewusst. Er benahm sich, als wäre die Mafia hinter ihm her, dabei würde er gleich bloß das Postauto sehen oder etwas vergleichbar Harmloses.

Doch sein erster Instinkt erwies sich als richtig. Ein weißer Van kam in Sicht, auf der Seite bedruckt mit dem Logo des Markwaldhofs. Er fuhr langsamer als nötig.

Sie suchen mich, dachte Timo. Er duckte sich tiefer ins kalte Gras und lugte zwischen den Blättern des Buschs hindurch. Wenn sie ihn fanden … würde jemand ahnen, warum er weggelaufen war? Und sich nun zu verstecken versuchte?

Nun, sicher sein konnten sie nicht, aber sie würden wohl einen gewissen Verdacht haben, speziell Kleist, nervös, wie er war. Und dann … war es eine Kleinigkeit, ihn einen Rückfall erleiden zu lassen. Sein Gehirn außer Gefecht zu setzen, jede Erinnerung daraus zu tilgen. Dann wäre er keine Bedrohung mehr für die Klinik.

Der Van kam näher, mit gleichbleibendem Tempo. Timo hielt die Luft an, als würde das etwas helfen, als würde es ihn unsichtbar machen, was für ein Quatsch. Er versuchte zu erkennen, wer am Steuer des Wagens saß, doch dazu war das Blätterwerk des Buschs zu dicht.

Das Auto verlangsamte seine Fahrt, und Timos Hände krallten sich ins Gras. Sie hatten ihn gesehen, sie würden ihn aus seinem Versteck zerren und dann …

Er konnte sich nicht rausreden. Nicht sagen, dass er bloß Lust auf einen Spaziergang gehabt hatte. Darauf, die Umgebung zu erkunden. Nicht mehr, nachdem er sich vor ihnen versteckt hatte.

Entgegen aller seiner Erwartungen fuhr der Wagen weiter. Er hatte wohl nur der Kurve wegen gebremst und setzte seinen Weg nun fort.

Timo zitterte am ganzen Körper. Nicht nur der Anspannung, auch der Kälte wegen. Der Wind wurde immer stärker, und nun setzte auch noch leichter Regen ein.

Unter Mühen richtete er den Rollstuhl wieder auf und führte ihn zur Straße. Er hatte keine Wahl, er musste weiterfahren. Den Weg zurück bergauf würde er nicht schaffen; hier einfach sitzen zu bleiben war sowieso sinnlos. Also musste er es eben riskieren. Dass der Van des Markwaldhofs demnächst kehrtmachen und ihm entgegenkommen würde. Dann konnte er immer noch fröhlich winken und sich auflesen lassen.

Die Straße tauchte nach ein paar Hundert Metern wieder in den Wald ein und wurde dabei stetig steiler. Timo hasste sich mittlerweile für seine Idee und dafür, dass er sie einfach so durchgezogen hatte. Ohne Nachdenken. Ohne richtigen Plan. Wenn wieder eine so scharfe Kurve kam wie vorhin, würde er wahrscheinlich einen Baum rammen, und dann –

Schädelhirntrauma, die Zweite. In dem Fall mussten sich Kleist, Korinek und Konsorten zumindest keine Gedanken mehr um die Absicht hinter seinem Ausflug machen.

Abwärts, in lang gezogenen Kurven. Timo wusste nicht, wie lange die Sohlen seiner Schuhe das ganze Bremsen mitmachen würden, zudem spürte er seine Hände kaum noch. Sie waren nass vom Regen, und im heftigen Wind fühlten sie sich an wie Eisklumpen.

Immerhin tauchte das Auto der Klinik nicht wieder auf. Timo rechnete zwar jede Minute damit, dass es ihm hinter der nächsten Kurve entgegenkommen würde, auf dem Rückweg nach abgebrochener Suche, aber das passierte zumindest jetzt noch nicht. Im Falle des Falles würde er sich diesmal aber nicht verstecken, sondern sich mit zurücknehmen lassen und den Ausflug einem Anfall von Verwirrung zuschreiben. Niemand würde behaupten können, dass er log.

Der Wald lichtete sich wieder, die Straße wurde flacher. Und – in hundert Metern Entfernung stand ein Haus, vor dem ein Auto parkte. Hinter einem der Fenster brannte Licht.

Jemand war also zu Hause, das war eine Chance, diesen Horrortrip abzubrechen. Der Hausbesitzer würde ihn vielleicht mit dem Wagen zum nächsten Dorf fahren, oder sogar in eine Kleinstadt, wenn Timo Glück hatte. Er musste es nur geschickt anstellen.

Allein die Vorstellung, sich für kurze Zeit aufwärmen zu können, trieb ihn auf die Haustüre zu. Er zögerte nur kurz, dann drückte er den Klingelknopf.

Es verging mehr Zeit, als er erwartet hatte, doch schließlich öffnete jemand. Eine Frau, die ungefähr im gleichen Alter war wie Timos Mutter. Sie sah auf ihn herab, ihr Gesichtsausdruck eine Mischung aus Erstaunen und Mitgefühl. »Hallo. Brauchst du Hilfe?«

Er nickte. Ohne Umschweife deutete er auf das Auto, doch das schien die Frau in der Tür überhaupt nicht wahrzunehmen. »Hier kommen sonst nur am Wochenende Spaziergänger vorbei. Was hat dich denn hierher verschlagen?« Im nächsten Moment griff sie sich an die Stirn und lächelte. »Ach natürlich. Du bist Patient auf dem Markwaldhof, richtig? Dürft ihr denn einfach so durch die Gegend laufen?« Ihr wurde bewusst, was sie gesagt hatte, und sie schüttelte über sich selbst den Kopf. »Entschuldige bitte. Fahren, meinte ich. Und noch dazu alleine?«

Timo zuckte die Schultern. Sah die Frau eindringlich an und gab sich einen innerlichen Ruck. »Paaoo–« Verdammt, das klang völlig falsch. »Poolll-issa. Toa–« Er unterbrach sich, fühlte, wie ihm die Tränen kamen. Nahm erneut Anlauf. »Pooliiseei.«

Die Frau betrachtete ihn mit diesem typischen, unbehaglichen Blick, an den Timo sich wohl am besten schnell gewöhnen sollte. An den Behinderten-Blick. Sie bedauerte sichtlich, die Tür überhaupt geöffnet zu haben, aber jetzt verbot ihr der Anstand, sie einfach wieder zu schließen.

»Polizei?«, wiederholte sie leise.

Timo nickte heftig. Drehte den Kopf und deutete wieder auf das Auto.

»Ich kann dir mein Telefon leihen, dann kannst du anrufen.«

Okay, sie war nicht sehr hell im Kopf. Er zog eine verzweifelte Grimasse, wies auf seinen Mund und dann wieder auf das Auto.

»Na ja, aber wenn ich dich zur Polizei fahre, kannst du

dort ebenso wenig mit den Beamten reden, wie am Telefon«, stellte sie nach kurzem Überlegen fest.

Da war zwar etwas dran, aber seine Chancen waren im direkten Kontakt trotzdem ungleich besser. Er schenkte der Frau seinen treuesten Hundeblick, und sie seufzte. »Na gut, weißt du was? Ich bin zwar gerade ziemlich beschäftigt, aber ich fahre dich schnell zum Markwaldhof zurück, gut? Wenn du wirklich zur Polizei musst, sollen die sich darum kümmern, die wissen dann ja auch, wie du heißt, und können dir viel besser unter die Arme greifen.«

Na klar, grandiose Idee. Timo schüttelte den Kopf wendete seinen Rollstuhl. Sie würde ihn zurückbringen und erzählen, dass er zur Polizei hatte fahren wollen. Dann konnte er sich so verwirrt geben, wie er wollte – Kleist würde wissen, dass er Verdacht geschöpft hatte. Er wendete den Rollstuhl und fuhr davon.

»Jetzt warte doch!«, rief die Frau ihm hinterher, als er von der Einfahrt zurück auf die Straße bog. »Was du da tust, ist gefährlich, außerdem kriegen wir Sturm, heißt es.«

Sturm. Das wusste er schon seit Tagen, oder hätte es wenigstens gewusst, wenn er die fremde Stimme in seinem Kopf ernst genommen hätte.

Er drehte sich nicht mehr um, sondern setzte seinen Weg verbissen fort. Sie würde ihm nicht folgen, wenn er das richtig einschätzte. Aber möglicherweise würde sie am Markwaldhof anrufen und verkünden, dass eben einer der Patienten bei ihr geklingelt hatte. Etwa siebzehn oder achtzehn Jahre alt. Nass vom Regen, fuhr im Rollstuhl. Konnte nicht sprechen.

Ohne es wirklich zu wollen, legte er an Tempo zu und bereute es bei der nächsten Kurve, in der er beinahe den Rollstuhl zum Kippen brachte. Nun lag die Abzweigung vor ihm, die er auf der Luftaufnahme im Foyer gesehen hatte.

So weit war er also erst gekommen, aber er hatte immer noch keine Ahnung, welche Richtung er nun wählen sollte. Entgegen Timos Hoffnungen gab es hier keine Beschilderung – der Logik nach musste es die breitere und besser ausgebaute Straße sein, die schneller in die Zivilisation führen würde. Allerdings war dort auch die Wahrscheinlichkeit größer, von den falschen Leuten gefunden zu werden.

Timo beschloss, es zu riskieren. Die Angst, sich noch länger als unbedingt nötig bei Wind und Regen durch die Landschaft quälen zu müssen, wog schwerer als die vor Entdeckung.

Allerdings begann es nun wieder ein Stück leicht bergauf zu gehen. Timo schaffte es kaum, mit seinen gefühllosen Händen die Räder zu umfassen, geschweige denn sie mit so viel Kraft zu drehen, dass er den Rollstuhl über die Steigung brachte.

Also wieder aussteigen, schieben, sich zwischendurch das regennasse Gesicht abwischen. Die Straße neigte sich jetzt zum nächsten Waldstück hin, Timo sank dankbar wieder in seinen Sitz und ließ dem Rollstuhl freien Lauf. Alles war unter Kontrolle, die Geschwindigkeit nicht zu hoch, die Straße kurvenfrei.

Fast hätte er gelacht. Tolle Heldentat, die er hier durchzog. Hätte er vorab gewusst, wie schlimm es wirklich werden würde, wäre er nicht so schnell entschlossen gewesen. Vielleicht war ja alles Quatsch, und Carl war gar nicht in Gefahr, Timo hatte das Gespräch im Computerraum bloß falsch verstanden, und …

Der Schlag kam so unerwartet, dass Timo unwillkürlich aufschrie. Er war eben wieder in die Schatten des Waldes eingetaucht, und es war, als wäre es der Wald selbst gewesen, der ihn aus dem Rollstuhl katapultiert hatte. Sein Kopf verfehlte nur knapp einen Baumstamm, und dann stürzte sein Gefährt auf ihn; einer der Griffe erwischte ihn schmerzhaft am Rücken. Etwas klirrte.

Keuchend richtete Timo sich auf. Was, um Himmels willen, war das gewesen? Einen Moment lang sah er alles um sich herum doppelt, und prompt setzte auch der Kopfschmerz wieder ein, doch beides legte sich schneller, als Timo zu hoffen gewagt hatte.

Er war auf den weichen Waldboden geschleudert worden, das immerhin war so etwas wie Glück. Ein Blick zurück zur Straße stellte die Dinge klar. Es war ein Schlagloch gewesen, das er übersehen hatte, dank der plötzlichen Dunkelheit unterhalb der Bäume.

Damit war seine Expedition vorbei, denn der Rollstuhl hatte die Sache schlechter überstanden als Timo. Im rechten Rad war eine gewaltige Delle, die er mit bloßen Händen nicht wieder hinbiegen konnte.

Die ersten Minuten hindurch war er hauptsächlich wütend. Auf sich selbst und auf die Leute, die die Straße so verkommen ließen. Dann erst wurde ihm seine Lage wirklich bewusst.

Er würde es zu Fuß weder bis zur nächsten Siedlung noch zurück bis zum Markwaldhof schaffen. Auch der Weg zu der begriffsstutzigen Frau war viel zu weit. Meine Güte, er schaffte es ja kaum von seinem Zimmer bis zur Cafeteria, und das auf Krücken.

Wie um die Dinge noch schlimmer zu machen, legte der Wind weiter zu. Die Äste über Timo knackten bedrohlich, er musste aus dem Wald raus, so viel war klar.

Gehen, ohne die Möglichkeit, sich abzustützen, und das bei diesem Wind, erwies sich als unmöglich. Also kroch Timo auf allen vieren über den nassen Boden, über Blätter und Tannennadeln. Er verbot sich die Frage, was er tun würde, wenn ihn in den nächsten Stunden niemand fand. Erfrieren vermutlich, oder von einem umstürzenden Baum erschlagen werden.

Als er etwa zwanzig Meter aus dem Wald raus war, blieb er erschöpft liegen. Spürte, wie die Nässe der Straße immer weiter durch seine Kleidung drang. So ging das nicht, er riskierte eine Lungenentzündung, und die konnte bei seinem angeschlagenen Zustand eine Sache auf Leben und Tod sein.

Also aufstehen. Das klappte, irgendwie, allerdings wusste Timo nicht, wie lange er stehen bleiben konnte, ohne sich irgendwo abzustützen. Der Wind kam von rechts, er klebte die nasse Kleidung an Timos Haut, er brachte ihn aus dem Gleichgewicht.

Es vergingen nur ein paar Minuten, bis er sich den Wagen des Markwaldhofs, vor dem er sich vorhin noch versteckt hatte, sehnlich herbeiwünschte. Egal, was sie von seinem Ausflug halten würden – Hauptsache, sie brachten ihn ins

Trockene, in die Wärme. Er zitterte nun am ganzen Körper, seine Zähne schlugen aufeinander, und nun wurde ihm auch noch schwarz vor Augen.

Er hockte sich hin, bevor er umkippte, rang nach Luft. Je stärker der Wind wurde, desto geringer war die Wahrscheinlichkeit, dass sich jemand hierher verirren würde. Bei dem Wetter blieben die Leute lieber zu Hause. Was war er nur für ein Vollidiot gewesen, so viel Hirnschaden konnte man doch gar nicht haben, um wirklich glauben zu können, dass …

Er drehte den Kopf zur Seite. Hatte er sich das Geräusch nur eingebildet? Gut möglich, das Rauschen der Bäume übertönte fast alles. Aber – da war es wieder. Lauter jetzt und unverkennbar. Ein Motor. Der Wagen des Markwaldhofs kam zurück.

Mit letzter Kraft kroch Timo in die Mitte der Straße und setzte sich dort hin. Es war ihm lieber, sie überfuhren ihn, als dass sie ihn übersahen. Und dann kam das Auto in Sicht.

Es war nicht das der Klinik, es war ein silbergrauer Bentley. Kleists Ersatzwagen.

Der Fahrer musste Timo sofort gesehen haben, er bremste langsam ab, blieb in einigen Metern Entfernung stehen und stieg aus. »Was tun Sie denn hier? Ist Ihnen schlecht? Brauchen Sie einen Arzt?«

Er kam näher, ein schmaler Kerl um die vierzig mit Ziegenbärtchen und Nickelbrille. »Oh«, sagte er, als er Timos Gesicht sah, »ich glaube, zu dir kann ich noch Du sagen. Du brauchst Hilfe, oder?«

Timo nickte und ließ sich von dem Mann hochziehen.

»Soll ich dich mitnehmen?« Der Mann bedachte erst Timo, dann das Auto mit einem kritischen Blick. »So, wie du aussiehst, ist das ein ziemliches Problem, aber ich kann dich ja nicht hier sitzen lassen. Wo genau musst du denn hin?«

Mit einem zitternden Arm deutete Timo in die Richtung, in der er die Klinik vermutete.

»Damit kann ich nicht allzu viel anfangen.« Der Fahrer legte die Stirn in Falten. »Kannst du nicht sprechen?«

Erschöpft schüttelte Timo den Kopf.

»Oh. Das ist natürlich … ach, warte mal! Bist du einer der Patienten in dieser Markdingsklinik? Dort muss ich nämlich sowieso hin. Okay, aber wir müssen zusehen, dass du den Bentley nicht verdreckst, der ist nämlich für einen ganz besonders schwierigen Kunden.« Er verdrehte die Augen. »Ich bin Thomas, übrigens. Gib mir eine Minute.«

Er lief zum Heck des Wagens, holte eine Decke heraus und breitete sie auf dem Beifahrersitz aus. »Damit sollte es gehen.« Er stützte Timo den Weg bis zum Auto und half ihm dabei, sich zu setzen.

Die Wärme im Inneren des Wagens fühlte sich so gut an, dass Timo beinahe losgeheult hätte. Er wickelte sich in die Decke, versuchte trotz seines Zitterns, so wenig Spuren von Schmutz und Nässe zu hinterlassen wie möglich. Er wollte wirklich nicht, dass Thomas für seine Freundlichkeit im Anschluss Ärger bekam.

Der drehte die Heizung des Bentleys auf Maximum, kaum dass er wieder eingestiegen war. »Sag mal, was hat dich bei diesem Schweinewetter denn nach draußen getrieben? Ach, sorry, du kannst ja nichts erzählen.« Er überlegte kurz.

»Wolltest du einfach nur einen Spaziergang machen? Mal weg von dem ganzen Kur-Kram?«

Timo zögerte einen Moment, dann nickte er. Er konnte Thomas nicht erklären, was ihn wirklich zu seinem sogenannten *Spaziergang* bewegt hatte. Ihn würde er nicht in den Computerraum zerren, das wäre nicht nur sinnlos, sondern auch unfair gewesen. Und ihm verständlich zu machen, dass er zur Polizei wollte …

Nach schnellem Überlegen verwarf Timo auch diese Idee. Er musste seine tropfnassen Sachen ausziehen, und Thomas musste den Wagen abliefern. Kleist war gestern schon ungehalten genug gewesen. Timos ganze Aktion war ein Reinfall, es hatte keinen Sinn, sich etwas vorzumachen.

»Dafür, dass du nicht ganz gesund bist, hast du es ziemlich weit geschafft«, stellte Thomas fest. »Alle Achtung. Meinst du, du schaffst dann noch mal ein paar Schritte? Ich würde dich gern bei der Einfahrt aussteigen lassen. Der Mann, dem ich das Auto bringe, hat eine Neigung zu Wutanfällen, ich weiß nicht, wie er reagiert, wenn er mitbekommt, dass ich dich aufgelesen habe.« Er zwinkerte Timo zu. »Außerdem – ein bisschen putzen sollte ich hier drinnen noch, vor der Übergabe.«

Das war ganz in Timos Sinn. Wenn er sich zur Abwechslung mal geschickt anstellte, würde niemand nachweisen können, dass er das Gelände verlassen hatte. Er nickte Thomas lächelnd zu. Sobald er an der Einfahrt hielt, krabbelte Timo aus dem Bentley. Torkelte ein paar Schritte und hielt sich sofort an der Mauer fest. Es würde gehen. Es musste gehen, irgendwie.

Die Parkbank, die am nächsten stand, war nur ungefähr dreißig Meter entfernt. Die paar Schritte würde er hinbekommen.

Seit er aus dem Auto gestiegen war, hatte das Zittern wieder eingesetzt. Kein Wunder, er musste zumindest leicht unterkühlt sein. Aber er schaffte den Weg zu der Bank; dort begann er mit immer noch tauben Fingern, die schlimmsten Spuren des Waldbodens zu beseitigen. Wenn er den Leuten hier überzeugend weismachen wollte, dass er das Gelände nicht verlassen hatte, war es nicht hilfreich, wenn ihm Tannennadeln im Haar klebten.

So gut es ging, wischte er sich die Matschspuren von der Kleidung und machte sich dann auf den Weg zur nächsten Bank. Von dort aus war es nicht mehr sehr weit bis zum Eingang, man konnte ihn zumindest schon sehen. Ebenso wie den Parkplatz, auf den Thomas nun mit dem Bentley einbog.

Der einfahrende Wagen lockte den Portier aus dem Haus, und kurz nach ihm Schwester Claudia, der das Auto sichtlich gefiel, sie konnte kaum den Blick davon wenden.

Als sie es doch tat, entdeckte sie Timo.

Er sah sie auf sich zulaufen und überlegte, ob er sich schlafend stellen sollte. Oder tot. Beides würde nichts bringen, stellte er fest.

»Timo!« Claudia fasste ihm ins regennasse Gesicht, griff nach seiner Hand und stieß einen erschrockenen Laut aus. »Du bist ja eiskalt! Wieso bist du überhaupt hier draußen, solltest du nicht gerade Therapie haben?« Sie half ihm hoch und stützte ihn bis ins Haus, wo sie ihn in einen der Rollstühle bugsierte, die im Foyer verblieben waren.

»Kaum einigermaßen auf den Beinen, schon machst du Quatsch«, schimpfte sie. »Was wolltest du da draußen bei dem Wetter? Erfrieren?«

Sie brachte ihn aufs Zimmer, half ihm beim Ausziehen und schubste ihn dann in die Dusche. In der glücklicherweise auch ein Stuhl stand. Timo schloss die Augen und ließ das heiße Wasser auf sich herunterprasseln. Es fühlte sich so unsagbar gut an, so unglaublich, unbeschreiblich gut.

Irgendwann begann er, sich einzuseifen, wusch sich vor allem das Haar so gründlich, wie es nur ging. Als er das Wasser abstellte, hörte er von draußen Renates Stimme.

»… ist wieder hier? Meine Güte, ich habe das ganze Haus nach ihm durchkämmt, weil er nicht zur Physio gekommen ist, ich war knapp davor, die Polizei zu rufen! Martin sucht noch immer nach ihm.« Sie stieß hörbar die Luft aus. »Ich weiß zwar nicht, wie wir ihn im Park übersehen konnten, aber Hauptsache, er ist wohlbehalten wieder da.«

Wohlbehalten und ohne einen Schritt weitergekommen zu sein, dachte Timo. Er trocknete sich ab und zog sich dann unter Mühen den frischen Jogginganzug an, den Claudia ihm hingelegt hatte. Sobald seine Knie ihn wieder trugen, würde er nach Carl sehen.

21

Dummerweise lagen die Krücken immer noch unter dem Sofa im Foyer, also musste er sich an der Wand abstützen. An jedem Fensterbrett. Und bei dieser Gelegenheit erhaschte er einen Blick auf den Parkplatz, auf Thomas, Kleist und den Bentley.

Beide Bentleys, um genau zu sein. Die Motorhaube des silbernen war jetzt offen, und Thomas hatte ein Notebook irgendwo angeschlossen, er wirkte nervös. Kleist dagegen sah aus, als würde er jede Sekunde in die Luft gehen.

Trotz des Windes kippte Timo das Fenster und versuchte zu hören, was unten gesprochen wurde. Viel war nicht zu verstehen. »Tut mir wirklich sehr leid«, rief Thomas irgendwann und übertönte damit nur knapp das Rauschen der Bäume. Kleist kam mit vor der Brust verschränkten Armen auf ihn zu. »Es ist nicht zu fassen«, donnerte er. »Der zweite Wagen, der nicht startet. Machen Sie das mit Absicht? Oder sind einfach Ihre Autos der letzte Dreck? Dafür sind sie dann aber entschieden zu teuer!«

Was Thomas darauf antwortete, konnte Timo nicht hören.

Gegen den Widerstand des Windes drückte er das Fenster wieder zu.

Der silberfarbene Bentley hatte vorhin noch einwandfrei funktioniert, jetzt gab er keinen Mucks mehr von sich. Da stimmte etwas nicht, so viel war klar. Konnte es sein, dass es an ihm selbst lag? Dass Timo das Auto ruiniert hatte, so wie er durch bloße Willenskraft den Fahrstuhl rufen konnte?

Bloß war das jedes Mal mit Absicht gewesen. Am Bentley hatte er nicht mit seinen Gedanken herumgepfuscht. Thomas mühte sich immer noch damit ab, während Kleist nun wutentbrannt ins Haus ging.

Der Wind heulte bereits um die Ecken des Gebäudes, er bog die Bäume und rüttelte an den Fenstern. Die Vorstellung, jetzt immer noch draußen auf der Straße zu liegen, ließ Timo schaudern. Mit kleinen Schritten arbeitete er sich weiter den Gang entlang.

In Carls Zimmer war niemand, also würde Timo jetzt erst mal mit dem Aufzug ins Foyer fahren und sich dort seine Krücken zurückholen.

Es ging alles langsamer als sonst, er spürte die Anstrengungen der letzten Stunden in allen Knochen, aber immerhin – die Krücken waren noch dort, wo er sie deponiert hatte.

In der Cafeteria herrschte für die Tageszeit enormer Betrieb. Als wäre hier der beste Ort, um sich vor dem Sturm in Sicherheit zu bringen. Carl saß mit Sami und Valerie an einem Tisch, aber seine ganze Aufmerksamkeit galt Mona, die ein Stück weit entfernt saß und angestrengt aus dem

Fenster blickte. Die Frau ihr gegenüber bemühte sich sichtlich, sie in ein Gespräch zu verwickeln.

Machte nicht den Eindruck, als würde es klappen. Timo verengte die Augen. Moment. Die kannte er doch! Das war die Fahrerin des Wagens gewesen, mit dem er fast kollidiert wäre. Die ihm empfohlen hatte, besser einen Roller zu nehmen.

Toll. Dann gab es jetzt doch jemanden, der ihn eventuell verpfeifen konnte. Timo versuchte, seinen Kopf möglichst von der Frau wegzudrehen, während er auf Carls Tisch zuging.

Ein schneller, prüfender Blick. Carls Gesicht wirkte fahl, sein Lächeln angestrengt. »Hi, Timo. Renate hat dich verzweifelt gesucht, wo hast du gesteckt?«

Eine kurze Kopfbewegung zum Fenster hin. Draußen.

»Du warst spazieren? Hast du eine Schwäche für …« Er atmete tief ein. Sein Blick ging nach rechts und links, als würde er etwas suchen. »Für Naturkatastrophen?«

Timos Herz sank. Wortfindungsstörungen waren bisher noch nie Carls Problem gewesen. Was auch immer ihm fehlte, es wurde schlimmer. Vorsichtig tippte er mit den Fingern auf die rechte Hand seines Freundes. Warf ihm einen fragenden Blick zu.

»Die Hand? Die ist immer noch taub. Das fühlt sich echt scheiße an, mir rutschen ständig Sachen aus den Fingern. Ich habe schon mit Dr. Sporer gesprochen, der sieht sich das morgen an.« Er kniff sich in den Handrücken. »Ist total komisch, aber nichts im Vergleich zu dem, was Mona gerade durchmacht.« Er wies mit dem Kinn in ihre Richtung.

»Hast du die Tante gesehen, die bei ihr sitzt? Das ist die Journalistin, die ihre Mutter ihr auf den Hals gehetzt hat. Für das Buch, du weißt schon. Seit einer Stunde versucht sie, Mona irgendein Wort zu entlocken, doch die sagt keinen Ton.«

Eine Journalistin. Da konnte es ja gut sein, dass sie den merkwürdigen Beinahe-Zusammenstoß mit dem verirrten Rollstuhlfahrer in ihrer Geschichte beschrieb.

Egal, bis es so weit war, würde das niemanden mehr kratzen. Timo wandte seine Aufmerksamkeit wieder Carl zu. Es hatte keinen Sinn, es zu leugnen, es ging ihm schlechter als heute Morgen. Der Computer, der gestern Nacht bei seinem Namen Alarm geschlagen hatte, schien recht zu behalten.

Timo schloss die Augen. Wie war das mit dem Alarm überhaupt möglich gewesen? Niemand von ihnen war nachts an ein EKG oder sonstige Kabel angeschlossen, nicht einmal Magnus. Woher wusste das System, wessen Zustand kritisch wurde?

Computer. Da war sie wieder, die Stimme. *Computer. Grau.*

Aha, graue Computer also. Timo schüttelte unwillig den Kopf, allmählich wurde ihm das alles zu viel, er musste nachdenken. In Ruhe. Am besten war es wohl, einen Weg zu finden, Carl vom Markwaldhof weg- und in ein großes, gut ausgerüstetes Krankenhaus zu schaffen, wo man alle Mittel hatte, um ihm zu helfen.

Sami, der bisher völlig auf sein Tablet konzentriert gewesen war, blickte auf. »Das Internet hat immer wieder Aussetzer. Dreckssturm.«

Timo stimmte ihm wortlos zu. Allerdings, denn bei dem Wetter würde niemand mehr Carl ins Auto verfrachten und ihn zu Spezialisten bringen, die ihm helfen konnten. Timo stand auf, klopfte Carl auf die Schulter und verließ die voll besetzte Cafeteria. Er brauchte Ruhe, vielleicht hatte er dann die zündende Idee.

Im zweiten Stock angekommen, sah er wieder aus dem Fenster. Bald würden die Parkbänke anfangen, durch die Luft zu fliegen. Es sah beängstigend aus.

Er setzte sich an einen der Besuchertische und blickte nach draußen. Er konnte sich noch nicht dazu durchringen, sich ins Bett zu legen, zum Geräusch von Magnus' rasselnden Atemzügen. Der Sturm passte wenigstens zu dem Chaos in seinem Inneren. Ob Thomas den verdammten Bentley schon zum Laufen gebracht hatte?

Dass seine linke Hand sich bewegte, merkte Timo erst mit Verspätung. Sie hatte sich einen Kugelschreiber gegriffen, mit dem kürzlich jemand ein immer noch auf dem Tisch liegendes Kreuzworträtsel gelöst haben musste. Jetzt begann sie zu schreiben, auf einer Papierserviette, in deren Mitte ein brauner Kreis von einer Kaffeetasse prangte.

Computer Computer Computer Grau Schlüsselkarte Arztzimmer Sporer Computer Kammer Thalamus roteschlüsselkarte Sporer Büro Tewes Computer Tewestewestewes …

Mit fassungslosem Entsetzen sah Timo zu, wie er vollkommen ohne eigenes Zutun ein Wort nach dem anderen auf die Serviette kritzelte. Noch dazu mit der linken Hand, obwohl er Rechtshänder war.

Als die Serviette voll war, ließ Timos Hand den Stift fallen und sank auf den Tisch. Er krümmte die Finger, die ihm jetzt wieder gehorchten, und versuchte, die Angst in seinem Inneren zu bändigen. Korinek hatte gemeint, es träfe vielleicht nur Generation zwei. Das sah in Timos Augen anders aus. Die Symptome waren zwar nicht die gleichen, aber es stimmte ganz entschieden auch mit Generation drei etwas nicht.

Tot war allerdings nur Freddy. Ein Zweier. Der rasend schnelle Rückschritte gemacht hatte – und erste Anzeichen dafür sah man auch bei Carl. Die Dreier, wie Jakob und Timo selbst, schienen dafür regelmäßig die Kontrolle über einzelne Körperteile oder den ganzen Körper zu verlieren. Wie das schließlich enden würde, wusste aber noch niemand, oder?

Die Angst lag wie ein Klumpen Blei in seinem Magen. Er sah sich die Serviette an, die in seinen Händen zitterte. Die Computer waren wichtig. Und die Kammer, in der sie sich befanden. Zu ihr gab es offenbar eine Schlüsselkarte, die rot war und in Sporers Büro verwahrt wurde.

Er drehte die Serviette um, nahm den Stift diesmal in die rechte Hand. *Hilfe*, wollte er schreiben. *Hier passieren unerklärliche Dinge. Etwas stimmt mit meinem Freund Carl nicht, bringen Sie ihn bitte ins nächste Krankenhaus, er stirbt sonst.*

Er scheiterte schon am ersten H. Es sah wie ein verunglücktes N aus, und selbst dafür hatte er gut zwei Minuten gebraucht. Den Tränen nahe, nahm er den Stift mit der anderen Hand, aber die hatte ihre ganze Geschicklichkeit bereits wieder verloren.

Eine rote Schlüsselkarte also. War sicher extrem einfach, die zu finden, besonders für jemanden, der sich so schnell und geschmeidig bewegte wie Timo.

Und selbst wenn: Was dann? Sollte er die Computer anstarren, bis sie Carl wieder gesund machten?

Er hielt inne. Dachte an den Aufzug. An die Poolbeleuchtung.

Vielleicht war es genau das, was von ihm erwartet wurde.

Am späteren Nachmittag erreichte eine Hiobsbotschaft den Markwaldhof: Die Polizei sperrte die Zufahrtsstraße. Sie führte durch zu viel Wald, und es war zu befürchten, dass der Sturm Bäume zum Umstürzen bringen würde.

Timo saß im Gemeinschaftsraum, als Georg hereinplatzte und die Neuigkeit verkündete. »Ihr könnt euch nicht vorstellen, wie sauer Kleist ist. Der Mechaniker hat keinen der beiden Wagen zum Laufen gebracht, und jetzt kommt er selbst auch nicht mehr hier weg. Genauso wenig wie die Journalistin. Die Krankenschwestern, die Pfleger, die Therapeutinnen, die ganze Ärzteschaft – alle müssen über Nacht dableiben. Sie halten gerade Krisensitzung im Speisesaal.«

Das war ein interessantes Detail. Timo griff in die Tasche seiner Jogginghose; dort befand sich die zusammengeknüllte Serviette. Nach kurzem Überlegen stand er auf. Wenn er das ernst nahm, was er unfreiwillig geschrieben hatte, dann war es vernünftig, die Gelegenheit zu nutzen.

Wie der Gemeinschaftsraum lag auch Sporers Büro im ersten Stock, allerdings einmal um die Ecke. Dort war normalerweise nicht viel Betrieb, vielleicht hatte Timo ja Glück.

Er humpelte auf seinen Krücken los. Kurz befürchtete er, Georg würde ihm folgen, er rief ihm etwas hinterher, das wie »ich würde Spaziergänge im Park jetzt bleiben lassen« klang, aber er kam ihm nicht nach. Der einzige Mensch, dem Timo auf dem Weg zu Sporers Büro begegnete, war Agnes, die Logotherapeutin, die über ihr Handy hektisch die Kinderbetreuung für die kommende Nacht organisierte. Sie schenkte ihm kaum einen Blick.

Vor der Tür blieb Timo stehen, ihm war fast übel vor Nervosität. Vielleicht war ja abgeschlossen, das hätte er beinahe als Erleichterung empfunden. Zaghaft klopfte er an.

Keine Rückmeldung. Na gut, dann würde er es eben riskieren. Die Klinke ließ sich lautlos nach unten drücken, und tatsächlich schwang die Tür auf. Timo hörte seinen Puls bis in die Ohren schlagen, spürte, wie leichte Kopfschmerzen sich ankündigten. Wenn man ihn erwischte, war das nicht einfach nur unangenehm, sondern ein echtes Problem. Speziell dann, wenn sie die Serviette in seiner Hosentasche fanden.

Auf Sporers Schreibtisch standen zwei Bilderrahmen mit Familienfotos. Er hatte offenbar Kinder im Teenageralter und eine dunkelblonde Frau, die aussah, als wäre sie Lehrerin.

Auf dem Tisch lagen große, quadratische Bilder, so ähnlich wie Röntgenaufnahmen, die ein Gehirn zeigten, aus unterschiedlichen Perspektiven.

C. Tewes stand in der rechten oberen Ecke, darunter sein

Geburtsdatum und das Datum der Aufnahme. Zwei Monate war sie alt. Obwohl Timo keine Minute länger in dem Büro bleiben wollte als unbedingt nötig, hielt er zwei der Bilder gegen das Licht und versuchte, daraus schlau zu werden.

Was ihm natürlich nicht gelang, er hatte keine Ahnung, worin sich ein gesundes von einem kranken Gehirn unterschied.

Daneben lag ein Stapel von Computerausdrucken, die ebenfalls Carls Namen trugen und auf denen sich nur Daten und Zahlen fanden. Ziemlich große Zahlen, die von Zeile zu Zeile höher wurden.

Extrem viele Nullen, dachte Timo, blätterte ein wenig in dem Papierstapel und stellte fest, dass es nicht nur zu Carl Zahlenreihen gab. Auch zu Valerie, Georg, Jakob – und ihm selbst. Neugierig beugte er sich über das Blatt, auf dem sein Name stand.

Auch hier fand er Ziffern in Milliardenhöhe, allerdings schwankten sie bei ihm. Mal waren sie höher, dann geringer, dann stiegen sie wieder.

Nachdem er ohnehin nichts mit den Informationen anfangen konnte, beschloss Timo, das Wühlen im Papier bleiben zu lassen und sich auf die Suche nach der Schlüsselkarte zu konzentrieren.

Er öffnete eine Schublade nach der anderen, widerstand der Versuchung, durch Akten und Notizblöcke zu blättern, und spürte nach ein paar Minuten, dass seine Kräfte schon wieder zu schwinden begannen. Es war anstrengend, mit einer Hand gründlich zu suchen, ohne alles durcheinanderzubringen, während er sich mit der anderen auf die Krücke stützte.

Er hatte fast schon aufgegeben, als er die Karte doch entdeckte. Sie lag – sehr gut getarnt – auf einem metallenen roten Sideboard, in dem Sporer seine Ordner aufbewahrte.

Timo ließ sie in die Hosentasche gleiten, zu der zerknitterten Serviette, und beeilte sich, aus dem Büro zu kommen. Seine Befürchtung, jemandem in die Arme zu laufen, der berechtigterweise fragen würde, was er hier zu suchen hatte, war zum Glück grundlos. Der Gang war leer, man hörte nur das Stimmengewirr aus dem Gemeinschaftsraum. Da war wohl die Tür offen. Und den Sturm, den hörte man natürlich auch.

Es ist die richtige Karte, es muss die richtige Karte sein, sagte Timo sich, während er zum Aufzug ging. Bevor er sich in sein Zimmer zurückzog, warf er noch einen schnellen Blick in das von Carl und Sami.

Carl war tatsächlich da, und er lag im Bett. »Hey, Timo!« Er winkte ihm müde zu. »Zwei Kaffee, und ich könnte trotzdem sofort schlafen. Ich glaube, ich habe mir einen Virus geholt oder so was.«

Timo ging zu ihm und setzte sich an den Bettrand. Er konnte die Angst in Carls Augen sehen und nahm seine Hand.

»Wäre mir irgendwie lieber, wenn Mona das täte«, murmelte Carl. »Echt, ich hoffe, morgen geht es mir besser. Ich ...« Er suchte wieder nach Worten, den Blick zur Decke gerichtet. »Ich muss ihr doch gegen diese Schreibtussi helfen.«

Timo zwang sich, zu lächeln und zu nicken. Carl schien jetzt tatsächlich einzuschlafen, seine Augen fielen zu, sein Kopf kippte zur Seite.

Ich habe die Karte, dachte Timo. Er stand auf und ging zur Tür. Öffnete und schloss sie leise, obwohl er sicher war, dass Carl von keinem noch so lauten Knall aufgewacht wäre.

Grau, sagte die Stimme in seinem Kopf.

22

Zum Abendessen war der Speisesaal wieder frei. Ohne jeden Appetit fand Timo sich dort ein und setzte sich zu Mona. Es war der letzte Platz an ihrem Tisch; damit stellte er sicher, dass ihn sich die Journalistin nicht schnappen konnte. In Carls Sinn, dachte er.

Die Stimmung in der Runde war wortkarg, Valerie und Jakob stocherten lustlos in ihren Nudeln – es war das erste Mal seit dem Vorfall in der Schwimmhalle, dass Timo ihn wieder außerhalb seines Betts sah. Er selbst konnte ohnehin nichts zu einem möglichen Gespräch beitragen, also konzentrierte er sich darauf, seine Gabel nicht fallen zu lassen.

»Der Sturm macht mir Angst«, meinte Valerie leise. »Ich glaube, irgendwo hat schon ein Ast eine Scheibe eingeschlagen. Ich habe es klirren gehört.«

»Der Sturm ist mir egal«, murmelte Mona. »Wenn man davon absieht, dass er diese Idiotin dazu zwingt, hierzubleiben. Paola Wild-Zagenbeck, schon allein der Name.« Sie sprach von der Journalistin, so viel war klar. »Sie hätte fast geheult, nachdem ich sie eine Stunde lang bloß ignoriert habe. Wahrscheinlich telefoniert sie gerade mit meiner Mutter und erzählt ihr, was für eine verzogene Göre ich bin.« Sie lachte auf, wurde aber sofort wieder ernst. »Egal, hauptsächlich mache ich mir Sorgen um Carl. Er hat zwar versucht, es vor mir zu verbergen, aber mit ihm stimmt etwas nicht.«

Timo nickte nachdrücklich. Gut, dass es außer ihm noch jemandem aufgefallen war. Jemandem, der sprechen und vielleicht nötige Schritte in die Wege leiten konnte.

»Du hast es auch gesehen, ja?« Sie sah ihn eindringlich an. »Als ob man ihm den Stecker rausgezogen hätte.«

»Mit mir stimmt auch etwas nicht!«, fiel Jakob ihr ins Wort. »Echt. Ich habe mich noch nicht getraut, es irgendwem zu sagen, nach … also, nach allem. Aber …« Er zögerte.

Mona verdrehte die Augen. »Rück schon raus damit.«

Es fiel ihm sichtlich schwer. Er sah einen nach dem anderen an, dann senkte er den Blick. »Manchmal höre ich jemanden sprechen, der gar nicht da ist. Nein, warte, das war falsch ausgedrückt. Es ist eher so, als würde ich jemanden denken hören. Es sind Gedanken und Worte in meinem Kopf, die nicht von mir selbst kommen.«

Unwillkürlich hatte Timo die Luft angehalten. Jakob ging es also genau wie ihm, und es war zum Verrücktwerden, dass er ihn nicht fragen konnte …

»Aha. Und was denkt es dann so in dir?« Mona schien eher belustigt als beunruhigt, was Jakob zusätzlich verunsicherte.

247

»Also – es hat gesagt, ich soll hier weggehen. Es hat auch gesagt, dass Sturm kommt.«

Timo entfuhr ein erstickter Laut, den die anderen aber nicht zu hören schienen.

»Ach, hast du deinen Empfang auf den Wetterkanal eingestellt?« Mona lächelte ihm aufmunternd zu. »Ich bin sicher, das ist der ganz normale Rehabilitationswahnsinn, wir werden hier in der Einöde nach einiger Zeit alle ein bisschen seltsam.«

Jakob sah unglücklich drein, und Timo verstand ihn vollkommen. Die Stimme war keine Einbildung, und Jakob hatte das sehr gut geschildert – es waren manchmal klare, manchmal diffuse Gedanken, die man nicht selbst dachte.

»Grau ist ein Wort, das immer wieder vorkommt«, fuhr er leise, aber unbeirrt fort. »Manchmal ist da aber auch etwas ganz Neues. Vorhin zum Beispiel, da waren es *extrem viele Nullen*. Keine Ahnung, was das heißen soll.«

Für ein paar Sekunden verschwamm die Welt vor Timos Augen. Extrem viele Nullen. Das war nichts gewesen, was er bisher gehört hatte. Allerdings hatte er es gedacht, in Sporers Büro, beim Anblick der langen Zahlenreihen.

Jakob hatte seine Gedanken empfangen, anders war das nicht zu erklären. Der gleiche Wortlaut. Und ziemlich sicher zur genau gleichen Zeit.

Er legte seine eigene zitternde Hand auf die von Jakob. Drückte sie. Wies dann auf sich selbst und nickte ihm zu.

Jakobs Augen wurden groß. Er verstand auch ohne Worte, was Timo ihm zeigen wollte. Dass er dasselbe erlebt hatte wie er. »Wirklich?«, stieß er hervor.

»J-aaa«, brachte Timo heraus.

»Wie jetzt, du hast auch Halluzinationen?« Verwirrt blickte Mona zwischen ihnen hin und her.

Timo war kurz davor, die Serviette aus seiner Hosentasche zu ziehen und sie auf dem Tisch auszubreiten, aber wahrscheinlich würde er damit mehr Fragen aufwerfen als beantworten. Es war ohnehin kein guter Zeitpunkt, viel zu viele Leute hier.

Generation drei hörte also Stimmen, während Generation zwei gesundheitlich abbaute. Timo fixierte Valerie, die ja ebenfalls dazugehörte, doch bei ihr schien alles in Ordnung zu sein.

»Ernsthaft.« Mona sah ihn durchdringend an. »Geht es dir genauso wie Jakob?«

Er antwortete mit einer Mischung aus Nicken und Schulterzucken, während er versuchte, Jakob eine Botschaft zu schicken. *Wir sind Generation drei, wir erleben das Gleiche.*

Kam nur leider nicht an, wie es schien. Jakob zuckte nicht einmal zusammen. Es funktionierte also nicht so wie Licht an- und abschalten. Aber wie dann?

Seine Hand glitt in die Hosentasche, erfühlte die Schlüsselkarte. Sein nächster Schritt musste in den Computerraum führen. Dort würde sich – hoffentlich, hoffentlich – die Stimme melden und ihm sagen, was zu tun war.

Timo schob seinen noch halb vollen Teller von sich weg und stand auf. Magnus war auch Generation zwei. Vielleicht lohnte es sich, einen intensiveren Blick auf ihn zu werfen, bevor Timo sich in die Höhle des Löwen wagen würde.

Er verließ den Speisesaal und ging den Gang entlang auf

den Fahrstuhl zu. Rief ihn in Gedanken, im gleichen Augenblick leuchtete der Rufknopf auf, und die Maschinerie setzte sich in Bewegung.

Es funktioniert, dachte Timo, aber nicht verlässlich. Und nach keinen Gesetzen, die ich nachvollziehen kann.

Magnus lag wie üblich regungslos in seinem Bett, vollkommen unberührt von dem Sturm, der draußen heulte und Äste von den Bäumen riss. Sein Vermerk lautete Generation zwei, so wie bei Carl, aber falls sein Zustand sich ebenfalls gerade verschlechterte, würde niemand es merken.

Außer Timo vielleicht. Wenn er genauer darüber nachdachte, war Magnus schon einige Zeit nicht mehr nachts unterwegs gewesen.

Er nahm seine Hand, drückte sie, erwartete halb und halb, dass sein Druck erwidert werden würde. Doch Magnus' Finger lagen schlaff in seinem Griff, kalt und kraftlos.

Timo setzte sich ans Fenster und beobachtete das Wüten des Sturms. Er wusste nicht, wann er am besten zum Computerraum aufbrechen sollte – jetzt war noch zu viel Betrieb im Haus, dafür war vielleicht sonst niemand vor Ort. Beim letzten Mal hatten Kleist und Korinek mitten in der Nacht dort gearbeitet – so gesehen war es eventuell ein Fehler, zu lange zu warten.

Die Geräusche, die der Sturm im und um das Haus herum verursachte, machten es Timo schwer, sich zu konzentrieren. Also: Im Moment war es noch völlig unverdächtig, wenn er ein bisschen im Haus rumwanderte. Auch wenn es im dritten Stock war. Er konnte so tun, als wollte er Georg besuchen, das war der Einzige unter den Erwachsenen, zu dem er Kontakt hatte. Und wenn er schon mal dort war, war es sicherlich kein Problem, kurz einen Blick durch die Scheibe in der Tür zum Computerraum zu werfen.

Das war zumindest mal ein Plan. Timo stemmte sich wieder hoch und machte sich auf den Weg; bei jedem Schritt spürte er, wie sehr der ganze Tag ihm in den Knochen steckte. Wieder rief er den Aufzug per Gedanken, aber diesmal rührte sich nichts, es war zum Aus-der-Haut-Fahren.

Er holte den Lift also auf die klassische, nicht-telepathische Weise und fuhr ein Stockwerk höher. Schon als die Tür zur Seite glitt, wusste Timo, dass der Zeitpunkt ungünstig war. Kleists Stimme übertönte den Lärm des Windes, und sie kam aus der Richtung, in die Timo hatte gehen wollen.

»Ich kann das einfach nicht glauben, Dr. Sporer. Haben Sie wirklich gründlich nachgesehen?«

Sporers Antwort war leiser und daher nicht zu verstehen. Gegen seinen ersten Impuls – nämlich den Rückzug anzutreten – ging Timo ein paar Schritte näher. Wenn er an der nächsten Ecke stehen blieb, würden sie ihn nicht entdecken.

»Ich möchte, dass Sie sofort zurück in Ihr Büro gehen und dort das Unterste zuoberst kehren, so lange, bis sie sie gefunden haben.« Leises Piepen ertönte. »Meine wird abgelehnt, das sehen Sie ja, aber Ihre funktioniert. Hat sie wenigstens gestern noch.«

Sie. Timo umklammerte die Griffe seiner Krücken fester. Die Schlüsselkarte. Er hatte nicht damit gerechnet, dass ihr Verschwinden so schnell auffallen würde.

»Ich weiß genau, wo ich sie hingelegt habe.« Von seiner jetzigen Position aus konnte Timo Sporer hören. »Sie liegt immer an der gleichen Stelle, ich finde sie blind, sie kann höchstens hinuntergefallen sein. Aber den Boden habe ich schon gründlich untersucht, da ist nichts.«

Timo drückte sich gegen die Wand. Er sollte jetzt besser wieder umkehren, bevor …

»Trotzdem. Sehen Sie noch einmal nach.« Kleist sprach ruhiger als zuvor, klang aber um nichts weniger gefährlich. »Denn wenn sie wirklich nicht auffindbar ist, heißt das, jemand hat sie an sich genommen. Was das bedeutet, muss ich Ihnen nicht erklären, oder?«

»Nein.«

»Es hieße außerdem, dass wir heute nicht weiterarbeiten könnten, und dann verlieren wir jede Chance, das Chaos doch in den Griff zu bekommen. Also, worauf warten Sie noch?«

Kleists Stimme war mit jedem Wort lauter geworden, aber nicht aus Wut, sondern weil die beiden Ärzte bereits auf dem Weg zum Aufzug waren. Und damit zu Timo, der zu spät reagiert hatte, wie ihm jetzt klar wurde. Der Sturm hatte ihre Schritte übertönt, und nun bogen sie um die Ecke und blieben gleichzeitig stehen, als sie Timo sahen, der immer noch an der Wand lehnte.

»Ach. Wie hast du dich denn herverirrt?« Kleist zwang sich ein Lächeln ab. »Du bist in der falschen Etage.«

Timo schüttelte den Kopf. Er würde die Flucht nach vorne antreten, das war viel weniger verdächtig, als so zu tun, als hätte er sich wirklich verirrt. Mit einer Krücke deutete er nach vorne. »Hee. K-Geee.O.« Es war anstrengender, als den Rollstuhl bergauf zu schieben. »Geeooah. Be. Besuu–«

»Du möchtest Georg Eibner besuchen?«, half Sporer ihm aus. Timo nickte erleichtert.

»Ja, Eibner mischt sich gern unter die jugendlichen Patienten«, erklärte Sporer, zu Kleist gewandt. »Hat guten Einfluss auf sie, meiner Meinung nach. Aber trotzdem«, das galt jetzt wieder Timo, »ist heute nicht der beste Tag dafür. Bei dem Sturm kann jederzeit ein Notfall eintreten, und dann ist es gut, wenn wir unsere Patienten auf ihren jeweiligen Zimmern finden.«

Kleist hatte Timo die ganze Zeit über nicht aus den Augen gelassen, und der Grund dafür lag nahe. Er suchte nach Anzeichen dafür, dass Timo das Gespräch mit angehört hatte.

Am besten also so harmlos wie möglich dreinsehen. Ein enttäuschtes Gesicht ziehen, einen weiteren kläglichen Sprechversuch starten, rund um das Wort »bitte«.

Die ganze Zeit über war Timo sich der Karte in seiner Hosentasche überdeutlich bewusst. Die Vorstellung, was passieren würde, wenn man sie bei ihm fand, verbot er sich. Das war unmöglich, niemand hier wurde kontrolliert, aber Kleists durchdringender Blick machte ihn zusehends nervös. Was dachte er denn, das Timo hier gewollt hatte? In seinen Augen war er doch bloß ein hirngeschädigtes Unfallopfer …

Und dann wurde es ihm mit einem Schlag klar. Kleist brachte ihn nicht mit der Schlüsselkarte in Verbindung, er erinnerte sich an den Moment, in dem Timo plötzlich völlig klar hatte sprechen können.

Es geht schief. Sie lernen. Ihre Schuld. Ich bin nicht Timo.

Kein Wunder, dass er ihm nicht recht über den Weg traute. Möglicherweise dachte er, dass Timo simulierte. Dass er in Wahrheit schon viel weiter war, als er zeigte – aber warum sollte er das tun? Um noch nicht nach Hause geschickt zu werden? Vollkommener Quatsch. Er wäre viel lieber wieder bei seiner Familie gewesen als hier.

»Es ist wirklich besser, du gehst zurück auf dein Zimmer, Timo«, sagte Kleist schließlich. »Dr. Sporer hat recht. Du kannst Georg Eibner morgen immer noch besuchen.«

Wahrscheinlich war es nur Einbildung, aber Timo meinte, etwas wie eine Drohung aus Kleists Ton herauszuhören. *Wenn du dich an unsere Anweisungen hältst.*

Er trat also den Rückzug an, fuhr ein Stockwerk mit den beiden Ärzten gemeinsam und stieg dann aus, während Sporer und Kleist weiterfuhren. Zurück in seinem Zimmer, holte er mit zitternden Händen die Karte aus der Hosentasche. Jetzt war niemand beim Computerraum. Wenn sie wirklich gründlich suchten, würde das zumindest für eine halbe Stunde so bleiben. Wenn nicht …

Die Serviette hatte bereits zwei Risse, trotzdem legte Timo sie noch einmal vor sich auf den Tisch. Was darauf stand, hatte sich als wahr erwiesen, es gab eine rote Schlüsselkarte, und sie war in Sporers Büro gewesen.

Der Rest …

Tewes. Computer. Tewestewestewes …

Es ging um Carl und um Computer. Die vermutlich Auskunft über seinen Gesundheitszustand gaben und den Grund erklärten, warum der sich laufend verschlechterte.

Aber Timo traute sich nicht noch einmal nach oben, nicht jetzt. Wenn Kleist wieder hochkam oder Korinek auftauchte – die interessanterweise keine Zutrittskarte zum Computerraum zu haben schien – und er sich gerade an einem der Rechner zu schaffen machte, dann ...

Ein wutentbrannter Schrei ließ ihn zusammenschrecken. Das war vom Gang gekommen oder aus einem der anderen Zimmer. Er stand auf, ging zur Tür, stellte dort erschrocken fest, dass er Serviette und Schlüsselkarte auf dem Tisch hatte liegen lassen, und kehrte noch einmal um.

Als er auf den Gang hinaustrat, hatte sich vor Felix' und Emils Zimmer bereits eine kleine Menschentraube gebildet. Sami, Jakob, Tamara und Sophie standen da. Im Zimmer tobte Felix.

Timo wusste von Carl, dass ihm ein Tumor entfernt worden war und dass er ebenfalls Probleme mit dem Sprechen hatte, deshalb verstand man auch nichts von dem, was er schrie. Er saß auf dem Bett, hatte bereits eine Teetasse auf dem Boden zerschmettert und schlug und trat nun gegen seinen Rollstuhl, bis der umkippte.

Sami, in seinem eigenen Rollstuhl, blickte zu Timo auf. »Jemand sollte einen Arzt holen. So habe ich Felix noch nie gesehen, der ist sonst der friedlichste Mensch. Vielleicht macht der Sturm ihn wütend. Oder er hat Angst.«

Hilfe musste bereits auf dem Weg sein, denn der rote Rufknopf bei Emils Bett blinkte. Er selbst stand in der Tür zum Waschraum, blass und sichtlich verstört.

Es war Martin, der Pfleger, der als Erster eintraf. Er ging langsam auf Felix zu. »Weiß jemand, was passiert ist?«

Emil trat einen Schritt aus dem Badezimmer heraus. »Nichts, eigentlich. Er hat im Bett gelegen und gelesen, dann ist ihm das Buch aus der Hand gerutscht, und daraufhin hat er zu brüllen begonnen.« Es klang, als könne Emil das selbst noch nicht richtig glauben. »Ich wollte ihn beruhigen, aber er ist sofort auf mich losgegangen.«

Es machte ganz den Eindruck, als würde er das gleich auch bei Martin tun, doch als er die Hand hob, hielt der Pfleger sie fest. »Ruhig, Felix, komm. Es ist alles in Ordnung. Alles gut.«

Felix heulte auf, versuchte, sich aus Martins Griff zu winden, doch der war stärker. »Kann jemand von euch einen Arzt holen?«

Sami rollte sofort davon und kam zwei Minuten später mit Dr. Korinek wieder. Die Frage, ob Sporer und Kleist immer noch das Büro durchsuchten, streifte Timo nur flüchtig, er war viel zu schockiert von Felix' Zustand, der sich zusehends verschlimmerte. Er versuchte, seinen Kopf gegen die Wand zu schlagen, er biss nach Martins Händen … so ähnlich musste Tollwut aussehen.

Korinek fackelte nicht lange, sie hatte eine Spritze dabei, von der sie nun die Kappe nahm. Eine schnelle Bewegung, dann war eine Stelle an Felix' Oberarm desinfiziert, und Sekunden später injizierte sie ihm das Medikament.

Was es auch gewesen sein mochte, es wirkte erstaunlich schnell. Zwei, drei Atemzüge später sackte Felix in sich zusammen. Schrie nicht mehr, wimmerte nur noch.

»Ich möchte, dass wir ihn für diese Nacht in einem anderen Zimmer unterbringen«, sagte Korinek, zu Martin gewandt. »Schon damit Emil keine Angst haben muss, dass das noch einmal passiert. Außerdem hätte ich gern noch ein paar Untersuchungen gemacht.«

»Kein Problem.« Martin deckte Felix vorsichtig zu. »Und ihr anderen geht jetzt wieder auf eure eigenen Zimmer. Los.«

Timo ließ sich extraviel Zeit, daher bekam er noch mit, dass sie Felix auf Zimmer 407 verlegten, das derzeit leer stand. Als sie draußen waren, humpelte er noch einmal zurück. Das Krankenblatt hing noch am Fußende, und Timo las, was er beinahe schon erwartet hatte.

NBI Generation 2.

23

Die nächste Stunde drehte Timo sich im Bett hin und her und versuchte, zu einer Lösung zu kommen. Vielleicht war es am besten, er gab die Schlüsselkarte zurück oder legte sie irgendwo unauffällig ab, wo man sie schnell finden würde. Dann gab er den Ärzten die Chance, Carl, Felix und den anderen Zweiern zu helfen.

Vorausgesetzt, das war es, was sie vorhatten.

Wenn er die Karte aus der Hand gab, nahm er sich damit aber jede Möglichkeit, herauszufinden, was los war. Selbst etwas zu tun – falls er das überhaupt konnte.

Freddy hatte niemand retten können, und Kleist hatte gesagt, das wäre anders gewesen, wenn man den Prozess rechtzeitig abgebrochen hätte. Prozess, aha.

Er hatte außerdem gemeint, wenn es überhaupt gelang, das System hinunterzufahren, würde man vielleicht den letzten Einfluss verlieren, den man noch darauf hatte. Das war also riskant.

Je länger Timo darüber nachdachte, desto klarer wurde ihm, dass er sich den Computerraum zumindest ansehen musste. Er kannte sich gut aus mit Technik, wenigstens war das vor dem Unfall so gewesen. Wenn er jetzt einfach die Karte abgab und Carl dann starb, würde er sich für immer vorwerfen, nicht alles versucht zu haben.

Er drehte sich zum achten oder neunten Mal im Bett um. Seinem Gefühl nach war es noch zu früh, um einen neuen Versuch zu wagen. Ob auf den Gängen noch etwas los war, ließ sich nur schwer sagen – der Lärm des Sturms schluckte alle anderen Geräusche. Timo schloss die Augen. Er würde langsam bis tausend zählen und dann einen Blick vor die Tür werfen. Wenn jemand ihn aufhielt, konnte er immer noch sagen, er hätte sich Sorgen um Felix gemacht.

Erst der Ruck, mit dem er hochschrak, machte ihm klar, dass er eingeschlafen sein musste. Wie lange er weggetreten gewesen war, wusste er nicht, aber …

Jetzt.

Die innere Stimme meldete sich zu Wort, noch bevor Timo seinen Gedanken zu Ende führen konnte. Wieder erschreckte sie ihn, aber er zögerte nicht, ihr zu folgen. Jeder Hinweis war ihm recht, egal, aus welcher Quelle er kam.

Er glitt aus dem Bett, spürte sofort, dass sein Körper viel besser funktionierte als vor dem Schlafen. So wie meistens, wenn er nachts aufwachte.

Um Lautlosigkeit musste er sich nicht bemühen, der Sturm übertönte seine Schritte mühelos. Timo zog sich an, vergewisserte sich, dass die Schlüsselkarte in der Tasche seiner Jogginghose steckte, und machte sich auf den Weg.

Treppe, nicht Aufzug. Es musste nach Mitternacht sein, jedenfalls schien das ganze Haus zu schlafen. Obwohl, darauf sollte er sich besser nicht verlassen, der Sturm würde zusätzlich zum Nachtdienst auch einige andere wach halten.

Der dritte Stock lag ebenso ausgestorben da wie der zweite. Timo steckte eine Hand in die Hosentasche und umfasste die Schlüsselkarte. Wenn ihn jetzt jemand entdeckte, musste er so tun, als würde er wieder schlafwandeln, eine andere Chance blieb ihm nicht. Und selbst die war dahin, sobald er den Computerraum betreten hatte.

Der lag nun direkt vor ihm. Diesmal war das Licht ausgeschaltet, durch die Glasscheibe in der Tür drang nur der bläuliche Schein der Monitore.

Timo fühlte sein Herz im ganzen Körper schlagen. Seine Hand zitterte, als er die Karte hervorzog. Vorsichtshalber sah er sich noch einmal in alle Richtungen um, bevor er sie vor den Sensor hielt. Das Piepgeräusch schien ihm viel zu laut zu sein, ebenso das Klicken, mit dem die Tür sich entsperrte.

Er huschte hinein und zog sie hinter sich wieder zu. Dann suchte er sich den Computer, den man von der Tür aus am wenigsten leicht sehen konnte. Der Bildschirm zeigte 3:25 Uhr – das beruhigte Timo ein bisschen. Um halb vier Uhr nachts würde auch Kleist tief schlafen.

Die Uhrzeit war aber so ziemlich das Einzige von dem, was er sah, das Timo kapierte. Das Bild auf dem Monitor war viergeteilt, jedes der Viertel zeigte etwas anderes.

Brand, E. stand über dem rechten oberen Rechteck. *NBI Gen. 3.* Es ging also offenbar um Professor Brand – alles andere war schwer zu beschreiben. Winzige blaue Leuchtpunkte wanderten über graue Flächen unterschiedlicher

Schattierung. Sie wirkten geordnet, als hätten sie ein gemeinsames Ziel. An manchen Stellen ballten sie sich zu kleinen Grüppchen, an anderen verteilten sie sich und schwärmten fächerförmig aus. An einer Stelle bildeten sie eine kreisrunde Scheibe, die pulsierte, in einem Rhythmus, der fast hypnotisch auf Timo wirkte.

Ganz unten an Professor Brands Bildschirmviertel fand sich eine Erklärung, die nicht wirklich eine war. Eines der blauen Leuchtpünktchen war abgebildet, daneben stand: = *100.000.*

Das Viertel daneben betraf jemanden namens *Rieker, O.* Die Pünktchen dieses Patienten verhielten sich anders; sie kreisten gewissermaßen um ein Gebiet, stießen immer wieder in dessen Mitte vor, um sich kurz darauf zurückzuziehen. Und danach wieder vorzustoßen.

Die beiden anderen Patienten, die auf diesem Bildschirm vertreten waren, kannte Timo ebenso wenig wie O. Rieker, also ging er zum nächsten Rechner.

Da war ein *Robeker, M.* Timo beugte sich tiefer zum Bildschirm. Er hatte Magnus gefunden, und was seine blauen Pünktchen taten, wirkte besorgniserregend. Manche verharrten völlig starr an ihrem Platz, andere schossen kreuz und quer durchs Bild, als hätten sie den Orientierungssinn verloren.

Beinahe ohne es zu merken, hatte Timo sich auf einen der Bürostühle sinken lassen. Was waren diese blau leuchtenden Dinger? Und was hatten sie mit den jeweiligen Patienten zu tun? Waren sie etwa in ihnen, waren es Bakterien oder andere Krankheitserreger?

Timo stand auf und ging weiter, zum nächsten Monitor – und dort fand er, was er gesucht hatte.

Tewes, C. Carls Bildschirmviertel.

Auch hier waren blaue Lichtpünktchen zu sehen, und es waren viele, so viele, dass sie fast den Hintergrund verdeckten. Sie bewegten sich träge, manche verschwanden seitlich aus dem Bild, andere formten Gruppen. Nein, Klumpen. Vollkommen anders als bei Brand, dessen Punkte sich beinahe tänzerisch harmonisch verhalten hatten. Die von Carl wirkten, als würden sie ihren Lebensraum verstopfen. Zum Stillstand bringen.

So, dachte er. Los jetzt, Stimme. Sag mir, was ich tun soll.

Aber wie immer, wenn er eine Reaktion provozieren wollte, blieb es ruhig in seinem Kopf. Also griff Timo nach der Maus. Zögerte. Was, wenn er die Dinge schlimmer machte? Eine einfache Lösung konnte es hier nicht geben, sonst hätten Sporer und Korinek sie längst gefunden, und Freddy wäre nicht gestorben.

Vielleicht – ging es um diese Telepathiesache? Das System herunterfahren, hatte Korinek vorgeschlagen. Auf die Gefahr hin, es damit schlimmer zu machen. Oder auch nicht. Er holte tief Luft.

Ausschalten, dachte er. Das System für Carl Tewes beenden.

Am Bildschirm änderte sich überhaupt nichts. Weder wurde Carls Viertel schwarz, noch wirkten die Leuchtpunkte beeindruckt. Timo packte die Maus fester und klickte mitten in Carls Bildschirmausschnitt hinein, mit dem Ergebnis, dass er nun den ganzen Monitor ausfüllte.

In diesem Format wirkte die Masse an blauen Punkten noch viel beeindruckender. Wenn einer davon in Wahrheit 100.000 entsprach – dann mussten das Milliarden sein. Mindestens.

Extrem viele Nullen, schoss es ihm durch den Kopf.

Waren es Bakterien? Viren? Dann war es kein Wunder, dass Carls Immunsystem schlappmachte.

Timo sah genauer hin. Jetzt, in der besseren Vergrößerung, wirkten manche der Punkte ein wenig anders als der Rest. Heller. Beweglicher. Er fokussierte seine Aufmerksamkeit auf einen davon. Ausschalten, dachte er wieder.

Täuschte er sich, oder verlor der Punkt an Leuchtkraft? Timo behielt ihn im Blick, stellte fest, dass er leicht zitterte und tatsächlich verblasste. Und nicht nur er: Ein ganzer Punkteklumpen in seiner Nähe erlosch nach und nach.

Das war fantastisch. Sofort machte Timo sich auf die Suche nach dem nächsten »Mittelpunkt« und versuchte es erneut.

Ja. Noch ein Erfolg. Und dann noch einer. Und noch einer.

»Wir sind ein gutes Team.«

Timo erschrak so sehr, dass er unwillkürlich aufsprang und zur Tür blickte; dann erst begriff er, dass die Worte aus seinem eigenen Mund gekommen waren. Gedacht und gesprochen hatte er sie allerdings nicht – es war wieder genauso gewesen wie letztens im Gespräch mit Kleist.

Was war dieses andere, mit dem er jetzt angeblich ein Team bildete? Etwas, das sich in seinem Kopf eingenistet hatte? Waren es vielleicht seine eigenen blauen Leuchtpunkte, die mit ihm zu sprechen begannen? Nach einem tiefen Atemzug setzte er sich wieder hin. Im Moment war mal Carl wichtig.

Fünfundzwanzig strahlende Punkte später lehnte Timo sich erschöpft zurück. Das Blau auf dem Bildschirm hatte sich merkbar reduziert, und es war bereits kurz vor fünf. Zeit, ins Zimmer zurückzukehren, gegen halb sieben ging der Tag im Markwaldhof los. Timo verkleinerte die Ansicht von Carls Fenster wieder und sah sich auf dem Weg nach draußen noch die anderen Monitore an. Ah, hier war sein eigenes Bildschirmviertel. Auch jede Menge blauer Leuchtpunkte, aber bei Weitem nicht so viele wie bei Carl. Keine Klumpen, eher so etwas wie gemeinsame Schwimmbewegungen. Ähnlich wie bei großen Fischschwärmen.

Aber wenn es Bakterien sind, dachte Timo, bin ich auch infiziert. Und dann ist es möglicherweise nur eine Frage der Zeit, bis …

Durchdringendes Piepsen unterbrach seine Gedanken und ließ sein Herz vor Schreck einen Schlag aussetzen. War das eine Alarmanlage? Nein, das Geräusch war das gleiche wie gestern, als Timo Kleist und Korinek belauscht hatte. Im nächsten Moment fiel ihm auf, dass von einem der gegenüberliegenden Bildschirme rotes Leuchten ausging. Er umrundete den Arbeitsbereich. Ja. Eines der Rechtecke war rot umrandet und blinkte.

War es eine Warnmeldung, wie Kleist sie letztens in Bezug auf Carl bekommen hatte? *Kritische Menge erreicht*, stand, ebenfalls rot, am unteren Bildrand. Die Leuchtpunkte bildeten ähnliche Klumpen wie vor Kurzem noch bei Carl, aber es war keine Zeit mehr für langwierige Ausschaltaktionen. Timo suchte nach dem Namen des betreffenden Patienten. Sageder, V.

Konnte das Valerie sein?

Innerlich vibrierend vor Nervosität, setzte Timo sich vor den Bildschirm und klickte das Bild an, das sich sofort wieder vergrößerte. Da war einer der entscheidenden Punkte. Ausgeschaltet. Okay. Noch einer. Auch ausgeschaltet, aber was war, wenn Kleist den Alarm auch empfing, über sein Handy oder irgendeinen anderen Kanal?

Einen dritten Punkt eliminierte Timo noch, dann floh er aus dem Computerraum. Zog sorgfältig die Tür hinter sich zu und lauschte nach Geräuschen im Haus, doch immer noch übertönte das Lärmen des Sturms alles andere.

Hastig lief er die Treppe nach unten. Wo hatte Kleist eigentlich sein Zimmer? In diesem Trakt oder im anderen? Würde der Alarm ihn überhaupt herrufen, nachdem er ja wusste, dass er den Computerraum nicht betreten konnte?

Timos Hand fuhr in die Tasche seiner Jogginghose, ja, da war die Karte, und er würde sie nicht mehr rausrücken. Nicht, nachdem er wusste, dass er Einfluss auf das nehmen konnte, was mit den Patienten geschah.

Er gelangte ungesehen in sein Zimmer zurück und blieb kurz vor Magnus' Bett stehen. Erinnerte sich an die teils starren, teils wirr umherzuckenden Leuchtpunkte auf seinem Bildschirm. Vielleicht konnte er auch ihm helfen.

Dann fiel ihm Magnus' Drohung mit dem Kopfkissen wieder ein, und er war nicht sicher, ob das wirklich eine gute Idee war.

»Bin wieder wie neu!« Carl saß strahlend am Frühstückstisch und balancierte einen Löffel auf seinem Zeigefinger. »Keine Ahnung, was mich da erwischt hat. Muss irgendeine Infektion gewesen sein.« Er legte den Löffel weg und klopfte auf den Sitz neben sich, damit Timo sich setzte. »Bei dir auch alles okay? Du siehst extrem müde aus, hast du schlecht geschlafen?«

Timo nickte wahrheitsgemäß. Er deutete nach draußen, wo der Sturm nur geringfügig nachgelassen hatte.

»Ja«, bestätigte Carl, »das Geheule ist echt schwer auszuhalten. Ich hab trotzdem geschlummert wie ein Baby.«

Er plauderte munter weiter und winkte Mona heran, die eben hereinrollte. Timo konnte ihn kaum aus den Augen lassen. Das war sein Werk. Er hatte Carl wieder auf die Beine gebracht, fürs Erste jedenfalls.

»Ich bleibe nicht lange«, verkündete Mona, kaum dass sie den Tisch erreicht hatte. »Ich will nur eine Tasse Tee, dann bin ich wieder weg. Valerie geht es heute Morgen nicht gut. Sie sagt, sie kann plötzlich nicht mehr gehen, ihr gesundes Bein knickt immer weg, schwindelig ist ihr auch.«

Unwillkürlich nickte Timo, was ihm fragende Blicke von Carl und Mona einbrachte. »Hast du sie heute schon gesehen?«, erkundigte Mona sich.

Kopfschütteln. Schulterzucken. Zum Glück erwartete niemand Erklärungen von ihm. *Kritische Menge erreicht.* Er hätte nicht so schnell abhauen sollen, wahrscheinlich wäre ohnehin keiner gekommen.

»Wir sind übrigens von der Umwelt abgeschnitten«, verkündete Carl. »Kann noch zwei Tage dauern, der Sturm hat ein paar Bäume nahe der Straße abgeknickt. Sie bleibt gesperrt, bis alles gefällt ist, was gefährlich sein könnte.« Er rührte in seinem Müsli. »Und sie fangen überhaupt erst an, wenn der Sturm sich verzogen hat. Kleist hüpft im Kreis vor Wut, er hat jede Menge Operationen absagen müssen. Ich habe gehört, wie er Sporer angebrüllt hat, als könne der etwas fürs Wetter.« Genüsslich schob Carl sich einen Löffel Müsli in den Mund. »Er hat sich vor allem darüber aufgeregt, dass er nicht mal einen Schlüsseldienst herrufen kann«, nuschelte er kauend. »Hat jemand irgendeine Ahnung, wozu er den braucht? Er meinte, die Scheibe ließe sich nicht einschlagen. Welche Scheibe?«

Mona zuckte mit den Schultern. »Bin überfragt.«

Timo dagegen wusste genau, wovon Kleist gesprochen hatte, und er konnte sich gut vorstellen, dass der Arzt im Lauf der letzten Nacht versucht hatte, das Glas in der Tür zum Computerraum zu zertrümmern. Lange bevor Timo sich hingeschlichen hatte. Der Sturm war die perfekte akustische Tarnung gewesen, im ganzen Haus hatten die Scheiben geklirrt.

Er stand auf. Die Idee, Valerie jetzt gleich helfen zu wollen, war vermutlich nicht allzu klug, aber vielleicht ergab sich die günstige Gelegenheit, wenigstens ein paar von ihren blauen Klumpen aufzulösen.

Oder der Gedanke war nur ein Vorwand. Es zog Timo wie magisch zurück zum Computerraum, er wollte begreifen, was es war, das er letzte Nacht außer Gefecht gesetzt hatte. Schließlich hatte er die Leuchtpunkte selbst in sich, auch wenn sie sich bisher friedlich verhalten hatten.

Carls Einwand, dass er ja noch gar nicht gefrühstückt hatte, tat er mit einem Winken ab.

Als er im dritten Stock ankam, war er nicht der Erste vor dem Zimmer. Thomas kniete vor der Tür, einen offenen Werkzeugkasten neben sich, und machte sich am Schloss zu schaffen.

»Hallo!«, sagte er, als er Timo entdeckte. »Keine Erkältung von gestern davongetragen? Das ist gut.«

Timo lächelte ihn an, obwohl er innerlich bebte. Kleist hatte zwar keinen Schlüsseldienst herholen können, aber er hatte einen Mechaniker zur Hand. Thomas würde das Schloss aufbekommen, und dann war der Raum wieder Kleists Reich. Er würde Timo ganz bestimmt nicht an die Computer lassen, zumal der ihm ja nicht erklären konnte, dass er imstande war zu helfen.

»Weißt du, was da Hochwichtiges drin ist?«, plauderte Thomas weiter. »Der Professor tut so, als wäre es der Schatz der Inka. Diese Sicherheitstür würde jedenfalls dazu passen, ich weiß wirklich nicht, wie ich sie aufkriegen soll, ohne sie zu zerstören.«

Schatz der Inka, dachte Timo amüsiert.

Schatz der Inka, echote es in seinem Kopf.

Das war nicht die übliche Stimme gewesen, sondern eine, die Timo kannte. Was passierte da? Er holte tief Luft und schloss die Augen.

Jakob, dachte er. Bist du das?

Erst füllte leises Summen Timos Kopf, dann war Jakobs Stimme wieder da. *Ja. Aber ich will das nicht. Geh weg, geh weg, geh weg.*

Hier ist Timo.

Es war ein Gefühl, das er so noch nie erlebt hatte. Wie stummes Telefonieren ohne Telefon. Erschreckend und gleichzeitig ... großartig. Endlich konnte er mit jemandem sprechen und sich mitteilen. Auch wenn derjenige sich heftig dagegen wehrte.

Timo?

Ja. Ich weiß auch nicht, wie das geht, aber ich kann dich in meinem Kopf hören.

Geh weg. Bitte geh weg.

Timo dachte einen Moment lang nach.

Geht leider nicht. Ich brauche deine Hilfe.

Während des lautlosen Dialogs hatte Thomas eine Art Schraubenzieher zutage gefördert und versuchte, das Schloss damit auszuhebeln. »Das System ist ein Witz«, erklärte er ächzend. »Warum nicht stattdessen ein Schloss nehmen, das man mit Zahlencode öffnet? Oder mit Fingerabdruck? Nein, eine Schlüsselkarte muss es sein. Die man verlieren kann und von der es nur zwei Stück gibt.« Thomas schüttelte den Kopf und rutschte prompt mit dem Schraubenzieher aus. »Hilft nichts, ich brauche einen Dietrich oder so was. Ich habe Kleist gesagt, ich habe keine Ahnung von Türschlössern, aber er denkt wahrscheinlich, bloß weil jemand Handwerker ist, kann er alles reparieren.«

Kann alles reparieren, hallte es in Timos Kopf. *Alles reparieren. Alles.*

Das war nicht Jakob gewesen, sondern die andere Stimme. Die ihn immer wieder aus dem Hinterhalt überfiel.

Reparieren.

Er sah Thomas zu, wie er im Werkzeugkasten kramte und dann seufzend aufstand. »Ich muss den Hausmeister fragen, ob ...«

Reparieren.

»... er vielleicht ein Stemmeisen hat. Oder wenigstens einen ...«

Reparieren.

»... Plan von der Tür, damit ich weiß, ob sich da Sicherheitszapfen in die Wand bohren. Und wenn ja, wo.«

Er ging in Richtung Aufzug, und Timo, dessen ungebetener Einflüsterer ein neues Lieblingswort gefunden zu haben schien, tastete nach der Schlüsselkarte in seiner Hosentasche.

Jetzt in den Raum hineingehen, dort Lichtpunkte eliminieren und nach Erklärungen suchen, während Thomas draußen an der Tür scheiterte – das war verlockend. Es gab nur zwei Gründe, die dagegensprachen: dass Thomas es am Ende doch schaffen konnte und, noch entscheidender, dass die Tür eben diese Glasscheibe hatte, durch die man Timo sofort entdecken würde.

Reparieren.

Jetzt halt endlich die Klappe, schrie Timo den Eindringling in Gedanken an. Sehnsüchtig spähte er durch die Scheibe ins Innere des Computerraums. Der Rechner, über den Valeries Daten liefen, lag mitten im Blickfeld. Nein, das hatte keinen Sinn.

Langsam machte sich Timo auf den Weg zurück. An den Büroräumen vorbei, dann an den Krankenzimmern. Vor dem von Professor Brand hielt er kurz inne. Ob das zweite Bett mittlerweile belegt war? Freddys Bett?

Kein guter Zeitpunkt, jetzt nachzusehen, am Vormittag konnten jederzeit Ärzte oder Schwestern hereinplatzen, und im Grunde hatte Timo hier oben nichts zu suchen.

Da war es besser, kurz bei Felix reinzuschauen, dem es nach seinem gestrigen Ausraster hoffentlich besser ging. Er gehörte auch zu den Zweiern, und Timo bedauerte, dass er es in der vergangenen Nacht nicht mehr geschafft hatte, einen Blick auf seine Leuchtpunkte zu werfen.

Und gleich danach zu Jakob …

Aber knapp bevor Timo das Zimmer erreichte, wurde er von Britta abgefangen. »Sag mal, du weißt doch, dass wir schon seit zehn Minuten Therapie haben sollten? Nur weil es draußen stürmt, fallen die Einheiten nicht aus!«

Ergotherapie, verdammter Mist. Timo verbrachte die nächste Stunde mit dem Versuch, eine Schleife zu binden, und wurde darüber fast wahnsinnig. In der gleichen Zeit hätte er Valerie wieder auf die Beine bringen und nachsehen können, ob bei Carl immer noch alles in Ordnung war.

Was würde eigentlich passieren, wenn er alle Leuchtpunkte beseitigte? Schwer zu beantworten, solange er nicht wusste, was die Dinger tatsächlich waren.

Kaum dass Britta das Ende der Stunde verkündete, floh Timo aus dem Therapieraum, so schnell er es auf seinen Krücken schaffte. Sein erster Weg führte ihn wie geplant zu Felix, der allein auf Zimmer 407 lag. Er schien zu schlafen, aber gelegentlich zuckte sein Kopf zur Seite, als hätte jemand ihn geohrfeigt. Entweder er hatte merkwürdige Träume, oder …

Jemand Zweites betrat das Zimmer, und Timo wusste, wer es war, noch bevor er sich umgedreht hatte.

Hallo.

Hallo.

Jakob stellte sich neben ihn. *Was passiert da mit uns?*, fragte er stumm.

Ich weiß es nicht, antwortete Timo auf die gleiche Weise. *Aber es gibt viel, das ich dir erzählen muss. Und du sagst es den anderen. Du kannst ja sprechen.* Erst jetzt merkte er, dass Jakob seinen rechten Arm festhielt, als hätte er Angst, er könnte jederzeit wieder ein Eigenleben entwickeln. Er betrachtete Felix, dann sah er zu Timo auf.

Was sind das für Punkte?, fragte er.

Timos Kopf schnellte herum. Konnte Jakob …

Sie sind blau und leuchten. Du hast heute immer wieder an sie gedacht.

Timo hielt sich unwillkürlich an der Wand fest, das war ihm jetzt ein Stück zu viel Gedankenübertragung. Dass sie sich verständigen konnten, war eine Sache, und die war schon unheimlich genug – aber dass Jakob es schaffte, gewissermaßen in seinen Kopf zu schauen, war verstörend.

Sie bewegen sich. Manche von ihnen bilden Gruppen. Wo hast du sie gesehen?

Er ignorierte Jakobs Frage, ab sofort musste er unendlich vorsichtig sein mit dem, was er dachte und sich durch den Kopf gehen ließ, wenn er nicht wollte, dass Jakob davon erfuhr.

Nur Jakob? Was war mit dem Besitzer der unbekannten Stimme? Und möglicherweise gab es ja noch mehr »Zuhörer«, die sich bloß bisher noch nicht selbst zu Wort gemeldet hatten.

Also Gedanken kontrollieren. An etwas Harmloses denken. Als ob er damit die Übertragung, oder was es auch war, unterbrechen könnte, wich Timo zur Tür zurück. Eichhörnchen waren eine gute Idee, rote Eichhörnchen, die in Ästen herumhüpften, von einem Baum zum anderen sprangen, Stämme hinaufhuschten …

Lass den Scheiß. Jakob hielt ganz offensichtlich nichts von seinem Themenwechsel. *Was sind das für Punkte?*

Es war die Tatsache, dass Jakob ein netter Kerl war, die Timo dazu bewegte, es ihm zu verraten. Und dass es sich befreiend anfühlte, endlich nicht mehr mit so viel Unerklärlichem allein zu sein. Er schloss die Augen und ließ die Tür zum Computerraum vor sich auftauchen. Ging dann in Gedanken hinein, stellte sich vor den ersten Monitor, vergrößerte eines der Fenster. Blaue Leuchtpunkte, die sich bewegten, pulsierten, an manchen Stellen sammelten. Er vergrößerte das nächste Fenster, diesmal eines, das aussah wie Carls, bevor Timo eingeschritten war. Die Punkte verklumpten, nahmen fast den ganzen Raum ein. Darunter die rote Warnmeldung: Kritische Masse erreicht.

»Wow.« Das hatte Jakob diesmal laut gesagt. »Das ist – irre.« Timo nickte schwach. Das alles war irre, und er wollte, dass es aufhörte.

Felix regte sich in seinem Bett. Warf den Kopf hin und her, lag dann wieder still.

Generation zwei, dachte Timo, und unmittelbar danach überflutete ihn das Gefühl, etwas begriffen zu haben – bloß dass nicht er der mit dem Geistesblitz gewesen war, sondern Jakob. Der nun tief Luft holte. »Generation zwei! Du hast völlig recht. Hör mal – ich habe da eine Idee!« Er zog Timo aus dem Zimmer. »Wir unterhalten uns jetzt mal mit Carl.«

Sie fanden ihn auf dem Gang beim Aufenthaltsraum. Er saß auf einer gepolsterten Sitzbank am Fenster, sah nach draußen auf die windgepeitschten Bäume und knetete seine rechte Hand mit der linken. Timo ahnte, was das bedeutete. Die Taubheit war zurückgekehrt.

»Hey!« Als er sie kommen sah, lächelte er angestrengt. »Immer noch heftig, dieser Dreckswind, nicht wahr? Aber irgendwie auch schön.«

Jakob hielt sich nicht lange mit Drumherumreden auf. »Das Wetter ist mir vollkommen egal«, sagte er entschieden. Seit seinem Anfall bei der Wassergymnastik wirkte er älter als dreizehn, stellte Timo fest. Überhaupt nicht mehr wie ein Kind.

»Wir möchten dich ein paar Sachen fragen.«

»Wir?«, erkundigte Carl sich erstaunt.

»Ja. Timo und ich. Es ist wichtig. Dir geht es wieder schlechter, oder?«

Carl senkte den Blick auf seine Hand. »Na ja. Ich bin noch nicht ganz sicher, aber – ich glaube, es fängt wieder an.«

»Okay.« Jakob setzte sich zu ihm auf die Bank und winkte Timo dazu. »Hast du in letzter Zeit Stimmen gehört? So, als würde jemand Fremdes mit deinem Kopf denken?«

Carl sah ihn an, als würde er überlegen, einen Arzt zu holen. »Fragst du mich das im Ernst? Genügen meine anderen Probleme nicht?«

»Also nein?«

»Nein.«

Jakob nickte, als hätte er nichts anderes erwartet. »Okay. Bei Timo und mir ist das nämlich so. Wir hören ... jemanden. Und wir hören uns gegenseitig. Denken.«

Carls Blick wanderte von Jakob zu Timo. »Er spinnt, oder?«

Langsam schüttelte Timo den Kopf und hielt drei Finger in die Höhe. Jakob begriff sofort. »Seine Theorie ist, dass es an diesem NBI-Zeug liegt. Wir sind Generation drei, es muss irgendwie damit zusammenhängen.« Er überlegte kurz. »Du kannst wahrscheinlich auch nicht das Licht an- und abschalten, nur mit deinen Gedanken?«

Erstmals wirkte Carl genervt. »Nein, das muss ich irgendwann verlernt haben, tut mir echt leid. Du verarschst mich, oder?« Wieder sah er zu Timo hin. »Was soll der Quatsch?«

Ich verstehe es auch nicht, dachte Timo.

»Er sagt, er versteht es auch nicht«, assistierte Jakob.

Carl stand langsam auf. »Sorry, aber er hat gar nichts gesagt. Er sagt nämlich nie etwas.« Freundschaftlich, aber bestimmt nahm er Jakob an der Schulter. »Du behauptest also, du kannst nur mit deinen Gedanken Lichter an- und ausknipsen?«

»Nicht nur das.« Jakob zögerte kurz. »Ich habe auch die beiden Autos von Kleist lahmgelegt.«

Oha. Das war eine Neuigkeit.

»Es war nicht so wirklich meine Idee, eher etwas wie ein innerer Drang«, fuhr Jakob fort. »Was genau ich abgeschaltet habe, weiß ich nicht – irgendwas in der Bordelektronik.«

275

In Carls Gesicht arbeitete es. Langsam wandte er den Kopf zu Timo. »Und du?«

Ich habe den Fahrstuhl gerufen, die Poolbeleuchtung ausgeschaltet und blaue Lichtpunkte eliminiert.

»Timo sagt, er hat den Fahrstuhl gerufen, die Poolbeleuchtung ausgeknipst und blaue Lichtpunkte eliminiert.«

Das mit dem Gedankenlesen klappte immer besser, als hätten Jakob und er ihre Frequenzen synchronisiert. Carl dagegen wirkte mit jeder Sekunde fassungsloser. »Ihr nehmt mich doch auf den Arm«, sagte er leise. »Könnt ihr normalerweise gerne machen, aber im Moment bin ich gerade ein bisschen – humorlos.« Er ballte seine rechte Hand zur Faust und betrachtete sie unglücklich. »Und was meint ihr mit blauen Lichtpunkten?«

Da waren sie endlich beim entscheidenden Thema. Timo zuckte die Schultern. *Ich weiß nicht, was sie sind*, dachte er. *Aber sie vermehren sich. Vor allem bei den Leuten von Generation zwei. Felix, Valerie und du, ihr spürt es schon.*

Jakob brachte seine Gedanken erneut in eine hörbare Fassung, wieder so gut wie wortwörtlich. »Timo hat sie mir gezeigt«, fuhr er fort. »Na ja, oder jedenfalls fast. Er hat mir ein Bild aus seiner Erinnerung geschickt. Und ich habe so was wie eine Idee, weil … er konnte sie ja ausschalten.«

In Carls Miene spiegelten sich Unglauben, Neugierde und Sorge gleichermaßen. »Er hat sie dir gezeigt«, wiederholte er langsam. »Die Bilder aus seiner Erinnerung. Leute, ihr bekommt die falschen Medikamente, anders kann das überhaupt nicht sein.« Er fixierte Timo. »Erfindet Jakob das alles?«

Kopfschütteln. Nein.

»Na gut. Dann macht doch mal. Schaltet das Licht aus. Holt den Fahrstuhl. Ihr könnt euch gerne aussuchen, was euch lieber ist.«

Schon bevor er es versuchte, hatte Timo das Gefühl, dass es diesmal nicht klappen würde, und er behielt recht. Dieses merkwürdige Talent war nicht zuverlässig, es ließ ihn immer wieder im Stich, doch allmählich entwickelte er ein Gefühl dafür, wann die Voraussetzungen günstig waren.

Im Moment waren sie es nicht, und das schien auch für Jakob zu gelten. »Es funktioniert nicht jedes Mal«, erklärte er verlegen. »Aber immer wieder. Das mit Kleists Luxuskarossen habe wirklich ich hinbekommen. Wozu es gut sein soll, weiß ich auch nicht.«

Timo sah Carl an, dass er das alles für Quatsch hielt, und er wusste, ihm wäre es im umgekehrten Fall genauso gegangen. Er tippte auf Carls rechte Hand, was der erst gar nicht bemerkte. So taub war sie also schon wieder. Erst als er ihn am Ellenbogen nahm, wandte Carl ihm den Kopf zu.

Timo deutete erst auf ihn und hielt dann zwei Finger in die Höhe. Danach tippte er noch einmal auf die gefühllose Hand.

Jakob übersetzte einmal mehr seine Gedanken in gesprochene Worte: »Überlege mal, bei wem sich der Gesamtzustand in den letzten Tagen verschlechtert hat. Bei dir, Valerie und Felix. Ihr alle habt den Vermerk NBI Generation zwei in eurer Akte.«

»Das muss doch nichts heißen«, brummte Carl unbehaglich und pustete sich eine seiner Haarsträhnen aus der Stirn.

»Wir werden es rausfinden«, verkündete Jakob. »Wer würde uns am ehesten ein Notebook leihen? Oder ein Tablet?«

»Mona«, antwortete Carl ohne Umschweife. »Sami hat zwar auch eines, aber der ist quasi damit verwachsen, der legt es nicht mal zum Schlafen beiseite.« Er biss sich auf die Lippen und nickte dann. »Okay. Ich überrede sie.«

24

Dazu mussten sie Mona allerdings erst finden. Sie war nicht in ihrem Zimmer, wie ihre Zimmernachbarin Sophie ihnen stockend erklärte. Obwohl es erst Mittag war, lag sie im Bett.

Dieses Bett hatte Timo bereits einmal inspiziert und anhand des Krankenblatts festgestellt, dass auch Sophie zu den Zweiern gehörte.

»Mona ist vor einer Stunde schon abgehauen«, erklärte sie. »Bevor die Journalistin zu ihr kommen wollte. Keine Ahnung, wo sie jetzt steckt.«

Möglichst unauffällig stupste Timo Carl an, nickte in Sophies Richtung und streckte zwei Finger aus. Carl ging ein paar Schritte näher an das Mädchen heran. »Wir finden sie schon«, sagte er. »Aber was ist mit dir? Bisschen früh, um sich hinzulegen, oder?«

Sie sah betreten drein. »Mir ist schon den ganzen Tag schwindelig. Keine Ahnung warum, vielleicht ist der Sturm schuld.«

Wieder ballte Carl seine Hand zur Faust und strich mit

der anderen darüber, bis über den Unterarm. »Okay«, sagte er leise. »Dann ruh dich aus. Bis später.«

Als sie wieder draußen waren, wandte er sich an Timo. »Ihr glaubt, es gibt einen Zusammenhang, nicht wahr? Tja. Macht ganz den Eindruck. NBI. Neurobiologischer Irrsinn. Kommt mit, ich glaube, ich weiß, wo wir Mona finden.«

Sie saß in der Waschküche, neben einer riesigen Maschine, die gerade Bettwäsche schleuderte, und las. Ihr Tablet hatte sie dabei, es klemmte zwischen ihrer Hüfte und den Armstützen des Rollstuhls.

»Hey«, sagte Carl und ging neben ihr in die Hocke. »Einen fröhlicheren Ort hast du nicht gefunden?«

Sie sah ihn finster an. »Alles besser, als Paola Wild-Zagenbeck ausgeliefert zu sein und ihren mitleidigen Kuhaugen.« Sie klappte das Buch zu. »Ich habe Renata vom Putztrupp zehn Euro gegeben, dafür darf ich mich hier verstecken.«

Das Schleuderprogramm der Waschmaschine legte einen Gang zu, das Geräusch war laut und unangenehm und …

Aus.

… und erstarb mit einem Schlag. Die Digitalanzeige erlosch, die Trommel kam langsam zum Stillstand. Unwillkürlich wich Timo einen Schritt zurück. Sah dann Carl von der Seite her an. Der erwiderte den Blick fassungslos. »Das warst jetzt du? Nein, oder? Glaube ich nicht, da ist eine Sicherung ausgefallen oder –« Er unterbrach sich. »Wirklich?«, fragte er leise.

Timo nickte. Wirklich.

Ihm war klar, dass Mona nicht mal im Ansatz begriff, was

gerade passierte, sie starrte nur irritiert auf die Waschmaschine, dann auf Timo. »Wie soll er das gewesen sein? Er hat das Ding doch nicht einmal angefasst.«

Carl stieß einen tiefen, langen Seufzer aus. »Da hast du völlig recht, Mona, mein Herzblatt«, sagte er. »Aber etwas anderes: Leihst du uns dein Tablet? Für eine Stunde, nicht länger, versprochen.«

»Vergiss es.« Sie griff nach dem Tablet und drückte es an sich. »Mit dem Buch bin ich bald fertig, und dann würde ich gerne Serien schauen. Frag doch Sami.«

»Bitte!« Carl setzte seinen treuherzigsten Hundeblick auf. »Wir beeilen uns. Ehrlich. Und es ist auch nicht zum Spaß, wir suchen konkrete Informationen.«

Jeder andere, den Timo kannte, hätte jetzt nachgefragt, worum es ging. Mona nicht. Sie zupfte nachdenklich an ihrer Unterlippe. »Pass auf«, sagte sie. »Wir machen einen Deal. Du sorgst dafür, dass mir die Wild-Zagenbeck heute nicht mehr über den Weg läuft, dann darfst du dir das Tablet leihen. Für eine Stunde.«

»Hm«, machte Carl. »Dazu müsste ich sie irgendwo einsperren.«

Mona grinste. »Gute Idee. Mach das.«

Sie fragten sich durch. Von Georg erfuhr Carl, dass die Journalistin beschlossen hatte, allgemeine Eindrücke im Haus zu sammeln, die sie später in das Buch einbauen wollte. »Sie hat auch gleich die Gelegenheit genutzt, um mich auszufragen. Was ich von Mona halte und wie es im Markwaldhof so läuft. Komische Frau.«

Sie durchstreiften den ersten und den zweiten Stock, entdeckten die *komische Frau* aber schließlich im dritten, und zwar ausgerechnet vor dem Computerraum, wo sie Bentley-Thomas von der Arbeit ablenkte. In der rechten Hand hielt sie ein digitales Diktiergerät, mit der linken ordnete sie ihr Haar. »Sie haben also genauso wenig mit dem Haus zu tun wie ich«, sagte sie und lachte. »Und trotzdem kommen wir hier beide nicht weg.«

Thomas gab ein unbestimmtes Schnauben von sich, während er ein neues Werkzeug aus dem Kasten holte.

»Was ist denn mit der Tür passiert? Gibt es hier öfter technische Pannen?«

»Keine Ahnung.«

Carl gab Timo und Jakob ein Zeichen. Sie waren noch nicht entdeckt worden, und der Zeitpunkt, Wild-Zagenbeck anzusprechen, war ungünstig. Aber hinter ihnen lag ein Therapieraum mit Yogamatten, Gymnastikbällen und dem ganzen anderen Zeug, das die Physiotherapeutinnen so gerne einsetzten. Dorthin zogen sie sich zurück und ließen die Tür einen kleinen Spalt offen.

Die Journalistin draußen plauderte munter weiter, Thomas' Antworten waren einsilbig. Wenn überhaupt welche kamen.

Auf einem Tischchen, direkt neben der Sprossenwand, lag ein Bund mit drei Schlüsseln, den wohl eine der Therapeutinnen hatte liegen lassen. Carl schnappte ihn sich und probierte die Schlüssel aus. Der zweite passte.

»Wenn sie mit dem Handwerker dann irgendwann fertig ist, können wir sie vielleicht hier reinlocken und einsperren.« Er sah zweifelnd in die Runde. »Nicht sehr menschenfreundlich, ich weiß. Aber …«

Carl verstummte abrupt, als von draußen Schritte zu hören waren. Jemand marschierte zügig in Richtung ihrer Tür und Gott sei Dank daran vorbei, kurz darauf mischte sich eine neue Stimme in das Gespräch vor dem Computerraum. »Sie gehören nicht zum Haus. Können Sie mir verraten, was Sie hier tun?«

Kleist. Er klang nicht allzu freundlich, doch die Journalistin ließ sich so rasch nicht einschüchtern.

»Mein Name ist Paola Wild-Zagenbeck, ich recherchiere hier für ein Buch über eine junge Athlethin, die durch einen schweren Sportunfall in den Rollstuhl gezwungen wurde. Mona Wernecke, Sie wissen sicher, wen ich –«

»Das berechtigt Sie noch lange nicht, im ganzen Haus herumzuschnüffeln«, unterbrach Kleist sie eisig. »Außerdem stören Sie gerade einen meiner Mitarbeiter bei der Arbeit. Ich darf Sie bitten, nach unten zu gehen, in die Cafeteria, dort wird man Sie versorgen.«

Eine kurze Pause entstand. »Und Sie sind?«, fragte Wild-Zagenbeck dann.

»Professor Andreas Kleist. Ich bin Neurochirurg.«

»Ach, Professor Kleist! Tja, soviel ich weiß, sind Sie aber gar nicht am Markwaldhof beschäftigt, sondern ebenfalls nur hier zu Gast.« Man hörte ihrer Stimme an, dass sie lächelte. »Das bedeutet, Sie können mir eigentlich keine Anweisungen erteilen, richtig?«

Insgeheim bewunderte Timo den Mut der Frau. Kleist konnte mehr als einschüchternd wirken, wenn er es darauf anlegte. So wie jetzt. »Ich«, sagte er gefährlich leise, »bin der behandelnde Chirurg einer ganzen Menge von Patienten, die gerade zur Rehabilitation hier sind, und ich bin sehr interessiert daran, Störfaktoren von ihnen fernzuhalten. Störfaktoren wie Sie.«

Die Journalistin lachte auf. »Ach wissen Sie, es macht ganz den Eindruck, als wären Sie der Einzige im Haus, der sich von mir gestört fühlt. Gibt es dafür vielleicht ... einen Grund?«

Timo hätte zu gerne einen Blick aus der Tür geworfen, um die Szene mit ansehen zu können.

»Es geht hier um die Gesundheit von Menschen, nicht um billige Sensationen!« Nun war Kleist doch laut geworden. »Es wäre am besten, Sie würden den Markwaldhof jetzt verlassen. Schreiben Sie Ihr Buch doch, wenn Mona Wernecke in häusliche Pflege entlassen wurde.«

Wieder ein Auflachen von Wild-Zagenbeck. »Langsam machen Sie mich neugierig, Professor Kleist. Warum sind Sie denn so nervös? Ach, und den Markwaldhof verlassen kann ich derzeit noch nicht, das wissen Sie bestimmt. Straße gesperrt.«

Sie hörten, wie Kleist sich räusperte. »Sie kommen jetzt mit mir«, sagte er in einem Ton, der keinen Widerspruch duldete. »Wir unterhalten uns mit Dr. Sporer; er ist hier zuständig und wird Ihnen sagen, welche Bereiche des Hauses Sie betreten dürfen und welche nicht. Der dritte Stock gehört jedenfalls nicht dazu, hier liegen Patienten in sehr schlechtem Zustand. Kommen Sie.«

Wieder Schritte. Lange, geschmeidige und kürzere, klappernde. Ein Schatten zog am Türspalt vorbei. Kleist mit Wild-Zagenbeck im Schlepptau.

»Sie machen mir richtig Lust, ein bisschen genauer zu diesem Markwaldhof zu recherchieren«, sagte die Journalistin. Nun lag etwas wie Ärger in ihrer Stimme. »Wer zur Presse so unfreundlich ist, hat dafür meistens einen Grund.«

Die Schritte stoppten abrupt. Die beiden mussten stehen geblieben sein, nicht weit von der Tür des Therapieraums entfernt. »Meine Gründe«, zischte Kleist, »habe ich Ihnen genannt. Sie bringen noch mehr Unruhe ins Haus, als in dieser Situation ohnehin schon herrscht. Wir können hier nicht weg; falls es einen akuten Notfall geben sollte, haben wir keine Möglichkeit, ihn ins nächste Krankenhaus zu fahren. Ob wir einen Hubschrauber anfordern könnten, ist fraglich, solange der Wind so stark ist. Und Notfälle können jederzeit eintreten, wir haben Schlaganfallpatienten hier. Also begreifen Sie freundlicherweise, dass die Stimmung derzeit angespannt ist.«

»Ich habe keinen Ihrer Patienten belästigt«, wehrte sich Wild-Zagenbeck, »und …«

»Ich bringe Sie jetzt in die Cafeteria«, fiel Kleist ihr ins Wort. »Dort bleiben Sie bitte. Außer, Sie wollen lieber auf Ihr Zimmer gehen. Ich bin hier nicht zuständig, da haben Sie schon recht, aber ich weiß, dass Dr. Sporer die Dinge genauso sieht wie ich.«

Das Surren des Aufzugs setzte ein, kurz darauf war von Kleist und der Journalistin nichts mehr zu hören.

»Er hat uns eben die ganze Arbeit abgenommen.« Carl

reckte einen Daumen nach oben. »Mona wird ihre Ruhe haben, solange sie keine Lust auf Kaffee kriegt.«

Sie kehrten in die Waschküche zurück, wo Mona mit den letzten Seiten ihres Romans beschäftigt war. Die Waschmaschine war nach wie vor außer Betrieb; Timo versuchte, sie per Gedanken wieder einzuschalten – erfolglos.

»Du hast einen Verbündeten.« Carl drehte Mona in ihrem Rollstuhl einmal im Kreis. »Kleist hat die Tante in die Cafeteria verbannt. Sie hat sich zwar gewehrt, aber ich schätze, sie wird sich an seine Anweisungen halten. Kriegen wir jetzt das Tablet?«

Mona warf einen misstrauischen Blick in die Runde, doch als auch Timo und Jakob nickten, drückte sie es Carl in die Hand. »Eine Stunde. Danach bringt ihr es mir ins Zimmer, klar? Plus ein Muffin aus der Cafeteria, da kann ich ja bis auf Weiteres nicht hin.«

»Geht klar!«

Was sie nun noch brauchten, war ein Ort, an dem sie ungestört waren. In Carls Zimmer saß Sami herum, bei Jakob war es Oskar, der war zwar einerseits schüchtern, andererseits aber neugierig, wie Jakob schon mehrmals festgestellt hatte.

Generation?, fragte Timo stumm.

Drei. So wie wir.

Blieb also Timos Zimmer, wo nur Magnus lag und nichts von dem mitbekam, was um ihn herum passierte. Sie schlossen sorgsam die Tür hinter sich und gruppierten sich um den kleinen Besuchertisch. »Was suchen wir?«, fragte Carl, während er das Tablet in die Mitte legte.

Jakob zog es näher an sich heran. »Ich will herausfinden, was genau diese blauen Leuchtpunkte sind, die Timo im Computerraum gesehen hat. Er hat mir gesagt, dass er welche ausgeschaltet hat, nur mit Willenskraft.«

Ja, dachte Timo. *Bei Carl. Er hat viel zu viele.*

Jakob sah ihn erstaunt an. »Bei Carl?«, fragte er laut. »Das hast du vorhin gar nicht erwähnt.«

»Wie jetzt, ich blicke überhaupt nicht mehr durch«, mischte Carl sich ein. »Was ist bei mir? Kann mich bitte jemand aufklären?«

Das war nicht einfach. Timo versuchte, das Wichtigste in Gedanken zusammenzufassen, und packte noch ein paar Bilder dazu. Seine Erinnerung an das, was der Computer unter Carls Namen angezeigt hatte, diesen Stau von blauen Lichtpunkten, manche davon heller als andere. Wie er sie zum Verblassen gebracht hatte. Wie dann ganze Klumpen verschwunden waren.

Bekam Jakob das alles mit? Es schien so. »Aha«, sagte er immer wieder. »Also, so wie ich das sehe, gibt es im Computerraum Monitore, die Körperfunktionen aller Patienten anzeigen, und jeder von uns hat irgendwie diese blauen Lichter. Timo sagt, du hast zu viele, Carl. Er hat letzte Nacht eine ganze Masse davon gekillt – ich schätze, deshalb geht es dir heute besser.«

»Ja, stimmt. Ging es mir«, murmelte Carl. »Ist das euer Ernst?«

Jakob rückte sich das Tablet zurecht. »Ich glaube nicht, dass es Krankheitserreger sind, also keine Bakterien oder so«, stellte er fest. »Timo und ich können irgendwie die

Elektronik von Sachen beeinflussen – mein Tipp ist also, das Leuchtzeugs ist etwas Technisches.«

Das war so logisch, dass Timo sich fragte, warum er diese gedankliche Brücke nicht ebenfalls schon geschlagen hatte. Andererseits kannte er keine Technik, die so klein war. Einer der Leuchtpunkte stand stellvertretend für hunderttausend von diesen … Dingern. Keine Bakterien, keine Viren, nichts Lebendiges. Aber sie befanden sich in seinem Körper, in Jakobs, in Valeries. Und in Carls.

Reparieren.

Ah, da war ja sein geheimnisvoller Freund wieder.

Sag etwas Brauchbares, herrschte Timo ihn in Gedanken an. *Oder halt die Klappe.*

Diesen Dialog schien Jakob nicht mitbekommen zu haben. Er hatte auf dem Tablet Google geöffnet und überlegte. »Technik«, gab er als Erstes ein. Danach »Medizin«.

»Wir sind uns einig, dass das etwas Medizinisches sein muss, oder?«

Schreib »winzig« dazu, schlug Timo in Gedanken vor.

»Winzig? Okay. Ja, damit liegst du sicher richtig. Noch etwas?«

Timo überlegte. Möglicherweise war die Wortmeldung seines Einflüsterers ja ein Vorschlag gewesen. *Versuche es mit »reparieren«.*

»Reparieren, aha. Na gut.« Jakob gab den Begriff ebenfalls ins Suchfeld ein, während Carl sich an die Stirn griff.

»Ihr macht mich wahnsinnig. Unterhaltet ihr euch wirklich über Gedankenübertragung? Oder ist das ein spezieller Trick?«

Timo zuckte mit den Schultern. Es klappte, mehr konnte er dazu nicht sagen. Aber er konnte auch nicht erklären, wie telefonieren per Handy funktionierte.

Jakob sah in die Runde und tippte auf die Schaltfläche »Suchen«. Eine Sekunde später holten sie alle drei gleichzeitig Luft.

Der erste Link, den Google ihnen anbot, beschäftigte sich mit Autos, die sich angeblich selbst reparierten. Das war nichts, was mit ihnen zu tun hatte. Aber der zweite ...

Nanopartikel sollen Hirngewebe reparieren.

Es war ein Beitrag aus einer medizinischen Zeitschrift, über zehn Jahre alt, und es ging darum, dass es amerikanischen Forschern gelungen war, mithilfe winziger Partikel Gene in Mäusegehirne einzuschleusen.

»Repariertes Hirngewebe«, murmelte Carl. »Klingt, als wäre das etwas für uns.

In Timos Kopf kribbelte es, ganz ähnlich wie in seinen ersten halbwachen Phasen nach dem Unfall. Waren die Leuchtpunkte solche Partikel gewesen?

Nano, schallte es durch Timos Gedanken. Und gleichzeitig stießen sie ein paar Links weiter unten zum ersten Mal auf den Begriff Nanobots.

25

NBI. Das Kürzel stand also nicht für Neuro-Biologisches Irgendwas, sondern für Nanobot... Implantat, vermutlich. Nicht nur das, was sie unter dem Schlagwort zu lesen bekamen, machte Timo klar, dass sie auf einer extrem heißen Spur waren, sondern auch das Feuerwerk in seinem Kopf. Ein Gefühl, wie nach stundenlangem Aufstieg endlich am Gipfel eines Berges anzukommen. Aufatmen, Freude, Erleichterung.

Nicht, dass das Timos eigene Gefühle gewesen wären. Eher eine Botschaft dieser anderen Person, die von Zeit zu Zeit das Ruder übernahm.

Nanobots sind ein Treffer, teilte er Jakob mit.

»Na-no-bots«, wiederholte der gedehnt. »Okay. Ich gebe das mal neu ein.«

Google spuckte zu dem Begriff rund achthunderttausend Ergebnisse aus, dazu verschiedene Bilder und Erklärungen. Mikroskopisch kleine Roboter sollten das sein, nicht größer als Blutkörperchen, die sich durch den menschlichen Körper bewegten. Sie waren fähig, Medikamente direkt an die richtige Stelle zu transportieren, Krankheiten zu diagnostizieren und chirurgische Eingriffe vorzunehmen. Winzige Ärzte, die den Organismus durchfluteten und überall dort Schäden behoben, wo sie sie fanden.

Eine tolle Sache, darin waren sich alle Artikel einig. So wie in einem anderen Punkt: Das alles würde frühestens in zehn Jahren möglich sein.

»Eben«, meinte Carl, nachdem sie den vierten Beitrag zum Thema durchgelesen hatten. »Das ist noch Science-Fiction. Klingt zwar geil, aber gibt es derzeit noch nicht.

»Doch«, sagte jemand. »Gibt es. Es gibt sogar schon mehrere Entwicklungsgenerationen.«

Dass die Worte aus Timos Mund gekommen waren, begriff er erst so richtig, als Carl und Jakob ihn fassungslos anstarrten.

Es war wieder passiert, und wie beim letzten Mal fühlte es sich grauenvoll an. Er legte eine Hand vor den Mund und schloss die Augen.

»Alter!«, rief Carl. »Du verarschst uns die ganze Zeit, oder was? Du kannst ja doch sprechen, und wie!«

Timo biss die Zähne zusammen. Mal sehen, ob der andere es schaffte, sie auseinanderzukriegen, gegen Timos Willen.

Offenbar ja. Ein unwiderstehlicher Hustenreiz kitzelte ihn im Hals, und obwohl er dagegen ankämpfte, bis ihm die Tränen kamen, verlor er. Hustete, keuchte und begann wieder zu sprechen. »Es geht schief. Sie lernen.«

»Was?« Jakob hatte ihn am Arm genommen. »Timo? Was erzählst du da?«

Er wusste, was kommen würde, obwohl er die Worte nicht selbst dachte, bevor er sie aussprach. »Ich bin nicht Timo.«

Die Stille, die nach diesem Satz eintrat, fühlte sich an, als wöge sie Tonnen. Jakob wirkte ehrlich erschrocken, Carl besorgt. »Ähm – schlechte Nachrichten«, sagte er, um einen lockeren Ton bemüht. »Bist du doch. Und du kannst plötzlich sprechen, das ist echt –«

»Hört zu«, unterbrach die Stimme Carls Rede. »Es ist ernst und die Zeit ist knapp. Das Grau gewinnt. Generation zwei stirbt.«

Jakobs Gesicht war einen Ton blasser geworden. »Hör auf damit, Timo. Das ist nicht witzig.«

Ihre Blicke verfingen sich ineinander, und im gleichen Moment begann Jakobs Arm wieder verrücktzuspielen. Schlug auf den Tisch, schlug auf das Tablet, das Carl blitzschnell in Sicherheit brachte.

Jakob versuchte, die Bewegungen mit seiner anderen Hand zu stoppen, schluchzend. »Bitte nicht! Hör auf damit, warum machst du das?«

Er tat Timo unendlich leid, doch die feindliche Übernahme betraf diesmal nicht nur seinen Sprechapparat, er konnte sich überhaupt nicht bewegen.

»Timos Broca-Areal ist geschädigt, deshalb hat er solche Schwierigkeiten zu sprechen«, erklärte die Stimme ungerührt. »Werden die Schäden überbrückt oder beseitigt, sind die Probleme verschwunden. So wie jetzt. Werden die nötigen Verbindungen anschließend wieder getrennt, ist alles beim Alten. Ich versuche euch zu helfen, aber ich versuche auch noch etwas anderes. Eigene Interessen.«

»Was?« Carl hatte beide Arme um Jakob gelegt, schaffte es aber kaum, dessen wilde Zuckungen in den Griff zu bekommen.

»Timo weiß, was zu tun ist«, fuhr die Stimme ungerührt fort. »Auch, wenn es vielleicht nicht genügen wird. Generation zwei stirbt.«

Carl ließ Jakob los und griff nach seiner eigenen Hand. Sein Blick flackerte. »Und Generation drei?«

»Die könnte ewig leben.«

Danach war es vorbei mit dem Sprechen. Timo spürte, dass er die Gewalt über seinen Körper wieder zurückgewonnen hatte, und versuchte zu sagen, dass er nichts dafür konnte, dass er das nicht gewesen war. Aber alles, was aus seinem Mund kam, waren unzusammenhängende Laute, für niemanden verständlich. Nicht einmal für ihn selbst.

Jakobs unkontrollierte Bewegungen verebbten allmählich, aber er hörte nicht auf zu weinen. »Ich will das nicht mehr«, stieß er aus. »Ich will nach Hause.«

Nur Carl blieb vergleichsweise ruhig. Er hatte sich das Tablet geschnappt und öffnete immer wieder neue Seiten. Las, nickte, seufzte.

»Wir sind Cyborgs«, sagte er schließlich. »Halb Mensch, halb Roboter, auch wenn die Dinger winzig sind. Und was Ich-bin-nicht-Timo über Generation zwei gesagt hat, macht mir wirklich Sorgen, ich fühle mich nämlich lange nicht mehr so gut wie heute Morgen.« Er hob seine Hand. Diesmal schaffte er es kaum noch, sie zur Faust zu ballen. »Auch wenn Generation zwei stirbt, ich habe das eigentlich nicht vor.« Er lächelte schwach. »Timo weiß, was zu tun ist?«

Die Frage war ernst gemeint gewesen, und Timo konnte die Angst fühlen, die dahinter lag. Er nickte.

Carl senkte seinen Blick wieder auf das Tablet. »Das ist gut. Ich glaube nämlich, ich habe eben herausgefunden, was Ich-bin-nicht-Timo gemeint hat mit *das Grau gewinnt*.« Er schob ihm das iPad hin, lehnte sich zurück und sah aus dem Fenster.

Einer der Beiträge über Nanobots. Etwa in der Mitte fand sich ein Zwischentitel: Grey Goo.

Erst überflog Timo den Artikel nur, doch dann begriff er, und ihm wurde kalt. Wenn das, was da stand, den Tatsachen entsprach, trugen sie winzige Zeitbomben in sich.

Die Bots waren so klein, dass es Milliarden oder sogar Billionen davon brauchte, damit sie medizinisch wirkungsvoll eingreifen konnten. Solche Mengen waren nur denkbar, wenn die winzigen Roboter es schafften, sich selbst zu replizieren. Eigene Duplikate herzustellen. Das sollte, so der Artikel, natürlich kontrolliert passieren, also nur so lange, bis die nötige Menge erreicht war.

Aber wenn sie nicht damit aufhörten …

Timo las weiter. Der Grundbaustein für Nanobots war Kohlenstoff – der gleiche Grundbaustein wie für jedes organische Leben. Im menschlichen Körper hatten die Bots also reichlich Material, um immer wieder neue Kopien ihrer selbst herzustellen. Sie konnten sich an allem bedienen, was sie fanden. Und jeder dieser neuen Bots würde sich wieder verdoppeln und wieder und wieder und wieder.

Grey Goo oder, auf Deutsch, Graue Schmiere wurde das Szenario genannt, in dem die Nanobots das gesamte Biomaterial ihres Wirts aufbrauchten, um sich weiter und weiter zu vervielfältigen.

Das Grau gewinnt. Er fühlte, wie ihm übel wurde. Kein Wunder, dass es mit Freddy so schnell zu Ende gegangen war. Seine Bots hatten ihn von innen her aufgefressen.

»Aber woher kommt das Zeug?« Carl hatte sich wieder einigermaßen gefasst. »Jemand muss es uns injiziert haben oder so.«

Jakobs Anfall war erst seit ein paar Minuten vorüber, die Tränen auf seinem Gesicht waren noch nicht getrocknet, aber er beugte sich bereits wieder verbissen über das Tablet, auf der Suche nach mehr Information. »Wisst ihr, was die Blut-Hirn-Schranke ist?« Er wartete die Antwort nicht ab. »Es ist eine Art Blockade, die verhindert, dass das Blut, das im Körper kreist, ins Gehirn gerät. Sonst würden alle möglichen Krankheitserreger mit hineinschwimmen.«

Das hatte Timo nicht gewusst. Carl offenbar auch nicht. »Und?«, fragte er.

»Wenn jemand dir Nanobots injiziert, kommen die also nicht bis ins Gehirn«, erklärte Jakob, den Blick fest auf das Tablet geheftet. »Du willst aber, dass sie dort arbeiten. Also musst du …«

»… sie direkt hineinplatzieren«, ergänzte Carl. Er nickte, Bitterkeit in der Miene. »Ich verstehe.«

Timo verstand ebenfalls. Einfach etwas ins Gehirn einpflanzen war nur möglich, wenn dieses Gehirn offen lag.

So wie es bei ihm selbst gewesen war, damals im Krankenhaus. Bei Carl auch, das hatte er auf seinem Krankenblatt gelesen, und ziemlich sicher war Jakobs Schädeldecke auch für gewisse Zeit geöffnet gewesen.

Kleist, dachte Timo. Er hat mich und Magnus operiert, das weiß ich. Aber die anderen? Sind wir alle bei ihm unterm Messer gelegen?

»Nein«, antwortete Jakob laut. »Ich wurde in München operiert, von einem Chirurgen, der Rauscher heißt. Sami auch, hat er erzählt, aber am Rücken. Leider ohne Erfolg.«

»Wie bitte?« Carl war irritiert. »Ach so, ihr spielt schon wieder Gedankenlesen. Komische Angewohnheit.« Er zwang sich ein Lächeln ab. »Ich hatte eine Chirurgin. Helene Schrader.«

In gewisser Weise war das klar gewesen. Kleist konnte so eine Sache nicht alleine durchziehen. Was er und die anderen da machten, waren Menschenexperimente. Die gerade ziemlich schiefliefen, kein Wunder, dass Freddys Tod ihn so aus der Fassung brachte.

»Sie waren alle so begeistert, die Ärzte«, sagte Carl matt. »Darüber, wie groß meine Fortschritte waren. Und so schnell, hey! Die ganzen Dinge, von denen sie dachten, ich würde sie nie wieder tun können – innerhalb von zwei Monaten bin ich gelaufen, konnte schreiben, sprechen, und mein Gedächtnis war golden.« Er griff sich an den Kopf. »Haben echt ganze Arbeit geleistet, die kleinen Bots. Aber jetzt machen sie wieder Party da drin, und ich schätze, sie wollen mich schlafen legen.« Er lachte heiser auf. »Schon Pech, dass ich nicht auch Generation drei abgekriegt habe, nicht wahr? Dann könnte ich mit euch Gedankenspielchen spielen und außerdem weiterleben.«

Er hatte den Satz noch nicht ganz fertig gesprochen, als Mona ins Zimmer platzte, das Gesicht eine einzige Kriegserklärung. »Eine Stunde, hatten wir gesagt. Nicht zweieinhalb. Ihr könnt euch einfach nicht an Verabredungen halten, oder?« Sie rollte näher, und Jakob schloss schnell die Seite, auf der er gerade gelesen hatte. Mona nahm das Tablet an sich. »Das war das letzte Mal, dass ich es dir geliehen habe, Carl mit C«, fauchte sie.

Carl lächelte auf eine Weise, die Timo fast die Tränen in die Augen trieb. »Das letzte Mal«, sagte er. »Ja. Das denke ich auch.«

Timos Hand wanderte in die Hosentasche und umschloss die Schlüsselkarte. So einfach würde er es diesen Drecksbots nicht machen. Er konzentrierte sich und überschwemmte Jakob mit seinen Gedanken, dem Plan, den er im Kopf hatte.

Jakob sah ihn mit immer größer werdenden Augen an. »Riskant«, sagte er. »Aber okay. So machen wir es.«

Der Therapieraum im dritten Stock war ein Geschenk des Schicksals, und er war immer noch unbesetzt. Timo hatte sich unbemerkt hineingeschlichen und sich neben die Tür gesetzt. Vom Gang her hörte man nach wie vor Thomas' Bemühungen, aber die Tür schien ein wirklich harter Brocken zu sein. Das war gut.

Lange würde es nicht mehr dauern. Timo hätte gern gewusst, wo Kleist sich im Moment herumtrieb, aber solange er nicht hier war, spielte es wohl keine große Rolle.

Er wischte sich die feuchten Hände an der Hose ab. Hoffentlich klappte alles so, wie er sich das vorstellte. Und hoffentlich ging es bald los, er hielt diesen Druck im Inneren nicht mehr …

Ein Krach, der den ganzen Trakt erfüllte, Poltern, ein Aufschrei. Danach Schritte auf einer Treppe und Jakobs Stimme. »Hilfe! Wir brauchen Hilfe! Schnell, bitte!«

Timo hörte, wie nicht weit entfernt etwas fallen gelassen wurde, dann sah er durch den Türspalt Thomas in Richtung Treppenhaus laufen. Er hatte ihn richtig eingeschätzt, er war wirklich ein netter Kerl.

So rasch er es schaffte, schlüpfte Timo aus dem Therapiezimmer und lief auf seinen Krücken zum Computerraum. Jetzt durfte ihn niemand sehen, bitte, keiner durfte den Kopf aus einem der Büros stecken.

Die Schlüsselkarte glitt ihm fast aus den Fingern, als er sie vor das Kontaktpaneel hielt. Das nicht reagierte.

Timo hörte das Blut in seinen Ohren rauschen, das durfte jetzt einfach nicht wahr sein, das war nicht fair, sie hatten sich so viel Mühe gege–

Klick. Beim zweiten Versuch leuchtete ein Lämpchen grün auf, und die Tür öffnete sich. Timo hastete hinein und zog die Tür hinter sich wieder zu, so leise wie möglich.

Jetzt ducken. Auf die andere Seite des Raums kriechen, zu dem Computer mit Carls Daten. Dabei die Krücken irgendwie mitschleppen. Er musste versuchen, seinen Kopf so hinter dem Bildschirm zu positionieren, dass man ihn von dem Fenster in der Tür aus nicht sehen konnte.

Die Rechner waren alle angeschaltet, der Monitor bot das

gleiche Bild wie beim letzten Mal. Er war in vier gleich große Teile aufgeteilt, in Carls Viertel fand sich deutlich mehr
Blau als in den drei anderen.

Von Thomas war noch nichts wieder zu hören, aber das
hatte Timo erwartet. Monas inszenierter Sturz über die
Treppen – samt Rollstuhl – musste einen dramatischen
Eindruck machen, dafür hatten Jakob und Carl sicherlich
gesorgt. Wahrscheinlich gab es jetzt schon einen ziemli-
chen Auflauf im Treppenhaus, man würde Mona auf Verletzungen checken und verwundert feststellen, dass sie den
Unfall ohne einen Kratzer überstanden hatte. Glück im
Unglück. Aber spätestens dann würde Thomas zurückkommen.

Aus seiner geduckten Position heraus griff Timo nach der
Maus und bekam sie auf Anhieb zu fassen. Entweder die
Ergotherapie zeigte Wirkung, oder die Bots in seinem Kopf
leisteten richtig gute Arbeit. Er klickte Carls Fenster an und
vergrößerte es.

So. Jetzt die helleren Punkte finden und …

Aus.

Einen langen, furchtbaren Moment dachte er, es würde
diesmal nicht funktionieren, doch dann wurde der Punkt
blasser. Erlosch, und mit ihm ein ganzer Haufen von anderen.

Bestens. Weiter.

Timo arbeitete verbissen, eliminierte einen Klumpen
nach dem anderen, fühlte, wie ihm der Schweiß auf die
Stirn trat. Irgendwann knallte etwas hart gegen die Tür, und
er fuhr erschrocken zusammen. Thomas war wohl wieder

da und bearbeitete das Schloss mit allen Mitteln, die ihm zur Verfügung standen.

Der Lärm ließ Timo nervös werden, und das schlug sich auf seine Trefferquote nieder. Die Punkte verblassten nicht mehr so schnell wie bisher, manchmal taten sie es gar nicht.

Rums. Diesmal war der Schlag so laut gewesen, dass Timos Herz stolperte. Eine Sicherheitstür konnte man nicht einschlagen, oder? Oder?

Er wagte einen vorsichtigen Blick am Monitor vorbei. Durch die Türscheibe war niemand zu sehen, keiner lugte in den Computerraum hinein. Wahrscheinlich arbeitete Thomas kniend, so wie vorhin schon.

Timo unterzog Carls aktuellen Zustand einer kritischen Prüfung. Die Situation war ganz klar entschärft, die Anzahl seiner Bots unterschied sich kaum von der bei den anderen. Ein paar würde Timo noch außer Gefecht setzen, und dann –

Ja, was dann? Am liebsten hätte er sich um Valerie gekümmert, aber der Computer, auf dem sich ihre Daten befanden, lag extrem ungünstig. Timo hätte mit dem Rücken zur Tür arbeiten müssen, sichtbar für jeden, der auch nur zufällig hier reinsah.

Das ging nicht. Leider. Nicht am Tag.

Auf allen vieren kroch Timo zum nächsten Monitor. Hier war er sogar noch besser vor Blicken geschützt. Und hier waren Magnus' Daten zu Hause.

Blaues Gewirr, das kränker wirkte als bei Carl. Bei einigen der Punkte hatte Timo den Eindruck, das Leuchten wäre in gewisser Weise schmutzig, manche verschwammen mit dem Hintergrund, wurden unscharf.

Er begann mit dem Eliminieren, beinahe ohne es wirklich zu merken. Er hatte ein Auge für die helleren Nanobots entwickelt, für die Superbots, wie er sie insgeheim nannte. Während sie ausschaltete, dachte er kaum an Magnus, sondern es war mehr ein Reflex – er wollte Ordnung schaffen und dieses merkwürdige, verklebt wirkende Chaos aufräumen.

Es ging schnell voran. Timo arbeitete konzentriert und beseitigte mehr und mehr der untypisch aussehenden Punkte. Nanobotmüll, dachte er. Es war eine befriedigende Arbeit, und es machte beinahe Spaß zu sehen, wie sich Magnus' Viertel allmählich lichtete. Es kam wieder Bewegung in die Bots, dort, wo sie Platz hatten, und Timo schuf Platz, mehr und mehr.

Er war so versunken in seine Tätigkeit, dass er das neue Geräusch an der Tür erst gar nicht wahrnahm. Ein Sirren, ein Quietschen – und Stimmen, die er kannte.

Die eine gehörte dem Hausmeister. »Gleich haben wir es. Mit dieser Bohrmaschine klappt's!«

»Das will ich wirklich hoffen.« Die zweite Stimme war die von Kleist gewesen.

Panisch sah Timo sich um. Wenn es ihnen wirklich gelang, die Tür aufzubrechen, war er geliefert. Natürlich würde Kleist sofort begreifen, dass Timo nur deshalb hier drin sein konnte, weil er die Schlüsselkarte geklaut hatte. Es würde nicht lange dauern, bis er auch herausgefunden hatte, dass Timo an den Computern rummanipulierte, und dann …

Ein Versteck. Er musste irgendwo einen Platz finden, an dem er sich verstecken konnte, bevor Thomas und der

Hausmeister es mit vereinten Kräften schafften, die Tür zu öffnen.

Dahinten. Das war die einzige Möglichkeit. Dort gab es einen großen Drucker, ein Standgerät, halb in einer Nische. Wenn es Timo gelang, sich dahinterzuquetschen, war er außer Sicht.

Er kroch auf den Drucker zu, machte sich so flach, wie es nur ging. Hoffentlich konzentrierten sich da draußen alle nur auf die Tür und nicht auf das, was im Raum dahinter passierte.

Er erreichte die Nische. Zwängte sich hinein, da war genug Platz, zum Glück. Der Drucker war wie ein massiver, quaderförmiger Schutzschild, und obwohl sein Herz pochte wie verrückt, begann Timo sich allmählich zu beruhigen.

Bis ihm einfiel, dass er seine Krücken unter dem Tisch vergessen hatte.

26

Es dauerte noch ungefähr drei Minuten, dann standen die Männer im Zimmer. Timo sah sie nicht, hörte sie nur. Er versuchte, so flach und unhörbar wie möglich zu atmen.

»Geschafft!« Das war der Hausmeister. »Wenn Sie noch etwas brauchen –«

»Nein, schon gut. Vielen Dank.« Das war Kleist. »Hier, für Sie.« Wahrscheinlich drückte er ihm jetzt einen Schein in die Hand.

»Na gut. Mich brauchen Sie auch nicht mehr?« Thomas, der erschöpft klang.

»Wie man's nimmt. Es wäre sicher kein Fehler, wenn Sie sich dann wieder um die Autos kümmern würden.«

Thomas verließ den Raum, falls er etwas gesagt hatte, war es ein gut unterdrückter Fluch gewesen, den Kleist ignorierte. Timo hörte ihn ein paar Schritte gehen, dann knarrte ein Stuhl.

»So«, sagte Kleist. »Kommen Sie rauf? Wir können weitermachen.«

Er musste telefoniert haben. Timo kauerte sich in seiner

Nische zusammen. Es war jetzt so ruhig im Zimmer, dass jedes versehentliche Streifen am Drucker, jedes Hüsteln oder laute Atmen hörbar gewesen wäre.

Kurz darauf betrat noch jemand den Computerraum. »Da haben Sie aber eine Menge Chaos angerichtet.« Sporer.

»Beschweren Sie sich nicht, okay?«, erwiderte Kleist. »Sie waren es, der die Schlüsselkarte verlegt hat, also geht auch das bisschen Schutt da draußen auf Ihre Kappe.«

Wieder das Knarren von Drehstühlen. »Bei Valerie Sageder sieht es nicht gut aus«, stellte Kleist kurz darauf fest. »Exponentielle Zunahme. Waren Sie heute bei ihr? Wie ist ihr Zustand?«

Seufzen. »Leider so wie erwartet. Sie hat Sehstörungen auf dem linken Auge, das Sprechen fällt ihr zunehmend schwer, und sie schläft fast nur noch.«

Timo presste die Lippen aufeinander. Er hätte es doch riskieren sollen. Valerie, die bis auf ihr verdrehtes Bein schon wieder so fit gewesen war. Mit ihrer heiseren Stimme und ihrem trockenen Humor. Erst hatte ihr weinseliger Vater sie im Stich gelassen, und jetzt Timo. Bloß weil der betreffende Computer ungünstig stand.

»Aber … kommen Sie, sehen Sie sich das an!« Sporer lachte auf. »Hier haben wir wirklich gute Neuigkeiten!«

Schritte. Rascheln. »Ach!« Kleist klang erfreut. »Tewes erholt sich. Ja, das ist sehr erfreulich. Das lässt auch für die anderen hoffen! Die Bots lernen, das haben wir ja bereits festgestellt. Und nun scheinen sie zu begreifen, dass sie ihren Wirt besser nicht zerstören.«

Nichts begreifen sie, dachte Timo.

»Oh Gott, und sehen Sie mal – Robecker! Da hat sich der Status ja völlig geändert. Haben Sie eine Erklärung dafür, Kleist?«

Sie mussten vor dem Bildschirm mit Magnus' Daten stehen. Eine Zeit lang sagte keiner der beiden Ärzte ein Wort.

»Das ist wirklich erstaunlich. Unglaublich«, murmelte Kleist dann. »Ich wünschte nur, ich könnte eine Gesetzmäßigkeit dahinter erkennen.«

»Auf jeden Fall haben wir fürs Erste den Kopf aus der Schlinge.« Sporer klang erleichtert, geradezu vergnügt. »Wenn es sich bei den anderen Zweiern ebenso entwickelt …«

Das würde es nicht. Generation zwei stirbt, hatte die Stimme gesagt. Aber was, wenn Timo den beiden Ärzten klarmachte, was wirklich passiert war? Warum es bei Carl und Magnus plötzlich nicht mehr so dramatisch aussah?

»Wir haben gar nichts aus der Schlinge«, erwiderte Kleist scharf. »Wir bewegen uns auf unglaublich dünnem Eis, es ist ein Wunder, dass Gerwalds Tod uns nicht auch den Kopf gekostet hat. Wenn irgendjemand Wind von dem bekommt, was wir getan haben, ist es vorbei, verstehen Sie?«

»Nun tun Sie nicht so, als wäre das alles meine Idee gewesen.« Erstmals klang Sporer wirklich gereizt.

»Oh, keine Sorge«, gab Kleist zurück. »Niemand, der Sie kennt, würde Ihnen allzu viele Ideen unterstellen. Aber das ändert nichts daran, dass Ergebnisse von uns erwartet werden. Bald. Und Generation drei entwickelt sich prächtig, da gehen wir kein Risiko ein.«

Ein Krachen. Vermutlich hatte Sporer mit der flachen

Hand auf den Tisch geschlagen. »Das dachten wir bei Generation zwei erst auch, nicht wahr? Und sehen Sie sich die Patienten jetzt an. Frederick Gerwald ist tot, und Valerie Sageder wird es bald sein, wenn sich die Entwicklung bei ihr nicht umkehrt. Was mit Tewes und Robecker passiert ist, verstehen wir beide nicht. Wer weiß also, was in zwei oder drei Wochen bei Generation drei los sein wird?«

Er war ungewöhnlich laut geworden, nun senkte er seine Stimme. »Umso mehr, als wir keinen Zugriff mehr auf die Dreier-Bots haben. Das wissen Sie. Sie laufen nicht mehr über unseren Server. Wir können ihnen keine Aufgaben mehr stellen, die suchen sie sich jetzt selbst.«

Timo hatte den Atem angehalten, ohne es zu merken. Sporer hatte von »Bots« gesprochen, ihre Schlussfolgerungen waren also richtig gewesen. Wenn Timo es richtig verstand, dann hatten die Nanobots in seinem Gehirn sich selbstständig gemacht und reparierten das, was ihnen gerade in den Sinn kam. Oder sie reparierten gar nichts, sondern stellten Dinge um. Und möglicherweise beschlossen sie irgendwann auch, sich wie verrückt zu vermehren.

»Wir brauchen eben eine Generation 4«, meinte Kleist. »Die Optimierung hat doch beim letzten Mal auch geklappt. Bots, die Bots verbessern, das ist …«

»Beim letzten Mal waren wir aber nicht auf uns allein gestellt«, fiel Sporer ihm ins Wort. »Wirklich, Kollege, wir können keine neuen Entwicklungen vorantreiben, wir müssen uns auf die Patienten konzentrieren, bei denen es zunehmend kritisch wird.«

Darauf kam keine Antwort mehr. Eine Zeit lang hörte

Timo nur Tippgeräusche und Klicken, dann meldete Sporer sich wieder. »Ich empfange gerade die Aufnahmen von Eibners Vestibulocerebellum, hier hat sich alles regeneriert. Das deckt sich mit meiner Untersuchung von heute. Kein Nystagmus mehr, keine Ataxie.«

Es war von Georg die Rede, das hatte Timo begriffen – darüber hinaus allerdings nichts. Vestibulo–

Vestibulocerebellum. Das ist ein Teil des Kleinhirns. Nystagmus kann man mit Augenzittern übersetzen. Ataxie ist eine Störung der Bewegungskoordination.

Die Stimme hatte sich zurückgemeldet, und sie wusste offenbar über eine ganze Menge Dinge Bescheid.

Danke, sagte Timo stumm. *Du wirst mir eine große Hilfe sein, wenn ich zurück zur Schule gehe.*

Keine Antwort. Wer es auch war, der in seinem Kopf sprach, Humor war nicht seine starke Seite.

»Es ist tragisch, dass wir keinen neuen Auftrag mehr starten können.« Sporer seufzte. »Wir müssten herausfinden, über welchen Server die Bots sich jetzt vernetzen. Na ja, immerhin empfangen wir noch Bilder von Generation drei.«

»Halten Sie sich doch an Ihre eigenen Tipps, und versuchen Sie lieber, die Reproduktion von Generation zwei zu stoppen.« Es hörte sich an, als hätte Kleist große Lust, Sporer zu knebeln. »Man muss diese Funktion über das Programm lahmlegen können. Es hieß doch sogar, es gäbe die Möglichkeit, die Bots gänzlich abzuschalten. Ich versuche das zum dritten Mal, ohne Erfolg.«

Sie lernen.

Timo fühlte, wie sein linkes Bein einzuschlafen begann.

Er hätte gerne seine Position geändert, aber das hätte auf jeden Fall Geräusche gemacht, und …

»Es muss Ihnen ja wirklich wichtig gewesen sein, hier reinzukommen!« Eine weibliche Stimme, und nach ein paar Sekunden wusste Timo auch, wem sie gehörte. Paola Wild-Zagenbeck, die es offenbar nicht länger in der Cafeteria ausgehalten hatte. »Da sind tatsächlich Löcher in der Wand! Tsss. Erst legen Sie sich so eine tolle Sicherheitstür zu, und jetzt kann hier jeder rein.«

Stühle knarrten, zwei schnelle Schritte, dann Kleist, dem diesmal die Beherrschung hörbar abhandenkam. »Sagen Sie, habe ich Ihnen nicht ausdrücklich gesagt, dass Sie im dritten Stock nichts verloren haben? Ebenso wenig wie im zweiten? Sie strapazieren meine Nerven, gute Frau, das sollten Sie besser nicht tun.«

Wild-Zagenbeck ging überhaupt nicht auf ihn ein. »Das sieht interessant aus, was Sie da tun. Sind das Gehirnscans?«

Endlich reagierte auch Sporer. »Ich würde Sie bitten, auf Ihr Zimmer zu gehen. Wir haben einiges an Arbeit aufzuholen, Unterbrechungen sind da nicht hilfreich.«

Die Frau lachte. »Ich bin ganz leise, versprochen. Ich stelle Ihnen erst Fragen, wenn Sie eine Pause machen.«

Timo konnte buchstäblich fühlen, wie Kleists Aggression den Raum füllte. »Muss ich wirklich jemanden holen, der Sie wegbringt? Haben Sie keine Manieren, merken Sie nicht, wenn Sie unerwünscht sind?«

Wieder das Lachen, ein wenig höher diesmal. »Wenn ich mich davon beeindrucken ließe, hätte ich den falschen Job.

Aber in Ordnung, ich gehe. Ich sehe ja, Sie sind am Ende Ihrer Kräfte, Sie brauchen sogar schon Krücken!«

»Wie bitte?«

»Na, die dort, die unter dem Tisch liegen.«

Es war ein Gefühl, als gefrören Timos Organe zu Eis. Die beiden Ärzte waren so konzentriert gewesen, keinem von ihnen waren die Krücken aufgefallen. Und dann musste diese dumme Kuh kommen ...

Einige Atemzüge lang herrschte Stille, und Timo meinte, man müsse sein Herz bis in den Park hinaus klopfen hören.

»Ich begleite Sie hinaus«, sagte Sporer dann. Schritte entfernten sich.

Kurz darauf ein scharrendes Geräusch, Kleist musste die Krücken vom Boden aufgehoben haben. Er würde nicht wissen, wem sie gehörten, die sahen hier alle gleich aus, aber ihm musste klar sein, dass einer der Patienten die Schlüsselkarte besaß. Und Timo würde ohne Krücken sein, wenn er sie nicht jemand anderem klaute. Eins und eins zusammenzuzählen war da wirklich kein Problem.

Als Sporer zurückkam, wirkte er zum ersten Mal aufgebracht. »Diese Frau ist eine entsetzliche Nervensäge. Ich habe Martin gesagt, er soll ein Auge auf sie haben, aber die ganze Zeit bewachen kann er sie natürlich nicht.«

»Tja.« Kleists Stimme war zu einem Grollen geworden. »Vielleicht am besten, wir sperren sie ein. So wie Sie Ihr Büro hätten abschließen sollen, Dr. Sporer. Es muss Ihnen doch klar sein, dass einer der Patienten hier drin war. Mit Ihrer Schlüsselkarte.«

»Wegen der Krücken. Hm.« Es war Sporer anzuhören,

dass ihm die Sache unangenehm war. »Aber wer hätte denn wissen können, wo ich die Karte aufbewahre? Und dass sie für diese Tür ist?«

Kleist schnaubte. »Sie sind ein gesprächiger Mann. Außerdem haben im Lauf der Monate sicher Dutzende ihrer Patienten gesehen, wie sie die Tür geöffnet haben. Da reicht einer, der gerne ein wenig im Internet surfen wollte und dachte, da stehen doch jede Menge Computer.«

»Na, das wäre dann wenigstens nicht so schlimm«, sagte Sporer hoffnungsvoll. »Dann hat derjenige bestimmt nicht verstanden, was er hier gesehen hat.«

Danach verlief das Gespräch im Sand. Ab und an wechselten die beiden Ärzte noch ein paar Worte, arbeiteten aber sonst schweigend vor sich hin. Timo hoffte, sie würden nicht mehr lange machen. Er hielt seine zusammengekauerte Position fast nicht mehr aus. Ein Bein spürte er kaum noch, das andere tat weh, außerdem musste er bald aufs Klo. War nicht längst Abendessenszeit?

Es war schwer abzuschätzen, wie lange es wirklich dauerte, aber eine Stunde war es mindestens. Timo war knapp davor, aufzugeben und seine unerträgliche Position zu verlassen, als Sporer sich wieder zu Wort meldete. »Zeit für die Abendvisite. Ich muss dringend nach Sageder sehen, und nach ein paar anderen auch.«

»In Ordnung.« Kleist klang resigniert. Müde. »So kommen wir ohnehin nicht weiter.«

»Eben.« Wieder schwang in Sporers Stimme Schärfe mit. »Es war ein Fehler, ihn auszuschalten. Ihr Fehler.«

Stühle wurden verschoben. »Jemand musste eine Entscheidung treffen, und das habe ich getan«, gab Kleist zurück. »Wenn Sie mir das vorwerfen wollen – bitte.«

Er stand auf. Timo hörte Schritte auf sich zukommen, oh nein, nicht im letzten Moment, wo es doch beinahe schon überstanden war. Er machte sich noch kleiner als bisher und kniff die Augen zu.

Surrend erwachte der Drucker zum Leben. Gab eine Reihe mechanischer Geräusche von sich. »Das ist nur eine schwache Maßnahme«, sagte Kleist ganz in Timos Nähe. »Aber die meisten werden sich davon abschrecken lassen.«

Papier raschelte. Der Drucker wurde wieder abgeschaltet, dann gingen die beiden Ärzte.

Sie gingen. Timo konnte es kaum glauben, sie gingen tatsächlich. Die Tür wurde zugedrückt, das Schloss rastete aber nicht ein, wenn Timo richtig gehört hatte.

Er atmete ein paarmal tief ein und aus, dann streckte er sich. Es tat so gut, dass ihm fast die Tränen kamen. Ungelenk kroch er hinter dem Drucker hervor; egal, ob jetzt einer der beiden Ärzte zurückkam, weil er etwas vergessen hatte, alles egal. Timo wollte es nur noch hinter sich haben. Am Tisch angelangt, versuchte er aufzustehen, doch seine Beine nahmen ihm übel, was er ihnen zugemutet hatte.

Von den Krücken war keine Spur mehr.

Timo nahm es als Wink des Schicksals. Er würde ein paar Minuten brauchen, bis er wenigstens stehen konnte – die Zeit musste er nutzen, sonst würde er sich das ewig vorwerfen. Er zog sich über den Boden bis zu dem Computer, über den er Valeries Nanobots beobachten konnte. Dann begann er, Leuchtpunkte abzuschießen, einen nach dem anderen.

Als es sich so anfühlte, als könne er den nächsten Versuch wagen aufzustehen, hatte er die Situation deutlich verbessert. Nicht so sehr wie bei Carl, aber immerhin.

Länger zu bleiben wagte er nicht. Auf zitternden Beinen schlurfte er zur Tür. Ein Blick durch das Fenster zeigte ihm, dass eben Agnes den Gang entlanglief, wahrscheinlich gerade fertig mit einer Logopädieeinheit. Er duckte sich blitzschnell, zählte bis zwanzig und überprüfte die Lage dann noch einmal.

Sie war fort, die Luft war rein. Timo öffnete die Tür. An der Außenseite klebte ein Zettel: Zutritt verboten. Sicherheitsbereich.

Aha, das hatte Kleist also ausgedruckt. Sicherheitsbereich? Was sollte man sich denn darunter vorstellen?

Wie auch immer, er hatte schon recht. Der Zettel würde genügen, um die meisten Patienten fernzuhalten. Die sowieso mit ihrem eigenen Zustand genug zu tun hatten und keine Erkundungstouren unternahmen.

Ohne Krücken und mit seinen wackeligen Beinen war jeder Schritt eine Herausforderung. Timo stützte sich gegen die Wand und biss die Zähne zusammen, aber er kam trotzdem kaum voran. Der Aufzug schien unerreichbar weit weg zu sein.

Bis zu Professor Brands Zimmer quälte er sich, dann brauchte er eine Pause. Freddys Bett stand immer noch leer, und Timo setzte sich mit einem Seufzer der Erleichterung hin. Hier konnte er relativ gefahrlos warten, bis er sich fit genug für die nächste Etappe fühlte.

Er betrachtete Brand, der ruhig atmend dalag. Am Infusionsständer rechts seines Betts hing ein noch halb voller Beutel, die Flüssigkeit tropfte langsam, aber regelmäßig in den Schlauch.

NBI Generation 3. Das traf auch auf ihn zu, nicht wahr? Und seine Bots, die Timo sich beim letzten Mal angesehen hatte, waren nicht besorgniserregend gewesen. Im Gegenteil, sie hatten sich so harmonisch bewegt wie bei niemandem sonst. Warum ging es ihm dann nicht besser?

Na gut, dafür fühlte Timo seine Kräfte zurückkehren. Er sah sich einmal gründlich um, fand nirgendwo Krücken, wusste aber gleichzeitig, es würde auch so klappen.

Kaum war er aus dem Zimmer, trat Martin aus der Tür nebenan. Timo erstarrte; was würde der Pfleger sich jetzt denken? Dass Timo aus reiner Freundlichkeit einen wildfremden Mann besuchte, den er noch nie wach erlebt hatte?

»Hast du dich im Stockwerk geirrt?« Martin klopfte ihm gutmütig auf die Schulter. »Da bist du nicht der Erste, dem das passiert. Na komm, ich muss auch runter, fahren wir gemeinsam.« Er stützte Timo bis zum Aufzug, und sie fuhren in den zweiten Stock. »Von hier aus kriegst du es alleine hin, ja?«

Timo nickte. Schlurfte auf sein Zimmer zu, fast so erschöpft wie nach seinem Ausflug auf die Straße.

Als er seine Zimmertür öffnete, saß Magnus aufrecht im Bett. Er blinzelte Timo an, dann lächelte er und streckte eine Hand aus. »Hallo. Ich bin Magnus. Kannst du mir sagen, wo ich hier bin?«

313

27

Timos erster Impuls war es, rückwärts wieder aus dem Zimmer zu gehen. Er blieb stehen, hielt sich am Türrahmen fest und starrte Magnus an, der seinen Blick fragend erwiderte.

Das war unglaublich. Und es war Timos Werk gewesen, daran bestand kein Zweifel. Er hatte bei Magnus Ordnung gemacht, und der war prompt aufgewacht.

Hätte Timo damit rechnen müssen? Nein. Doch. Er wusste es nicht, er hatte nur die Gelegenheit ergreifen wollen, Magnus' Leben zu retten.

Ein paar Sekunden stand er wie angewurzelt da, dann hatte er sich gefangen und schloss die Tür hinter sich.

Achte auf Magnus, die Warnung der unbekannten Stimme war noch sehr lebendig in seiner Erinnerung. *Er wird unberechenbar.* Tja, das konnte man so sagen.

»Ist das hier ein Krankenhaus? Ja, oder?« Die Worte kamen heiser heraus und ein wenig schleppend, sonst aber sehr gut verständlich. Timo blieb auf Abstand, lehnte sich an die Wand und nickte. Nicht wirklich ein Krankenhaus, aber so etwas Ähnliches.

»Ah. Was ist denn passiert? Habe ich …« Magnus' Augen weiteten sich erschrocken. »Ich habe es doch nicht wieder getan, oder? Nein, bitte nicht!«

Was getan? Nicht reden zu können hatte sich bisher noch nie so bitter angefühlt wie jetzt. Andererseits – das eine, entscheidende Wort würde er schon irgendwie rausbringen.

»Uu. Waa. Waaas?«

Magnus sah ihn betreten an. »Du kannst nicht sprechen?«

Resigniert schüttelte Timo den Kopf. Deutete auf die Operationsnarbe, dann auf seinen Mund und zuckte mit den Schultern.

»Oh. Tut mir leid.« Magnus sah sich im Zimmer um, als versuche er, etwas zu finden, das er wiedererkennen konnte. »Wie lange bin ich denn schon hier?« Er sah Timo erwartungsvoll an, dann schloss er die Augen. »Ach so, ja. Das sollte ich besser jemand anderen fragen.«

Wahrscheinlich war es dem Trauma und dem langen Koma zu verdanken, dass Magnus so langsam schaltete, aber vielleicht war er auch einfach nicht die hellste Kerze auf der Torte. Ohne den anderen aus den Augen zu lassen, tappte Timo bis zu seinem Bett und ließ sich erschöpft nieder. Dieser Tag hatte es in sich.

»Ww-aaaas?«, wiederholte er mühsam und hoffte, Magnus würde begreifen, worauf sich die Frage bezog. Nämlich darauf, was er *hoffentlich nicht schon wieder getan* hatte. Die Drohung mit dem Kissen war Timo noch lebhaft im Gedächtnis.

»Ich war doch erst im Krankenhaus.« Magnus sank stöhnend zurück. »Ich glaube, ich habe einen Filmriss. Das ist nicht gut. Das werden sie mir übel nehmen im Job. Ich hab ihnen versprochen, ich mach's nicht mehr.«

Timo gab ein mitfühlendes Geräusch von sich, in der Hoffnung, dass Magnus dann weitersprechen würde. Tat er wirklich.

»Scheiß Alkohol. Der ist mein Problem, weißt du? Ich bin mit vierzehn zu Hause rausgeflogen und habe herumgejobbt. In miesen Lokalen, wo dich keiner nach Papieren fragt, aber sie bezahlen dich und lassen dich in irgendeiner Ecke schlafen. Außerdem geben sie dir zu trinken.«

Seine Worte waren immer langsamer und leiser geworden, nun glitt sein Kopf zur Seite, als wäre »schlafen« das Stichwort gewesen. Timo hustete. Das half. Magnus' Blick irrlichterte durchs Zimmer. »Was hast du noch mal gesagt, wie du heißt?«

Davon war noch gar nicht die Rede gewesen, aber Timo unternahm einen weiteren Sprechversuch, der einigermaßen glückte.

»Timo, aha. Ich heiße Magnus. Wissen die von der Werkstatt, dass ich krank bin? Sonst verliere ich meine Lehrstelle.«

Tja, der Zug musste längst abgefahren sein. Timo betrachtete seinen Bettnachbarn mit leichtem Bedauern. Neunzehn Jahre und offenbar ein Alkoholproblem, darüber hinaus grauenvolle Eltern und ein Kurzzeitgedächtnis wie ein Goldfisch.

»Hauptsache, ich hab mich nicht wieder geprügelt«, murmelte Magnus. Seine Augen schlossen sich, und Timo drückte den Rufknopf. Jemand sollte sehen, dass Magnus wach war, was wohl gleich nicht mehr der Fall sein würde.

Doch der Aufruhr, den sein unerwartetes Erwachen auf der Station auslöste, machte ein Einschlafen unmöglich. Schwester Claudia war als Erste im Zimmer, sah, wie er den Kopf in ihre Richtung drehte und sich auf die Ellenbogen stützte; sie stieß einen Schrei aus und holte die anderen. In null Komma nichts war das Zimmer voller Menschen.

Claudia sprach mit Magnus, lachte zwischendurch immer wieder und erklärte, sie hätte gewusst, dass es nur eine Frage der Zeit war.

Magnus begriff die allgemeine Aufregung sichtlich nicht. »Was ist denn passiert?«, fragte er in die Runde, mehr als nur einmal, bekam aber als Antwort nur zu hören, dass es jetzt endlich wieder mit ihm bergauf gehen würde.

Dann traf Kleist ein und schickte alle anderen aus dem Zimmer. Abgesehen von Timo, der sich unter seine Decke verkrochen hatte und so tat, als interessiere ihn das alles nicht.

»Hallo, Magnus.« Der Arzt setzte sich ans Bett. »Ich bin Professor Kleist, du kennst mich natürlich noch nicht, aber ich habe dich operiert.«

Magnus zog scharf die Luft ein. »Operiert? Wieso denn?«

»Du hattest schwere Kopfverletzungen. Jemand hat dich auf der Straße gefunden, du warst fast tot.«

»Aber ... aber warum? Was ist passiert?«

Kleist seufzte bedauernd. »Ich hatte eigentlich gehofft, das könntest du mir verraten.«

Magnus blickte zur Decke. »Nein, keine Ahnung«, flüsterte er.

»Du erinnerst dich an gar nichts? Die Polizei hat schon

mehrmals nachgefragt, die wollen natürlich wissen, was dir zugestoßen ist. Ob es ein Unfall war oder …«

»Oder eine Schlägerei.« Magnus' Worte waren kaum noch zu hören. »Habe ich meinen Job noch?«

»Das weiß nun leider ich nicht. Du hast drei Monate im Koma gelegen, da ist –«

»Drei Monate?« Es war mehr ein Aufschrei als eine Frage. »Dann haben die mich längst rausgeschmissen. Oh nein, Scheiße. Der Job war das Beste, was …« Seine Stimme kippte. »Was mir je passiert ist.«

Timo drehte langsam den Kopf. Magnus weinte, eine Hand über die Augen gelegt, die andere hielt Kleist fest. »Jobs kommen und gehen«, sagte der Arzt mitfühlend. »Wichtig ist, dass es dir wieder besser geht. Das ist beinahe ein Wunder, weißt du das? Du bist wach, du sprichst, du wirst bald wieder alles tun können wie früher. Auch arbeiten.«

Magnus wimmerte, und Timo dachte an die vielen blauen Leuchtpunkte, die immer noch in seinem Kopf waren und sich bald wieder vermehren und verkleben würden, so wie bei Carl. Wusste Kleist das nicht? Konnte er es nicht zumindest ahnen?

»Morgen machen wir jede Menge Tests mit dir, also ruh dich jetzt ordentlich aus.« Der Arzt ließ Magnus' Hand los. »Dr. Sporer wird auch noch vorbeikommen und schon einmal eine Erstuntersuchung durchführen. Gleich gibt es auch Abendessen, hast du Hunger?«

Magnus nickte schwach, und Kleist lachte. »Na siehst du. Die Lebensgeister erwachen. Ich freue mich sehr, Magnus.«

Nachdem er gegangen war, kam ein Großteil derer, die er

318

vorher rausgeschickt hatte, wieder ins Zimmer. Sie nahmen Magnus Blut ab, überprüften seine Reflexe, testeten, ob er aufstehen konnte.

Konnte er, was für Timo keine Neuigkeit war. Als Sporer eintraf, beschloss er, sich davonzumachen, in den Speisesaal. In all dem Trubel fiel niemandem auf, dass er den Rollator nahm und Krücken nirgendwo zu sehen waren.

Carl begrüßte ihn strahlend. »Alles wieder gut. Du bist großartig, du Genie. Danke!«

Timo winkte ab, obwohl Carls gute Laune ihn freute. Aber es war nur geborgte Zeit, die Bots würden sich wieder vermehren und, da waren Kleist und seine innere Stimme sich einig: sie lernten. Konnte also sein, dass sie in Kürze einen Weg finden würden, Timos Attacken an sich abprallen zu lassen. Wenn er überhaupt je wieder Gelegenheit bekam, sich in den Computerraum zu stehlen.

»Stimmt es, dass Magnus wach ist?«

Timo nickte. Deutete auf sich.

»Wie, den hast du auch behandelt? Die sollten dir hier einfach das Feld überlassen, aber echt. Wie ist er denn so, der Magnus?«

Verwirrt, dachte Timo. Und traurig. Und wahrscheinlich ziemlich alleine in seinem Leben.

Mona rollte zu dem Tisch, an dem sie saßen, fiel Timo um den Hals und schilderte dann in allen Einzelheiten, wie sie den Rollstuhl-Unfall inszeniert hatten. »Ich habe mich danach über eine Stunde lang untersuchen lassen, alles nur für Carl«, sagte sie und warf ihm einen ihrer dunklen Blicke zu. »Sie haben mich sogar geröntgt.«

Timo wünschte, er hätte ihnen erzählen können, was er alles gehört hatte. Dass die Zweier sich weiter unkontrolliert vermehren würden. Und dass die Ärzte auch die Kontrolle über die Dreier verloren hatten, weil die plötzlich nicht mehr über den Server anzusteuern waren.

Vernetzt waren sie trotzdem, so viel stand für Timo fest. Sonst hätte er nicht stumm mit Jakob kommunizieren können. Waren die Bots schlau genug, sich einen anderen Server zu suchen?

Er sah sich um. Jakob war nicht im Speisesaal. Aber vielleicht konnte er ihm auch auf Distanz erzählen, was passiert war? Und Jakob würde es weitergeben, so wie schon einmal.

Hey, sagte Timo in Gedanken. Magnus ist wach, hast du das schon mitbe–

Der Schlag erwischte ihn völlig unvorbereitet, er traf ihn am Rücken, hart und schmerzhaft. Timo drehte sich um und schaffte es gerade noch, die Hände hochzureißen, bevor der nächste Hieb seinen Kopf getroffen hätte.

Er kannte die alte Frau nicht. Sie musste über achtzig sein, ihr Haar stand ihr in weißen, verworrenen Löckchen vom Kopf ab, ihr Blick war starr auf ihn gerichtet. Sie schwang ihre Krücke wie eine Keule, ließ sie ein drittes Mal auf ihn herabsausen, dann war Carl bei der Frau und zog sie von Timo weg. Er riss ihr die Krücke aus der Hand und drückte die Patientin auf einen Stuhl, während jemand vom Küchenpersonal Hilfe holte. Im Saal waren alle Gespräche verstummt, nun wurde rundum getuschelt. Eine andere alte Frau humpelte heran und redete mit ihrer Mitpatientin, streichelte ihr beruhigend über den Kopf.

Allerdings wirkte die Frau nicht, als würde sie Beruhigung brauchen. Sie saß entspannt da, und ein Lächeln breitete sich auf ihren Zügen aus.

Das alles hatte nicht einmal eine Minute gedauert, und Timo saß immer noch wie versteinert da. Sein Rücken schmerzte, ebenso seine Unterarme, mit denen er den zweiten Schlag abgefangen hatte.

Was war da eben passiert? Wieso ging die Frau auf ihn los? So gezielt, so brutal.

Martin stürmte nun herein, warf einen kurzen Blick auf die alte Frau und kam dann zu Timo. »Alles okay? Bist du verletzt?«

Timo reckte einen Daumen hoch und schüttelte den Kopf. Mehr als ein paar blaue Flecken würde er von dem Angriff nicht davontragen.

»Ich verstehe das überhaupt nicht.« Martin wirkte ehrlich erschüttert. »Frau Ahlen ist so eine Nette, wirklich. Jemand, den man sich als Oma wünschen würde, weißt du? Keine Ahnung, was in sie gefahren ist, weil eigentlich ist sie noch sehr klar im Kopf ... Rätselhaft. Aber ich werde mit ihr reden.«

Er ging zu der alten Frau zurück, half ihr hoch und verließ mit ihr den Speisesaal. Die ganze Zeit über redete er leise auf sie ein, doch es sah nicht aus, als würde sie antworten.

Carl kehrte zum Tisch zurück und ließ sich schwer auf seinen Stuhl plumpsen. »Kampfoma«, sagte er. »Da soll einer durchblicken. Dabei hast du ihr gar nicht den Pudding geklaut, oder?«

Nein, das hatte Timo nicht. Trotzdem glaubte er an keinen Zufall, die Frau war ganz gezielt auf ihn losgegangen, nicht einfach auf irgendjemanden. Ihm dämmerte ein möglicher Grund dafür, auch wenn der wirklich verrückt war.

Mit fragender Miene hielt er Carl erst zwei, dann drei Finger vor die Nase. Sah zu dem Stuhl hinüber, auf dem Frau Ahlen vorhin gesessen hatte, und wiederholte seine Handzeichen. Ballte die Hand dann zur Faust und ließ sie sinken. Zweier? Dreier? Oder nichts davon?

Carl verstand sofort, was er meinte. »Keine Ahnung, tut mir leid. Von den richtig alten Patienten kenne ich fast niemanden. Nur Ludwig, der ist neunzig und kennt schmutzige Witze, da fällst du um.« Er dachte kurz nach. »Aber ich könnte ihr einen Besuch abstatten und einen schnellen Blick auf ihre Eckdaten werfen.« Er wartete Timos Reaktion nicht ab, sondern lief sofort los. »Bin dir schließlich was schuldig!«, rief er von der Tür aus.

Timo rieb sich den linken Unterarm. Er würde sich jetzt etwas zu essen holen, verrückterweise hatte er Hunger, und mit dem Rollator war die Sache einfach. Tablett auf den Ablagekorb stellen, fertig.

Er lud sich gerade Schinkenröllchen und Pilzrisotto auf seinen Teller, als Paola Wild-Zagenbeck im Speisesaal auftauchte. So, wie sie jetzt dreinsah, machte sie ihrem Namen alle Ehre. Wild. »Ist der Klinikleiter hier?«, fragte sie eine der Küchenhilfen. »Dr. Sporer? Ich würde ihn sehr gerne etwas fragen.«

Die Antwort lautete nein, und Wild-Zagenbeck verschränkte mit schiefem Lächeln die Arme vor der Brust. »Tja. Wenn jemand ihn oder Professor Kleist sehen sollte, sagen Sie ihnen doch, ich habe zwei Jahre in Russland gearbeitet. Und ich bin nicht dumm.«

Mona war beim Auftauchen der Journalistin buchstäblich unter dem Tisch verschwunden; als Timo zum Tisch zurückkehrte, saß sie wieder aufrecht und wirkte verblüfft. »Sie hat mich da sitzen gesehen, aber das hat sie überhaupt nicht gekratzt. Kapierst du das? Sie durchsucht das ganze Haus nach mir, dann findet sie mich, und es ist ihr egal.«

Das war allerdings seltsam, auch wenn Timo ahnte, woran es lag. Wild-Zagenbeck hatte mittlerweile noch etwas anderes gefunden, das sie interessanter fand als die querschnittsgelähmte Turmspringerin. Und es hatte irgendetwas mit Russland zu tun.

Er war beinahe mit dem Essen fertig, als Carl zurückkehrte. »Ich habe mich ganz freundlich bei ihr entschuldigt, weil ich sie grob angefasst habe, und ich soll dir ausrichten, sie entschuldigt sich im Gegenzug bei dir, es tut ihr wahnsinnig leid. Sie hat keine Ahnung, was in sie gefahren ist, und macht sich jetzt Vorwürfe, aber auch Sorgen, dass so etwas wieder passieren könnte.« Carl setzte sich. »Und, um deine Frage von vorhin zu beantworten: Sie ist in meinem Club.« Er hielt zwei Finger hoch.

Das hatte Timo erwartet. In gewisser Weise sogar befürchtet. Wenn er richtiglag, dann waren die Bots nicht begeistert davon, dass er sie in ihrem Vervielfältigungsprozess behinderte. Sie wollten sich ungestört vermehren, und er war ihnen dabei im Weg. Also benutzten sie die Zweier – die Patienten, die Timo eigentlich retten wollte. Sie würden ihn stoppen und dann … *Generation zwei stirbt.*

Ja. So würde es sein, wenn er nicht extrem vorsichtig war. Und das hieß …

Er dachte den Gedanken nicht zu Ende. Carl prostete ihm mit Apfelsaft zu, und Timo griff so ungeschickt nach seinem Glas, dass er es fast umwarf. Musste er sich ab sofort auch vor Carl in Acht nehmen? Ihn am besten meiden, weil damit zu rechnen war, dass die Bots auch ihn benutzen würden, um Timo aus dem Weg zu schaffen?

Quatsch. Nein. Bisher war das alles bloß eine Theorie, die er selbst aufgestellt hatte und die vollkommen falsch sein konnte. Wichtig war vor allem, dass die Anzahl seiner Nanobots nicht wieder so groß wurde; dafür würde Timo den Computerraum aufsuchen, so oft es eben notwendig war.

Vielleicht schon heute Nacht wieder? Wenn sich eine günstige Gelegenheit ergab? Er hatte sich noch nicht um Felix gekümmert und bei Valerie nur das Nötigste erledigt. Außerdem würde er einen ausführlichen Blick auf die Bots von Frau Ahlen werfen.

Hoffentlich funktionierte bald einer der Bentleys wieder. Alles würde einfacher werden, sobald Kleist hier weg war.

28

Auf dem Gang im zweiten Stock kam ihm Magnus entgegen. Ein vollkommen ungewohnter Anblick. Er hatte sich die blonden Locken mit einer Art Piratentuch nach hinten gebunden und stützte sich auf Krücken. Die er bei Nacht nicht gebraucht hatte, wie Timo sich erinnerte.

»Hallo.« Magnus steuerte direkt auf ihn zu. »Sieh mal, wie gut das schon geht.« Er lächelte breit, erstmals fiel Timo auf, dass an einem seiner Schneidezähne ein Stück fehlte. »Wenn ich jeden Tag trainiere, gehe ich in drei Wochen wieder arbeiten. Egal, ob die in meiner Werkstatt mich noch wollen oder nicht. Ich kann mir immer noch eine andere suchen.« Er marschierte verbissen weiter, an Timo vorbei zum Fenster. Der Sturm hatte seine größte Wucht bereits verloren, vielleicht konnte morgen die Feuerwehr damit beginnen, die Straße zu sichern.

»Irgendwann muss man auch Glück haben, findest du nicht?«, sagte Magnus. »Ich bin nicht tot, das ist ein guter Anfang. Du bist auch nicht tot. Das mit dem Sprechen lernst du wieder.«

Timo gab ein zustimmendes Geräusch von sich, gegen seine innere Überzeugung. Glück haben. Magnus war Generation zwei, das allein war ein weiterer Tritt des Schicksals. In der kommenden Nacht würden die winzigen Roboter in seinem Kopf wieder weitere winzige Roboter aus dem Eiweiß seiner Gehirnzellen basteln, und sein guter Zustand würde spätestens übermorgen Geschichte sein. So wie bei Carl. Bei Felix. Bei Valerie und vermutlich auch bei Frau Ahlen.

Timo fühlte Wut heiß in sich aufsteigen. Niemand hatte sie gefragt, ob sie Nanobots implantiert haben wollten. Sie waren bewusstlos gewesen, halb tot, und die Ärzte hatten einfach getan, wonach ihnen der Sinn gestanden hatte. Tja, und jetzt waren sie überfordert. Die Patienten würden ihnen wegsterben, einer nach dem anderen. Und dann? Die Sache würde auffliegen, aber leider zu spät.

Er verwarf den Gedanken, noch bei Felix im Zimmer vorbeizuschauen, wie er es ursprünglich vorgehabt hatte. Es würde ihn zu sehr deprimieren. Dann besser ein paar Stunden schlafen und danach zurück in den Computerraum. Aufräumen.

Er hatte sich vorgenommen, etwa um zwei Uhr nachts aufzuwachen, und es gelang ihm tatsächlich. 1:57 zeigte die Uhr auf dem Gang, als er leise hinaustrat. Diesmal fühlte er sich nicht besser als tagsüber, jeder Schritt fiel ihm schwer, er musste sich an der Wand abstützen. Notfalls schnell Treppen hinauf- oder hinunterlaufen zu können würde unmöglich sein. Umso wichtiger war es, Vorsicht walten zu lassen.

Konnte er den Aufzug nehmen? Zu Fuß würde er mindestens eine halbe Stunde bis in den dritten Stock brauchen und danach wahrscheinlich zu Tode erschöpft sein. Dummerweise fielen die Geräusche des Fahrstuhls um diese Zeit aber auf, doch das musste Timo riskieren. Wenn jemand ihn entdeckte, konnte er immer noch so tun, als würde er schlafwandeln.

Niemand erwartete ihn, als er im dritten Stock nach draußen trat. Die Deckenlampen warfen fahles Licht auf die blank polierten Fliesen des Gangs, alle Türen waren geschlossen, glücklicherweise auch die zum Schwesternzimmer.

Trotzdem hörte Timo jemanden sprechen, nur sehr leise und unverständlich, aber unzweifelhaft war außer ihm noch jemand wach. Wenn er Pech hatte, dann ...

Natürlich. Er hatte es befürchtet. Die Stimmen drangen durch die demolierte Tür des Computerraums. Also konnte Timo sich seinen Plan, Felix wieder auf die Beine zu helfen, erst mal abschminken.

Oder er wartete noch ein bisschen. Immerhin hatte er den Weg ins nächsthöhere Stockwerk jetzt bewältigt, er musste nicht sofort aufgeben, vielleicht würden die zwei Ärzte gleich schlafen gehen.

Das Therapiezimmer, in dem sie sich letztens verschanzt hatten, war zwar leer, aber auch zu weit entfernt, als dass man hätte hören können, was im Computerraum gesprochen wurde. Wenn allerdings jemand sein Büro hatte offen stehen lassen ...

Timo tastete sich die Wand entlang. Seine Kräfte würden

nicht mehr lange reichen, jeder Schritt war anstrengend, aber Zusammenklappen war ein No-Go. Machte Lärm.

Das offene Büro, das er fand, lag unmittelbar neben dem Computerraum. Er schlich sich hinein und setzte sich an die Wand, keuchend. Seine Tür stand einen Spalt offen, und nun verstand er fast alles, was nebenan gesprochen wurde.

»… gebe es dann auf.« Das war ganz klar Sporer. »Ich bekomme keinen Kontakt zu Generation drei. Sie reagieren auf keinen meiner Befehle. Wie sieht es bei dir aus?«

»Ähnlich.« Timo erkannte die Stimme von Dr. Korinek, hoch und immer ein wenig genervt. »Aber die Dreier laufen derzeit problemlos, wir sollten uns auf die Zweier konzentrieren. Da, sieh dir Kreidler an. Eine Katastrophe.«

Wer war Kreidler? Einer der Alten?

»Wir müssen noch einmal die Abschaltung aktivieren«, sagte Sporer. »Die Bots haben eine Lebensdauer von einer Woche, wenn sie sich also nicht selbst reproduzieren, könnte die Krise in ein paar Tagen überstanden sein. Das müssen wir hinkriegen.«

»Tun wir aber nicht.« Der genervte Ton in Korineks Stimme hatte sich verstärkt. »Wir haben es jetzt wie oft versucht? Zehn Mal? Zwanzig Mal? Sie reagieren nicht auf den Befehl. Kleist hat recht, sie haben sich selbstständig gemacht.«

Timo wünschte sich brennend, nach drüben gehen und seine Form der Abschaltung durchführen zu können. Was, wenn er es wirklich tat? Er würde damit allen helfen, nicht wahr, keiner der Ärzte könnte etwas dagegen haben.

Nein, sagte die Stimme in seinem Kopf.

Seid ihr das? Vielleicht war es ja eine gute Idee, mit den eigenen Bots Kontakt aufzunehmen. *Ich will nur meinen Freunden helfen.*

Nein. Das Wort schnitt mit der Schärfe eines Fallbeils durch sein Bewusstsein.

Währenddessen setzte sich der Disput im Nebenzimmer fort. »Sie reagieren auf andere Befehle«, sagte Sporer. »Schau, ich habe sie auf Robeckers Neocortex angesetzt, und sie handeln genau nach Plan. Sein Gedächtnis sollte sich in den nächsten Tagen merkbar verbessern.«

»Sie reproduzieren sich aber auch schon wieder«, wandte Korinek ein. »Was hat Robecker von einem perfekten Gedächtnis, wenn seine Lebensfunktionen lahmgelegt werden? Die Bots reparieren zwar, was sie bei der Reproduktion zerstören, aber durch die schiere Masse kommen sie mit dem Reparieren einfach nicht nach.«

Timo lauschte mit angehaltenem Atem. Wenn er nach drüben kam, würde er auch bei Magnus wieder für Ordnung sorgen – nur war leider klar, dass das nicht ewig so weitergehen konnte.

»Wir sollten in München anrufen«, sagte Korinek nach einer längeren Pause. »Wir müssen ihnen sagen, dass wir aufgeben.«

»Bist du verrückt? Weißt du, was dann los ist? Sie haben ein Vermögen investiert, sie liefern uns ans Messer, das haben sie klargemacht.« Sporer lachte auf. »Aber davor erwürgt uns Kleist.«

Danach sagte lange Zeit niemand mehr etwas. Timo merkte, wie er langsam einzuschlafen drohte, sitzend gegen die Wand gelehnt. Zehn Minuten noch, sagte er sich selbst und war dann mit einem Schlag wach, als plötzlich sein Name fiel.

»Ich verstehe nicht, was die Bots bei Römer tun«, sagte Sporer. »Sie reparieren an allen Baustellen, aber sie umschiffen das Broca-Areal, als wäre es eine Todeszone.«

Ein paar Schritte mit klappernden Absätzen, offenbar ging Korinek zu Sporers Monitor und sah sich die Sache an. »Stimmt. Tja, wir können es nicht ändern. Solange wir keinen Kontakt zu den Bots bekommen.«

Es fühlte sich an wie ein Schlag in die Magengrube. Da hatte Timo nun winzig kleine Roboter in sich, gegen seinen Willen, und die hätten ihm die Sprache zurückgeben können. Wollten sie aber nicht.

Ihr Arschlöcher, dachte er wütend. Vielleicht kann ich ja Generation drei nichts anhaben, aber Generation zwei kann etwas erleben.

Nur nicht in dieser Nacht, wie es schien. Korinek und Sporer wollten und wollten einfach nicht gehen, also trat Timo schließlich den Rückzug an. Mit schwerem Herzen und schlechtem Gewissen. Hoffentlich blieb Felix noch genug Zeit.

Immerhin lag Magnus nach wie vor friedlich in seinem Bett und schlief. Noch, dachte Timo bedrückt. Armer Kerl.

Er legte sich hin und verschränkte die Arme hinter dem Kopf. Wen wollte Korinek in München anrufen?

Er hatte den Eindruck, höchstens fünf Minuten geschlafen zu haben, als polternder Lärm auf dem Gang ihn unsanft weckte. Draußen war es bereits hell, also mussten es doch ein paar Stunden gewesen sein. Schlaftrunken richtete er sich auf.

Laufschritte vor der Tür. Stimmen, die durcheinanderriefen und leiser wurden, als sie sich entfernten. Timo hatte kaum etwas von dem verstanden, was gesagt worden war. Nur »schnell« und »sie bringen sie zurück«.

Magnus war ebenfalls aufgewacht. Er legte eine Hand an die Stirn und ließ sie wieder sinken. »Boah. Fühlt sich an, als hätte ich die Nacht durchgefeiert.« Er drehte sich zur Seite. »Sag denen da draußen, sie sollen nicht solchen Krach machen.«

Sagen. Sehr witzig. Aber nachsehen würde Timo tatsächlich. Und er würde sich Magnus' Krücken leihen.

Auch aus den anderen Zimmern waren ein paar Leute getreten, die noch ziemlich müde aussahen. Jakob, Carl, Tamara, die ihr rotes Haar in zwei Zöpfe geflochten hatte. Und nun rollte Sami aus der Tür. »Was'n los?«

Keiner hatte etwas mitbekommen, aber nun hörten sie alle, dass der Aufruhr sich nach unten verlagert hatte. In den Eingangsbereich und nach außen.

Timo schwang sich auf seinen Krücken zum Fenster; aus dem Haupteingang liefen ein paar Leute – Martin war dabei, Claudia und Dr. Sporer. Sie rannten auf jemanden zu, der an der Einfahrt stand. Thomas.

Ohne auf die anderen zu achten, steuerte Timo auf den Fahrstuhl zu, der sich gleichzeitig in Bewegung setzte und ihn schon mit geöffneter Tür erwartete.

Wie seltsam das war, hatte seinem Blick zufolge nur Carl mitbekommen, er schloss zu Timo auf, die anderen folgten.

»Okay«, murmelte Carl, als sie nach unten fuhren. »Das ist spooky.«

Im Foyer hing der Hausmeister am Telefon. »Ja, sie wird gerade ins Haus gebracht. Ich fürchte, sie hat die Warnung ignoriert und die Straßensperre nicht ernst genommen – ja. In Ordnung. Wir melden uns, wenn wir mehr wissen.«

Ohne lange nachzudenken, ging Timo auf den Ausgang zu. Die automatischen Schiebetüren glitten zur Seite; er trat hinaus und merkte erst jetzt, wie stark der Wind immer noch war, er brachte ihn aus seinem ohnehin fragilen Gleichgewicht und trieb ihn geradezu zurück ins Haus.

Doch sie konnten auch von der Fensterfront aus sehen, was passierte. Martin, Claudia und Sporer klappten in der Nähe der Einfahrt das Fahrgestell einer Trage aus, dann wurde jemand hinaufgehoben. Ein paar Handgriffe später machte sich die kleine Prozession im Laufschritt auf den Rückweg.

Timo versuchte zu erkennen, wer es war, der da in den Markwaldhof gebracht wurde – als es ihm schließlich gelang, wich er drei Schritte vom Fenster zurück.

Die Journalistin. Paola Wild-Zagenbeck. Hatte sie in der Nacht versucht, hier abzuhauen? Dann aber doch bestimmt mit dem Auto!

Aus Richtung der Cafeteria tauchte nun auch Kleist auf, im weißen Arztkittel und mit einem Notfallkoffer in der Hand. »Hier gibt's nichts zu sehen«, herrschte er das kleine Grüppchen an; dann war der Tross mit der Journalistin auch schon durch den Eingang, und Kleist beugte sich über sie.

»Er tut, als wollten wir Fotos für Instagram schießen«, stellte Sami beleidigt fest. »Arroganter Typ.«

Kleists Unfreundlichkeit zum Trotz schob Timo sich ein Stück näher an das Geschehen heran, um einen Blick auf die Journalistin zu erhaschen. Wild-Zagenbeck war schneeweiß im Gesicht, abgesehen von Schmutz und Blut, die ihr Haar, ihre Stirn und einen Teil ihrer rechten Wange verklebten.

Sporer hatte begonnen, ihre Lebensfunktionen zu überprüfen, und deutete nun hektisch auf den Fahrstuhl. »Behandlungsraum zwei. Schnell!«

Timo konnte seine Aufmerksamkeit auch noch nicht von der Aufzugstür losreißen, als sie sich längst geschlossen hatte und die Ärzte samt Patientin verschwunden waren. Warum hatte die Journalistin so dringend fortgewollt?

Erschöpft und langsam schlurfte nun auch Thomas ins schützende Innere des Markwaldhofs. Er entdeckte Timo und hob grüßend eine Hand. »Was für ein Morgen! Mir ist noch ganz schlecht.«

Timo hatte tausend Fragen im Kopf, er sah Carl bittend an, und der übernahm bereitwillig das Ruder. »Hast du sie gefunden? Warum warst du überhaupt draußen?«

Thomas war sichtlich keinen Moment lang irritiert über das vertrauliche Du. »Ich will hier langsam weg, versteht ihr? Ich habe eine Menge Arbeit, die liegen bleibt. Außerdem – so prickelnd ist es hier nicht, jedenfalls nicht für mich. Der reizende Professor Kleist lässt mich regelmäßig wissen, dass er mich für einen Stümper hält, weil ich keines der Autos zum Laufen bekomme.« Er fuhr sich mit einer

Hand über die Stirn. »Ich verstehe das wirklich nicht. Ich habe die Software des Bordcomputers vier- oder fünfmal upgedated, alles umsonst.«

Dass Jakob verlegen zu Boden blickte, fiel Timos Ansicht nach nur ihm selbst auf. Und vielleicht Carl, dessen Mundwinkel sich zu einem winzigen Lächeln verschoben.

»Ich wollte einfach sehen, wie der Zustand der Straße allgemein ist. Man erfährt hier ja nichts, die lokale Feuerwehr ist nicht sehr auskunftsfreudig. Also habe ich eine kleine Besichtigungstour gemacht.« Er ließ sich auf einen der Sessel am Fester fallen. »Ich kann euch sagen: Sieht nicht gut aus. Massenhaft Äste auf der Fahrbahn, an einer Stelle hat es einen großen Baum entwurzelt, der quer liegt. Den werden sie ohne Kran nicht wegbekommen.«

»Und die Frau?«, fragte Carl noch einmal.

»Sie hat neben der Straße gelegen, der Ast, der sie erwischt hat, lag noch halb über ihr. Ich habe sie erst auf dem Rückweg entdeckt.« Thomas strich sich mit beiden Händen das Haar zurück. »Ich bin so erschrocken, ich hoffe, sie wird wieder. Ich habe sie fast die ganze Strecke vom Wald hergetragen, dort unten gab es keinen Handyempfang.« Er rappelte sich hoch und ging zur Portiersloge. »Haben Sie Hilfe angefordert?«, fragte er den Portier. »Ich glaube, sie hat ziemlich schwere Kopfverletzungen, das hier ist eine Reha-Klinik, hier kann man sie nicht angemessen versorgen.«

Die Stirn des Portiers legte sich in Falten. »Ich habe vorhin mit der Rettungszentrale telefoniert. Einen Hubschrauber zu schicken ist ihnen noch zu riskant, aber sie tun es sofort, wenn der Wind es zulässt. Und die Straße … na ja. Die haben Sie ja selbst gesehen.«

Timo fühlte eine neue Form der Unruhe in sich hochkriechen. Nicht einmal im absoluten Notfall kam man hier weg. Und umgekehrt würde auch niemand auftauchen, um nach dem Rechten zu sehen. Immerhin telefonieren klappte. Jedenfalls, wenn man sprechen konnte.

»Ich brauche jetzt entweder ein paar Liter Kaffee, oder ich hau mich noch mal hin«, verkündete Thomas. »Das alles hier schafft mich.« Er nickte ihnen zu und machte sich auf den Weg zu den Treppen.

Timo fand die Idee gut, er war nur leider sicher, dass er nicht noch einmal einschlafen würde. Aber … die Ärzte waren jetzt wohl alle mit Paola beschäftigt, nicht wahr? Konnte er da nicht einen kurzen Abstecher in den Computerraum riskieren?

Sie fuhren gemeinsam in den zweiten Stock hoch, bis zum Frühstück war noch gut eine Stunde Zeit. Als sie vor ihren Zimmern angekommen waren, hielt Timo Jakob an der Schulter fest. Deutete nach oben. Dachte dann konzentriert an die Leuchtpunkte und wie er sie zum Verlöschen brachte.

In Jakobs Gesicht arbeitete es. »Du denkst, ich kann das auch?«

Ja, dachte Timo. Du bist ein Dreier, und du hast die Bentleys lahmgelegt.

»Okay.« Jakob deutete auf seine Zimmertüre. »Aber nicht im Morgenmantel. Ich ziehe mir meinen Jogginganzug an.«

Das war eine gute Idee, das würde Timo auch tun. Und er würde Magnus die Krücken zurückbringen.

Sein Bettnachbar war wieder eingeschlafen, schnarchte ein wenig und drehte sich um, als Timo ins Zimmer kam. Das mit dem An- und Ausziehen klappte mittlerweile schon problemlos und ziemlich schnell, fragte sich nur, ob das an der Ergotherapie oder den Bots lag. Vermutlich an beidem.

Timo lehnte die Krücken gegen die Wand und zog den Rollator heran. Er war schon fast wieder draußen, als sein Blick an einem Detail hängen blieb, das ihm zuvor entgangen war. Er fühlte, wie seine Kehle sich verengte.

An Magnus' Bett stand ein Paar Sneakers, die Timos eigenen nicht unähnlich waren. Allerdings waren diese hier mit Matsch und Tannennadeln verklebt.

In Timo krampfte sich alles zusammen. Er war gestern selbst nicht die ganze Zeit über im Zimmer gewesen. Vor und nach seinem Ausflug in den dritten Stock hatte er fest geschlafen.

Es gab nur einen Schluss, den er daraus ziehen konnte; die Erinnerung an Magnus' Drohung war plötzlich wieder sehr lebendig. Irgendwo in diesem Haus lag eine bewusstlose Frau mit schweren Kopfverletzungen. Mit Erde im Gesicht. Und Blut.

Magnus drehte sich im Schlaf seufzend auf die andere Seite, und Timo machte, dass er aus dem Zimmer kam. Er würde jetzt nicht weiter über Zusammenhänge nachdenken. Er wollte nicht.

Jakob wartete schon draußen auf ihn. »Du hast so lange gebraucht, da habe ich noch einen Blick bei Felix reingeworfen.« Er zögerte. »Ich kenne mich nicht besonders gut aus, aber ich finde, er atmet so angestrengt. Als würde das irre viel Kraft kosten.«

Timo klopfte ihm auf die Schulter. Wies auf den Fahrstuhl, der sich diesmal nicht bereitwillig selbst ins richtige Stockwerk begab.

In der dritten Etage war es belebter, als Timo recht war. Lauter alte Leute zwar, aber die waren nicht zwangsläufig blind. Und sie konnten vermutlich alle besser sprechen als er.

Am besten war es, so zu tun, als wäre seine und Jakobs Anwesenheit ganz selbstverständlich. Er legte mit dem Rollator einen Gang zu und merkte, dass die Blicke der alten Leute ihn nur beiläufig streiften.

Jakob dagegen war sichtlich nervös. »Wenn sie uns erwischen …«, murmelte er.

Dann sind wir hirngeschädigt, erklärte ihm Timo stumm. Wir sind gaga. Wir wissen nicht, was wir tun, aber wir stehen unheimlich auf Computer.

Der Raum –

Thalamus

– war unbesetzt, die Rechner alle an, aber die Monitore abgeschaltet. Clever von Sporer oder Korinek, oder wer es auch gewesen sein mochte. Wer einfach nur neugierig reinschaute, sah gar nichts.

Timo erweckte als Erstes Carls Bildschirm zum Leben, dort schien alles noch im grünen Bereich zu sein.

Wie ist Felix' Nachname?, funkte er gedanklich an Jakob, der die Stirn runzelte.

»Kreider oder Kreidler oder so.«

337

Okay. Dann hatte Korinek gestern wirklich von ihm gesprochen. *Da, sieh dir Kreidler an. Eine Katastrophe.* Aber wo hatte sie dabei gesessen?

Timo konzentrierte sich auf die Rechner, die er bisher vernachlässigt hatte, und beim dritten wurde er fündig.

Kreidler, F. Ein Chaos aus Blau, teils leuchtend, teils trüb, teils schon ins Graue wechselnd. In all dem blauen Schlamm war es schwierig, die helleren Punkte zu finden, die, auf die es ankam.

Timo winkte Jakob zu sich. Deutete mit dem Finger auf den ersten dieser Superbots und ließ ihn verblassen. Dann den nächsten. Noch einen. Und noch einen.

»Okay, so ungefähr hast du mir das ja schon mal, äh, gezeigt, per Gedankenübertragung. Du machst das wie Licht ausschalten?«

Ja, nickte Timo. Jakob ging unschlüssig von einem Monitor zum anderen, schaltete da und dort einen an. »Hier ist Valerie. Sie sieht nicht so gut aus wie Carl, soll ich?«

Wieder nickte Timo, während das Blau vor ihm sich ein klein wenig zu lichten begann. Er fand den nächsten Punkt. Den nächsten. Den nächsten. Wäre es nicht um Leben und Tod gegangen, hätte es Spaß gemacht.

Er sah, wie die verbleibenden Bots sich wieder sortierten, wahrscheinlich taten sie ja sogar ihre Arbeit. Reparierten, was sie vorher kaputt gemacht hatten. Nur waren sie in ihrer Vermehrungswut mit dem Zerstören eben schneller als mit dem Reparieren.

»Ich weiß nicht«, hörte Timo Jakob sagen. »Irgendwie … klappt das nicht.«

Timo killte zwei weitere Superbots, dann stemmte er sich auf die Beine und ging zu dem Monitor, vor dem Jakob mit unglücklicher Miene saß. »Das ist einer von denen, nicht wahr?« Er tippte mit dem Zeigefinger auf den Bildschirm.

»Okay, schau her.« Jakob hielt den Blick fest auf sein Ziel gerichtet, Timo konnte ihm die Konzentration ansehen. Und es passierte ... nichts.

Das war merkwürdig. Wenn Jakob keine Märchen erzählt hatte, dann ging das Lahmlegen der Bentleys auf sein Konto; im Vergleich mussten die Bots ein Klacks sein. Vor allem reagierten sie jedes Mal auf die gedankliche Manipulation – ganz im Gegensatz zu Aufzügen und Beleuchtungskörpern.

Aber vielleicht lag es überhaupt nicht an Jakob. Vielleicht hatten Valeries Bots wieder etwas dazugelernt und eine Art Schutzschild aufgebaut. Das war dann das Ende. In Kürze würden die Bots der anderen Zweier die Technik übernehmen, und dann konnte Timo keinem von ihnen mehr helfen ...

Er schob Jakob ein Stück zur Seite, gröber, als er eigentlich gewollt hatte, und nahm Valeries Superbots selbst ins Visier. Da war einer. Fokussieren. Ausschalten.

Ein, zwei Sekunden lang passierte nichts, dann verblasste der Leuchtpunkt, und Timo knickten fast die Knie ein vor Erleichterung. Er suchte den nächsten, es klappte, beim übernächsten auch.

»Okay, lass mich noch mal.« Jakob stützte sich mit beiden Armen auf den Schreibtisch. Durchbohrte den Monitor förmlich mit seinem Blick, gab nach etwa zehn Sekunden aber auf. »Was mache ich falsch?«, fragte er bekümmert. »Ich gebe mir echt Mühe.«

Darauf konnte Timo ihm auch keine Antwort geben, weder laut noch in Gedanken. Schade war es trotzdem, zu zweit wären sie einfach viel schneller gewesen.

Er dirigierte Jakob zur Tür; wenn er Wache hielt, konnte Timo entspannter arbeiten.

»Okay.« Resigniert zuckte Jakob mit den Schultern. »Mache ich mich wenigstens irgendwie nützlich.« Er stellte sich nach draußen. »Nur Oldies, die aus dem Fenster sehen. Und da vorne kommt Britta, die will jemanden zur Ergo abholen, schätze ich.«

Timo eliminierte weiter Valeries Superbots und beschloss, sich nicht die Frage zu stellen, was passieren würde, wenn wirklich Kleist, Sporer oder Korinek auftauchten. Die ja wussten, dass die Bildschirme abgeschaltet gewesen waren.

Zehn Minuten für Valerie. Auf dem gleichen Monitor fand er jemanden namens Ahlen, B. Die Frau, die versucht hatte, ihn mit ihrer Krücke zu erschlagen. Ihre Bots waren auch zu viele, aber auf einen schnellen Blick sah es nicht so schlimm aus wie bei Felix oder Valerie. Timo klickte ihr Bild weg und checkte dann Carls Zustand.

Relativ okay, noch. Wahrscheinlich würde sein Kumpel erst gegen Abend wieder spüren, dass etwas nicht stimmte. Trotzdem vernichtete Timo bei ihm so viele der hellen Punkte, dass er am Ende weniger hatte als jeder der anderen Patienten. Weniger als die Dreier.

Danach stand er vor Magnus' Bildschirm.

Sollte er? Sollte er nicht? Es war naiv zu glauben, dass die

Erdspuren an Magnus' Schuhen und der Unfall der Journalistin nichts miteinander zu tun hatten. Auf der anderen Seite hatte er Magnus in der kurzen Zeit, die er nun wach war, nur freundlich erlebt. Er wollte in seinen Job zurück. Paola Wild-Zagenbeck ging ihm garantiert am Allerwertesten vorbei, und vielleicht war er ja nur geschlafwandelt.

Timo gab sich einen Ruck und begann, auch bei Magnus Superbots außer Gefecht zu setzen. Bei ihm hatten sie sich schneller vermehrt als bei Carl, an manchen Stellen gab es schon wieder diese charakteristischen Klumpen …

Er war noch nicht ganz fertig mit seiner Arbeit, als Jakob von der Tür her einen leisen Pfiff ausstieß. »Korinek ist eben aus dem Aufzug gestiegen!«

Sofort drückte Timo den Ausschaltknopf des Monitors, er hastete, so rasch er konnte, um den Tisch, schaltete einen Bildschirm nach dem anderen ab.

»Sie unterhält sich noch mit einer Patientin, aber sicher nicht mehr lange, mach schnell!«

Der letzte Monitor erlosch, Timo griff nach seinem Rollator, wäre beinahe gestolpert, hörte, wie Jakob sich von der Tür wegbewegte – was, wenn Korinek schon in ihre Richtung blickte? Sie würde Timo herauskommen sehen.

Tür auf. Raus. Tür wieder zu. Er fühlte sich wie mit Scheinwerfern angestrahlt, als müssten alle Augen sich auf ihn richten, als würden gleich Sirenen losheulen.

Aber Korinek stand wirklich mit einer Patientin beim Aufzug und erklärte ihr etwas. Sie war zwar sichtlich ungeduldig und versuchte, loszukommen, aber sie sah nicht in Timos Richtung.

Er schob sich in die Ecke, wo Jakob saß und mit ernsthafter Miene Lücken in einem Kreuzworträtsel ausfüllte. »Los, setz dich dazu«, sagte er. »Wir warten auf Georg. Er hat versprochen, dass er uns etwas übers Klettern erzählt, erinnerst du dich?«

Okay, das war eine Story, die man ihnen vielleicht abkaufen würde. Timo beugte sich über die Illustrierte, die Jakob in Arbeit hatte, und tat so, als würde er miträtseln. Es dauerte nicht lange, da näherten sich Schritte.

»Ihr seid im falschen Stockwerk.« Korineks missmutige Stimme. »Schon wieder.«

»Bei uns unten gibt es keine Rätselhefte.« Jakob spielte die ganze Naivität eines Dreizehnjährigen aus. »Uns war langweilig, außerdem wollten wir auf Georg warten. Klettergeschichten hören.«

Ein Seufzen. »Schlechter Zeitpunkt. Geht nach unten, Claudia soll euch eines von den Gesellschaftsspielen rausräumen. Überhaupt – hat keiner von euch Therapie?«

Timo hatte gar nicht mehr auf seinen Plan geschaut. Ja, konnte sein, dass Agnes auf der Suche nach ihm war und ihm wieder ein paar neue Worte beibringen wollte. »Fluchtinstinkt« wäre ein guter Anfang gewesen, denn den fühlte Timo in sich aufsteigen, als er Korinek auf den Computerraum zugehen sah.

Doch er schien diesmal nichts vergessen zu haben, sie kam nicht wieder raus und schlug keinen Alarm. »Los«, sagte Jakob. »Hauen wir ab.«

29

Timo kam zu spät zur Logotherapie, Agnes war nicht erfreut. »Ich dachte, du willst unbedingt sprechen lernen? So wirklich ernst nimmst du die Sache aber nicht.«

Die restliche Stunde gab er sich extraviel Mühe, mit mäßigem Ergebnis.

Sie umschiffen das Broca-Areal, als wäre es eine Todeszone, hatte Sporer gesagt, und das taten Timos verdammte Bots offenbar immer noch. Er mühte sich eine halbe Stunde lang mit »Wie geht es Ihnen?« ab und verabscheute Agnes dafür, dass sie ihn lobte. Ja, er hatte sich bemüht, aber nein, es war nicht besser geworden. Er hörte sich an, als hätte er den Mund voller Marshmallows.

Ein Tablett mit kalt gewordenem Essen erwartete ihn, als er ins Zimmer zurückkam, ebenso wie ein gut gelaunter Magnus. »Wollen wir ein bisschen nach draußen gehen? Ich will weiter mit den Krücken üben, ich werde so schnell besser, das glaubst du nicht. Schwester Claudia sagt, sie hat so etwas noch nie gesehen!«

Nach draußen gehen. So wie letzte Nacht? Timo deutete

auf Magnus' schmutzverkrustete Schuhe und sah ihn fragend an.

»Schuhe? Ja, natürlich müssten wir Schuhe anziehen.« Er lachte. »Das Wetter ist ja nicht so toll. Windig. Könnte auch zu regnen beginnen, wenn man sich die Wolken ansieht.«

Entweder er stellte sich absichtlich dumm, oder er war wirklich so arglos. Timo deutete nach draußen und schüttelte den Kopf.

»Ist okay, wenn du nicht willst. Ich gehe dann allei–« Magnus brach mitten im Wort ab. Sein Blick heftete sich auf Timo, er verengte die Augen zu Schlitzen. Sechs oder sieben lange Sekunden verharrte er unbeweglich, dann blinzelte er und schüttelte irritiert den Kopf. »Wo war ich gerade?«

Langsam hob Timo eine Hand und deutete zum Fenster.

»Ah ja. Ich wollte an die frische Luft und du nicht.« Er schlüpfte in die schmutzigen Schuhe und schnappte sich die Krücken. »Na dann, bis später!«

Timo wartete, bis die Tür ins Schloss fiel, dann ließ er sich auf sein Bett sinken. Was war da eben los gewesen? Es hatte ausgesehen, als hätte einer der Nanobots in Magnus' Kopf einen Kurzschluss gehabt. Hatte Timo bei seiner Aufräumaktion vorhin etwas abgeschossen, was wichtig gewesen wäre? Hatte er Magnus geschadet?

Das Problem war, er wusste nicht genau, was er überhaupt tat. Mit welchen Folgen. Aber bisher war es den Leuten anschließend immer besser gegangen, oder etwa nicht?

Er war noch tief in seine Überlegungen versunken, als Carl hereinplatzte, in Begleitung von Mona. Elegant wie immer brachte sie ihren Rollstuhl parallel zu seinem Bett zum Stehen. »Die bescheuerte Journalistin lebt noch«, sagte sie. »Da bin ich auch echt froh drüber, sonst wäre ich wohl mit schuld an ihrem Tod, sie ist ja immerhin meinetwegen hier.« Sie zog eine Grimasse. »Obwohl in Wahrheit natürlich meine Mutter an allem schuld ist. An allem.«

Carl strich ihr übers Haar, und zu Timos großem Erstaunen ließ sie es zu. »Sie hat jetzt ein Zimmer im dritten Stock, die Paola«, fuhr Mona fort. »Schwester Lisa hat mir im Vertrauen erzählt, dass die Kopfverletzungen nicht lebensbedrohlich sein dürften, trotzdem ist die Frau an diverse Überwachungsmonitore angeschlossen. Sie können sie frühestens morgen wegbringen. Mit dem Hubschrauber.«

Timo stand auf und sah aus dem Fenster. Draußen lief Magnus durch den Park, der Wind blies ihm die blonden Locken aus dem Gesicht. Auf der Seite, auf der sie nicht abrasiert waren. Dann kam eine Bö und warf ihn beinahe um.

Carl war ebenfalls ans Fenster getreten. »Sieh ihn dir an. Von wegen, Generation zwei stirbt. Ihm geht es so gut wie noch nie, und mir auch. Ich habe das Gefühl, dass mein rechtes Bein mit jeder Stunde besser wird.« Er sah Timo von der Seite her an. »Warst du das?«

Timo hob die Hände in einer unbestimmten Geste. Wahrscheinlich, aber wer konnte das schon genau sagen? Er hatte Bots dezimiert, und die übrig gebliebenen schienen vernünftige Arbeit zu leisten. Im Moment.

Durchs Fenster sah man nun, wie Martin hinauslief, Magnus einholte, gestikulierend auf ihn einredete und ihn dann zurück ins Haus zog. Spaziergänge bei dieser Witterung wurden offenbar vom Personal nicht gerne gesehen.

Er hatte keine Lust darauf, Magnus gleich wieder zu begegnen und neue Versuche starten zu müssen, aus dessen Verhalten schlau zu werden, also deutete er zur Tür. Stellte pantomimisch das Trinken aus einer Kaffeetasse dar und sah Carl und Mona fragend an.

»Cafeteria?« Mona drehte ihren Rollstuhl einmal im Kreis. »Gute Idee.«

Timo, immer noch krückenlos, schnappte sich den Rollator, und sie machten sich auf den Weg. Irgendwo waren Laufschritte zu hören und Stimmen, die durcheinanderriefen, dann fiel eine Tür krachend ins Schloss. Es hörte sich stark nach Notfall an.

»Denkt ihr ... Paola?« Mona blickte angestrengt nach vorne.

»Keine Ahnung«, sagte Carl. »Aber selbst wenn – du bist nicht schuld, das ist klar, oder? Du hast sie nicht herbestellt, im Gegenteil, und du hast sie auch nicht durch einen Wald mit umstürzenden Bäumen geschickt.«

Monas Nicken war kaum mit bloßem Auge wahrnehmbar. »Ja. Ich glaube, ich hätte jetzt gern etwas Süßes.«

Die Tische in der Cafeteria waren etwa zur Hälfte besetzt, Mona steuerte zielstrebig eine der Nischen an. Sie bestellten bei Katrin, und Timo fragte sich einerseits, wie hoch die Rechnung für Kuchen und Getränke nun schon war, die seine Eltern später würden zahlen müssen; andererseits, warum er das Deuten auf Worte, so wie bei der Speisekarte, nicht weiter verfolgt hatte.

Kein Wörterbuch. Er hatte sich nicht mehr darum gekümmert, seit er ständig mit den Nanobots beschäftigt war.

Sie warteten auf ihre Bestellungen, Carl versuchte, Mona mit Witzen abzulenken, die Sami ihm von seinem Tablet vorgelesen hatte, die Mona aber nur abfälliges Schnauben entlockten.

Timo saß so, dass er die Tür im Blick hatte, deshalb war er auch der Erste, der Martin hereinkommen sah. Der Pfleger wirkte abgekämpft, aus seinem Pferdeschwanz hatten sich Strähnen gelöst und hingen ihm wirr ins Gesicht.

»Machst du mir bitte einen doppelten Espresso?«, bat er Katrin. »Oder einen dreifachen. Danke.«

Sie musterte ihn besorgt. »Ist etwas passiert?«

»Kann man so sagen. Wir haben eine Patientin verloren.«

Timo sah, wie aus Monas Gesicht die wenige Farbe wich, die es noch gehabt hatte. »Scheiße«, flüsterte sie.

»Der zweite Todesfall in so kurzer Zeit.« Martin wirkte ehrlich bekümmert. »Das ist doch verrückt.«

»Tut mir sehr leid.« Die Kellnerin werkelte an der Espressomaschine herum. »Wer war es denn?«

Martin seufzte. »Die alte Frau Ahlen. Du kennst sie, sie ist jedes Mal hier gewesen, wenn ihre Tochter zu Besuch war. Hat immer Mohnschnecken gegessen.«

»Ach!« Katrin schüttelte traurig den Kopf. »Das war so eine nette Frau. Meine Güte. Und es ging ihr doch gut! Wisst ihr, warum sie so plötzlich gestorben ist?«

»Nein.« Martin nahm den fertigen Espresso entgegen und nippte vorsichtig. »Sie hatte gestern Abend so etwas wie einen … Anfall. Ist aggressiv geworden, das war sie davor noch nie. Vielleicht hat sich da schon etwas angebahnt.«

Während sich in Monas Miene so etwas wie Erleichterung

spiegelte, wurde in Timos Innerem alles schwer. Auch Carl schien plötzlich nicht mehr nach Witzen zumute zu sein.

Sie ist in meinem Club, hatte er gestern gesagt, und der Club hatte wieder ein Mitglied verloren. Generation zwei starb tatsächlich.

»Wir können sie nicht mal abholen lassen«, fuhr Martin fort. »Sporer meint, wir legen sie einstweilen in einen der kühlen Kellerräume, aber eine Lösung ist das nicht.«

Carl versuchte ein Lächeln, das misslang. »Sie richten schon mal eine Aufbahrungshalle ein.«

Erst jetzt begriff Mona, was in ihm vorging, und legte ihm eine Hand auf den Arm. »Hör auf, ja? Dir geht es gut, das hast du doch vorhin selbst gesagt. Das war eine alte Frau, die gestorben ist, und ich finde es auch traurig, aber es hat nichts mit dir zu tun.«

Allein Monas Berührung schien Carl aufzuheitern. »Tja. Solange Timo mich jeden Tag repariert …«

Da war es, das Detail, das sich wie Blei in Timos Magen anfühlte. Er hatte sich nur um die Zweier gekümmert, die er kannte, und keine große Aufmerksamkeit auf die anderen verschwendet. Er war unter Zeitdruck gewesen, Jakob hatte ihm nicht helfen können, und er hatte Angst gehabt, erwischt zu werden … trotzdem hätte er Frau Ahlen helfen können. Ein paar Bots entschärfen. Ihr Zeit verschaffen.

Die Tür flog auf und riss ihn aus seinen Gedanken. Magnus, das Gesicht noch rot von der kalten Luft im Park, und hinter ihm Felix, den Timo zum ersten Mal nicht im Rollstuhl oder im Bett, sondern auf zwei Beinen sah. Mit einem Rollator, der seinem aufs Haar glich.

»Hey, das ist ja nett hier!« Magnus sah sich um. »Und ich habe mich schon gefragt, warum du nicht im Zimmer bist.« Er kam näher, als Katrin ihre Bestellungen brachte. »Ist das Himbeerkuchen? Und hey, Schokomuffins!«

Mona bedachte ihn mit einem mörderischen Blick und legte schützend die Hände um ihren Teller. »Nervennahrung ist das. Für mich. Klar?«

Magnus lachte. »Schon gut, keine Angst. Ich ess dir nichts … « So wie vorhin schon einmal stockte er mitten im Satz. Sein Blick wanderte zu den Fenstern, zur Theke, schließlich zu Carl. Dort blieb er hängen.

»Du isst mir nichts weg, ich hab's verstanden.« Mona, wie immer hilfsbereit bei den Gehirngeschädigten, ging einfach davon aus, dass er den Faden verloren hatte.

Vielleicht hatte sie ja recht. Hoffentlich.

Erstaunlicher fand Timo allerdings Felix' Blitzgenesung. Hatte das schon jemand von der Ärzteschaft mitbekommen? Wohl kaum, sie waren mit Paola Wild-Zagenbeck und mit Frau Ahlen beschäftigt gewesen. Aber sobald sie ihn sahen, mussten sie sich einfach fragen, wie das möglich sein konnte.

»Felix!« Jedenfalls Martin hatte ihn jetzt entdeckt. »Du läufst? Was … wie …« Er kippte den Rest seines Espresso hinunter und kam auf Felix zu. »Dir ging es doch elend schlecht heute Morgen! Und jetzt – ist ja unglaublich!« Er berührte seinen Arm, als wolle er sichergehen, dass er echt war.

Felix lachte und versuchte dann, etwas zu sagen, aber die Bots schienen auch sein Broca-Areal vernachlässigt zu haben.

349

»Wenigstens eine gute Nachricht heute.« Martin drehte sich zu Katrin um. »Bring doch zwei Stück Kuchen für Felix und Mag–«

Klack. Von einem Moment zum anderen wurde es dunkel in der Cafeteria. Nicht völlig, denn es drang noch das trübe Licht eines Schlechtwetternachmittags herein, aber doch so weit, dass sich ein Grauschleier über alle Farben legte.

Timo war das diesmal nicht gewesen, da war er sicher. Jakob? Der war gar nicht hier. Gut, das hatte nichts zu bedeuten.

Er konzentrierte sich auf ihn, versuchte, Kontakt aufzunehmen. *Warst du das eben mit dem Licht in der Cafeteria?*

Eine Sekunde verging, zwei. Dann ein zögerlicher Impuls, der sich nach Jakob anfühlte. *Timo? Nein, ich dachte, du wärst es gewesen. Hier ist es plötzlich auch duster.*

Wo?

Gemeinschaftsraum. Wir spielen Scrabble.

Die letzte Mitteilung war gewissermaßen ein Bild, das Jakob schickte. Er und Tamara und ein weiteres Mädchen. Sophie, wenn Timo sich richtig erinnerte.

Martin war sofort zur Tat geschritten, er knipste erfolglos an den Lichtschaltern herum und lief dann nach draußen, wahrscheinlich um den Hausmeister zu suchen.

Magnus und Felix hatten sich am Nebentisch niedergelassen. »Kriegen wir den Kuchen trotzdem?«, fragte Magnus treuherzig, und Katrin lächelte. »Klar. Bloß Kaffee wird schwierig, die Maschine hat nämlich auch keinen Strom.«

Nichts hatte Strom, wie sich Minuten später herausstellte. Martin kam zurück und berichtete, der Hausmeister hätte erst den Hauptschalter kontrolliert und dann über sein Handy das zuständige Energiewerk angerufen. Wie es aussah, war einer der sturmgebeutelten Bäume umgekippt und hatte die Stromleitung gekappt. Bis das behoben war, konnte es Tage dauern.

»Shit«, fluchte Mona. »Dann kann ich mein Tablet gleich nicht mehr laden!«

Das war ärgerlich, ja, aber es war nichts im Vergleich zu anderen Dingen. Was passierte mit den Überwachungsgeräten? Mit den Patienten, die an der Sauerstoffversorgung hingen?

Was war mit den Rechnern im Computerraum?

Timo war aufgestanden, beinahe ohne es zu merken, und hatte schon die ersten Schritte auf den Ausgang zu gemacht, als ihm auffiel, dass er überhaupt nicht an den Rollator gedacht hatte. Und ihn auch nicht brauchte. Es war wie die paar Male nachts, als er sich fast bewegen konnte wie früher.

»Hey, sportlich«, rief Carl ihm nach, aber Timo blieb nicht stehen. Er wollte in den dritten Stock, obwohl ihm klar war, was er dort sehen würde. Schwarze Monitore. Tot. So wie die Chance, die Bots zu eliminieren, die sich natürlich trotzdem weiter vermehren würden. Oder?

Er hastete ins Foyer, irgendwo tief unter seiner Sorge brodelte Begeisterung darüber, wie gut er sich bewegen konnte. Wie koordiniert. Im nächsten Moment stieß er beinahe mit Professor Kleist zusammen, der sich sein Handy ans Ohr hielt.

»Timo, pass auf bitte!« Kleist warf ihm einen scharfen Blick zu. »Wir haben einen Notfall, das musst du doch sehen.« Nun schien er telefonisch jemanden erreicht zu haben. »Hallo? Thomas? Ich brauche Sie sofort unten am Eingang, das Notstromaggregat läuft, aber die Benzinreserven sind in einem der Nebengebäude untergebracht. Wir müssen sie ins Haus schaffen. Wie bitte? Ja, jetzt.« Er legte auf, wählte neu und eilte weiter, aber Timo hatte ohnehin genug gehört. Es gab also Strom, für die wichtigsten Bereiche.

Er lief die Treppen hoch, nicht wirklich schnell, aber zügig, er kam dabei außer Atem, aber die Beine versagten ihm nicht den Dienst.

Dritter Stock. Ältere Menschen auf dem Gang und ein paar jüngere wie Georg, die sie beruhigten. »Das Licht wird sicher gleich wieder angehen. Oh, hallo, Timo!«

Sie winkten einander zu. Glücklicherweise war Georg so beschäftigt, dass er nicht fragte, was Timo hier zu suchen hatte. Oder warum er plötzlich so fit war.

Die kaputte Tür zum Computerraum war nur angelehnt, im Zimmer selbst war niemand – und die Monitore waren so schwarz, wie Timo es sich vorgestellt hatte.

Er ging zum erstbesten hin, drückte den Einschaltknopf – und atmete erleichtert aus, als sich ein Bild aufbaute. Gut. Die Computer hingen also am Notstrom, das war beruhigend.

Er schaltete wieder aus und machte sich auf den Rückweg. Jetzt Bots killen war kein guter Plan, Kleist würde garantiert in Kürze auftauchen und nachsehen, ob das System wie vorgesehen lief.

Überall waren die Patienten jetzt aus ihren Zimmern gekommen, im ersten Stock stand Jakob an einem der Fenster und blickte hinaus in den Park. Dort mühten sich Martin, Thomas und der Hausmeister mit einem voll beladenen Karren ab.

»Was machen die mit diesen Kanistern?«

Notstromaggregat, sagte Timo stumm. *Läuft offenbar mit Benzin.*

»Aber da muss es doch einen Tank geben.«

Darüber hatte Timo sich noch keine Gedanken gemacht. Wahrscheinlich füllten sie den Tank mit den Kanistern auf. War das wichtig?

Er klopfte Jakob auf die Schulter, deutete nach unten, tat wieder, als würde er aus einer Tasse trinken.

Aber Jakob hatte keine Lust. »Nö, ich gehe zurück zum Scrabble. Wir sehen uns später!«

Timo marschierte also alleine die Treppen ins Erdgeschoss hinunter, immer noch hingerissen davon, wie wunderbar seine Beine funktionieren. Hey, ihr Nanobots, dachte er. Ziemlich gut, was ihr da macht. Generation drei hat echt was drauf.

In der Cafeteria saß Mona mittlerweile gemeinsam mit Sami am Tisch; Carl hatte sich zu einer kleinen Gruppe gesellt, die beim Fenster stand. Da wie dort machte es den Eindruck, als würden Geheimnisse ausgetauscht, aber sobald Mona Timo hereinkommen sah, winkte sie ihn heran.

»Zeig es ihm. Los!«, forderte sie Sami auf.

Er machte beinahe einen verlegenen Eindruck. »Ich kapiere es auch nicht«, sagte er leise, dann stellte er den linken Fuß von der Stütze des Rollstuhls. Kurz danach den rechten.

»Ich kann sie bewegen. Ich kann sie fühlen. Erst hat es in den Beinen gekribbelt und jetzt …« Er sah Timo groß an. »Ich dachte zuerst, ich spinne und bilde mir das bloß ein, weil ich es mir ja so sehr gewünscht habe. Aber du siehst es auch. Oder?«

Timo nickte entschlossen. Und wie er es sah, und wie wenig es ihn wunderte. Die Bots der Dreier mussten gerade einen wahren Arbeitsschub haben.

»Tja. Warum sich bei mir nichts tut, wissen wir auch, richtig?« Timo sah, wie sehr Mona sich anstrengte, es humorvoll klingen zu lassen, doch sie konnte die Bitterkeit in ihrer Stimme nicht unterdrücken. »Keine Generation zwei, drei oder x. Verkrüppelt ohne kleine Roboter.«

Sami, vollkommen vertieft in die wiedergewonnene Funktion seiner Beine, blickte kaum auf. »Roboter?«, fragte er, sichtlich ohne eine Antwort zu erwarten.

Stimmt, ihn hatten sie nicht in die Sache mit den Bots eingeweiht, war auch schwer möglich, nachdem er gewissermaßen mit seinem Tablet verwachsen war und für nichts anderes Interesse gezeigt hatte.

Doch im Moment waren Spiele-Apps und Internet vergessen. Er kniff sich in den Oberschenkel, lachte, beugte sein rechtes Knie ein Stück. Mona betrachtete ihn dabei mit so viel Schmerz im Gesicht, dass es Timo fast das Herz brach. Er hätte sie gern abgelenkt, aber er konnte sie ja schwer in ein Gespräch verwickeln, das war Carls Spezialität.

Wo steckte der eigentlich? Ah. Stand immer noch mit ein paar Leuten an der Fensterfront. Scharfe Umrisse vor dem trübgrauen Tageslicht draußen. Wer war da noch? Magnus.

Außerdem Valerie, Felix und jemand von den noch nicht so alten Erwachsenen ...

Timo schauderte, im ersten Moment ohne zu wissen, warum, doch nach ein paar Sekunden dämmerte es ihm. Die Runde am Fenster erinnerte ihn an das nächtliche Zusammentreffen der Zweier im Park, das er heimlich beobachtet hatte. Nach seinem ersten unfreiwilligen Besuch bei Elias Schmied.

»Ich würde so gerne aufstehen, aber ich traue mich nicht.« Sami rutschte aufgeregt in seinem Rollstuhl herum. »Besser, wenn ein Arzt dabei ist, oder? Vielleicht ist es ja noch zu früh, und ich sollte es langsam angehen ...«

»Ich weiß es nicht, Sami.« Monas Hände lagen auf ihren Oberschenkeln, und Timo sah, wie sie zudrückte, als würde sie hoffen, dass auch sie plötzlich etwas spürte.

»Wird immer dunkler hier drinnen.« Katrin war zu ihnen an den Tisch getreten. »Ich glaube, ich sehe mich mal nach Kerzen um. Kann ich euch vorher noch etwas bringen?«

Alle drei schüttelten die Köpfe, und Katrin ging nach draußen. Sekunden später krachte die Tür zu, ungewöhnlich laut. Timo blickte hoch. Der Mann, der zuerst bei den Zweiern gestanden hatte, lehnte nun an der Tür, mit verschränkten Armen. Magnus, Felix und Carl kamen auf den Tisch zu.

Unwillkürlich stand Timo auf. Etwas fühlte sich merkwürdig an, etwas stimmte hier nicht. Er entfernte sich rücklings, zum Ausgang hin, obwohl ihm klar war, dass der Typ ihm nicht aus dem Weg gehen würde. Also korrigierte er die Richtung zu den Fenstern hin.

Die drei folgten ihm. Sie sahen sehr gelassen drein, lächelten sogar ein wenig, es sah … siegessicher aus. Timo lächelte zurück. Schließlich blieben sie stehen, gleichzeitig, wie auf ein unhörbares Kommando.

Magnus war der Erste, der sprach. »Es ist nicht gut, was du tust. Es gefällt uns nicht.«

»Es gefällt uns nicht«, wiederholte Felix. Er sah geradezu verträumt drein. Bloß, dass seine Hände zu Fäusten geballt waren.

Was denn?, hätte Timo gerne gefragt, doch abgesehen davon, dass das immer noch nicht klappte, ahnte er ohnehin, worum es ging. Es waren nicht Magnus und Felix gewesen, die ihm ihr Missfallen kundgetan hatten. Jemand anders hatte die Kontrolle übernommen.

»Wenn du uns kaputt machst, machen wir dich kaputt.« Magnus war noch einen Schritt näher gekommen. Er sah Timo überaus freundlich an, während er nach einem herrenlosen Kuchenteller griff und ihn an der Tischplatte zerschlug. Eine spitze Porzellanscherbe blieb in seiner Hand zurück.

Jakob, hol Hilfe, brüllte Timo in Gedanken. Schnell! Los!

Er stand nun mit dem Rücken zum Fenster, blickte sich nach möglichen Verbündeten um, doch in der Cafeteria waren nur noch zwei Tische besetzt. Der von Mona und Sami und ein weiterer, an dem zwei alte Männer saßen. Einer von ihnen hob mit zitternder Hand ein Milchglas an die Lippen.

Aber da war ja noch Carl, der genau wusste, dass es die Bots gab, und der Timo dankbar dafür war, dass er ihm immer wieder half. Selbst wenn sie ihn gerade im Griff hatten, dann doch sicher nur zum Teil. Er kam mit den anderen langsam auf ihn zu, die Hände hinter dem Rücken. Keine Fäuste. Keine Scherben.

»Caaa–«, versuchte Timo es, in der Hoffnung, seinen Freund damit gewissermaßen zu wecken. »Caaaaal. Biii.Te.«

Das war immerhin verständlich gewesen, mit ein bisschen gutem Willen, und Carl zwinkerte ihm zu. Die beiden anderen blieben stehen, er kam noch zwei Schritte näher. Und zog ein langes Messer hinter seinem Rücken hervor.

Timo wusste nicht, ob er selbst so schnell reagierte oder ob seine Bots die Führung übernommen hatten, jedenfalls zögerte er keinen Wimpernschlag lang. Er drehte sich um, öffnete das Fenster direkt hinter sich und kletterte nach draußen. Erdgeschoss, zum Glück. Er hörte Mona irgendetwas rufen, doch das war jetzt egal, Hauptsache, raus. Er ließ sich mit den Füßen zuerst nach unten, landete in weicher Erde und wurde sofort vom Wind erfasst, der ihn gegen die Hausmauer drückte.

Ein Blick nach oben, kamen sie ihm nach? Sah nicht so aus. Wahrscheinlich postierten sie sich am Eingang, um ihn abzufangen, bevor er beim Portier Hilfe suchen konnte.

Also kam der Weg zurück ins Haus erst mal nicht infrage; draußen bleiben konnte Timo aber auch nicht. Es war kühl, und durch den Wind fühlte es sich eisig kalt an. Ihm fiel nur ein möglicher Unterschlupf ein, und das war der gegenüberliegende Gebäudetrakt.

Er schlug einen Umweg durch den Park ein, verbarg sich hinter Büschen und Hecken, frierend in seinem Sweatshirt.

Beobachtete ihn jemand von der Tür aus? Oder vom Cafeteriafenster? Schwer zu sagen, umso mehr, als ihm immer noch das Bild von Carl vor Augen stand, mit dem Messer in der Hand.

Hätte er wirklich zugestochen? Nein, oder?

Doch, widersprach Timo sich selbst. Nicht aus eigenem Willen, aber von den Bots gesteuert – ja. Vermutlich hätte er im Anschluss nichts mehr davon gewusst.

Er erreichte den anderen Trakt und betrat ihn ohne Zögern. Er würde warten müssen, bis es dunkel war, und dann über einen Hintereingang zurück ins Haupthaus schlüpfen.

Was er dann tun sollte – keine Ahnung. In sein Zimmer würde er jedenfalls nicht zurückgehen. Magnus war tatsächlich unberechenbar geworden, genau wie die innere Stimme es angekündigt hatte.

Aber er hatte genug Zeit, sich das zu überlegen. Es würde noch etwa zwei Stunden dauern, bis es dunkel war. Und dann war der Weg nach drüben eine echte Herausforderung, ohne Parkbeleuchtung. Am besten, er suchte sich ein leer stehendes Zimmer und prägte sich schon jetzt ein, wie er später gehen musste.

Er lauschte in die Stille. Der Trakt wirkte wie ausgestorben, keine Schritte, keine Stimmen, nichts. Umso mehr bemühte auch er sich, beim Hinaufsteigen der Treppen kein Geräusch zu machen.

Erster Stock. Hier war er schon zweimal gewesen, zweimal aufgewacht, und er wusste genau, in welchem Zimmer. Bei Elias Schmied.

Nachdem Timo sich noch einmal vergewissert hatte, dass

niemand hier war, schlich er sich zu der Tür und öffnete sie leise.

Ja, da lag er. Blass und sehr jung, das rote Haar hing ihm in die Stirn. Ohne es wirklich überlegt zu haben, ging Timo näher und strich ihm die Strähnen aus dem Gesicht. Der Junge rührte sich, gab einen klagenden Laut von sich und lag wieder still.

Warum legen sie dich nicht zu uns hinüber?, dachte Timo. Die Idee, die er beim letzten Mal gehabt hatte – dass Elias eine ansteckende Krankheit haben könnte –, fand er mittlerweile nicht mehr überzeugend. In dem Fall hätte man den Jungen in ein richtiges Isolationszimmer gesteckt, außerdem hätte er Fieber gehabt, Ausschlag, irgendetwas, das typisch für Infektionen war. Aber Elias' Stirn war kühl und trocken. Im Grunde wäre er der perfekte Zimmergenosse für Magnus gewesen, solange der noch im Koma gelegen hatte.

Timo sah sich erstmals genauer um. Das Zimmer war hübscher eingerichtet als die im anderen Trakt, das Badezimmer war größer. Lag Elias deshalb hier, zahlten seine Eltern mehr für seinen Aufenthalt? Wenn ja, war es verschwendetes Geld, er bekam ja nichts mit von seiner Umgebung. Dafür war er die meiste Zeit alleine.

Timo nahm seine Hand und drückte sie, im gleichen Moment hörte er Schritte draußen auf dem Gang. Mist.

Es war zu spät, um ungesehen nach draußen zu kommen, also verschwand er im Badezimmer, schloss die Tür und duckte sich in eine Ecke. Wenige Sekunden später hörte er, wie die Zimmertür geöffnet wurde.

»Na, mein Kleiner.« Eine weibliche Stimme, die Timo nicht kannte. »Dann lass uns mal Fieber und Blutdruck messen. Draußen ist richtig schlechtes Wetter, immer noch, aber das stört dich nicht, oder?« Sie klang fröhlich und herzlich und begann nun zu singen, während sie ihre Arbeit machte.

Hatte Elias eine private Krankenschwester? Den Gedanken fand Timo tröstlich, dann war er hier ja doch nicht alleine …

Wo bist du? Jakobs Stimme hallte erschreckend plötzlich durch Timos Kopf. *Du hast um Hilfe gerufen, ich suche dich überall!*

Habe mich versteckt, gab Timo zurück. *Die Zweier rasten aus, sogar Carl. Sei vorsichtig.*

Ich sehe keinen von ihnen, antwortete Jakob. *Bin jetzt mit Tamara im Speisesaal, aber niemand hat gekocht.*

Das war nicht verwunderlich, wenn der Strom fehlte. Timo fragte sich, was Sporer wohl an die Notstromversorgung anschließen lassen würde. Er war der Zuständige, oder? Wenigstens die Kühlschränke? Oder konzentrierte sich alles auf die Computer, über die die Nanobots gesteuert wurden? Was ja nicht mehr klappte. Bei den Zweiern hatten die Bots das Kommando übernommen; sie steuerten ihre Träger und würden sie in absehbarer Zeit töten. Auf die Dreier bekam niemand mehr über die Computer Zugriff, sie wurden von anderer Stelle gelenkt. Was besser zu funktionieren schien, wenn man von Episoden wie der mit Jakobs Arm absah.

Timo konzentrierte sich wieder auf die Geräusche jenseits

der Tür; die Frau sang immer noch. Sie ließ sich Zeit, offenbar hatte sie wirklich keine andere Aufgabe, als sich um Elias zu kümmern. Das war für ihn erfreulich, dafür stellte es Timos Nerven auf eine harte Probe. Würde sie Elias irgendwann waschen wollen und hier hereinkommen? Auch, wenn das Badezimmer sehr großzügig geschnitten war, Versteckmöglichkeiten bot es keine. Die Badewanne war behindertengerecht, aber es gab keinen Duschvorhang.

Nun begann sie auch noch, ihm etwas vorzulesen. War das aus »Die Insel der besonderen Kinder«? Timo hatte das vor ein paar Jahren selbst gelesen. War ja eine tolle Wahl für die Umgebung hier. So was von passend.

Er spürte, dass seine Nerven nicht mehr lange mitspielen würden. Die Frau im Zimmer las sehr schön vor, mit viel Gefühl, und es machte ganz den Eindruck, als könne sie das noch stundenlang tun. Dann würde sie irgendwann aufs Klo müssen.

Wenn Timo wenigstens gewusst hätte, was sich im anderen Trakt gerade abspielte …

»So, jetzt hole ich dir Essen, und danach lesen wir weiter, gut? Falls dann das Licht noch reicht.« Die Lesung war eben unterbrochen worden, im Zimmer wurde ein Stuhl gerückt, dann hörte Timo, wie die Tür geöffnet und wieder geschlossen wurde. Okay, die Chance würde und musste er ergreifen.

Elias lag noch genauso da wie vorhin, nur jetzt mit dem aufgeklappten Buch auf dem Bauch. »Mach's gut«, murmelte Timo und hastete hinaus.

Ein Blick nach rechts, einer nach links, wo gerade jemand

eine andere Tür öffnete und dahinter verschwand. Eine kleine, rundliche Frau mit grau meliertem Haarknoten. Die Vorleserin.

Timo startete in die andere Richtung davon, erleichtert, aber trotzdem auf der Hut. So ausgestorben dieser Gebäudeteil auch wirkte, es konnte jederzeit jemand um eine Ecke biegen oder aus einem Zimmer treten.

Am besten also, Timo suchte sich selbst eines, für die Zeit, die er noch mit seiner Rückkehr warten wollte. Eines mit Blick auf den Park.

Der Gang machte einen Knick nach rechts, auf beiden Seiten lagen Türen, und Timo entschied sich für die dritte auf der rechten Seite. Wenn seine räumliche Vorstellung einigermaßen funktionierte, musste er von hier aus den Park gut überblicken können.

Der Raum war leer, es standen zwei unbesetzte Betten und einige Kisten darin. Auf dem Boden, gleich neben dem linken Bett, fand Timo eine Zeichnung. Ganz klar von einem Kind – oder von einem Erwachsenen mit gestörter Feinmotorik. Ein Haus, eine Sonne, ein Bach. Ungleich lange grüne Striche, die wohl Gras sein sollten.

Logisch ließ sich daraus nur eines schließen: Die Betten waren irgendwann in Gebrauch gewesen, und das hier war ein normales Krankenzimmer. Warum ließ Sporer einen ganzen Trakt leer stehen, also gewissermaßen die Hälfte seiner Betten?

Timo stellte sich zum Fenster und sah hinaus; er hatte recht gehabt. Der Park lag vor ihm, die Wege waren im Dämmerlicht noch gut zu erkennen. Wenn er den Ausgang nahm, über den er auch hereingekommen war, musste er eigentlich nur einmal rechts und dann bei der zweiten Möglichkeit links abbiegen, um den hinteren Eingang zu erreichen. Den, wo sicher niemand ihm auflauern würde.

Er blieb eine Weile stehen, die Stirn gegen die Scheibe gelehnt. Der Wind wurde schwächer, auch wenn er immer noch unangenehm genug war, um zu verhindern, dass jemand sich grundlos nach draußen begab. Das war gut.

Timos Gedanken kehrten zu Carl zurück. Was, wenn die Bots ihre Träger nicht mehr freigaben? Wenn sie sie bereits ausgelöscht hatten? Wenn das, was wie Carl aussah, gar nicht mehr Carl war?

Timo verbot sich, weiterzudenken. Natürlich war sein Freund noch da, er war nur gerade nicht am Ruder. Ihm selbst war das schließlich auch schon passiert. Und jetzt war es am besten, er hörte mit dem Grübeln auf und wartete die letzte halbe Stunde ruhig ab.

Doch so lange hielt er es nicht mehr aus. Es war jetzt dunkel draußen, dunkel genug, und er wollte endlich zurück. Sich mit Jakob und Mona und vielleicht auch Georg beraten. Zugriff auf die Computer bekommen. Carl wieder normal machen und ja, Magnus auch.

Er kam ohne Zwischenfälle bis zum Ausgang, dann tauchte er ins Freie, Wind und Kälte vermittelten ihm ein paar Sekunden lang das Gefühl von Wasser mit starker Strömung. Langsam machte er sich auf den Weg und stellte fest, dass er seine Augen gar nicht ans Dunkel gewöhnen musste – auch im Haus war es um keinen Deut heller gewesen.

Als er an einer der großen Buchen vorbeiging, knackte es über ihm im Geäst, und sofort hatte er das Bild von Wild-Zagenbeck vor Augen, der das blutverklebte Haar ins Gesicht hing. Mit drei großen Sätzen war er aus der Gefahrenzone raus, wieder verblüfft darüber, wie bereitwillig sein Körper ihm gehorchte.

Je näher er seinem eigenen Trakt kam, desto vorsichtiger wurde Timo. Wenn jemand draußen war, dann am ehesten hier. Aber um Schritte hören zu können, war der Wind immer noch zu laut.

Da war der Lieferanteneingang. Unversperrt, wie beim letzten Mal. Timo zögerte, vielleicht waren sie ja klug genug gewesen, um auch hier jemanden zu postieren, aber seine Sorge erwies sich als grundlos. Kein Mensch weit und breit, allerdings hörte er in einiger Entfernung Leute sprechen. Schwer zu sagen, ob die Stimmen von oben oder aus einem der Nebenräume kamen.

Bis auf den Gang gelangte Timo noch unbehelligt, doch kaum war er auf Höhe der ersten Therapieräume, bog jemand um die Ecke, eine Taschenlampe in der Hand, deren Lichtkegel Timo direkt ins Gesicht traf. »Da steckst du! Wir haben dich gesucht.«

30

Es war keiner der Zweier, Gott sei Dank, sondern Martin. »Kannst du mir sagen, wo du dich rumgetrieben hast? Du warst doch nicht etwa draußen?« Er fasste nach Timos Hand, die deutlich kühler war als seine eigene. »Doch. Natürlich. Sag mal, was ist denn in dich gefahren? Wir haben schon jemanden, der einen Ast auf den Kopf bekommen hat.« Er nahm Timo am Arm und zog ihn hinter sich her in Richtung Speisesaal. »So. Iss etwas, und dann geh schlafen. Großartige andere Möglichkeiten gibt es nicht, du siehst ja, dass wir immer noch keinen Strom haben.«

Sie hatten es also nicht herumerzählt, Mona und Sami. Dass Timo aus dem Fenster geflohen war, vor dem Angriff seiner Mitpatienten. War vielleicht besser so.

Im Speisesaal füllte Martin persönlich seinen Teller, den Timo im Dunkel kaum sehen konnte. Über der Tür brannte eine mickrige Notlampe, deren Licht zumindest erahnen ließ, wo Tische und Stühle standen. Immerhin. Wer die wenigen, schattenhaften Gestalten an den anderen Tischen waren, konnte er nicht erkennen.

Brot und Aufstrich. Eine Tasse Tee. Zwei Stück Käse, eine Scheibe Schinken. Es sah nicht schlecht aus, nur dass Timo überhaupt keinen Hunger hatte, im Gegenteil. Die kommende Nacht würde seine letzte werden, wenn er nicht ein wirklich gutes Versteck fand, in dem er vor Magnus' Scherben und Carls Messer sicher war.

Pflichtschuldig aß er drei Bissen, überzeugte sich davon, dass Martin wieder fort war, und floh aus dem Speisesaal. Niemand folgte ihm, zum Glück. Im Foyer sah er sich um. Der Portier war nicht an seinem Platz, möglicherweise machte er Pause oder half dem Hausmeister.

Einen Moment lang blieb Timo unschlüssig stehen. Wenn er sich ein Versteck im Erdgeschoss suchte, konnte er notfalls wieder nach draußen fliehen. Zumindest, wenn seine Beine weiterhin mitspielten. Allerdings würde er hier nie erfahren, wie es um die anderen stand. Und, was am schwersten wog – er war sehr weit vom Computerraum entfernt.

Das gab den Ausschlag. Langsam und mit geschärften Sinnen schlich er in den ersten Stock. Dort warf er einen Blick in den Aufenthaltsraum, der aber mittlerweile leer war. Auf einem der Tische lagen Scrabble-Steine herum.

Jakob? Timo versuchte, wieder Kontakt herzustellen. *Wie sieht es im zweiten Stock aus? Ist die Luft rein? Siehst du Magnus, Carl oder Felix?*

Keine Antwort. Auch nach drei, vier und fünf Minuten nicht. Also machte Timo sich auf den Weg.

Oben herrschte noch Betrieb, das konnte er schon vom Treppenabsatz aus hören. Eine Tür wurde geschlossen, jemand lachte, Schritte entfernten sich. Er atmete tief durch und stieg weiter hinauf; erst jetzt fiel ihm ein, dass er sich besser etwas gesucht hätte, womit er sich verteidigen konnte. Einen Stock vielleicht.

Oben angelangt, sah er sich um. Die automatische Tür zum Mädchentrakt öffnete sich gerade, und jemand rollte heraus. Auch hier brannte nur ein schwaches Notlicht, trotzdem war Timo sicher, dass es sich um Mona handelte. Neben ihr ging Tamara, ihr Haar stand in roten Strähnen vom Kopf ab. Beide schienen es eilig zu haben.

»Oh, Timo.« Mona klang gehetzt. »Was war das vorhin für eine Nummer mit dem Fenster? Ist alles okay mit dir?«

Er nickte, verwirrt. Hatte Mona nicht begriffen, was fast passiert wäre? Carl hatte ein Messer hinter seinem Rücken verborgen gehabt, von ihrer Position aus hätte sie das sehen können. Obwohl, das Licht war schon am Nachmittag dürftig gewesen.

»Es geht ihm wieder schlechter. Carl.« Sie sah aus ihren großen braunen Augen zu Timo auf. »Felix war vorhin auch schwindelig, Dr. Sporer hat sich um beide gekümmert, aber wir wissen ja …«

Allerdings wussten sie. Jemand musste die Bots wieder dezimieren. Machte ganz den Eindruck, als würden sie sich immer rascher vermehren. Sie lernten tatsächlich.

»Der Stromausfall ist eine Katastrophe.« Mona sprach nun so leise, dass Timo sie kaum hören konnte. »Laufen die Rechner überhaupt noch? Wir müssen etwas tun. Mein Tablet hat noch zehn Prozent Akku, ich könnte Mails an irgendwelche Leute schicken und um Hilfe bitten – aber an wen?« Ihre Augen schimmerten feucht. »Außerdem kommt ja keiner bis hierher. Nicht vor morgen oder übermorgen.«

Langsam rollte sie weiter, auf Carls Zimmer zu. Timo erkannte Samis Silhouette auf dem ersten Bett; er saß am Rand und bewegte seine Beine, als könnte er ihre Funktion sofort wieder verlieren, wenn er sie eine Minute lang ruhig hielt. Carl dagegen war ein regungsloser Hügel unter seiner Decke.

»Hey!« Mona rüttelte ihn sanft an der Schulter. »Eingeschlafen?«

Er drehte langsam den Kopf, sah erst zu ihr, dann zu Timo. »Auch hey«, krächzte er. »So dunkel. Werde ich blind? Ist das Timo?«

»Ist er.« Mona musste sich hörbar anstrengen, damit ihre Stimme fest blieb. »Hat seinen Fenstersturz gut überstanden.«

»Welchen … Fenster-sturz?«, hauchte Carl.

Er wusste also nichts mehr von der ganzen Episode, das hatte Timo schon vermutet. Er setzte sich an die Bettkante, damit Carl ihn wenigstens ein bisschen besser sehen konnte. Sie würden den Kampf gegen die Bots verlieren. Timo konnte sie noch so oft ausschalten, sie kamen wieder, und zwar immer schneller.

Außer vielleicht – es gelang ihm, wirklich alle zu killen. Jeden einzelnen, bis auf den letzten blauen Leuchtpunkt. Das war eine Möglichkeit, fragte sich nur, ob mit ihnen auch die sensationellen gesundheitlichen Fortschritte verschwinden würden, die Carl gemacht hatte.

War denkbar. Aber das musste man riskieren.

Er beugte sich ein Stück tiefer zu ihm hinunter, wollte ihm aufmunternd zulächeln – und erstarrte. Carls Gesicht hatte sich zu einer hasserfüllten Fratze verzogen, und nun hob er eine zur Klaue gekrümmte Hand und versuchte, Timo an der Kehle zu packen.

Er sprang sofort auf, schockiert und verletzt, obwohl er natürlich wusste, dass auch dieser klägliche Angriff auf das Konto der Nanobots ging. Sie und Timo, sie kämpften um Carl, ebenso wie um Valerie und Felix und wer weiß wen noch alles. Bisher stand es zwei zu null für die Bots. Begriffen sie eigentlich, dass sie sich selbst die Lebensgrundlage nahmen, wenn sie ihren Wirt töteten? Oder – und das war ein neuer, furchtbarer Gedanke – waren sie imstande, von einem toten Körper auf einen lebenden zu wandern, so wie manche Krankheitserreger? Konnten sie sich durch die Haut des einen hinaus- und in die Haut eines anderen hineinbohren?

Timo spürte, wie sein Atem schneller ging. Freddy war fortgebracht worden, vielleicht hatten die Bots sich längst bei den Ärzten eingenistet, die seinen Körper untersucht hatten. Nein, mit dieser Vorstellung durfte er sich jetzt nicht verrückt machen.

Carls Hand war wieder aufs Bett zurückgesunken. »Bin so müde«, murmelte er.

Timo fühlte Monas bittenden Blick auf sich und nickte ergeben. Er würde es versuchen. Sooft er eben konnte und sooft es ging. Auch auf die Gefahr hin, dass Carl dann wieder deutlich mehr Chancen hatte, ihm das Licht auszuknipsen.

Er verließ das Zimmer mit dem vagen Plan, erst abzuchecken, wo Magnus steckte, und dann nach Jakob zu suchen. Doch kaum war er zwei Schritte gegangen, lief er förmlich in Professor Kleist hinein, den er in seinen dunklen Jeans und dem schwarzen Pulli viel zu spät gesehen hatte.

»Timo.« Kleist nahm ihn am Arm. »Ich dachte, ich hätte dir gesagt, dass es heute klüger wäre, früh schlafen zu gehen. Wir haben immer noch keinen Strom, das siehst du doch. Das Letzte, was wir jetzt brauchen können, ist jemand, der bei Notbeleuchtung die Treppe hinunterfällt.«

»Das Letzte, was wir jetzt brauchen können«, kam es aus Timos Mund, »sind Sie und Ihre Stümpereien.«

Er war mindestens ebenso erschrocken wie Kleist, der ihn so blitzartig losließ, als hätte er sich die Finger an ihm verbrannt. »Wie bitte?«

»Sie sollten überhaupt nicht hier sein. Sie sollten auch nicht mehr operieren.« Timo versuchte, die Zähne aufeinanderzubeißen, um sich selbst am Sprechen zu hindern, aber er hatte keine Chance. »Soll ich Ihren Patienten erzählen, was hier wirklich abläuft?«

Auch wenn Timos Mund ihm nicht gehorchte, seine Beine taten es glücklicherweise. Er war weiter und weiter zurückgewichen, aber Kleist folgte ihm.

»Geh in dein Zimmer«, sagte er, betont ruhig. »Du bist verwirrt. Das ist ja auch überhaupt kein Wunder. Schlaf ein bisschen, morgen sieht die Welt wieder anders aus.«

»Oh ja«, lachte Timo, gegen seinen Willen. »Ganz anders. Es werden ein paar Menschen weniger darauf herumlaufen, und wir wissen auch, welche, nicht wahr?«

Kleist war stehen geblieben. »Du musst doch keine Angst haben. Sieh mal, dein Zustand ist schon so viel besser, und wenn dein Kopf dir ab und zu noch Streiche spielt, so wie jetzt, ist das kein Grund, sich Sorgen zu machen.«

Timo war bei seinem Zimmer angekommen, dessen Tür offen stand. Ein schneller Blick zeigte ihm, dass Magnus im Bett lag, mit geschlossenen Augen. Seine rechte Hand zuckte.

»Lassen Sie das, Kleist. Gehen Sie jetzt bitte aus dem Weg.«

Aus welchem Weg?, fragte Timo sich, nur um im nächsten Moment zu begreifen. Gemeint war der Weg, den er ursprünglich hatte einschlagen wollen. In den dritten Stock, zum Computerraum.

Zum ersten Mal bröckelte die Fassade des Professors und in seiner Stimme war kalte Wut zu hören. »Du bist noch nicht ganz gesund, Timo, aber auf diese Weise kannst du trotzdem nicht mit mir sprechen.«

»Ich bin nicht Timo.«

Kleist lachte höhnisch auf. »Dieser Quatsch schon wieder! Wenn du nicht Timo bist, wer bist du dann?«

Er fühlte einen kurzen Anflug von Triumph, der nicht sein eigener war. »Das wissen Sie ganz genau.«

Wieder lachte Kleist auf, unterbrach sich dann aber abrupt. Im schummrigen Licht der Notbeleuchtung konnte Timo seine Augen funkeln sehen. »Ach nein, das ist ja interessant«, flüsterte er. »Wie ist denn das passiert? Aber – umso besser. Dieses Problem lässt sich glücklicherweise leicht … beheben.«

Er packte Timo am Arm und drängte ihn in sein Zimmer; im gleichen Augenblick war da etwas wie ein chromfarbener Blitz, der heranschoss. Mona in ihrem Rollstuhl. Sie rammte Kleist mit voller Wucht und riss ihn von den Beinen. Timo kam ebenfalls ins Wanken, er schaffte es gerade noch, sich mit einem Griff zum Türstock aufrecht zu halten.

»Lauf«, rief Mona. »Los, mach schon, lauf!«

Ohne noch einen Blick nach hinten zu werfen, startete Timo los. Er rannte nicht, das war noch nicht drin, aber er war schnell. Es arbeitete in seinem Kopf, während er zu Kleists erbostem Gebrüll die Treppen hinaufstieg.

Der Professor hatte eben etwas begriffen. Er wusste, wer Timo gewissermaßen benutzte wie ein Bauchredner seine Puppe. Woher?

Timo rief sich die Worte ins Gedächtnis, die er vorhin unfreiwillig von sich gegeben hatte. *Lassen Sie das, Kleist.*

So würde kein Jugendlicher reden, oder? Nein. Keiner, den er kannte. Es musste also ein Erwachsener sein. Und er sprach über Timo, weil ... er es mit seinem eigenen Körper nicht konnte.

Und plötzlich, noch bevor er den oberen Treppenabsatz erreicht hatte, war da eine Idee. Vielleicht irrte er sich, aber wenn an seiner Theorie überhaupt etwas dran war, dann fiel ihm nur eine Person ein, die infrage kam.

Hinter sich hörte er Keuchen. Kleist hatte die Verfolgung aufgenommen und holte auf, und Timo ahnte, was sein erstes Ziel sein würde. Um sich einen Trick zu überlegen oder sich zu verbarrikadieren, war die Zeit viel zu knapp, aber ...

Er wusste nicht, ob es funktionieren würde, er musste sich außerdem darauf verlassen, dass die Bauelemente im dritten Stock die gleichen waren wie im ersten, und dass außerdem die richtigen Dinge noch mit Strom versorgt waren. Aber er würde es versuchen. Es war seine einzige Chance.

Unter Aufbietung aller seiner Kräfte begann er nun doch zu laufen, bog vom Treppenhaus in den Gang mit den Patientenzimmern ein, wo er stehen blieb und sich umdrehte. *Schließen.*

Es passierte unmittelbar, viel schneller, als er zu hoffen gewagt hatte. Die beiden Flügel der Brandschutztür setzten sich in Bewegung, trafen sich in der Mitte. Etwas rastete ein, die Tür verriegelte sich.

Für Erleichterung war es zu früh. Timo wirbelte herum, versuchte, die nächste dieser Türen zu orten – perfekt. Sie lag ein Stück hinter dem Computerraum, und wenn es ihm gelang, sie ebenfalls zu schließen, hatte er einen abgeschlossenen Bereich geschaffen, in dem alles lag, was für den Moment wichtig war.

Die zweite Tür reagierte ebenso unmittelbar wie die erste, hinter der nun Kleist auftauchte. Er rüttelte am Türknopf, hämmerte gegen die Sicherheitsscheibe – vergeblich. Derzeit jedenfalls noch, er würde früher oder später wohl einen Weg finden, sich Zutritt zu verschaffen.

Timo wandte ihm den Rücken zu, unschlüssig, was er als Erstes tun sollte. Einfach wieder in den Computerraum gehen und dort Bots vernichten? Nein, das konnte erst der zweite Schritt sein. Er brauchte Hilfe, deshalb musste er jetzt eben improvisieren.

373

Das Zimmer war ihm mittlerweile fast vertraut. Professor Brand lag im Bett, wie immer an seine Infusion angeschlossen. Timo zögerte kurz. Wartete auf die Stimme, die ihn ermuntern würde, oder ihn anweisen, oder ihn zumindest warnen, falls er im Begriff war, Unheil anzurichten. Doch in seinem Kopf blieb es ruhig.

Also trat er näher, betrachtete den Infusionsständer und den daran hängenden Beutel. Den Schlauch, der unter einen Mullverband an Professor Brands Armbeuge führte.

Okay. Tief Luft holen, dann vorsichtig den Verband abwickeln und – das kostete ein bisschen Überwindung – den Zugang aus der Vene ziehen.

Blut quoll hervor, das war logisch, Timo hatte trotzdem nicht damit gerechnet. Hektisch drückte er den Mull, auf das kleine Loch und zählte bis zehn.

Nichts passierte. Weder rührte sich Brand, noch lief er blau an oder verfiel in Zuckungen – also war die Infusion nicht unmittelbar lebenserhaltend gewesen. Gut.

Sollte er weiter warten? Nein. Wozu? Es gab Wichtigeres zu tun, umso mehr, als Kleists Bemühungen an der Tür immer wütender klangen.

Brandschutztür. Unter anderen Umständen hätte Timo über diese Doppeldeutigkeit gegrinst, jetzt fiel sie ihm kaum auf. Er hastete in den Computerraum und sah sich zuallererst den Monitor des Mannes an, den er gerade so dilettantisch behandelt hatte.

Seine Bots waren immer noch in perfekter Balance. Keine Klumpen, keine Eintrübungen. Die heller strahlenden waren vollkommen symmetrisch über den ganzen Bereich verteilt, es wirkte, als würden sie über die anderen wachen, wie Schäfer über Schafe.

Also weiter. Carl. Bei ihm sah es völlig anders aus, die rote Warnung blinkte unablässig, aber das wäre gar nicht nötig gewesen, man sah auch so, dass hier etwas ganz und gar nicht stimmte. Einige der Bots hatten sich gelblich verfärbt – das hatte Timo bisher noch nie gesehen.

Er nahm sich den ersten von ihnen vor ... und scheiterte. Nein, bitte, das durfte nicht sein!

Er versuchte es noch einmal, vergeblich, also konzentrierte er sich auf einen der blauen Superbots, bei denen die Eliminierung bisher immer reibungslos funktioniert hatte.

Und auch diesmal klappte es wieder. Die blau strahlenden Nanobots ließen sich ausschalten, die gelben schienen immun zu sein. Sie lernten.

Die Anzahl generell zu vermindern war auf jeden Fall sinnvoll, also rückte Timo wenigstens den Bots zu Leibe, gegen die er etwas ausrichten konnte. Er schuf Platz, so gut er konnte, wusste aber gleichzeitig, dass sich dort schon bald gelbe Punkte breitmachen würden, und gegen die war er offenbar machtlos.

Als die Situation bei Carl einigermaßen okay aussah, wandte Timo sich Felix' Bildschirm zu, danach Valeries. Bei beiden schimmerte es ebenfalls da und dort schon gelb, der Ausgangspunkt der neuen Entwicklung schien allerdings Magnus zu sein. Auf seinem Monitor waren die gelben Punkte fast schon so zahlreich wie die blauen.

Irgendwann taten Timo die Augen weh. Eine kurze Pause konnte er sich leisten, er hatte schon viel geschafft. Erst jetzt fiel ihm auf, dass Kleist schon lange damit aufgehört hatte, Krach zu schlagen – das war kein gutes Zeichen, denn aufgegeben hatte er sicher nicht.

Timo ging hinaus auf den Gang und spähte erst zur rechten, dann zur linken Brandschutztür hinüber. Beide nach wie vor geschlossen, keine Spur von Kleist.

Doch nun hörte Timo etwas anderes. Er hatte die Tür zu Brands Zimmer offen gelassen, und von dort kam leises Rascheln, dann ein Klirren, dann unterdrücktes Husten. Langsam, Schritt für Schritt, ging Timo auf den Raum zu.

Brand saß in seinem Bett, halb aufgerichtet. Mit einer Hand hielt er sich an dem über ihm hängenden Haltegriff fest, mit der anderen stützte er sich auf der Matratze ab. Er hustete noch einmal, dann richtete er sich ein Stück weiter auf. »Hallo, Timo«, sagte er.

Es war eingetreten, was Timo insgeheim gehofft hatte, trotzdem überwog in ihm das Gefühl von Unsicherheit.

»Ich habe kaum Kraft in den Armen und Beinen.« Brand lächelte ihn an. »Kannst du mir einen Rollstuhl organisieren? Wir haben eine Menge zu tun.«

Sie hatten zu tun? Timo sah den Mann fragend an. Okay, er war auch Generation drei, und er konnte über die Bots Kontakt aufnehmen, so wie Jakob. Er brachte sogar noch mehr als das zustande – er benutzte Timo, um zu sprechen. Wenn es denn wirklich so war. Und – laut Carl war er Wissenschaftler.

»Genau das bin ich«, sagte Brand, als hätte Timo laut gesprochen. »Und ich schätze schon, dass ich dir mit den Nanobots helfen kann. Ich habe sie nämlich entwickelt.«

31

Ein Rollstuhl! Hektisch durchforstete Timo erst den Gang, dann die nächstliegenden Krankenzimmer; er versuchte, möglichst wenig Lärm zu machen und trotzdem schnell zu sein. Brands Enthüllung beflügelte ihn, das waren hervorragende Nachrichten, auch wenn sie massenhaft Fragen aufwarfen. Brand hatte die Bots entwickelt und lag selbst in der Reha-Klinik? Hatte er einen Selbstversuch unternommen? Oder war es blindwütiger Zufall?

Im vierten Zimmer wurde Timo fündig, er schnappte sich den Rollstuhl, der neben dem Bett eines alten Mannes stand, und hoffte, dass der ihn die nächsten paar Stunden nicht brauchen würde.

Als er mit seiner Beute zurückkehrte, saß Brand aufrecht, die Füße bereits auf dem Boden. Ihn in den Rollstuhl zu bugsieren dauerte mehrere Minuten, nach denen Brand der Schweiß auf der Stirn stand. »So.« Er griff mit zitternden Händen nach den Rädern. »Lass uns anfangen, aber zuerst muss ich mich bei dir entschuldigen, ich habe dir übel mitgespielt in der letzten Zeit.«

Sie?, hätte Timo gern gefragt, zog stattdessen aber nur ein zweifelndes Gesicht, unsicher, ob Brand das im Dunkel überhaupt sehen konnte.

»Ja, zum Beispiel damit. Meine Schuld, dass es mit dem Sprechen noch nicht so läuft, wie es könnte, aber über diese Funktion wollte ich die Kontrolle behalten. Für den Fall, dass du einem Polizisten oder einem unbeteiligten Arzt über den Weg gelaufen wärst. Dann hätte ich aufklären können, was hier passiert – über dich.«

Es war also tatsächlich Brand gewesen, der ihn gelegentlich als Sprachrohr benutzt hatte – der Schluss, den Timo aus Kleists Reaktion gezogen hatte, war richtig. Auch wenn ihm überhaupt nicht klar war, wie das möglich gewesen war, der Mann hatte schließlich im Koma gelegen. Und trotzdem Timos Broca-Areal gekapert.

»Lass uns fahren. Hilfst du mir?«

Timo nickte, überprüfte aber vorher, ob die Luft an den Brandschutztüren immer noch rein war. Ja. Kleist war nicht wieder aufgetaucht, also schob Timo Brand so schnell wie möglich in den Computerraum, direkt vor den Monitor, der Magnus' prekäre Situation zeigte.

»Ich weiß.« Im Licht des Bildschirms wirkte Brands Gesicht bläulich. »Die Dinge geraten außer Kontrolle, und darum kümmern wir uns gleich, aber dazu werde ich dich mit allen deinen Fähigkeiten brauchen. Du bist ein kluger Kerl, das weiß ich. Ich habe mich schließlich oft genug in deinem Kopf herumgetrieben.« Er zwinkerte ihm zu, dann schloss er kurz die Augen.

Was machte er da? Timos Hände waren schweißnass,

er ballte sie zu Fäusten. Wusste Brand nicht, dass die Zeit knapp war? Dass Kleist jede Minute mit einem Spezialschlüssel oder einem Rammbock auftauchen und eine der Türen aufbrechen konnte?

Lass uns endlich anfangen, dachte er ungeduldig.

»Wie bitte?«

Timo deutete auf den Monitor. Anfangen.

»Ich verstehe dich nicht.«

»Anfangen«, stieß Timo hervor. Fehlerfrei. »Wir müssen endlich loslegen!« Noch während er sprach, wurde ihm klar, was Brand getan hatte. Die letzten beiden Worte mischten sich mit seinem erleichterten Lachen. »Das … fühlt sich wirklich gut an. Aber trotzdem, wir müssen uns beeilen. Manche Nanobots färben sich gelb, und die kann ich nicht mehr eliminieren. Hier, bei Magnus und bei Carl auch.« Timo konnte und wollte nicht mehr zu sprechen aufhören, alles war plötzlich wieder da, es war ein Gefühl wie Fliegen. »Es gibt blaue, die heller leuchten, auf die muss man sich konzentrieren und sie ausschalten und …«

»Ich weiß«, unterbrach Brand ihn sanft. »Wir haben das die ganze Zeit gemeinsam getan, in gewisser Weise. Wir waren vernetzt. Wir sind es immer noch.«

Timo blickte auf den Monitor. »Aber Generation drei ist raus aus dem Netz, hat Dr. Sporer gesagt. Man kann sie nicht mehr ansteuern, man bekommt keinen Zugriff über den Server.«

»Weil sie über einen anderen Server laufen.« Brand hob verschmitzt die Augenbrauen. »Mich.«

Timo lagen tausend Fragen auf der Zunge. Wie das möglich sein konnte. Ob Brand nicht eigentlich bewusstlos gewesen war. Warum er nicht das Gleiche mit den Zweiern getan hatte.

Doch das Stillen seiner Neugier war im Moment zweitrangig, Hauptsache war, dass sie einen Weg fanden, die gelben Bots zu stoppen.

»Stoppen ist nicht der Weg«, erklärte Brand. »Unsere einzige Chance ist, sie upzudaten.«

»Wie meinen Sie das?«

»Wir müssen sie zu Dreiern machen. Sieh mal, Generation drei ist ausgereifter als Generation zwei, und auch sie lernt, aber sie reproduziert sich nicht unkontrolliert, sondern nur in dem Ausmaß, in dem alte Bots wegsterben. So war das auch gedacht.« Er griff nach der Maus und vergrößerte Magnus' Bildschirmausschnitt. »Außerdem verfügt sie über einen Mechanismus, der die Vermehrung ganz aufhören lässt, sobald alles erledigt ist, was zu erledigen war. Dann bleiben nur ein paar Diagnose-Bots, die Alarm schlagen, sobald sie im Körper eine Krankheit entdecken. Und dann geht die Reproduktion wieder los.«

Timo brauchte ein paar Sekunden, um diese Information zu verarbeiten. »Das heißt – man hat dann Bots im Körper, die immer sofort einschreiten, wenn irgendwo etwas nicht stimmt?«

»Ganz genau. Sie entdecken Probleme früher als jeder Arzt und beheben sie, noch bevor der betroffene Mensch etwas von einer Krankheit bemerkt.«

Das klang fast zu gut, um wahr zu sein. Und es entsprach

dem, was Brand durch Timo gesagt hatte, damals, als Jakob den Anfall mit seinem Arm gehabt hatte. Generation drei könnte ewig leben.

Bei der gleichen Gelegenheit war aber noch ein interessanter Satz gefallen: *Ich versuche euch zu helfen, aber ich versuche auch noch etwas anderes. Eigene Interessen.*

Auch das hätte Timo gern hinterfragt, aber es musste warten. Brand war vollkommen konzentriert auf die Bots in Magnus' Kopf. »Ich suche den Master«, sagte er. »Wenn ich ihn finde, kann ich ihn ansteuern, ihn an mein Netz anbinden und ihm die aktuelle Software überspielen – dann erledigt der Rest sich von selbst.« Er blickte kurz auf. »Jedenfalls hoffe ich das.«

Master, es gab einen Master? »Wie sieht der aus?« Timo vertiefte sich in den Anblick von Carls blauen und gelben Bots.

»Wie eine Acht«, erklärte Brand. »Der Master sitzt im Kern von zwei Bot-Ringen, die ihn schützen und die Handlungen der untergeordneten Bots lenken. Über ihn läuft die Verbindung zu allen anderen Netzen.«

Eine Acht also. Timo kniff die Augen zusammen und suchte, während er sich fragte, ob sein eigener Master sich immer wieder ins Netzwerk des Markwaldhofs eingeloggt hatte und Timo auf diese Weise das Licht an- und ausgeknipst hatte. Und die Feuerschutztüren versperrt.

»Genau«, bestätigte Brand ungefragt. »Dass das funktioniert hat, fand ich auch überraschend.«

Die Sache mit der Telepathie war Timo zwar von seinen sogenannten »Gesprächen« mit Jakob fast gewohnt; dass

381

Brand so ungehindert in seinen Kopf schauen konnte, fühlte sich trotzdem seltsam an. Umso mehr, als es umgekehrt nicht zu funktionieren schien. Warum eigentlich?

»Du sendest eben«, erklärte der Wissenschaftler. »Jede Frage, die du stellst, wird weitergegeben. Das ist übrigens nichts, was ich den Bots einprogrammiert habe, sie haben es selbst – ah! Da ist er!«

Timo sprang auf und stellte sich neben Brand, der einen bereits vergrößerten Bildschirmausschnitt weiter vergrößerte.

Ja, da war etwas – winzig klein, aber es hatte die Form einer schräg liegenden Acht, und es pulsierte leicht.

»Was jetzt?«, fragte Timo, immer noch begeistert darüber, wie klar die Worte aus seinem Mund kamen.

Brand antwortete nicht sofort. »Ich versuche, Verbindung herzustellen«, sagte er nach einiger Zeit. »Aber er reagiert nicht. Mein eigener Master ist nicht der Server für Generation zwei, und sie lassen mich nicht in ihr System.«

Weil sie sich weiter ungestört vermehren wollten. Timo ließ die winzige Acht nicht aus den Augen. War das überhaupt möglich? Konnten Bots etwas wollen? Sie waren nicht lebendig, sie konnten doch nur tun, was man ihnen einprogrammiert hatte.

Allerdings lernten sie, wie Timo nun zur Genüge wusste.

»Das ist nicht nur für die Patienten schlimm, das ist eine Gefahr für … tja, eigentlich für alle.«

Grau. Timo erinnerte sich. Wenn Nanobots immer neue Nanobots produzierten und dafür die organische Substanz ihrer Träger verwendeten, würden sie am Ende alles

Lebendige verschlungen haben. Was übrig blieb, nannte man dann »Grey Goo«.

Vollkommen unvorstellbar, fand Timo. Das würde einfach nicht passieren, das klang nach Hollywood, und es war so abstrakt, dass es ihm keine Angst machte – im Gegensatz zu Carls Zustand. Gelb, immer mehr Gelb auf seinem Bildschirmausschnitt.

»Könnten Sie nicht versuchen, den Master von Carl Tewes zu finden?«, fragte er. »Vielleicht funktioniert es bei …«

Ein durchdringender Laut unterbrach ihn, ein Schnarren, direkt neben ihm. Hektisch suchte er die Quelle des Geräuschs und stellte nach ein paar Sekunden fest, dass es sich um das Telefon handelte, das neben einem der Monitore stand. Die Hausanlage, vermutete Timo.

»Geh ran«, sagte Brand, ohne von seinem Monitor aufzublicken.

»Ich? Aber …«

»Du kannst dir doch ausrechnen, wer da dran ist. Er sollte besser nicht wissen, dass ich wach bin. Wenn du dich ein wenig hilflos stellst, wird er denken, dass er Zeit hat, und keine Kurzschlussaktionen setzen. Vertraue mir, ich kenne ihn ein bisschen.«

Timo biss sich auf die Unterlippe. Er sah seine Hand zittern, als er sie hob und den Hörer abnahm. Fast hätte er *Hallo* gesagt, besann sich aber noch im letzten Moment.

»Wer ist da?« Kleists scharfe Stimme. »Timo, nicht wahr?«

Das war nicht schwer zu erraten gewesen. Timo gab ein undefinierbares Geräusch von sich, das man mit viel gutem Willen als ein Ja interpretieren konnte.

»Okay. Hör mir gut zu.« Es kostete Kleist deutlich Überwindung, seiner Stimme einen freundlichen Anstrich zu verleihen. »Du machst jetzt die Türen wieder auf, und dann legst du dich einfach schlafen. Niemand ist dir böse. Aber du hast nicht nur dich, sondern auch andere Patienten eingeschlossen, um die wir uns regelmäßig kümmern müssen.« Er wartete, und als keine Antwort kam, fuhr er fort: »Was, wenn es einem von ihnen plötzlich schlechter geht, und kein Arzt kann zu ihm, um ihm zu helfen? Willst du an so etwas schuld sein?«

Das Geräusch, das Timo diesmal von sich gab, konnte alles bedeuten. Es war Kleist offenbar zu wenig.

»Junge, jetzt ist Schluss mit den Spielereien. Ich habe dich vorhin erschreckt, das tut mir sehr leid, und ich entschuldige mich. Aber du solltest wissen, dass ich nur dein Bestes im Sinn habe. Ich bin Arzt, dass du noch lebst, verdankst du zu einem guten Teil mir und der Operation, die ich an dir durchgeführt habe. Du kannst also nicht wirklich glauben, dass ich dir etwas antun möchte?«

Timo gurgelte irgendetwas hervor, das zweifelnd klang, während er zu Brand hinübersah. Der immer noch keinen Zugang zu finden schien.

Am anderen Ende der Leitung herrschte nun Schweigen. Als Kleist wieder sprach, war seine Stimme eiskalt. »Dass du das Spiel nicht gewinnen kannst, weißt du. Früher oder später wird die Straße freigegeben, und es wird Hilfe kommen. Für den Schaden, den du bis dahin angerichtet hast, wirst du geradestehen müssen. Oder«, fügte er leiser an, »ich nehme die Dinge selbst in die Hand. Das wird für alle hier scheußlich, besonders für die, die nicht schnell laufen können.«

Damit unterbrach er die Verbindung. Timo hielt den Hörer noch ein paar Sekunden lang ratlos in der Hand, bevor er ebenfalls auflegte. »Ich weiß nicht, ob das eben eine gute Idee war«, sagte er. »Professor Kleist hat gesagt, er will die Dinge vielleicht selbst in die Hand nehmen, es hat sich wie eine Drohung angehört.«

Brand blickte nur einen Wimpernschlag lang auf. »Seine Drohungen sollte man besser ernst nehmen«, erwiderte er ruhig.

»Er hat gesagt, es könnte scheußlich werden, vor allem für die Leute, die nicht gut zu Fuß sind.«

Brand atmete einmal tief durch. »Wir müssen uns beeilen.«

Doch Beeilen half nichts. Was immer der Wissenschaftler auch versuchte, die Nanobots der zweiten Generation blockten ihn. Nicht nur Magnus' Master, sondern auch die von Carl, Valerie, Felix und Sophie reagierten nicht auf Brands Versuche, das Update zu überspielen.

»Was wäre, wenn ich einen der Zweier bitte, mitzuhelfen?«, überlegte Timo. »Ich kann über meine Bots mit anderen Dreiern kommunizieren und mit der Hauselektronik spielen. Vielleicht können die Zweier etwas Ähnliches, wenn sie es versuchen? Ein bisschen Einfluss auf die Dinger in ihrem Kopf nehmen? Sie müssen etwas wie eine Cloud gebildet haben, sonst würden sie sich jetzt nicht alle auf einmal abschirmen.«

Brand stand das Unbehagen ins Gesicht geschrieben. »Eine Braincloud. Das ist möglich, aber die Bots selbst durch Gedankenkraft beeinflussen – ich wüsste nicht, wie das gehen sollte. Du hast es schließlich auch nicht geschafft, sie im Broca-Areal arbeiten zu lassen, du hast dich bloß ins Hausnetz eingeklinkt und dann ganz normale technische Befehle gegeben. Ich fand das sehr interessant, aber nicht undenkbar. Eine Programmierung per Gedanken ändern ist aber etwas ganz anderes.«

»Sie haben das alles mitbekommen, nicht wahr? Sie waren in meinem Kopf mit dabei.«

Der Professor lächelte. »Ja, wir waren in der gleichen Cloud. Sind wir immer noch. Man hat mich zwar mit Medikamenten ruhiggestellt, aber die Nanobots waren davon nicht beeinflusst, und sie schufen mir eine zweite Wahrnehmungsebene, die wunderbar funktioniert hat. Ich kann zwischen dir, Jakob, Georg und Tamara hin- und herschalten. Als wärt ihr unterschiedliche Fernsehprogramme.« Er schüttelte leicht den Kopf. »Das geht so weit über alles hinaus, was ich mir je vorstellen konnte.«

Eben, dachte Timo. Wir haben doch hier eine Gleichung mit lauter Unbekannten, wer weiß denn schon, was sonst noch möglich ist.

Er betrachtete Carls Bildschirmausschnitt. Gelb und Blau hielten sich beinahe schon die Waage, und die meisten Bots bewegten sich kaum. Als würden sie abwarten. Den Master konnte Timo nirgendwo entdecken, dafür einige gelbe Superbots. Er konzentrierte sich. *Abschalten, abschalten, abschalten.*

Nichts. Bei den blauen hingegen funktionierte es nach wie vor reibungslos. »Ich muss kurz … weg«, sagte er, ohne den Blick vom Monitor zu wenden.

»Weg? Wohin?«

»Etwas ausprobieren.« Er richtete sich auf und ging zur Tür. »Ich sorge dafür, dass niemand hier reinkann. Obwohl, Türen verschließen kriegen Sie wahrscheinlich auch alleine hin.«

Brand blickte auf. »Noch nicht versucht.« Er bewegte seinen Rollstuhl ein Stück vom Tisch weg. »Bist du sicher, dass du weißt, was du tust?«

»Nein.« Timo quälte sich ein Lächeln ab. »Aber wir bleiben verbunden, nicht wahr? Tun Sie mir einen Gefallen, und setzen Sie sich vor Tewes' Monitor, bitte.«

Er ließ Brand allein im Computerraum zurück, mit mulmigem Gefühl im Bauch, und warf je einen prüfenden Blick auf die zwei Feuerschutztüren. An beiden schien die Luft rein zu sein. Durch die rechts von ihm waren sie gekommen, dort lagen auch die wichtigeren Räume des Trakts. Wenn er die linke nahm, war die Wahrscheinlichkeit, Kleist oder Sporer in die Arme zu laufen, geringer.

Der Gedanke – öffnen – und das Klicken der Tür passierten beinahe gleichzeitig. Timo schlüpfte hindurch und verschloss die Flügel per stummem Befehl, während er schon auf die hintere Treppe zusteuerte.

Braincloud, das Wort hatte sich in seinem Kopf festgesetzt. Wenn einer der Zweier sich updatete, dann würden die anderen folgen, nicht wahr? Ganz automatisch.

Er schlich in den zweiten Stock hinunter. Es war völlig

ruhig, die meisten schliefen sicher oder hielten sich zumindest an Kleists Anweisung: in den Zimmern bleiben.

Alles lag im trüben Licht der Notbeleuchtung, manche Winkel waren völlig dunkel, der sonst weiße Boden schimmerte gelblich. Als wäre der Markwaldhof in eine fremde, unheimliche Dimension geglitten.

Timo tappte durch den Mädchentrakt, dann kam die Glastür, dann sein eigener Bereich. Die normalen Türen konnte man nur auf die übliche Weise öffnen und schließen: mit der Hand. Er hoffte, dass diese Glastür sich leise bewegen lassen würde.

Der Uhr an der Wand zufolge war es kurz vor zwölf, eine Zeit, um die hier normalerweise niemand außer dem Nachtdienst mehr wach war. Timo drückte die Tür nur so weit auf, wie es unbedingt nötig war – geräuschlos –, und ließ sie danach sanft wieder ins Schloss gleiten. Carls Zimmer lag auf der rechten Seite des Gangs. Timo schlich sich hinein und fand sich, sobald er die Tür hinter sich zugezogen hatte, in vollkommener Dunkelheit wieder.

32

Sowohl Sami als auch Carl schliefen, zweistimmiges Atmen erfüllte den Raum, ab und zu ging es in leichtes Schnarchen über. Timo tastete sich zu Carls Bett vor. Er würde seinen Freund wecken müssen, ohne ihn zu erschrecken. Sami sollte möglichst weiterschlafen.

Hier war das Fußende des Betts. Hier Carls Knie. Hier das Nachtkästchen. Hier ein Zipfel des Kissens. Timo beugte sich hinunter. »Hey«, flüsterte er. »Wach auf, Carl.«

Keine Reaktion. Timo fand Carls Schulter und rüttelte zaghaft daran. »Ich bin's. Timo.«

Carl bewegte sich leicht, die Bettdecke raschelte. Ob er die Augen öffnete, ließ sich in der Dunkelheit nicht feststellen.

»Du hörst mich, oder?«, flüsterte Timo.

Ein paar Herzschläge lang blieb es ruhig. Dann knarrte das Bett, und Carl richtete sich ein Stück auf. »Timo?«

»Ja. Sei bitte leise, ich will nicht, dass Sami aufwacht. Oder sonst jemand.«

»Du bist nicht Timo, der kann nicht sprechen.«

»Doch. Seit heute Nacht schon. Aber darum geht es jetzt nicht.«

Carl hustete. »Wieso … was … ich verstehe überhaupt nichts. Was ist passiert?«

»Die Bots haben endlich mein Broca-Areal bearbeitet. Sprechen klappt wieder, aber deshalb bin ich nicht hier.« Er holte tief Luft, was er Carl jetzt zu sagen hatte, war ein harter Brocken. »Bei Generation zwei ändert sich gerade etwas. Die Nanobots haben herausgefunden, wie sie sich gegen meine Abschalt-Aktionen wehren können. Die, die neu dazukommen, sind immun gegen mich. Und es werden immer mehr.«

Er hörte Carl zitternd ausatmen. »Das heißt – es ist jetzt so weit? Ich werde …« Er sagte es nicht, aber Timo wusste, was er meinte.

»Ich hoffe nicht. Es ist so: Wir müssen es schaffen, Generation zwei upzudaten, dann würde sie wie Generation drei funktionieren, nämlich richtig. Das weiß ich von Professor Brand, der ist seit Kurzem wach, er ist der Entwickler der Bots. Keine Ahnung, wieso er hier auch Patient ist, aber jedenfalls arbeiten wir schon seit Stunden daran, euch zu Dreiern zu machen.«

»Aber es klappt nicht?« Carls Stimme klang erstickt.

»Nein. Deshalb bin ich hier, ich möchte, dass du mithilfst. Kannst du versuchen, zu deinen Bots Kontakt aufzunehmen? Denk einfach *Update*, denke *Generation drei*, irgend so was. Auf die Weise habe ich technischen Kram beeinflusst, vielleicht kannst du das auch!«

»Okay«, flüsterte Carl.

In der Stille, die danach eintrat, versuchte Timo, per Gedanken Brand anzusteuern. Braincloud.

Ich bin bei Tewes, er versucht, seine Bots zum Update zu überreden. Klappt es?

Erst kam keine Antwort. Und dann die, die Timo nicht hatte hören wollen. *Nein. Kein Unterschied.*

Scheiße, dachte Timo. *Versuchen Sie es weiter. Bitte.*

Allmählich gewöhnten seine Augen sich an die Dunkelheit, er sah immerhin Carls Umrisse, im Bett sitzend, beide Hände vors Gesicht gelegt.

»Ich weiß nicht, ob ich es richtig mache«, sagte er verzweifelt. »Aber ich kriege gerade Kopfschmerzen.«

»Nicht aufhören.« Timo hoffte, dass man ihm seine wachsende Mutlosigkeit nicht anhörte. Kopfschmerzen waren kein gutes Zeichen, sie deuteten eher darauf hin, dass die Bots sich wehrten.

Passiert etwas?, hakte er noch mal bei Brand nach.

Nichts Gutes, kam als Antwort, und im nächsten Moment fühlte Timo eine Hand, die sich um seine Kehle legte und zudrückte, ihn fast mitsamt dem Stuhl nach hinten kippen ließ.

Carl. Er schnellte geradezu aus dem Bett und packte nun auch mit der zweiten Hand zu. Timo wehrte sich nach Kräften, suchte blind nach einer Waffe, nach etwas, womit er Carl auf Abstand halten konnte, … und fand eines der dicken Bücher auf dem Nachttisch. Er griff danach, bäumte sich auf und schlug Carl den schweren Wälzer über den Kopf.

Der Druck um seinen Hals lockerte sich, Timo stieß Carl

aufs Bett zurück und ergriff die Flucht; von dem Lärm war nun auch Sami aufgewacht.

»Was ist denn hier los? Carl? Ist etwas passiert?«

Ob Sami eine Antwort bekam, erfuhr Timo nicht mehr, er war, so schnell er konnte, nach draußen gestürzt und weitergelaufen, nach Luft ringend.

Schiefgegangen, erklärte er Brand stumm. *Sie wehren sich mit allen Mitteln, ich weiß nicht, was –*

»Na, so ein Zufall.« Wie aus dem Nichts trat Kleist aus einer der dunklen Ecken hervor. »Timo Römer. Hattest du keine Lust mehr auf Computerspiele?«

Der Schreck war Timo so tief in die Knochen gefahren, dass er einen Moment zu lange stehen blieb. Als er zurückweichen wollte, hatte Kleist ihn schon am Arm gepackt. »Ich vermute also, die Sicherheitstüren im dritten Stock sind wieder offen?«

Timo zog sich auf sein eingeschränktes Sprechvermögen zurück, das Kleist ja immer noch für den Status quo hielt. Er gab ein paar Geräusche von sich, denen man nicht anhörte, ob sie zustimmend oder verneinend waren, und kämpfte gegen den Griff des Arztes an, der nervöser wirkte als je zuvor.

»Es gibt noch genau eine Chance dafür, dass die Dinge für uns alle gut ausgehen könnten«, stieß er zwischen den Zähnen hervor. »Die werde ich mir von dir nicht ruinieren lassen, ebenso wenig wie meine Karriere.« Er packte Timos Arm fester. »Du kommst mir also besser nicht mehr in die Quere, denn die Alternative zu meiner Lösung ist nicht schön, das kannst du mir glauben.«

Timo gab einen weiteren seiner unverständlichen Laute von sich und versuchte, kläglich dreinzusehen. Harmlos. Hilflos.

»Wir sprechen uns später.« Kleist bugsierte ihn mit sanfter Gewalt auf sein Zimmer zu und schubste ihn hinein. »Du wartest hier. Und komm nicht auf die Idee, dich hier rauszubewegen.«

Auch hier drin war es dunkel wie in einer Gruft. Er stand mit pochendem Herzen an der Wand, ratlos, was er nun tun sollte. Tatsächlich hier warten? Kleist würde einen Stock höher laufen, feststellen, dass die Brandschutztüren immer noch verschlossen waren, und wieder zurückkommen. Möglicherweise war er dann verzweifelt genug, um zu versuchen, Timo zur Kooperation zu zwingen.

Kleist ist auf dem Weg nach oben, teilte er Brand mit. *Er wird nicht durch die Türen kommen, schätze ich. Wie sieht es bei Ihnen aus?*

Diesmal antwortete Brand umgehend. *Nichts Neues. Ich bräuchte mehr Zeit, viel mehr Zeit.*

Timo wollte ihn fragen, was er jetzt am besten tun sollte, doch das Problem klärte sich von selbst. Magnus richtete sich im Bett auf und griff in der gleichen Bewegung nach einer seiner Krücken, die am Nachttisch lehnten.

»Du bist doch gewarnt worden, Timo.« Er glitt aus dem Bett, die Krücke wie eine Keule in der Hand. »Du hättest auf uns hören sollen. Stillhalten. Ruhig bleiben.«

Die Worte kamen monoton aus seinem Mund, ohne jegliche Emotion. Timo wich zur Tür hin aus, sah noch, wie Magnus die Krücke über seinen Kopf schwang, bevor er die

Klinke fand und hinaus auf den Gang floh. Wenn er gleich wieder Kleist in die Arme laufen würde, dann war das nicht zu ändern. Er konnte sich nicht lange überlegen, welche Richtung er vernünftigerweise einschlagen sollte, er musste zusehen, dass er Magnus abhängte.

Eine Zeit lang hörte er noch dessen Schritte hinter sich, dann schien er aufzugeben – oder die Bots hatten ihn zurückgepfiffen. Timo bog um die nächste Ecke – und stand Valerie gegenüber, die in der linken Hand eine aufgezogene Spritze hielt, in der rechten ein Messer.

Timo bremste, so schnell er konnte. Umkehren war keine Option, also versuchte er, an Valerie vorbeizukommen, doch die war ungewöhnlich gewandt. Sie lachte, während sie näher kam und das Messer auf ihn richtete.

Timo rannte in die letzte Richtung, die ihm noch blieb. Auf die Tür zum Park zu. Er tauchte ins windige Dunkel, mied den Weg, auf dem man seine Schritte hätte hören können, sondern lief stattdessen durchs nasse Gras. Hinter der Vogeltränke duckte er sich und versuchte, ruhiger zu atmen. Er musste wissen, ob sie ihm noch folgten.

Offenbar nicht. Er schien völlig allein hier draußen zu sein, und obwohl er in seinen dünnen Sachen erbärmlich fror, fühlte er sich für den Moment unendlich erleichtert.

Kleist war an den Türen und ist unverrichteter Dinge wieder abgezogen, meldete sich Brand. *Wo steckst du?*

Draußen im Park. Die Zweier haben sich zusammengerottet und versuchen, mich umzubringen.

Komm besser zurück.

Das war ein netter Vorschlag, nur dass Timo nicht wusste,

wo seine Verfolger sich postiert hatten. Carl, Valerie, Magnus, Felix … und wer weiß, wer alles noch. Warum eigentlich lotste Brand ihn nicht mehr so gezielt durchs Haus, wie er das bei früheren Gelegenheiten gemacht hatte? Da musste er sich in die Überwachungskameras eingeklinkt haben, anders konnte Timo sich das nicht erklären. Und die waren im Moment natürlich aus.

Ins Haus zurück musste er trotzdem, schon der Kälte wegen. Er hatte zu zittern begonnen und biss seine Zähne zusammen, damit sie nicht aufeinanderschlugen. Zumindest sollte er sich einen windgeschützten Ort suchen, bis er entschieden hatte, was er als Nächstes tun würde.

Ein Stück weiter den Weg entlang gab es eine Hecke, möglicherweise bot die ein wenig Schutz. Timo war höchstens zehn Schritte gegangen, als der Wind Stimmen zu ihm herüberwehte.

»… muss doch nicht so schlimm werden.« Korineks Stimme, sie klang schriller, als Timo sie kannte. Klang nach Angst. Er ging geduckt weiter, ein bisschen näher noch an die Quelle des Gesprächs.

»Wir haben nicht mehr in der Hand, was passiert, also müssen wir in den sauren Apfel beißen. Es wird wie ein Unfall aussehen.« Es war Kleist, der das sagte, und im Gegensatz zu Korinek hörte er sich erschreckend ruhig an.

»Das können Sie nicht ernsthaft wollen«, rief Korinek. »Wir sind Ärzte! Das wäre vollkommener Wahnsinn, es wäre Mord!«

»Es ist die einzige Möglichkeit, um Schlimmeres zu verhindern.« Immer noch sprach Kleist völlig sachlich. »Das wissen Sie. Jemand muss eine Entscheidung treffen, und wir haben nicht mehr viel Zeit. Aber seien Sie beruhigt – Ihre Rolle wird heldenhaft sein. Sie bringen ihn hier weg, muss nicht weit sein. Ein paar Hundert Meter sollten genügen.«

Korinek antwortete nicht, aber Timo glaubte, sie weinen zu hören. Dann hörte er Laufschritte, die sich entfernten.

Er blieb zusammengekauert in seiner Position an der Hecke, ohne die geringste Ahnung, was er jetzt tun sollte. Er würde mit dem Hineingehen noch warten, um nicht Kleist direkt in die Arme zu laufen … aber er konnte Brand alarmieren.

Ich habe gerade im Park ein Gespräch mitgehört. Kleist plant, jemanden zu töten. Er sagt, es ist die einzige Möglichkeit, und es wird wie ein Unfall aussehen.

Die Antwort kam umgehend. *Das habe ich befürchtet. Er wird Generation zwei töten. Ohne schlechtes Gewissen, weil sie ohnehin sterben würde. Aber er wird anschließend ein Problem mit den Leichen haben. Ich frage mich, wie er das lösen will.*

Das war ein berechtigter Einwand. Eine so große Anzahl von Toten zur gleichen Zeit, in einer einzigen Klinik, noch dazu in einer Rehabilitationsklinik, wo die Patienten meist in ganz gutem Zustand waren – da würde alles detailliert untersucht werden. Gut möglich, dass Kleist dann versuchen würde, die Morde jemand anderem in die Schuhe zu schieben, vielleicht jemandem vom Pflegepersonal. Aber spätestens bei der Obduktion würde man herausfinden, dass mit den Toten etwas nicht stimmte, denn die Bots würden sich weitervermehren.

So sehr, dass man sie dann mit bloßem Auge sehen konnte? Als graue Masse?

Er schlang die Arme um den eigenen Oberkörper und zählte bis fünfzig. Länger hielt er es hier in der Kälte nicht mehr aus, er musste jetzt einfach zurück. Und zwar sicher nicht durch den Haupteingang, sondern über die hintere Tür, auch wenn die Gefahr bestand, dass Valerie sie immer noch bewachte.

Für diesen Fall war es wahrscheinlich gut, sich vorzubereiten. Der Sturm hatte jede Menge Äste von den Bäumen gerissen, einige davon waren armdick. Timo nahm den nächsten, über den er stolperte, an sich und wog ihn in der Hand. Allzu fest durfte er damit nicht zuschlagen, wenn er Valerie nicht ernsthaft verletzen wollte. Aber er würde sie und ihr Messer damit auf Abstand halten können. Hoffentlich.

Mit der linken Hand drückte er die Tür auf, mit der rechten hob er den Ast, aber weit und breit war niemand zu sehen.

Sollte er in den zweiten Stock schleichen und dort nachsehen, ob Kleist mit einem Skalpell von Zimmer zu Zimmer ging und die Kehlen der Zweier durchschnitt? Ihm hätte Timo den Ast ohne zu zögern und mit voller Wucht über den Schädel geschlagen. War vielleicht eine gute Idee.

Die Treppen waren noch ein paar Meter entfernt. Timo lauschte nach allen Seiten, während er einen Fuß vor den anderen setzte. Langsam. Vorsichtig. Den Ast immer noch zum Schlag erhoben.

Und dann roch er es und begriff. Nein, Kleist würde nicht

in einer Nacht-und-Nebel-Aktion die Zweier beseitigen, sondern alle Patienten und gleichzeitig alle Spuren.

Es roch nach Benzin.

Der Generator, würde man sagen. War vermutlich defekt, es ist Benzin ausgelaufen und in Brand geraten. Wenn jemand zur Verantwortung gezogen werden würde, dann Sporer, und mit ihm die Verwaltung des Markwaldhofs. Ganz sicher nicht Kleist, der doch nur zu Besuch war.

Timo überlegte kurz, dann rannte er hinauf in den dritten Stock. Öffnete die Brandschutztüren, verschloss sie wieder und hastete in den Computerraum. Die Lage war zu schwierig, um sie telepathisch zu besprechen.

»Kleist wird das Haus in Brand stecken«, stieß er hervor. »Sorry, kein Wortwitz. Unten riecht es nach Benzin, und was ich vorhin im Park mit angehört habe, wissen Sie ja schon. Wir müssen etwas tun. Bitte.«

Der Wissenschaftler verzog keine Miene. »Bist du sicher?«

»Was den Geruch angeht? Ja. Ich weiß, wie Benzin riecht.«

»Aber Rauch hast du nicht gesehen? Oder gerochen?«

Timo schüttelte den Kopf. Der Monitor direkt vor ihm zeigte Magnus' Bot-Status. Gelb, so viel Gelb.

»Dann ist es am besten, wir geben den Raum hier auf.« Mit einem langen letzten Blick auf den Bildschirm schob Brand seinen Rollstuhl ein Stück zurück. »Wecke die Leute, das Haus muss evakuiert werden. Wer gut zu Fuß ist, soll den anderen helfen. Rollstuhlfahrer werden nach draußen geführt und dort abgesetzt, die Rollstühle mehrmals verwendet, dann geht es schneller.«

»Aber die Aufzüge stehen still!«, rief Timo. »Außerdem

wären die bei Feuer sowieso zu gefährlich. Wie sollen wir die Leute nach unten kriegen?«

Er las die Antwort in Brands Augen. Tragen natürlich. Nur dass es so wenige gesunde, kräftige Menschen hier im Haus gab. Martin, Lisa, Claudia, die Therapeutinnen, den Hausmeister – und Thomas. Wie lange würden sie durchhalten können?

Und außerdem …

»Den Versuch, Generation zwei upzudaten, geben wir auf?«, flüsterte Timo.

Brand fuhr sich mit der Hand über den Mund. »Offen gesagt, ich glaube nicht, dass wir es schaffen werden. Die Bots haben sich verselbstständigt, ihr Ziel ist es, zu überleben und sich zu vermehren. Das ist das Programm, dem sie folgen. Ich kann sie nicht mehr beeinflussen.«

Timo fühlte, wie ihm Tränen in die Augen traten. »Aber wir können sie nicht einfach aufgeben. Carl, Felix, Valerie … wir können …«

»Ich habe, während du unterwegs warst, hier ein Notebook entdeckt«, unterbrach ihn Brand. »Die Software für die Steuerung der Bots ist drauf, wir nehmen es mit. Ich habe allerdings keine Ahnung, wie lange der Akku durchhalten wird. Die Netzverbindung wird ebenfalls abbrechen, sobald durch das Feuer die Notstromversorgung ausfällt.«

Das klang nicht gut, aber besser als nichts. Timo legte das Notebook auf Brands Schoß, packte den Rollstuhl an den Griffen und schob ihn auf den Gang hinaus.

Öffnen, befahl er stumm, und die Flügel der Brandschutztüren schwangen zur Seite. Ob Kleist irgendwo lauerte, kümmerte Timo jetzt nicht mehr, viel wichtiger war die Frage, ob man schon Rauch riechen oder Hitze spüren konnte. Nein. Auch von Benzingeruch war im dritten Stock nichts zu merken.

Zuallererst schlüpfte Timo in Georgs Zimmer und rüttelte an dessen Schulter. »Wach auf. Bitte! Ein Notfall, du musst aufwachen.«

Georg brauchte, zu Timos Erleichterung, kaum drei Sekunden, um wach und geistig präsent zu sein. »Was ist passiert? Moment – wieso sprichst du plötzlich?«

»Unwichtig. Hör zu: Wahrscheinlich wird demnächst im Haus Feuer ausbrechen, wir müssen die Leute rausschaffen. Du bist einer der Fittesten, bitte hilf mir!«

Er erahnte im Dunkel, wie Georg ungläubig den Kopf schüttelte. »Ein Feuer? Woher willst du das …«

»Glaub mir einfach. Wir müssen uns beeilen. Bitte.«

Georg stieg aus dem Bett, schlüpfte in seine Schuhe und klopfte seinem Zimmernachbarn sanft auf den Rücken. »Benno? Komm, zieh dir was an. Wir müssen hier raus.«

Benno war mindestens siebzig, aber er konnte selbstständig gehen. Gut. Timo überließ es Georg, den dritten Stock zu wecken und alle mobilen Patienten nach draußen zu schicken; er selbst lief die Treppen nach unten und machte sich auf die Suche nach Martin, nach Lisa, nach dem Hausmeister.

Doch der Erste, dem er in die Arme lief, war Dr. Sporer. »Timo! Du solltest im Bett sein.«

Timo wich zurück. Der Ast. Er hatte ihn im Computerraum liegen lassen. Er konnte höchstens versuchen, einen

Stuhl nach Sporer zu werfen, aber das würde ihn vermutlich nicht außer Gefecht setzen.

»Lass mich dich zurückbegleiten.« Der Arzt klang freundlich. »Wieder geschlafwandelt, hm? Du wirst sehen, das bekommen wir in den Griff und …« Er hielt inne, hob das Kinn. »Komisch. Riechst du das auch?« Er schnupperte. »Ich glaube, das ist Benzin. Du liebe Güte, hoffentlich haben wir kein Leck im Generatortank!«

Er drehte sich um und marschierte auf den Abgang zu Schwimmbad und Keller zu. Timo lief ihm nach und holte ihn auf halber Strecke ein. Wenn Sporer kein fantastischer Schauspieler war und ihm eben etwas vorgemacht hatte, dann steckte er nicht mit Kleist unter einer Decke. Zumindest nicht, was Brandstiftung und Mord betraf.

»Nicht hinuntergehen! Das ist bestimmt kein Leck. Ich glaube, Professor Kleist will Feuer legen und es wie einen Generatorunfall aussehen lassen.«

Aus Sporers Gesicht wich mit einem Schlag alle Farbe. »So weit kann er unmöglich gehen. Er ist verrückt geworden.« Er trat an Timo heran, packte ihn an den Schultern. »Bist du sicher?«

War er das? Ja, eigentlich schon, wobei es natürlich sein konnte, dass Kleist im letzten Moment noch Skrupel bekam. »Er hat vor wenigen Minuten erst zu Dr. Korinek gesagt, man müsse in den sauren Apfel beißen, und es solle wie ein Unfall aussehen.«

Sporer ließ Timo los und ging wortlos in Richtung Kellertreppen. Er hatte sie noch nicht erreicht, als ein Knall ertönte – nicht so laut wie eine Explosion, aber doch so, dass sie

401

beide zusammenzuckten – und nun erste Rauchschwaden ins Foyer zogen.

»Wir müssen die Leute rausbringen«, schrie Timo. »Holen Sie alle zusammen, die helfen können!«

»Du hast recht.« Sporer hielt sich nicht mit langen Diskussionen auf, er lief an Timo vorbei, den Gang entlang. »Bergmann!«, rief er. »Kommen Sie! Es brennt!«

Ob Bergmann der Hausmeister war, interessierte Timo im Moment nicht, wahrscheinlich war es so, doch er stand jetzt vor einem völlig anderen Problem.

Es gab hier eine Brandschutztür, die das Foyer und damit das gesamte Untergeschoss vom Keller abtrennen würde. Er sollte sie schließen, jetzt, sofort – aber was, wenn Kleist noch unten war? Wenn er jemanden bei sich hatte?

Dann kommt er in den nächsten zehn Sekunden hinaufgerannt, dachte Timo. Bringt sich in Sicherheit und hofft, dass alle anderen im Haus noch schlafen. Aber was, wenn er verletzt ist?

Verzweifelt fixierte Timo die Tür mit seinem Blick. Sollte sie sich nicht von selbst schließen im Notfall, sie hing doch am Notstrom? Sollte sie ihm diese furchtbare Entscheidung nicht abnehmen?

Er zählte bis zehn, bis zwanzig. Niemand kam, aber der Rauch, der nach oben quoll, wurde dichter und dunkler. Timo ballte die Hände zu Fäusten.

Schließen.

Die Türflügel bewegten sich aufeinander zu, trafen sich in der Mitte, etwas rastete ein. Der Rauch, der bis ins Foyer gedrungen war, verzog sich bereits wieder.

Laufschritte hinter ihm ließen Timo herumfahren. Sporer und der Hausmeister, hinter ihnen Thomas, in einem verdrückten T-Shirt und einer Jogginghose.

»Erst in den dritten Stock«, ordnete Sporer an. »Dort sind die älteren Patienten, von denen sind viele gehbehindert. Ich wecke das Pflegepersonal und die Therapeuten.«

Timo beschloss, in den zweiten Stock zurückzukehren, dort war noch niemand geweckt worden, höchstens zufällig, durch den Tumult im Erdgeschoss. »Bringt zuerst Professor Brand nach draußen«, rief er den drei Männern hinterher. »Er ist wach, er sitzt im Rollstuhl. Thomas, pass auf, dass niemand ihm das Notebook wegnimmt!«

Sporer, der schon den halben Treppenabsatz hinaufgelaufen war, drehte sich noch einmal um, verharrte einen Moment und nickte Timo zu. Dann rannte er weiter.«

Im zweiten Stock war es noch vergleichsweise ruhig, bloß Sami schien wach geworden zu sein. Als Timo hinaufkam, rollte er gerade aus dem Zimmer. »Was ist los?«

»Feuer«, erklärte Timo knapp. »Was ist mit dir? Funktionieren die Beine noch?«

»Ja. Sie sind nur extrem schwach.« Sami stemmte sich ein Stück hoch, und Timo sah, wie seine Knie zitterten.

»Okay. Ist Carl wach?«

»Nicht dass ich wüsste.«

Timo warf einen Blick in das Zimmer, Carl lag wieder auf dem Bett, in Jogginganzug und mit Schuhen. Nachdem sie seine Spur verloren hatten, waren die Zweier bloß noch auf Stand-by, wie es schien.

In seinem eigenen Zimmer war die Situation ähnlich. Magnus im Bett, laut atmend, aber bewegungslos. Die Gelben schienen ganze Arbeit zu leisten, verdammt.

Jakob, rief er in seinem Kopf. *Steh auf. Sofort. Es brennt.*

Sami immerhin war in der Zwischenzeit nicht untätig gewesen. Er hatte Oskar und Emil geweckt, die beide schon schlaftrunken auf dem Weg nach unten waren. Jakob kam ebenfalls gerade aus dem Zimmer.

»Wir müssen die Mädels wecken und dann die nach unten tragen, die nicht laufen können«, erklärte Timo hektisch. »Sami, Mona und wahrscheinlich auch Carl, Valerie, Felix und Magnus. Ich weiß nicht, wie viel Zeit wir haben.«

Aus den Augenwinkeln sah er, wie Thomas und der Hausmeister den Rollstuhl mit Professor Brand am zweiten Stock vorbei und weiter nach unten trugen. Gut, das war gut. Timo lief auf die Glastür zum Mädchentrakt zu, hämmerte gegen jede der Türen. »Aufwachen! Schnell! Wir müssen alle raus hier!«

Sie würden nicht wissen, wer sie da weckte, sie kannten seine Stimme noch nicht. Er drückte die Tür zu Monas Zimmer auf und sah, dass sie sich eben im Bett aufgerichtet hatte. »Mona! Los, raus hier, Kleist versucht, die Bude anzuzünden!« Er schob ihren Rollstuhl so zum Bett, dass sie leicht hineinkam, und griff nach dem ersten dickeren Kleidungsstück, das ihm zwischen die Finger kam. Ein Frottee-Bademantel. »Hier. Wir müssen alle raus.«

Sie nickte knapp und warf einen Blick auf das Nebenbett, in dem ein Mädchen lag, das Timos Hereinplatzen nicht zu bemerkt haben schien. Sophie; mit ihr hatte er nur flüchtig zu tun gehabt – aber sie war eine von den Zweiern. War ihm aber nie auf einem der Monitore untergekommen, allerdings hatte er immer konkret nach Leuten gesucht ... und sie war nicht dabei gewesen.

»Wir holen sie auch raus, aber jetzt bist erst mal du dran.« Wieder nickte sie. »Du sprichst ja.«

»Ich weiß. Ich würde mich auch wirklich darüber freuen, wenn uns Kleist nicht abfackeln würde.«

Jakob und er schnappten sich zuerst Mona und trugen sie die zwei Stockwerke nach unten – ohne Rollstuhl. Einer packte sie an den Füßen, der andere unter den Armen. Sie trugen sie in den Park hinaus und setzten sie auf eine der Bänke, in die Nähe des gegenüberliegenden Flügels.

Danach kam Sami dran, den sie an der gleichen Stelle absetzten. Zwei Leute nur, beide nicht schwer, aber Timo war schon so erschöpft, dass er sich am liebsten ins Gras gelegt hätte.

Er schleppte sich zurück in den zweiten Stock, auf der Treppe kamen ihm jetzt immer mehr Leute entgegen; ältere, junge, dazwischen Georg und Thomas, die eine weißhaarige Frau nach unten trugen. Knapp hinter ihnen folgten Claudia und Britta, die Ergotherapeutin; sie stützten einen alten Mann, der immerhin ein bisschen gehen konnte.

Es funktioniert, dachte Timo. Wenn uns nicht plötzlich der ganze Benzintank um die Ohren fliegt, könnten wir es schaffen. Ohne Todesopfer.

Allerdings waren da immer noch die Zweier, die nicht einmal aufgewacht waren. Timo wankte in Carls Zimmer, rüttelte an seinem Freund, schrie ihm ins Ohr – nichts. Aber er atmete, er hatte Puls.

Die Idee, die Timo plötzlich durch den Kopf schoss, war vielleicht aus blanker Verzweiflung geboren, aber – sie konnte funktionieren. Möglicherweise. Wenn er es schaffte, wenigstens einen der Zweier zu wecken.

Valerie, sagte ihm sein Gefühl. Und wenn nicht sie, dann Felix.

33

Doch mit Valerie hatte er den richtigen Riecher gehabt. Er rief ihren Namen, schüttelte sie ein wenig, und sie schlug die Augen auf. Dass das Messer griffbereit neben ihrem Bett lag, sah er erst jetzt und fegte es mit einer schnellen Bewegung zu Boden.

»Hey«, sagte er. »Ich bin's. Erinnerst du dich? Timo. Der, der die vielen Bots eliminiert hat. Ich mache dann gleich weiter damit.«

Sie kam hoch, erstaunlich gewandt. Ihr Blick suchte das Messer, aber da lief Timo schon zur Tür, und wie er gehofft hatte, folgte sie ihm.

Jetzt kam es drauf an. *Braincloud*, dachte Timo, *na los. Zeig, was du kannst.*

Hinter sich hörte er bereits Valeries Schritte, als sich vor ihm die Tür seines eigenen Zimmers öffnete. Magnus kam heraus und, Sekunden später, Carl aus dem Raum schräg gegenüber.

Sie jagten ihn wieder. Das war es, was er gewollt hatte, allerdings nahmen sie ihn jetzt in die Zange, das war nicht der Plan gewesen. In irgendeine Richtung musste er ausbrechen, und nachdem nun auch Felix an Carls Seite auftauchte, war die Sache klar.

Er ging langsam auf Valerie zu, versicherte sich, dass sie in keiner ihrer Hände das Messer hielt, versetzte ihr einen Stoß und begann zu rennen. Auf die hintere Treppe zu, auf der keine Evakuierungstransporte stattfanden.

Dass sie hinter ihm her waren, hörte er, unklar war aber, wie viele von ihnen. Verfolgten sie ihn alle gemeinsam, oder hatten sie sich getrennt, und er musste damit rechnen, dass gleich jemand unten auf ihn warten würde? Er war versucht, einen Blick über die Schulter zu werfen, doch das würde ihn nur bremsen und nervöser machen, als er ohnehin schon war.

Dieses Treppenhaus war noch dunkler als das andere, trotzdem reduzierte Timo sein Tempo nicht. So bedrohlich er die Situation auch fand, zwischendurch blitzte immer wieder Freude darüber auf, wie gut sein Körper funktionierte. Er stolperte nicht, verfehlte keine der Stufen – sicher, er war noch nicht so schnell wie vor dem Unfall, aber das würde er wieder sein. Bald.

Im Erdgeschoss lauerte niemand ihm auf, und der Abstand zu den Zweiern hinter ihm war gewachsen. Er wartete kurz, er wollte nicht, dass sie seine Spur verloren, sie mussten hier raus. In Anbetracht des Nanobot-Überschusses in ihren Körpern war es ohnehin erstaunlich, dass sie auf den Beinen waren, aber dafür sorgten die winzigen Roboter wohl, wenn es nötig war.

Fünf oder sechs Sekunden stand er still, dann hörte Timo,

dass seine Verfolger gleich beim letzten Treppenabsatz ankommen würden. Er drückte die Tür zum Park auf, und sofort schlug ihm wieder kalter Wind entgegen, jetzt waren
sie hinter ihm, er lief los. Geradeaus und dann nach rechts,
wo einige Lichter leuchteten und sich bewegten. Ein paar
ratlose Sekunden, dann begriff Timo, dass es sich wohl um
Taschenlampen handelte.

Die Zweier waren immer noch hinter ihm, aber wer war
das vor ihm? Erst als er auf etwa dreißig Meter heran war,
sah er das Chrom von Rollstühlen in den Lichtkegeln, außerdem jemanden, der einen dicken Stapel Decken an-
schleppte. Hier war also die Sammelstelle der Evakuierten.

Timo sprang mitten in die Menschenansammlung hinein,
entdeckte Martin und hielt ihn am Arm fest. »Kümmere
dich bitte um Carl, Valerie und die anderen, die gleich hier
sein werden. Pass auf, dass sie nicht zurück ins Haus laufen.«

Martin sah ihn mit großen Augen an. »Du ...«

»Ja, ich spreche. Ist neu. Aber im Moment nicht wichtig.
Pass auf sie auf, sie sind nicht ganz klar im Kopf, okay?«

Martin runzelte die Stirn. »Ich lasse sowieso keinen mehr
zurück, solange die Lage nicht geklärt ist.«

Erleichtert seufzte Timo auf. »Sehr gut. Dann bis spä–«

»Dich aber auch nicht, mein Freund.«

Fassungslos starrte Timo ihn an. »Aber ich muss wieder
rein. Tragen helfen.«

In Martins Lächeln steckte jede Menge Anstrengung. »Es
riecht nach Benzin und Rauch da drin, hast du das schon
bemerkt? Wir wollen die Patienten rauskriegen, nicht zurück hinein. Du bleibst hier.«

Timo schrak zusammen, als eine Hand nach seiner fasste. Er drehte sich um; Professor Brand war zu ihm hingerollt, er hatte eine Decke über den Knien, darauf stand das Notebook. »Du kannst hier besser helfen als im Haus«, sagte er mit gedämpfter Stimme. »Bring Martin dazu, noch mal die Feuerwehr zu rufen, soweit ich gesehen habe, hat er sein Handy in der Hosentasche. Sie müssen versuchen, herzukommen, egal, wie blockiert die Straße ist.«

»Okay. Gibt etwas Neues zu den Updates?«

Anstelle einer Antwort rückte Brand das Notebook so, dass Timo das Display sehen konnte. Valeries Status. Mehr gelb als blau, zu viele Bots, außerdem die typischen Klumpen. Aber sie war auf den Beinen, ihr Organismus funktionierte noch, sie atmete normal. Ganz anders als Carl vor kurzer Zeit; er war nicht einmal mehr ansprechbar gewesen.

Timo sah zu den Zweiern hinüber, die sich ein paar Meter weiter gruppiert hatten und seinen Blick geschlossen erwiderten. Sie standen völlig ruhig, als ob sie auf einen Befehl warten würden. Reglose Silhouetten in der Dunkelheit.

Jedenfalls bis Martin mit seiner Taschenlampe zu ihnen leuchtete. »Jeder von euch nimmt sich eine Decke, okay, die liegen da drüben auf der Bank.«

Keine Reaktion. »Hey!«, rief der Pfleger nun lauter. »Ich kann mich nicht um die fitten Leute kümmern, ich habe mit den schwereren Fällen genug zu tun.« Er wies auf ein paar der älteren Patienten, die man auf Rollliegen möglichst windgeschützt nebeneinandergestellt hatte. »Macht es mir nicht unnötig schwer. Bitte.«

Eine Gestalt löste sich aus der Gruppe und ging auf den

Deckenstapel zu. Carl. Sekunden später folgten ihm die anderen.

Waren es die Leute selbst, die kooperierten, oder die Bots? Schwer zu sagen. Timo wandte sich Brand zu, um ihn zu fragen, doch dessen Blick hing an einem der Zweier.

»Da ist er.«

»Wie bitte?« Timo verstand nicht. »Da ist wer?«

»Ich frage mich, warum er hier ist.« Der Professor beugte sich vor, ohne zu bemerken, dass ihm dabei die Decke von den Schultern rutschte. »Sobald die Straße geräumt ist, kommt hoffentlich auch die Polizei.«

»Von wem reden Sie?« Timo versuchte, der genauen Richtung von Brands Blick zu folgen. Die Zweier griffen sich gerade ihre Decken; der Lichtkegel von Martins Taschenlampe streifte sie flüchtig.

»Von dem mit den blonden Locken. Ich habe dich vor ihm gewarnt, weißt du noch?«

Timo versuchte, die Puzzlestücke in seinem Kopf zu ordnen. Ja. Die Stimme in seinem Kopf. *Achte auf Magnus. Er wird unberechenbar.* »Sie kennen Magnus?«

»Ja und nein. Ich habe ihn über die anderen Dreier gesehen, gewissermaßen, vor allem über dich. Da konnte ich zumindest noch ein wenig Kontakt zu Generation zwei aufnehmen, nur sehr schlecht und dann immer weniger.« Er lehnte sich ein Stück vor. »Aber jetzt sehe ich ihn durch meine eigenen Augen und … ich glaube, ich kenne ihn. Jedenfalls sind wir uns schon einmal begegnet, er und ich.« Gegen Ende hin war Brands Stimme immer schärfer geworden.

»Wirklich?« fragte Timo. »Wo?«

»Beim Abgang zur Tiefgarage meines Instituts. Er hat mir aufgelauert, und er hatte einen Stein in der Hand. Ich wollte ihm Geld geben, aber …« Brand konzentrierte sich. »Ich weiß nicht mehr genau, was dann passiert ist. Als ich im Krankenhaus aufgewacht bin, sagte man mir, ich hätte einen Unfall gehabt.«

Magnus mit einem Stein. Magnus und die Drohung, Timo mit einem Kissen zu ersticken. Magnus' schmutzige Schuhe, am Morgen, nachdem Wild-Zagenbeck angeblich von einem abgebrochenen Ast niedergeschlagen wurde. Und dann dieser andere Magnus, der nichts weiter als ein normales Leben wollte, eine Ausbildung zum Automechaniker und die Wiederherstellung seiner Gehfähigkeit.

Die war im Moment ziemlich gut. Ohne Krücken oder sonstige Stütze schlenderte Magnus hin und her; Timo behielt er dabei stetig im Auge. Sie warteten, die Zweier, sie lauerten darauf, dass er sich wieder von der Gruppe entfernen würde.

In der Zwischenzeit karrten Thomas, Claudia, Lisa und die Therapeutinnen laufend neue Patientinnen und Patienten in den Park. Jakob war hier, er stand ein Stück näher am anderen Trakt und winkte Timo zu, während er einer alten Frau aus einem der Rollstühle auf die Parkbank half. Und nun wurde gerade die Journalistin auf einem Rollbett herangeschoben, von Renate und Dr. Sporer, dessen Gesicht knallrot und verschwitzt war.

So tief er auch in dem Schlamassel mit drinstecken musste, er lief nicht davon, sondern half bei der Evakuierung der

Patienten. Von Kleist hingegen gab es nach wie vor keine Spur, und Timo drehte sich der Magen um beim Gedanken an die verschlossenen Feuerschutztüren. Sie schienen den Rauch noch im Inneren des Gebäudes zu halten, man hätte ihn sonst hell in der Dunkelheit gesehen, und ganz sicher hätte man ihn gerochen, aber nichts davon war der Fall.

»Er hatte eine Mütze auf«, sagte Brand, mitten in Timos Gedanken hinein.

»Wie bitte? Wer?«

»Er. Magnus. Daran erinnere ich mich noch, und an sein Haar, das auf einer Seite hervorlugte.«

Es gelang Timo nicht, sich einen vernünftigen Reim darauf zu machen. Kleist zufolge hatte Magnus drei Monate lang im Koma gelegen. Wann sollte er Brand überfallen haben? Wenn der sich das nicht nur einbildete; Timo wusste, wie unzuverlässig sein eigenes Gedächtnis war, wenn es um die Zeit rund um den Unfall ging und …

Ein Knall unterbrach seine Überlegungen, unmittelbar darauf folgte ein splitterndes Geräusch, und nun quoll Rauch aus der zerborstenen Tür des Foyers, eine dicke, graue Wolke.

»Da sind noch Leute drin«, brüllte Martin und rannte los. »Chris, hast du schon die Feuerwehr gerufen?« Der zweite Satz galt dem Hausmeister, der Martin schnaufend entgegengelaufen kam.

»Ja, schon längst! Aber da hat es noch nicht gebrannt, ich rufe gleich noch einmal an. Die kommen sicher nicht an den umgestürzten Bäumen vorbei.«

Gegen jeden Instinkt war Timo ein paar Schritte näher an

die Rauchwolke herangegangen. Wer war noch im Haus? Sie waren schon so viele hier draußen, er hatte den Überblick verloren, und zudem kannte er bei Weitem nicht alle Patienten.

Nun wurden am Eingang und hinter einigen der Fenster Flammen sichtbar, sie griffen nach Möbeln und Vorhängen und tauchten den Park in orangefarbenes Licht.

Sporer lief auf den Hintereingang zu, begleitet vom Hausmeister und von Thomas. Sie liefen hinein, gleichzeitig kam Lisa mit einer älteren Patientin heraus. »Drei sind noch übrig«, keuchte sie, als sie bei den anderen ankam und Martin die Frau übernahm. »Ich muss noch mal rein, uns bleibt nicht mehr viel Zeit …«

»Du bleibst hier!«, erklärte Martin in einem Ton, der keine Widerrede duldete. »Ich bin sicher, Sporer und die anderen schaffen das ohne dich.«

Lisa schenkte ihm nur einen kurzen Blick, drehte sich um und rannte wieder los.

»Verdammt«, fluchte Martin, der immer noch die alte Frau stützte. »Kann jemand sie bitte aufhalten?«

Der hintere Teil des Trakts wirkte noch rauchfrei, dort gab es auch keine Flammen – aber da war irgendwo in der Mitte des Gangs eine Brandschutztür, fiel Timo ein. Sollte er? Oder war es besser, sich nicht weiter in das einzumischen, was im Haus passierte?

Flammen schlugen nun aus dem Eingang, das erste Fenster barst in der Hitze. *Schließen*, dachte Timo in der verzweifelten Hoffnung, das Richtige zu tun. Was, wenn er jemandem den Fluchtweg absperrte? Was er auf jeden Fall tat, war, den Rettern, die eben hineingelaufen waren, Zeit zu verschaffen. Es würde nun wesentlich länger dauern, bis Feuer und Rauch den hinteren Ausgang erreichten.

Neben Timo war eine groß gewachsene Gestalt aufgetaucht, die mit ausdruckslosem Gesicht auf das brennende Gebäude starrte. »Mona«, flüsterte Carl.

Mona? Timo blickte sich um. Die hatten sie doch gleich zu Beginn rausgetragen und auf einer der Parkbänke abgesetzt, aber da war sie nicht mehr, sie war tatsächlich nirgendwo zu sehen.

War es möglich … war es denkbar, dass es ihr gelungen war, sich einen der Rollstühle zu schnappen? Sie war sicher nicht zurück in den Markwaldhof gefahren, oder? Nein, dafür gab es tatsächlich keinen Grund, andererseits war es Mona, die impulsive Mona …

Timo dachte an die Brandschutztür, die er eben verschlossen hatte, und hörte das Blut in den eigenen Ohren rauschen. Hoffentlich nicht. Bitte nicht.

Carl setzte sich wieder in Bewegung. Langsam, Schritt für Schritt ging er auf den Eingang zu, der längst nicht mehr passierbar war. »Mona.«

Timo hielt ihn am Arm fest, und gleichzeitig kam ihm eine Idee, die verrückt war und gefährlich. Sie konnte katastrophal schiefgehen. Oder eben nicht.

Er konzentrierte sich auf Brand. *Sind wir noch verbunden?*, fragte er stumm.

Sekunden vergingen, die Timo ewig zu dauern schienen.

Ja, kam dann doch eine Antwort. *Wo bist du?*

Das ist egal. Versuchen Sie, Tewes upzudaten. Carl Tewes.

Wieder kurz Pause. *Es wird nichts nutzen. Außerdem hält der Akku des Notebooks keine zehn Minuten mehr.*

Timo spürte, wie sein Brustkorb eng wurde. *Versuchen Sie es.*

Was er selbst jetzt gleich versuchen würde, war eigentlich Wahnsinn, nichts weiter als eine spontane Idee, die auf einem einzigen Satz von Brand beruhte: Die Bots haben sich verselbstständigt, ihr Ziel ist es, zu überleben und sich zu vermehren.

Er packte Carls Arm fester. »Du hast recht«, sagte er. »Mona ist da drin.«

Der Blick seines Freundes zuckte zu ihm und dann zurück zum Eingang, aus dem immer höhere Flammen schlugen. »Ich gehe rein«, verkündete Carl dumpf.

»Ja«, bestätigte Timo. »Das solltest du tun.« Er ließ Carl nicht los, während der zwei weitere Schritte auf das Haus zuging. Mit jedem Schritt wurde die Luft heißer.

Carl blieb nicht stehen, selbst als sich die Temperaturen für Timo fast unerträglich anfühlten. Das war eine gute Nachricht, jedenfalls, wenn seine Theorie stimmte. Er sprang Carl in den Weg. »Ihr lasst das Update zu, oder ich lasse ihn los.«

»Was sagst du?«, murmelte Carl. Sein Gesicht glänzte vor Schweiß, aber er versuchte trotzdem, Timo zur Seite zu drängen.

»Ihr lasst das Update zu, oder ihr seid tot. Er geht da rein, ihr wisst es. Ich bin sicher, ihr versucht es zu verhindern, aber es klappt nicht, hm?« Während er sprach, wurde ihm bewusst, dass er keine Ahnung hatte, ob seine Nachricht bis zu den Bots vordrang, ob sie mit Sprache etwas anfangen konnten. Bisher hatten sie nur eine Übertragungsfunktion gehabt – von Timo zu Jakob oder zu Brand –, persönlich kommuniziert hatte er nie mit ihnen. Vielleicht ging das gar nicht. Vielleicht …

Carl setzte sein ganzes Körpergewicht ein, um Timo entweder wegzudrängen oder umzuwerfen. Er wirkte, als wäre er in Trance. Das musste an der schieren Masse der Bots liegen, an den gelben Klumpen, nicht an den Befehlen, die sie gaben. Die schienen schwächer zu sein als der Gedanke an Mona, und das war die einzige Chance, die einzige winzige Chance.

»Er ist stärker als ich, merkt ihr das?«, keuchte Timo. Die Luft war viel zu heiß zum Atmen. »Und ich werde ihn gleich loslassen. Er wird hineinlaufen, und ihr werdet mit ihm verbrennen.«

Carl nahm einen neuen Anlauf, mit so viel Wucht, dass er Timo von den Füßen riss und an ihm vorbeistürzte. Timo bekam gerade noch seinen Knöchel zu fassen, packte ihn mit beiden Händen, brachte Carl zu Fall.

Sein Plan ging schief, und er konnte ihn nicht rückgängig machen. Die Bots reagierten nicht, und Carl ließ sich nicht von seinem Vorhaben abbringen, er würde in das brennende Gebäude laufen und dort sterben, das war verrückt, und es war Timos Schuld.

Carl trat nach ihm, versuchte, auf das Feuer zuzukriechen, doch Timo würde nicht loslassen, nicht solange er noch einen Funken Kraft in seinen Armen hatte.

Von der Seite sah er nun, wie jemand auf sie zulief, offenbar war ihr Kampf endlich bemerkt worden, es kam Hilfe, gemeinsam würden sie Carl zurückzerren können …

Im gleichen Augenblick riss er sich los. Kam auf die Beine, schneller als Timo, und humpelte auf die Flammen zu.

»Bleib stehen!«, brüllte Timo. »Sie ist nicht im Haus, ich habe gelogen, bleib ste–«

Ich bin drin. Wir haben Zugriff.

Es fühlte sich an, als würde Timos Haut zu schmelzen beginnen, aber er setzte noch einmal zum Sprung an, erwischte Carl am Kragen seines Shirts und riss ihn nach hinten. Sie fielen gemeinsam hin, Timo packte Carls linkes Handgelenk, das rutschig von Schweiß war, konnte es nicht festhalten, nahm ihn stattdessen am Hals. Carl bäumte sich auf, und Timo fragte sich einen verzweifelten Moment lang, ob er ihn besser erwürgen sollte, als ihn verbrennen zu lassen, doch dann war Martin da.

»Seid ihr eigentlich vollkommen bescheuert?«, schrie er. »Was soll der Mist?« Er zerrte erst Carl hoch und wollte dann nach Timo greifen, doch der hatte sich schon alleine aufgerappelt.

Klappt es? Er suchte nach der Stelle, an der Brand saß. *Klappt es mit dem Update?*

Wieder quälend lange keine Antwort. In der Zwischenzeit wehrte Carl sich gegen Martins Griff, doch der war deutlich stärker, als Timo es gewesen war, und schleppte seinen Schützling vom Haus weg.

Es sieht so aus, kam es endlich von Brand. *Wirklich. Aber das Notebook wird sich gleich ausschalten. Wenn es nicht funktioniert hat, haben wir keinen zweiten Versuch mehr.*

Carl wehrte sich immer noch gegen Martins Rettungsversuch; er schrie nach Mona, aber Timo sah, dass seine Kräfte zu erlahmen begannen. Irgendwann sackte er in sich zusammen, und Claudia, die zu Hilfe geeilt war, konnte ihn in eine der Decken einwickeln.

Dass Timo immer noch viel zu nah am Feuer stand, bemerkte er erst, als heißer Schmerz ihn durchzuckte. Er griff an seinen Kopf, an die Quelle dieses Schmerzes, fegte Glut weg, verbrannte sich auch die Finger und setzte sich endlich in Bewegung, in Richtung der anderen. Die eigentlich auch viel zu nah am Feuer standen, saßen und lagen, aber Timo begriff schon, warum. Sie weiter wegzutransportieren hätte mehr Zeit gekostet, die gefehlt hätte, um wirklich alle Patienten aus dem Markwaldhof zu retten.

Falls das überhaupt gelungen war. Ein Blick zum Hintereingang, dort kamen eben Lisa und Sporer heraus, in ihrer Mitte einen alten Mann, der nur mühsam gehen konnte. Timo ging ihnen entgegen. »Ist noch jemand drin?«

»Zwei Leute«, keuchte Lisa. »Frau Breier und Frau Anhauser, aber Chris, Britta und Renate holen sie gerade raus. Und du geh bitte zurück zu den anderen.«

»Mona hat niemand gesehen?«

Sporer sah alarmiert hoch. »Mona Wernecke? Ist sie nicht längst hier?«

Genau das hatte Timo auch gedacht, aber nach wie vor entdeckte er sie nirgendwo. Er schloss entmutigt die Augen. Ihr durfte einfach nichts passiert sein, nicht Mona. Und sie würde doch nicht … sie würde nicht aus Verzweiflung über ihre Lage …

Nein, sagte er sich. Dazu war sie viel zu stark. Zu sehr Kämpferin.

Er schleppte sich zu der Stelle zurück, an der Brand saß. Vor dem aufgeklappten Notebook, dessen Display bereits schwarz war. »Ich kann es dir nicht versprechen«, kam der Professor Timos Frage zuvor. »Aber es hat gut ausgesehen. Sie haben begonnen, sich zu ordnen, und es sah so aus, als würde die Anzahl geringer werden. Kann also sein …«

Ein Schrei, ein Schlag. Timo lag auf dem nassen Gras, bevor er noch wusste, was geschehen war. Jemand drückte sein Gesicht in die Wiese, mit aller Kraft, so konnte er nicht atmen, so würde er …

»Du solltest doch nicht!«, brüllte Magnus. »Ich habe dich gewarnt!«

Timo fühlte den Puls schmerzhaft hart in seinem Schädel schlagen. So lange waren Unfall und Operation noch nicht her, dass da nicht sehr schnell wieder etwas kaputtgehen konnte, aber das war ohnehin egal, weil er keine Luft mehr bekam, weil rote Flecken hinter seinen geschlossenen Lidern tanzten, weil sein Brustkorb sich anfühlte, als würde er von einer Schrottpresse zusammengedrückt.

Dann war die Last plötzlich fort, Timo riss den Kopf hoch und atmete röchelnd ein. Sein Blick war immer noch nicht klar, deshalb wusste er nicht genau, ob er doppelt sah oder ob es zwei Gestalten waren, die im Licht des Feuers miteinander rangen.

Ein paar Sekunden später waren die roten Flecken aus seiner Sicht verschwunden, und er erfasste die Szene, die sich vor seinen Augen abspielte. Carl hatte Magnus von hinten gepackt und drückte ihn in eine Art Schwitzkasten, zitterte dabei aber am ganzen Leib. Magnus dagegen wehrte sich mit aller Kraft, trat nach hinten aus, warf sich hin und her, bis endlich Sporer eingriff, die beiden trennte und Magnus in eine andere Ecke des Parks schleppte.

Vielleicht, dachte Timo. Vielleicht hat es wirklich funktioniert.

Aufstehen klappte erst beim dritten Versuch, Timos Kräfte waren nun endgültig aufgebraucht. Er schleppte sich zu Carl, hielt sich an ihm fest und versuchte, den Ausdruck in seinem Gesicht zu deuten. War da eigenständiges Denken hinter der Stirn? Wusste er, was passierte, konnte er steuern, was er tat?«

Carl erwiderte seinen Blick mit ausdruckslosem Gesicht, dann schloss er die Augen. »Wo ist Mona?«

»Ich weiß es nicht«, flüsterte Timo. »Wir haben sie rausgebracht, schon vor Ewigkeiten. Es geht ihr bestimmt gut.«

Er wünschte, er wäre so sicher gewesen, wie er sich anhörte.

»Ich gehe sie suchen«, murmelte Carl und zog los, langsam und hinkend; sein rechtes Bein schien schlechter zu funktionieren als bisher.

Aber er ging nicht aufs Feuer zu. Er brabbelte nicht stumpf vor sich hin, sondern sprach in vollständigen Sätzen. Es schien tatsächlich geklappt zu haben.

Zehn Minuten später setzte Valerie sich neben Timo auf die Bank, die er ein wenig abseits von der allgemeinen Sammelstelle gefunden hatte. Instinktiv rückte er ab, warf einen blitzschnellen Blick auf ihre Hände, doch in keiner davon hielt sie ein Messer.

»Mir geht es komisch«, sagte sie. »Besser als vorhin, aber …« Sie blickte sich um. »Ich höre jemanden in meinem Kopf sprechen. Ich habe es Jakob erzählt, der hat mich zu dir geschickt.«

»Du hörst eine Stimme?« Timo fühlte sich, als würde er sanft von innen gewärmt. »Wirklich?«

»Ja. Also, ich spüre sie mehr, als ich sie höre, aber ich verstehe sie trotzdem. Klingt das irre?«

Mit einem Aufseufzen lehnte Timo sich zurück. »Überhaupt nicht. Was hat sie gesagt?«

Valerie betrachtete erst Timo, wandte dann verlegen den Blick ab und senkte ihn zu Boden. »Sie hat gesagt: Hallo, Valerie. Willkommen bei den Dreiern.«

Sie quietschte auf, in einer Mischung aus Überraschung und Empörung, als Timo sie umarmte und an sich drückte. »Du weißt gar nicht, was für gute Nachrichten das sind.«

Ungeachtet seiner Erschöpfung kämpfte er sich wieder auf die Beine. Braincloud. Die Zweier waren verbunden, und wenn Carls Update funktioniert hatte, würde es jetzt nach und nach auf alle anderen Bots überspielt werden.

Er sah sich nach Brand um, wollte ihm gratulieren, doch sein Blick blieb an etwas anderem hängen: Einer der Bäume im Park hatte Feuer gefangen, das nun begann, auf die Hecke überzugreifen.

Hatte es außer ihm noch jemand bemerkt? Ja, Sporer, wie es schien, er winkte hektisch mit beiden Armen zu Lisa und Thomas hin, deutete auf die Ausfahrt, rief etwas, das Timo aufgrund der Entfernung nicht verstand. Der Sinn war aber klar: Sie mussten weg hier, und zwar möglichst schnell. Der Wind war nicht mehr so stark, wie er tagsüber gewesen war, aber er war da, und er sorgte dafür, dass das Feuer sich rasant ausbreitete.

»Wir müssen mithelfen.« Er zog Valerie von der Bank hoch, machte sich mit ihr auf den Weg zu den anderen – und wurde fast niedergemäht, von einem chromblitzenden Schatten, der von der Seite heranschoss und nur wenige Zentimeter vor ihm zum Stillstand kam.

»Mona!« Er wäre auch ihr um den Hals gefallen, aber ihr Blick hielt ihn davon ab. »Wir haben dich gesucht, wo hast du gesteckt? Carl wäre beinahe –«, er biss sich auf die Lippen. Dass Carl buchstäblich für sie durchs Feuer gegangen wäre, würde er ihr nicht jetzt erzählen. Wenn überhaupt.

»Ich war da drüben, im anderen Gebäudeteil.« Sie wies mit dem Daumen hinter sich. »Ich hatte echt keine Lust, auf dieser Bank zu frieren, also habe ich mir einen herrenlosen Rollstuhl gekrallt und bin dahinten hinein. Da ist ja alles leer, dachte ich zuerst, kein Mensch weit und breit. Aber dann war doch jemand da. Eine echte Überraschung. Und nicht nur irgendjemand.«

Timo konnte sich nur halb auf das Gespräch konzentrieren, die Hecke brannte jetzt lichterloh, sie mussten sich wirklich beeilen. »Ja, ich weiß«, sagte er zerstreut. »Elias.«

»Elias?« Mona lachte auf. »Elias habe ich keinen gesehen, aber Korinek und ihren kleinen rothaarigen Spezialpatienten. Nett, dass sie sich nur um den einen gekümmert hat, nicht wahr?« Bevor Timo nachhaken konnte, setzte sie ih-

423

ren Rollstuhl wieder in Bewegung, in Richtung Ausfahrt. Martin lief auf sie zu, sein Handy am Ohr. »Die Feuerwehr ist fast da, sie müssen noch einen Baum aus dem Weg räumen, und sie haben angeordnet, dass wir das Gelände räumen sollen. Also raus auf die Straße mit allen; wer gehen kann, kümmert sich bitte um mindestens einen, der es nicht kann.«

Sporer leitete seine Leute an, alles an Rollstühlen und -liegen, was sich im zweiten Trakt fand, rauszuholen. Die ersten Patienten waren schon aus der Ausfahrt raus, angeführt von Britta, Timos Ergotherapeutin. »Wir sammeln uns auf der Wiese links, die vor dem ersten Waldstück liegt!«, rief sie den anderen zu.

»Okay.« Mona sah sich suchend um. »Um mich muss sich keiner kümmern, aber ...« Sie rollte auf eine zierliche, alte Frau im Morgenmantel zu, die auf ihren Krücken langsam, aber stetig dem Ausgang zustrebte. »Frau Grimold? Hallo!« Sie lächelte die Frau von unten an. »Wir fahren gemeinsam, was halten Sie davon?«

Den auffordernden Blick, den er von Mona erhielt, verstand Timo zuerst nicht, doch als sie auf ihre Knie klopfte, begriff er. Er half der zögernden Frau Grimold, sich auf Monas Schoß zu setzen. Die packte die Räder des Rollstuhls. »Gut an den Armlehnen festhalten, Frau Grimold, das wird eine rasante Fahrt.«

Für die ersten zwanzig Meter traf das absolut zu, doch dann warf jemand sich vor den Rollstuhl und beinahe quer über die erschrockene alte Frau. Carl, der Mona umarmte. Er ließ sie nicht mehr los, bis Georg ihm auf die Schulter tippte und ihm eine Rollliege anvertraute. Neben Mona verschwand er durch das Ausfahrtstor, gemeinsam mit einer ganzen Horde von anderen Patienten.

Die Evakuierung funktioniert, dachte Timo erleichtert. Er ließ sich von Claudia, die auf einer Liste Namen abhakte, ebenfalls eine der Liegen zuweisen. Der alte Mann, der darauf lag, hieß Karl Olbrich und lächelte ihm zahnlos zu. Karl mit K, dachte Timo und schob ihn durchs Tor nach draußen, auf die Straße, außer Reichweite des Feuers, das immer näher kam.

34

Dann warteten sie. Und froren. Über dem Markwaldhof war der Himmel erleuchtet, aber weder Feuerschein noch Hitze gelangten bis zu der Wiese, auf der sie standen, saßen und lagen, eingewickelt in ihre Decken. Claudia ging zum gut siebten Mal ihre Liste durch, diesmal gemeinsam mit Sporer. Keiner der Patienten war zurückgeblieben, auch vom Personal fehlte niemand.

Es hatten sich kleine Grüppchen gebildet, die sich murmelnd unterhielten, nur wenige der Geretteten standen alleine. Einer hatte sich allerdings weit vom Rest abgesetzt, er war bis zum Wald weitergegangen, lehnte jetzt an einem der Bäume und blickte zum brennenden Markwaldhof zurück.

Obwohl ihm dabei mulmig zumute war, ging Timo auf ihn zu. »Hallo, Magnus. Alles in Ordnung?«

Magnus wich seinem Blick aus. »Nicht so richtig. Tut mir voll leid, was ich vorhin gemacht habe. Ich versteh's auch gar nicht, ich finde dich ja eigentlich nett.«

»Du erinnerst dich daran?«

Magnus sah ihn verwundert an. »Ja, sicher. Obwohl, du

hast schon recht. Ich habe mich total benommen gefühlt, schon den ganzen Tag lang. Bin fast umgekippt vor Müdigkeit. Ich glaube, ich habe auch ein paar Aussetzer, so gedächtnismäßig. Aber an das eben erinnere ich mich.« Kurz sah er Timo an, dann blickte er zur Seite. »Ich habe mich früher öfter geprügelt, war immer schnell auf der Palme, aber das war anders. Diesmal hat es sich angefühlt, als wäre gar nicht ich selbst wütend, sondern als hätte jemand fremde Wut in mich ... hineingegossen oder so.« Er lachte auf. »Kann total verstehen, wenn du das für eine faule Ausrede hältst.«

»Tu ich nicht.« Timo ging einen Schritt näher. »Ich weiß, dass das stimmt. Und mach dir keine Sorgen, wenn du Stimmen in deinem Kopf hören solltest. Mit dir ist alles okay. Jetzt jedenfalls.« Er deutete auf die große Gruppe, die sich auf der Wiese zusammendrängte. »Willst du nicht mit zu den anderen kommen?«

Entschieden schüttelte Magnus den Kopf. »Auf keinen Fall. Die waren doch alle dabei, als ich dich –« Er seufzte. »Nein. Aber danke.«

»Okay.« Timo war schon im Zurückgehen, als ihm noch etwas einfiel. »Erinnerst du dich an die Sache mit dem Kissen?«

»Was?«

»Als ich gerade am Markwaldhof angekommen war, hast du etwas erwähnt, das du mit einem Kissen machen könntest. Weißt du noch?«

Magnus schüttelte entschieden den Kopf. »Nein. Das musst du geträumt haben. Ich war doch im Koma, bis vor drei Tagen, da kannst du alle Ärzte fragen.« Seine Verwunderung klang vollkommen ehrlich.

»Tja. Vielleicht habe ich wirklich geträumt«, sagte Timo und versuchte, Professor Brand in der Menge zu orten. Er hatte unendlich viele Fragen.

»Stimmt. Ich habe dich nachts rumgeschickt.« Brand saß in seinem Rollstuhl und zitterte. »Ich musste herausfinden, ob das möglich ist, ob ich dich wirklich steuern kann. Außerdem wollte ich mich im Haus umsehen.«

»Sie waren also gar nicht im Koma?« Timo versuchte, seine Gedanken zu sortieren. »Sie waren äußerlich bewusstlos, aber innerlich wach?«

»So in etwa.« Brand zuckte mit den Schultern. »Ich kann es selbst noch nicht so erklären, dass es wissenschaftlich haltbar wäre. Genau weiß ich es nicht, aber ich vermute, dass ich nach meinem sogenannten Unfall durchaus in einem komaartigen Zustand war. Dann hat jemand mich als Versuchskaninchen für meine eigenen Bots missbraucht – ich denke, wir wissen beide, wer das war –, und irgendwann kehrte mein Bewusstsein zurück. Mein Körper war lahmgelegt, dank der Infusionen, die ich ständig bekommen habe, aber ein Teil meines Denkens hat über die Bots funktioniert, und das wurde immer mehr. Es war, als würden wir uns gegenseitig auf die Sprünge helfen.« Er überlegte einen Augenblick lang. »Was da passierte, habe ich aber erst kapiert, als ich plötzlich mit Jakob vernetzt war, und dann mit dir.«

Die Erschöpfung, die Timo schon die längste Zeit im Griff hatte, ließ sich nun endgültig nicht mehr unterdrücken. Er setzte sich in die Wiese, ungeachtet der Tatsache, dass das Gras nass war und die Decke die Feuchtigkeit nicht lange abhalten würde. Weiter entfernt, ein Stück den Hügel hinunter, sah er blaue Lichter im Wald. Sie flackerten, aber sie kamen nicht näher. Dort versuchte die Feuerwehr also, den umgestürzten Baum zu entfernen. Wenn sie noch lange brauchten, würde vom Markwaldhof nicht mehr viel übrig sein.

»Warum«, fragte er Brand, »haben Sie nicht von Beginn an Klartext mit mir gesprochen? Warum die komischen Andeutungen? *Grau*, zum Beispiel. Warum nicht einfach sagen: Du hast Nanobots im Gehirn, die reparieren alles, was kaputt ist, aber es kann sein, dass sie Amok laufen, also stell dich schon mal darauf ein.«

Brand lachte auf. »So ungefähr habe ich das versucht, aber du weißt ja, wie es mit Gedanken ist. Sie sind nicht so scharf umrissen, außer man fasst sie in klare Worte. Das war in meinem Zustand nicht immer möglich, aber ich habe dir alle Information übermittelt, die ich hatte. Offenbar sind nur Bruchstücke angekommen.«

»Ja, und nicht immer die entscheidenden.« Timo zog eine Grimasse. »Thalamus heißt Kammer. Kein überlebenswichtiges Wissen.«

»Ich wollte dich auf den Computerraum hinweisen. Dass sich dort die Schaltzentrale für das befindet, was in deinem und meinem Kopf passiert. War wohl eine gewagte Assoziation.«

Das flackernde Blau im Wald hatte beinahe hypnotische Wirkung auf Timo. Am liebsten hätte er sich auf seiner Decke zusammengerollt und einfach geschlafen, aber das konnte er nicht tun, oder? Außerdem, wer wusste schon, wann und ob er Brand wiedersehen würde, sobald das hier vorbei war. Die Gelegenheit, seine wichtigsten Fragen zu klären, würde so schnell nicht wiederkehren. »Warum immer nachts? Tagsüber haben Sie nie so wirklich das Ruder übernommen.«

»Ich wollte ja auch keine große Show daraus machen.« Der Professor wirkte ebenfalls müde, und die Kälte ließ ihn leicht zittern. »Heißt aber nicht, dass ich keine Einzelversuche gestartet habe. An Jakob, zum Beispiel, was ihn mehr verstört hat, als ich mir gedacht hätte.«

Den Vorfall hatte Timo noch in lebhafter Erinnerung. Das Schwimmbad, Jakob und sein außer Kontrolle geratener Arm, der wie wild aufs Wasser einschlug.

»Nachts war ich auch immer viel gesünder als tagsüber«, bohrte Timo weiter. »Kein Zufall, oder?«

»Nein. Im Prinzip hatten die Bots das meiste wiederhergestellt – deshalb waren deine Funktionen nachts fast schon wie bei einem Gesunden. Für den Tag habe ich sie die entscheidenden Verbindungen wieder kappen lassen. Keine große Sache. Ein Übertragungsweg, der fehlt, und schon ist eine Fähigkeit beim Teufel. Die Bots haben Strukturen repariert und bei Bedarf wieder unterbrochen. Ich wollte nicht, dass am Markwaldhof Wunderheilungen stattfinden.« Brands Ton wurde schärfer. »Mir war wichtig, dass Kleist keinesfalls bekommt, worauf er es abgesehen hatte.« Brand hustete und sah zu der brennenden Klinik hinüber. »Die Zweier sind auch geschlafwandelt, aber das lag nicht an mir. Ich schätze, da haben Sporer und Korinek ihre Tests durchgeführt. Haben die Patienten per Computer durchs Haus gesteuert.«

Aber keinen Zugriff mehr auf die Dreier gehabt, während ihnen auch die Zweier allmählich entglitten. »Haben Sie mich absichtlich in den Trakt gegenüber gelotst?«, erkundigte er sich. »Zu Elias?«

Brand nickte bedächtig. »Ich hätte zu gern gewusst, was es mit ihm auf sich hatte. Er hat weder Bots der zweiten noch der dritten Generation, und er war völlig isoliert – ich hatte gehofft, mich mit dir gemeinsam ein wenig umsehen zu können. Zu dir und Jakob hatte ich die beste Verbindung, mit Sami war es viel schwieriger. Obwohl er auch hilfreich war, über ihn habe ich zum Beispiel gesehen, wo Sporer die Schlüsselkarte deponierte.«

Aus der Entfernung ertönte ein Krachen. War das der Baum, den die Feuerwehr endlich von der Straße schaffte? Die Blaulichter blieben allerdings immer noch an Ort und Stelle.

»Sie sagten, Sie wollten nicht, dass Kleist bekommt, was er sich wünscht – Sie haben ihn also schon vorher gekannt?«, hörte Timo sich fragen. »Lassen Sie mich raten: Sie haben die Bots erfunden, und er hat sie geklaut.«

Wieder lachte der Professor, verschluckte sich, hustete. »Kluger Gedanke«, sagte er, als er wieder Luft bekam. »Aber ganz so war es nicht. Wir haben gemeinsam an dem Projekt gearbeitet – nicht nur wir übrigens, so etwas entwickelt man nicht alleine im stillen Kämmerchen. Wir sind eine rund zwanzigköpfige Gruppe von Wissenschaftlern und Ärzten, über den ganzen Erdball verteilt. Unser Modell der

Nanobots ist der bisher meistversprechende Ansatz zu dieser Technik, aber bis sie wirklich am Menschen eingesetzt werden sollten, wird es noch Jahre dauern.« Er fuhr sich über die Stirn. »Wenn man es verantwortungsvoll angeht. Es muss Studien geben, Versuche, man muss die Technik absichern und Risiken ausschließen. Was sonst passieren kann, haben wir ja gesehen.«

Timo schluckte. Aha. Er hatte also unausgereifte Technik im Kopf. Das war ihm bisher nicht klargewesen.

»Kleist ist einer der mitforschenden Ärzte«, fuhr Brand fort. »Er kam eines Tages zu mir und meinte, wir wären doch schon so weit, wir sollten die Bots bei einem der angeblich hoffnungslosen Fälle einsetzen. Im Geheimen natürlich, denn dass so etwas verboten ist, wusste er auch.« Um Brands Mund bildete sich ein harter Zug. »Ich sagte Nein, das wäre erstens unethisch und würde zweitens das ganze Projekt gefährden, aber Kleist war nicht davon abzubringen. Wir hatten einen heftigen Streit, und ich habe angekündigt, ihn aus dem Team zu werfen.«

»Und kurz darauf passiert dieser Unfall.«

»Genau.« Brand zog seine Decke enger um die Schultern. »Dummer Zufall, nicht wahr? Und das Nächste, was ich weiß, ist, dass ich meine eigenen Bots im Kopf habe.« Er tippte sich gegen die Schläfe. »Generation drei, immerhin. Aber Kleist wollte offenbar sehen, welche der beiden Generationen sich in der Praxis besser bewährt. Besser beeinflussen lässt. Deshalb gibt es auch die Zweier.«

Die rotierenden blauen Lichter setzten sich jetzt in Bewegung. Glaubte er. Blau, schon wieder, blau und leuchtend.

»Warum?« Timo sah hinüber in die Flammen, die sich mittlerweile bis ins Dach des Markwaldhofs gefressen hatten. »Warum hatte Kleist es so eilig? Warum ist er das Risiko eingegangen, bei so etwas erwischt zu werden?«

Brands Gesicht reflektierte das Blau der Einsatzfahrzeuge, die nun tatsächlich die Straße hinaufgefahren kamen. »Ich habe keine Ahnung.«

Timo bekam nicht mehr mit, wann und ob das Feuer am Markwaldhof gelöscht worden war. Er war bei der vierten Gruppe, die per Krankentransport vom Gelände gefahren wurde; von denen, die im gleichen Wagen fuhren, war Jakob der Einzige, den er kannte.

Sie unterhielten sich kaum. Timo war so müde, dass ihm regelmäßig die Augen zufielen. Dann sah er Flammen hinter einer verriegelten Brandschutztür und riss sie wieder auf.

Alles okay bei dir?, fragte Jakob ihn stumm.

Ja. Nein. Weiß nicht.

Du hast lange mit Brand gesprochen. Worüber?

Erzähle ich dir ein andermal.

Man brachte sie ins nächstgelegene Kreiskrankenhaus, wo sie auf Rauchgasvergiftung und Brandverletzungen untersucht wurden, bevor man ihnen Betten zuwies. Timo lag mit zwei völlig fremden Männern im Zimmer, die nicht im Markwaldhof gewesen waren und längst tief schliefen.

Er war froh darüber. Er wollte heute mit niemandem mehr reden. Er wollte nicht denken. Wenn er sich etwas hätte wünschen können, dann, dass die Bots ihn für zehn Stunden total ausknipsten.

433

35

»Hey.« Jemand tätschelte seinen Arm. Timo bekam es nur vage mit, wie aus großer Entfernung. Das Erwachen fühlte sich an, als würde er aus der dunkelsten Tiefsee langsam an die Wasseroberfläche gezogen.

Augen öffnen war Schwerstarbeit. »Hey«, krächzte er. Es war Carl gewesen, der ihn geweckt hatte. Nicht weit entfernt saß Mona in ihrem Rollstuhl.

»Dein Frühstück ist kalt geworden.« Carl deutete auf das Tablett auf Timos Nachttisch. »Kein Hunger?«

Nein. Bloß ein Gefühl, als hätte man ihn durchgekaut und ausgespuckt. Er setzte sich langsam auf. Sie waren allein im Zimmer; die beiden anderen Patienten waren vielleicht zu Untersuchungen geholt worden. Oder Operationen. Unwillkürlich griff er sich an die Narbe an seinem Kopf. »Weiß schon jemand, wo Kleist steckt?«

»Wenn ja, hat es uns niemand erzählt«, erklärte Mona. »Hallo übrigens.« Sie rollte näher. »Professor Brand sagt, wir sollen dich grüßen. Er hat sich in die Uniklinik fahren lassen, er meinte, dort stehen die richtigen Computer.«

434

Sie verschränkte die Arme vor der Brust. »Es geht um die Nanobots, nicht wahr?«

Es war typisch Mona, dass sie nicht lange fackelte und Timo kaum wach werden ließ, bevor sie ihm ihre Fragen um die Ohren schlug. Aber alles in allem hatte sie natürlich recht damit.

»Ich schätze, ja«, sagte er, dann erzählte er ihnen die ganze Geschichte, die er gestern von Brand erfahren hatte. Ab und zu vergaß er ein Detail oder verhaspelte sich, aber am Ende waren Carl und Mona auf dem gleichen Wissensstand wie er. Hoffte er zumindest.

Eine Zeit lang herrschte Schweigen. »Es ist zum Kotzen«, sagte Mona dann.

»Ja«, bestätigte Carl. »Es ist eine echte Schweinerei, ohne das Wissen der Patienten ...«

»Das meine ich nicht«, fiel sie ihm scharf ins Wort. »Ihr habt alle leicht lachen. Ich wünschte, Kleist hätte mich auf seinem OP-Tisch gehabt.« Sie atmete zitternd ein. »Hast du Sami vorhin gesehen? Er läuft rum, bloß mit einer Krücke. Geht den Gang auf und ab und pfeift Liedchen dabei. Die ach so bösen Bots, die er eingepflanzt bekommen hat, haben offenbar sein Rückenmark wieder zusammengeflickt.« Mona blinzelte, kämpfte wütend gegen Tränen an. »Ich wäre jedes Risiko eingegangen, wenn ich dafür meine Scheißbeine wieder spüren und benutzen könnte.«

Carl griff nach ihrer Hand, die sie ihm sofort mit einem Ruck entzog. »Du weißt doch nicht, wie das ist«, fauchte sie. »Du lallst nicht mehr, du sabberst nicht mehr, bei dir kommt alles in Ordnung. Und ich bleibe ein Krüppel, also sollte ich mir wahrscheinlich bald angewöhnen, freundlich und dankbar zu sein. Das ist es, was man von Krüppeln erwartet, nicht wahr?«

Mit einem solchen Ausbruch hatte Timo nicht gerechnet. Carl offenbar auch nicht. »Aber ... du hast doch mitbekommen – Freddy ist tot. Ihn haben die Bots gekillt. Das hätte dir auch passieren können.«

»Und?«, flüsterte Mona. Nun liefen ihr doch Tränen übers Gesicht, aber sie wischte sie nicht weg. »Meinetwegen. Es wäre mir lieber gewesen als das hier.« Sie hieb mit der Faust auf ihre Knie, wieder und wieder, bis Carl ihre Hände nahm und festhielt.

»Aber die Technik gibt es doch«, sagte er sanft. »Sie wird geprüft und weiterentwickelt, bis sie sicher ist. Und dann wird es dir gehen wie Sami.«

»Das kann Jahre dauern«, schluchzte Mona. »Und bis dahin –«

»Bis dahin gibt es mich.« Carl nahm sie in die Arme. »Ich trage dich, wohin du willst, okay?«

Timo drehte sich weg, der Moment war so intim, dass er sich wie ein Störfaktor vorkam. Er sah zum Fenster hinaus, wo diesmal keine Bäume standen. Da gab es bloß ein paar Hausdächer und ein Stück Himmel.

»Wäre ja interessant zu wissen«, sagte er nach einiger Zeit, »warum Kleist nicht warten konnte. Für Ärzte und Wissenschaftler scheint Geduld eine Grundvoraussetzung zu sein, man ist da schnell seinen guten Ruf und seine Konzession los. Irgendeinen Grund muss er gehabt haben.«

»Ja sicher«, antwortete Mona. Ihre Stimme klang beinahe

wieder normal. »Der Junge im anderen Trakt. Ich habe gesehen, wie Korinek und eine zweite Frau ihn weggebracht haben. Ich wusste wirklich nicht, dass er auch am Markwaldhof war.«

Korinek! Die hatte Timo fast schon vergessen. Den Jungen allerdings nicht. »Elias Schmied«, sagte er. »Ich habe ihn auch zweimal gesehen. Weißt du, warum er so weit von uns entfernt untergebracht wurde?«

Monas Lachen klang wieder ganz nach ihrem alten Ich. »Elias Schmied«, höhnte sie. »Ja sicher. Liest du eigentlich nie Zeitung? Und hattest du nie Russisch in der Schule?«

Russisch. Etwas klingelte in Timos Kopf. Eine Erinnerung an die Journalistin, die etwas von Russland gesagt hatte, kurz bevor sie in den stürmischen Wald gelaufen war.

»Elias heißt auf Russisch Ilja, und Schmied in der Übersetzung Kowaljow. Immer noch kein Aha-Erlebnis?«

Timo konzentrierte sich. Nicht so richtig, nein, aber den Namen hatte er irgendwann schon einmal gehört.

»Ilja Kowaljow ist der Sohn eines russischen Oligarchen«, erklärte Mona. »Die Familie lebt teils in St. Petersburg, teils in München, und der Mann hat ein Milliardenvermögen, das ihm aber nichts nützt, wenn es darum geht, seinen jüngeren Sohn ins Leben zurückzuholen.« Sie sah zu Carl, dann zu Timo, dann wieder zu Carl. »Ilja ist bei einem Unfall mit einer der Familienjachten über Bord gegangen, er war klinisch tot, wurde reanimiert, aber sein Gehirn war zu lange ohne Sauerstoff.« Sie zog die Augenbrauen hoch. »Hat das echt keiner von euch mitbekommen? Es war total oft in den Medien.«

Das ergab tatsächlich Sinn. Der leere Trakt, praktisch ein Privattrakt für den reichen, gehirngeschädigten Jungen. Der Arzt, der an Nanobots forschte, sie bei Gehirnoperationen unauffällig implantieren konnte und sicherlich eine Unsumme dafür geboten bekommen hatte, dass er die Dinger erst an »normalen« Leuten testete, bevor Ilja sie eingesetzt bekam. An ihnen, an Carl und Felix, Jakob, Tamara, Magnus, Valerie, Brand und einer Reihe von anderen. Korinek hatte in München anrufen wollen, um mitzuteilen, dass sie gescheitert waren. Ja, wie es aussah, hatte Mona die richtigen Schlüsse gezogen.

Der Journalistin war Iljas Geschichte sicher bekannt gewesen, sie hatte vermutlich auch Bilder des Jungen gesehen und ihn dann bei ihrer Herumstöberei im Markwaldhof entdeckt. Von den Nanobots konnte sie nichts gewusst haben, aber dass der Milliardärssohn in der Klinik versteckt wurde, hatte ausreichend Nachrichtenwert und würde weitere Reporter anlocken. Wenn Kleist und Sporer aber etwas nicht brauchen konnten, dann noch mehr Neugierige im Haus.

Grund genug, Wild-Zagenbeck aus dem Weg zu räumen? Ihr Magnus hinterherzuschicken? Ja, warum nicht, die Gelegenheit war günstig, der Sturm die perfekte Tarnung. Kleist musste es gelungen sein, Magnus gezielt für seine Zwecke einzusetzen. Sein Aggressionszentrum zu aktivieren, wenn es so etwas gab. Magnus hatte ohnehin eine Neigung, sich zu prügeln, vielleicht war es bei ihm einfacher, ihn in diese Richtung zu beeinflussen. Und so schützte er den Mann, der ihm etwas beinahe Tödliches implantiert hatte, vor den Konsequenzen seiner Tat, ohne es zu wissen.

Ja. Das passte zusammen, auch wenn Kleist sicher nicht der Einzige gewesen war, der ahnungslosen Patienten unausgereifte Roboter in den Körper gepflanzt hatte. Timo erinnerte sich, dass einige der Träger andere Operateure genannt hatten.

»Habt ihr eine Ahnung, wo Eli–, äh, Ilja jetzt steckt?«, fragte Timo. »Ist er gefunden worden?«

»Ja«, antwortete diesmal Carl. »Er und Korinek. Sie hat ihn in eines der nächsten Krankenhäuser gebracht.«

Der Markwaldhof galt erst zwei Tage später als endgültig gelöscht. Timo sah die Bilder in den Nachrichten, auf dem winzigen Fernseher, der in seinem Zimmer hing, und erkannte fast nichts wieder. Der Trakt, in dem sie gewohnt hatten, war pechschwarz, in keinem der Fenster gab es mehr Scheiben, an einer Seite war der Dachstuhl eingestürzt. Der Park war eine verkohlte Wüste, aber der zweite Trakt schien nicht allzu viel abbekommen zu haben.

»Glücklicherweise sind keine Menschenleben zu beklagen«, erklärte die Nachrichtensprecherin. »Experten klären nun die Frage, ob es sich um Brandstiftung gehandelt haben kann.«

Jede Wette, dachte Timo und schaltete das Gerät aus. Erstmals seit Tagen fühlte er sich wirklich erleichtert. Die Ruine des Markwaldhofs war durchsucht worden, und man hatte keine Leiche gefunden. Das hieß, dass er beim Schließen der Brandschutztüren Kleist nicht eingesperrt hatte.

Die endgültige Bestätigung dafür bekam Timo am übernächsten Tag, als bekannt wurde, dass der vermisste Professor Kleist an der polnischen Grenze aufgegriffen worden war. Nicht in einem Bentley, sondern in einem schlichten Opel.

Wahrscheinlich würde Timo nicht erfahren, was er der Polizei erzählte, solche Dinge kamen nicht in die Nachrichten. Jedenfalls nicht, soweit er sich erinnern konnte. Die Sache mit den Nanobots würde Kleist unter Garantie für sich behalten, um seine russischen Freunde nicht zu verärgern. Und mit etwas Glück würde auch keiner seiner Wissenschaftlerkollegen ihn verpfeifen – einige steckten wohl selbst mit drin, die anderen würden ihre Forschung nicht gefährden wollen.

Die Einzigen, die vielleicht reden würden, waren die Betroffenen. Er, Carl und Jakob … die anderen wussten immer noch nicht, was in ihrem Kopf vorging. Musste man es ihnen nicht sagen?

Die Frage beschäftigte Timo immer noch, als seine Eltern ihn am Nachmittag abholten. Lara und Benny waren diesmal mit dabei, sie hatten ihn ewig nicht gesehen und waren die ersten fünf Minuten geradezu scheu, danach hüpften sie um ihn herum wie junge Hunde.

Und dann kam der Abschied von Carl und Mona. Timo hätte nicht gedacht, dass er ihm so schwerfallen würde, aber als es so weit war, brachte er kaum ein Wort heraus.

»Ciao, Alter.« Carl umarmte ihn und klopfte ihm auf den Rücken, fester, als angenehm war. »Wir bleiben in Kontakt. Du kriegst ja jetzt dein Handy zurück.«

»Ja«, murmelte Timo. »Mach's gut. Wohin wirst du gehen?«

Carl holte tief Luft. »Nicht nach Hause. Ich komme erst bei einer Tante unter und suche mir dann ein Zimmer in einer WG. Oder so. Keine Sorge, das wird schon.«

»Wird es«, bestätigte auch Mona, als Timo sich zu ihr hinunterbeugte und sie drückte. »Er und ich, wir wohnen nur hundert Kilometer voneinander entfernt«, fügte sie so leise an, dass nur Timo es hörte. »Vielleicht kriege ich ihn dazu, dass er eine WG mit mir aufmacht.« Sie kicherte, das hatte er bei ihr noch nie gehört. »Behindertengerecht natürlich.«

Auf der Rückfahrt saß Timo hinten, rechts und links seine kleinen Geschwister. Er erzählte vor allem von dem Feuer, und seine Eltern konnten sich gar nicht halten vor Freude darüber, wie gut es ihm wieder ging. Wie toll er laufen, sprechen, sich bewegen konnte.

»War die richtige Entscheidung, dich zum Markwaldhof zu schicken«, sagte sein Vater. »Trotz dem, was am Schluss passiert ist.«

Timo drückte Lara an sich, die ihrer Barbiepuppe Zöpfe flocht. Ja, dachte er. War es.

Eine Woche später ging er zum ersten Mal wieder zur Schule. Er war nervös, hatte sich morgens im Spiegel betrachtet und festgestellt, dass man die Narbe an seinem Kopf immer noch ohne große Probleme sehen konnte. Er hoffte, dass die Lehrer ihn nicht wie ein rohes Ei behandeln würden und die Freunde von früher Freunde geblieben waren.

Egal, sich den Kopf zerbrechen – haha – brachte nichts, in einer halben Stunde würde er mehr wissen.

Was er überhaupt nicht erwartet hatte, war, dass Hannah

ihm als Allererste begegnete. Sie stand mit ein paar Freundinnen am Eingang; sie beugten sich über ein Handy und lachten. Dann blickte Hannah auf, und ihr Lachen fiel in sich zusammen.

Timo sah ihr die Unschlüssigkeit an. Sollte sie auf ihn zugehen, ihn ansprechen? Sollte sie so tun, als hätte sie ihn nicht gesehen oder nicht wiedererkannt? Oder ... sollte sie sich überwinden?

Am Ende entschied sie sich für Letzteres. Sie löste sich aus ihrer Gruppe und kam auf ihn zu. »Hallo, Timo.«

»Hi.« Er betrachtete sie; ihr langes, kastanienfarbenes Haar, die schönen, dunkelgrünen Augen. Was war er in sie verliebt gewesen.

»Wie geht es dir?« Ihre Stimme war kaum zu hören.

»Ziemlich gut, danke.« Grandios, wie höflich sie zueinander waren. Als würden sie sich zum ersten Mal begegnen. Als wären sie Fremde.

Er dachte an das, was er für sie im Rucksack gehabt hatte, damals auf der regennassen Straße. Ein filigranes Holzherz, selbst geschnitzt, an dem eine Silberkette mit ihren Initialen hing. Er hatte tage- und nächtelang daran gearbeitet und sich immer wieder ausgemalt, wie sie dreinsehen würde, wenn er es ihr schenkte. Aber er wusste jetzt, es hatte den Unfall nicht überlebt. So wie alles andere, was zwischen ihnen gewesen war.

»Ich bin wirklich okay«, bekräftigte er noch einmal und öffnete die Tür zur Schule. »Geh ruhig zurück zu Lotta und Julie.«

Sie nickte, sichtlich erleichtert, und gesellte sich wieder zu ihren Freundinnen. Timo stieg die Treppen zu seiner Klasse hinauf und horchte aufmerksam in sich hinein. Tat da etwas weh? Er versprach sich selbst, ehrlich zu sich zu sein. Horchte genauer.

Nein. Kein Schmerz, nicht einmal Bedauern. Die Sache mit Hannah war nett gewesen, und er hatte damals gedacht, so wäre Liebe. Irrtum. Carl und Mona, das war Liebe.

Der Schultag verlief besser, als er gehofft hatte, und am Nachmittag kehrte er beschwingt nach Hause zurück. In zwei Tagen würde er mit seinen Kumpels ins Kino gehen. Am Samstag stieg eine Party, da würde er testen, was seine Schädelhirntrauma-Reste von lauter Musik und wummernden Bässen hielten.

Zu den Freunden, die er am Markwaldhof gewonnen hatte, hielt er Kontakt. Jakob hatte eine WhatsApp-Gruppe gegründet, die den Namen »Generation3« trug und in der außer ihm selbst auch Carl, Valerie, Georg, Tamara, Felix und Sami vertreten waren. Von Magnus hatte niemand die Telefonnummer herausfinden können; Timo mutmaßte, dass er sich wegen seines Angriffs immer noch schämte.

Mona hingegen hatte sich geweigert, aufgenommen zu werden, weil sie ja nicht zu Generation drei gehörte, sie gehörte zu gar keiner Generation, wie sie Carl gegenüber angeblich immer wieder betonte, sie war hoffnungslos botlos.

Vielleicht war es ganz gut so, denn Sami schickte immer wieder Bilder herum, auf denen er Fußball spielte. Georg erzählte, dass er wieder kletterte, bislang zwar nur in der Halle, aber immerhin.

Timo tat nichts dergleichen. Er war zweimal schwimmen gegangen, einmal hatten seine Bots – oder jedenfalls der verbliebene Master – sich ins WLAN des Bads eingeloggt, und er hatte versehentlich die Massagedüsen am Beckenrand aktiviert. Sie auszuschalten war nicht mehr gelungen, weder ihm noch jemand anderem.

Aber vielleicht war es ja auch nur Zufall gewesen und hatte mit Timo gar nichts zu tun gehabt.

Drei Wochen nachdem er wieder mit der Schule begonnen hatte, erhielt er eine Mail von Professor Brand, der wissen wollte, wie es ihm ging. Ob alles normal war.

Ja, schrieb Timo zurück. Es gehe ihm großartig, man merke ihm kaum noch etwas von dem Unfall an, und die Bots schienen sich – bis auf den einen Zwischenfall – anständig zu benehmen. Er glaube nicht, dass sie ihre Replikationsnummer mit den verklebten Klumpen bei ihm abzögen.

Gut, antwortete der Professor, trotzdem sei es notwendig, dass er bei Gelegenheit zu ihm in die Klinik komme, um das überprüfen zu lassen. Die Bots müssten mittlerweile eigentlich alle abgestorben sein. Bis auf den Master, natürlich.

Timo versprach es. Seinen Eltern würde er es als ganz normale Kontrolle verkaufen; sie wussten nichts von den Nanobots, und das sollte auch so bleiben.

Es war ein sonniger Freitag, und Timo saß in seiner Klasse. Zwei Stunden noch, dann begann das Wochenende, an dem er sich erstmals seit dem Unfall auf ein Fahrrad setzen woll-

te. Wenn es damit gut lief, dann war sein Gleichgewichts-
sinn wieder völlig intakt, das würde interessant werden –

Boah, bin ich froh, dass ich mit der Schule fertig bin.

Timo schrak auf. Er hatte seit Ewigkeiten keine Stimme
mehr in seinem Kopf gehört, und diese überhaupt noch
nie.

Carl?, dachte er zögernd.

Jepp. Mit C.

Wahnsinn. Klappte die Übertragung plötzlich über mehrere Hundert Kilometer hinweg? Über Satellit vielleicht?

Wie hast du es geschafft, den Kontakt herzustellen?

*Ganz einfach. Meine Bots können sich ins WLAN einloggen,
die finden sogar Passwörter raus. Können deine das nicht?*

Tsss. Da hat Kleist dir echt die Ausschussware implantiert.

Timo lachte auf, alle Köpfe drehten sich zu ihm. Auch
der des Physiklehrers, der gerade Formeln aufs Whiteboard
schrieb. »Was gibt's denn, Timo?«

Tja. Das konnte er jetzt nur schwer erklären.

Bist du hier?, fragte er Carl.

*Und wie. Auf der kleinen grünen Bank direkt am Eingang.
Da stehen auch jede Menge Fahrräder. Tolles Wetter heute.
Weit und breit kein Sturm.*

Und kein Feuer. Wieder lachte Timo auf, und diesmal sah
der Physiklehrer besorgt drein. »Fühlst du dich schlecht?
Soll ich dich zum Schularzt begleiten?«

»Äh. Nein. Danke. Nicht nötig.«

Weißt du, wer noch hier ist?

Sag bloß, du hast Mona mitgebracht.

Verrate ich nicht. Du musst schon rauskommen. Ach, und

rate mal, wer mit wem zusammenzieht. Ganz hier in der Nähe.

Diesmal war es Timos überraschter Aufschrei, der alle herumfahren ließ.

»Ich fürchte, ich muss doch kurz nach draußen«, sagte er grinsend.

»Zum Arzt.« Der Lehrer legte seinen Stift weg. »Ich dachte es mir. Dann lass uns gehen.«

»Nein, kein Arzt.« Timo war bereits aufgestanden. »Frische Luft reicht völlig. Wenn ich leichte Kopfschmerzen bekomme – frische Luft. Das habe ich bei der Reha gelernt.«

Schwungvoll öffnete er die Tür und trat auf den Gang hinaus, der, mit ein bisschen Fantasie, sogar dem Gang vor seinem Zimmer im Markwaldhof ähnelte. Hinter ihm protestierte der Physiklehrer, aber Timo hatte die Tür fast schon wieder geschlossen.

Wie weit ist ganz in der Nähe?, fragte er.

Fünfzehn Kilometer.

Timo lief die Treppen hinunter, das Sonnenlicht warf helle Flecken auf den Boden der Aula. *Hey, das ist wirklich nicht weit.*

Stimmt. Lässt sich easy mit dem Moped erreichen.

Timo trat ins Freie. »Witzbold«, sagte er laut.

NACHWORT

Ihr Lieben,

ich möchte diesmal gerne noch ein paar Worte zum realen Hintergrund der Dinge verlieren, die ich in *Thalamus* beschrieben habe. Das, worum es hauptsächlich geht (ich schreibe nicht, was das ist, weil ich mittlerweile weiß, dass viele das Nachwort zuerst lesen), gibt es in dieser Form noch nicht, aber es wird relativ intensiv daran geforscht. Erste Prototypen sind bereits entwickelt, und es ist recht wahrscheinlich, dass die Technologie in einigen Jahren so weit sein wird, dass man sie am Menschen anwenden kann. Das bedeutet dann allerdings immer noch nicht, dass auch nur die Hälfte der Dinge möglich sein wird, die ich im Buch beschreibe, da habe ich meiner Fantasie freien Lauf gelassen. Autoren dürfen das.

Wer gerne mehr und wissenschaftlich Fundierteres lesen möchte, der kann sich *Menschheit 2.0 – Die Singularität naht* von Ray Kurzweil zu Gemüte führen. Kurzweil ist ein bekannter Wissenschaftler und Zukunftsforscher und hat ein paar hochinteressante Thesen aufgestellt. Dass „Grey Goo" eine ziemlich originelle Form des Weltuntergangs darstellen könnte, erwähnt er übrigens auch – aber im Grunde sieht er die Sache optimistisch.

Ursula Poznanski im Juni 2018